소설 손자병법 ②

孫子兵法

정비석 장편소설

소설
손자병법
②

은행나무

2권 차례

- 시세(時勢)의 영웅들 7
- 지기상합(知己相合) 46
- 병법담의(兵法談議) 78
- 벌모(伐謀)적 계략 112
- 오초대회전(吳楚大會戰) 144

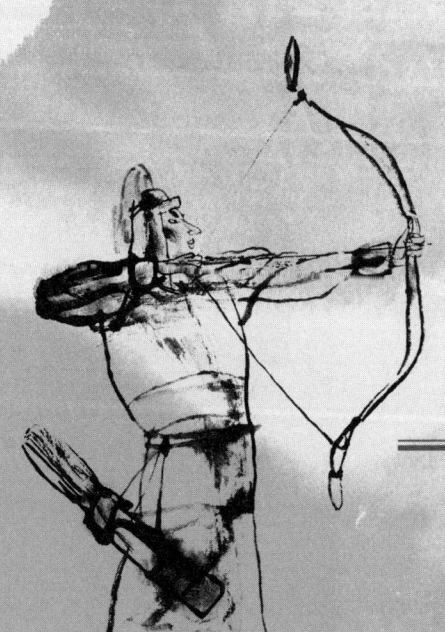

- 승자와 패자 ——————————————————— 179
- 흥망의 철리(哲理) ————————————————— 213
- 전쟁무상(戰爭無常) ———————————————— 250
- 성자(聖者)의 길 —————————————————— 277

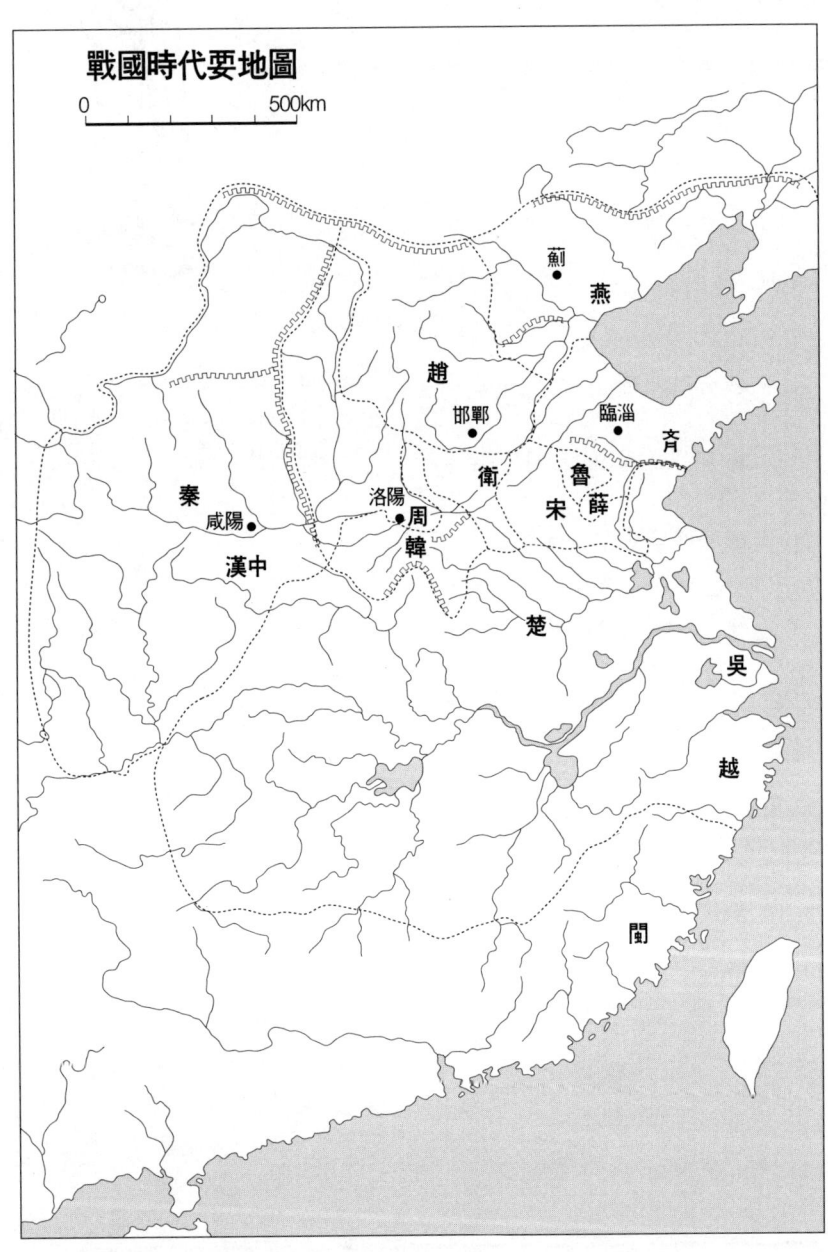

시세(時勢)의 영웅들

　희광 공자는 오자서의 도움으로 왕위에 오르기는 했으나 사후 수습이 결코 용이한 일은 아니었다. 그 가운데에서도 토초전선(討楚戰線)에 나가 있는 엄여, 촉용 두 장수를 어떻게 다룰 것인지는 매우 골치 아픈 문제가 아닐 수 없었다.
　"일선에 나가 있는 엄여와 촉용을 어찌했으면 좋겠소?"
　신왕 합려가 묻자 상대부 오자서가 대답한다.
　"그들은 선왕이 시해된 것을 알면 반드시 보복을 하려고 덤벼들 것이옵니다. 그러하니 군사를 보내 길목을 지키고 있다가 그들을 체포하여 즉시 처단해 버려야 하옵니다."
　합려 왕은 그 말을 옳게 여겨, 엄여와 촉용을 살해하려고 하군대부 전의에게 군사를 주어 일선에 밀파하였다.
　한편, 일선에 있던 엄여와 촉용은 구원병이 오기를 초조하게 기다리고 있는 중이었는데 연락병 하나가 급히 말을 달려오더니,
　"희광 공자가 왕을 시해하고 왕위에 올라 두 장군을 살해하려고 전

의라는 장수를 일선으로 밀파했다고 하옵니다."

하고 놀라운 소식을 알려 주는 것이 아닌가.

그 소식을 듣고 두 사람이 대성통곡을 하던 중에 촉용이 엄여에게 말한다.

"사태가 이미 이 지경에 이르렀으니 우리는 초군의 포위망 속에서 울고만 있을 때가 아닌 것 같습니다. 무슨 수단을 써서라도 우선 초군의 포위망부터 벗어나기로 합시다. 이미 고국에는 돌아갈 수 없게 되었으니 외국으로 망명을 가야 합니다."

엄여가 대답한다.

"초군이 수륙 이중으로 우리를 포위하고 있는데 무슨 수로 적의 포위망을 뚫고 나간단 말인가?"

"한밤중에 샛길로 빠져서 도망가는 길밖에 없을 것입니다. 희광 공자에 대한 보복은 그 후에 생각해 보기로 합시다."

"군사들이 보고 있는데 어떻게 우리만 빠져나가겠느냐?"

"내일 새벽에 총공격을 개시할 테니, 한밤중에 모두들 밥을 지어먹도록 하라는 거짓 명령을 내려놓으십시다. 밤중에 군사들이 밥을 지어먹는 사이에 빠져나가면 될 것입니다."

그리하여 군사들은 한밤중에 부산스럽게 밥을 지어먹고 있었는데, 엄여와 촉용은 그 사이에 한 사람씩 어둠 속으로 말을 달렸다.

엄여는 서(徐)나라로 도망하였고, 촉용은 종오(鍾吾)라는 나라로 망명하였다.

이윽고 군사들이 깨닫고 보니 대장들이 감쪽같이 사라지고 없지 않은가.

대장을 잃어버린 군사들은 어쩔 줄을 몰라 우왕좌왕하게 되었는데, 초장(楚將) 극완이 그 기미를 재빠르게 알아채고 대군을 노도와 같이

몰아 쳐들어오며,

"우리는 너희들의 대장 엄여와 촉용을 이미 죽여 버렸다. 항거하는 자는 죽여 버리고, 항복하는 자는 살려 줄 테니 모두 손을 들고 나오라!"

하고 외치니 초장 극완은 전고에 없는 대전과(大戰果)를 거두었다.

극완과 낭와는 다 같은 초장이었지만, 극완은 육군대장일 뿐이었고 낭와는 수군원수에다가 영윤(令尹) 벼슬을 겸하고 있었다. 그런 까닭에 극완이 혁혁한 전과를 거두게 되자 낭와는 일등공훈(一等功勳)의 영예를 빼앗기게 된 것이 적이 무안하여 수군을 이끌고 국경을 넘어 숫제 오나라까지 쳐들어가려고 하였다.

그러자 극완이 반대하고 나섰다.

"자고로 상중(喪中)인 나라를 쳐들어가는 것은 불상지조(不祥之兆)라 일러옵니다. 출병했던 목적을 이미 달성했으니 다 함께 회군하여 왕명을 새로 받들어 모시기로 하십시다. 왕명이 있기 전에야 어찌 남의 나라를 함부로 침범할 수 있을 것이옵니까?"

극완은 일등공훈의 명예를 낭와에게 빼앗기지 않으려고 정면으로 반대하고 나선 것이었다.

이리하여 두 장수는 모두 돌아오게 되었는데, 극완이 수천 명의 오군 포로를 몰고 돌아오니, 초 소공(昭公)이 크게 기뻐하며 '극완 장군을 일등 공신에, 낭와 장군을 이등 공신에 봉한다'는 조서를 내렸다. 그때부터 소왕은 극완을 극진히 공경하게 되었고, 그의 말이라면 뭐든지 들어 주지 않는 것이 없었다.

간신 비무기는 소왕이 극완을 끔찍이 여기는 것을 보자 심사가 뒤틀렸다. 낭와와 극완의 사이가 좋지 않음을 알고 있던 비무기는 어느 날 극완을 찾아가 이런 거짓말을 하였다.

"영윤 낭와 장군이 일간 당신에게 전공 축하연을 베풀어드리겠다고 합디다."

극완은 그 말을 듣고 크게 기뻐하며 말한다.

"수하인 제가 약간의 전공이 있었기로 어찌 감히 영윤의 축하연을 먼저 받을 수 있으오리까? 그보다도 제가 내일 영윤을 집으로 모시고 박주(薄酒)라도 대접하고 싶사오니, 대부께서는 수고스러우신 대로 영윤 전에 그 말씀을 꼭 좀 전해 주십시오."

비무기는 속으로 회심의 미소를 지으며,

"그거 참 좋은 생각이오. 그러면 영윤은 내가 책임지고 모시고 가리다. 그런데 영윤은 본시 경호를 삼엄하게 해주는 것을 좋아하는 성품이오. 영윤을 초대하려거든 그 점에 각별히 유의하는 것이 좋을 것이오."

극완은 그 말이 비무기의 모함인 것도 모르고,

"그것은 어렵지 않은 일이옵니다. 내일 경호 군사를 얼마든지 삼엄하게 깔아 놓겠습니다."

하고 대답했다.

다음날 극완은 잔치를 호화롭게 차렸을 뿐만 아니라 부장 양영종(陽令終)과 진진(晋陳) 등을 동원시켜 1백여 명의 무장 병들을 대문 안팎에 삼엄하게 깔아 놓은 채 손님이 나타나기를 기다렸다.

그보다 앞서 비무기가 낭와를 찾아가,

"극완 장군이 영윤과 나를 내일 자기 집으로 초대해 준다고 합디다."

하고 말하니 낭와는 극완의 성의를 매우 가상하게 여겨 초대에 응할 것을 즉석에서 쾌락하였다.

다음날 영윤 낭와가 비무기와 함께 극완의 집을 찾아간 것은 말할 것도 없다. 그런데 대문 앞에 다다라 보니 극완네 집 주변에는 완전 무장을 한 군사들이 1백여 명이나 쫙 깔려 있는 것이 아닌가.

낭와는 무장한 군사들을 보고 소스라치게 놀라며 비무기에게 묻는다.

"아니, 저녁을 먹으러 오라는 사람이 무장 병들을 저렇듯 삼엄하게 늘어놓았으니 도대체 어찌된 일이오?"

비무기는 짐짓 고민하는 기색을 보이다가,

"내가 양심이 괴로워 모든 것을 사실대로 털어놓기로 하겠소. 실상인즉 극완 장군은 영윤을 살해할 목적으로 나더러 모셔 오라고 한 것이오. 그러니 화를 면하려거든 영윤은 지금이라도 당장 댁으로 돌아가는 게 좋을 거요."

낭와는 그 말을 듣자 분노가 머리끝까지 치밀어 올라,

"극완이 감히 나에게 이럴 수 있느냐? 이놈, 어디 두고 보자. 너 같은 놈은 결단코 살려 두지 않으리라."

하고 외치며 말을 급히 몰아 집으로 돌아가 버리고 말았다. 그러나 그러한 사실을 모르는 극완은 아무리 기다려도 손님이 나타나지 아니하자 부장 양영종의 동생 양타(陽佗)를 보내 낭와를 직접 모셔 오라고 하였다.

양타가 낭와의 집으로 찾아가 그 뜻을 전하니, 낭와는 불같이 노하여,

"이놈아! 비밀이 탄로된 줄도 모르고 네놈들은 아직도 나를 꼬여 가려고 하느냐?"

하고 외치며 양타를 단칼에 베어 버린 뒤, 자신이 몸소 3백여 명의 군사를 이끌고 가 극완의 집을 이중삼중으로 포위하였다.

극완이 크게 놀라, 대문 밖으로 달려 나오며 낭와에게 묻는다.

"영윤께서는 어찌된 일이시옵니까?"

낭와는 전신을 와들와들 떨며,

"이놈아, 네 죄를 몰라서 묻느냐?"

고 외치기가 무섭게 번개같이 달려들어 극완의 목을 한칼에 날려 버렸다. 그러자 이날의 경호 책임을 맡고 있던 양영종과 진진의 두 부장들은 영문도 모르면서 낭와의 군사를 쳐부수려고 달려 나오는 것이었다.

낭와는 그들도 모조리 베어 버렸다. 그리고 나서 즉석에서 백성들에게 이렇게 선포하였다.

"극완의 무리가 영윤인 나를 살해할 음모를 꾀하고 있었으므로 나는 그들을 깨끗이 소탕해 버렸다. 백성들은 나를 위해 극완의 집을 불살라 버리고, 나와 함께 대왕전에 나가 이 일을 사실대로 고하자."

그러나 극완은 평소에 백성들로부터 인심을 얻고 있었는지라 그의 집에 불을 지르려는 사람은 아무도 없었다.

낭와는 백성들의 비협조가 비위에 거슬려 격분한 어조로 부하들을 향해 이렇게 명했다.

"너희들이 직접 집에 불을 지르고, 극완의 가문은 삼족을 씨알머리도 없이 멸해 버려라."

낭와의 오해로 극완 장군의 삼족은 무참하게도 몰살을 당하고 말았다. 그러나 극완의 동생인 백비(伯嚭)만은 담장을 뛰어넘어 그 길로 오나라로 망명하였다.

백비는 한밤중에 홀로 국경을 넘으며 이를 갈았다.

"두고 보자! 내 눈에 흙이 들어가기 전에는 내 기필코 오늘의 원수를 갚고야 말리라!"

그와 같은 참변이 벌어진 원인은 간신 비무기가 모함을 했기 때문이었음은 두말할 것도 없다. 그러나 간신의 간계도 민심만은 속일 수가 없는 법이어서 극완, 양영종, 진진의 3양장(三良將)이 살해되고 나자, 백성들 간에는 난데없이 다음과 같은 민요가 나돌기 시작하였다.

비무기 간악하여
어린 군주를
손 안에 주무르려고
영윤 낭와를 꾀어
어리석은 낭와는
3량(三良)을 죽였도다.
대부들이여 대부들이여
정신 바싹 차리소서.

민요는 요원(燎原)의 불길처럼 퍼져 나가 어른이고 아이들이고 입을 가진 사람이라면 그 노래를 부르지 않는 사람이 없었다.
어느 날 들에 나갔다가 그 노래를 들은 영윤 낭와는 크게 노하여, 노래를 부른 백성들을 닥치는 대로 잡아다가 모조리 참형(斬刑)에 처했다. 그러나 백성들에 대한 형벌이 가혹할수록 그 노래는 점점 더 널리 퍼져 나가는 것이 아닌가.
그러자 거리의 현사(賢士) 심윤술(沈尹戌)이 어느 날 낭와를 찾아와 이렇게 간한다.
"자고로 인자(仁者)는 사람을 죽여 자신에 대한 비방을 막아내려고 하는 법이 아니오. 영윤은 어찌하여 백성들을 함부로 죽여, 그들의 원성을 나날이 더해 가게 하오? 왕후를 폐위시키고, 미건 태자를 축출하고, 평왕에게 무상 공주를 안겨 주어 초나라를 쑥밭으로 만든 것은 모두 비무기의 작폐가 아니고 무엇이었소? 이제 영윤까지 간신 비무기의 손에 놀아나 양장들을 죽이고 백성들까지 함부로 학살하니 도대체 어쩌자는 것이오? 지금 군주는 나이가 어려 비무기의 손에 휘둘리고 있는데, 영윤까지 그자의 간계에 휘말리면 장차 이 나라가 어찌 되겠소? 오나라의 힘을 얻은 오자서가 원수를 갚으려고 호시탐탐 우리를 노리고 있어 그에 대한 대비도 바쁜 판인데, 영윤은 왜 그것을 모르단 말씀이오? 자고로 지자는 참소(讒訴)를 물리치고 스스로 안전을 도모해야 하는 법이오. 영윤이 그 점을 깨닫지 못하고 부질없이 악정(惡政)만 거듭한다면 망국의 죄를 면할 수 없을 것이오. 만시지탄(晚時之歎)이 있으나 지금이라도 대오각성해 주기를 바라오."

추호의 가차도 없는 열화 같은 간언이었다. 다소라도 양식을 가지고 있는 사람이라면 비수로 가슴을 찔린 듯한 아픔을 아니 느낄 수가 없도록 신랄한 간언이었다.

초야에 묻혀 사는 현사 심윤술이 피를 토하는 듯한 간언을 하자 영윤 낭와는 얼굴을 들지 못했다. 깨닫고 보니 비무기의 모함에 휘말려 무고한 양장들을 세 명씩이나 죽인 것이 사실이었기 때문이다.

심윤술이 다시 말한다.

"만약 영윤이 아직도 전비(前非)를 깨닫지 못한다면 초국은 3년이 못 가 멸망하고 말 것이오."

그제야 낭와는 굳은 결심이라도 한 듯 얼굴을 힘 있게 들며 대답한다.

"대인의 충언에 본인이 너무도 어리석었음을 크게 깨달았습니다. 이번 기회에 간신을 깨끗이 처치해 버리고, 백성들을 위해 선정을 베풀 것을 맹세하겠습니다."

현사 심윤술은 그 말을 듣자 다시는 아무 말도 안 하고 그대로 자리에서 일어섰다.

낭와는 그날로 간신 비무기를 체포해 꿇어앉혀 놓고, 불을 뿜는 듯한 어조로 꾸짖는다.

"간신 비무기는 듣거라. 네놈이 먼저는 선왕 부자를 간계(奸計)로 이간시켜 놓더니, 이제 다시 참소(讒訴)로 나로 하여금 충신들을 살해하게 했으니, 그 죄는 백사가당(百死可當)하도다. 너를 살려 두어서는 나라가 망할 것이므로, 이제 백성의 이름으로 너를 효수형에 처하리라."

그런 다음 비무기를 네거리 한복판에서 중인환시(衆人環視) 하에 효수형에 처하는 동시에, 그의 삼족을 모두 섬멸시켜 버렸다. 나라를 어지럽혀 온 간신배의 말로는 언제나 그처럼 비참한 법이다.

한편 극완의 일가인 백비는 오나라로 망명하자 곧 오자서를 찾아갔다.

오자서가 백비에게 묻는다.

"대부는 어찌하여 초나라에서 나를 찾아오셨소?"

백비는 비무기의 모함으로 초나라가 난마같이 어지러워졌음을 말한 뒤에,

"저는 구사(九死)에 일생(一生)을 얻어, 이리로 망명을 오게 된 것입니다."

하고 말하니, 오자서는 전신을 와들와들 떨면서 이렇게 탄식했다.

"비무기를 언젠가는 내 손으로 죽여 그놈의 간을 내 입으로 씹어 먹고 말 것이오."

마침 그때 초병이 달려와,

"초나라의 비무기가 영윤 낭와의 손에 의해 효수형되었다고 하옵니다."

하고 고하니, 오자서는 그 말에 통곡을 하면서 개탄한다.

"아아, 나는 비무기라는 자를 내 손으로 직접 처단하여 아버님의 원수를 갚으려 했는데, 그자가 이미 낭와의 손에 죽게 되었으니 이런 원통한 일이 없구나!"

오자서는 초 평왕이 병사했을 때와 마찬가지로 이번에도 사흘씩이나 비통한 기분에 휩싸여 지냈다. 부형의 원수를 자기 손으로 직접 죽였어야 마음이 후련했을 텐데 다른 사람의 손에 의해 모조리 죽어 없어져 버렸으니 오자서로서는 비통하기 짝이 없는 일이었다.

며칠 후 오자서는 백비를 조정으로 데리고 들어가 오왕에게 알현시키며 여쭙는다.

"이 사람은 초나라의 양장으로, 일찍이 진(晋)나라의 태부(太夫)였던 백종(伯宗) 장군의 후예이옵니다. 초나라의 간신 비무기의 참소로 일족이 멸망하게 되자 화를 면하려고 망명을 온 것입니다. 이 사람을 등용하시면 국가에 이익이 많을 것이오니 대왕께서는 널리 고려해 주시옵소서."

오왕은 크게 기뻐하며 대답한다.

"태대부의 말씀이 그러하다면 내 어찌 등용을 마다하리오. 백비 장군을 중군태부(中軍太夫)로 등용하겠소."

"홍은이 망극하옵니다."

이로써 백비는 오자서를 도와, 오나라의 정사에 깊이 관여할 수 있게 되었다.

어느 날 오자서가 오왕을 향해 개탄해 마지않는다.

"신의 부형이 간신의 농간에 의해 살해된 지 이미 6, 7년이 지나 이제는 유해마저 백일하에 뒹굴며 원혼은 허공 중에 맴돌고 있을 것이옵니다. 게다가 원수인 초 평왕과 비무기가 이미 이 세상에서 죽어 없어졌는데 신은 아직도 군사를 일으켜 초를 치지 못하고 있으니, 세상에 저 같은 못난 놈이 어디 있겠나이까? 신은 국록을 먹으며 국사에 참여하고 있는 일조차 부끄럽사옵니다."

오왕이 오자서를 측은히 여기며 대답한다.

"오 명보의 심정을 모르는 바는 아니나 조금만 더 기다려 주오. 국내 정세가 대략 안정되었다고는 하나 경기 왕자가 아직 위나라에서 보복을 노리고 있지 않소. 경기 왕자 문제만 해결되면 그때에는 오 명보의 소원대로 국력을 기울여 초나라를 쳐부수도록 하리다."

오자서가 다시 말한다.

"경기 왕자만은 반드시 처치해 버려야 할 인물이오나 무력으로 없애려다간 오히려 후환이 클 것이옵니다. 신이 생각하옵건대 무력보다는 지혜로운 사람을 위나라에 보내 지략으로 그를 처치할 방도를 세워보는 게 나을 듯싶사옵니다."

"그런 사람이 어디 있어야 말이지요."

"그런 사람이 반드시 없는 것은 아니옵니다."

"어디에 그런 사람이 있다는 말씀이오? 그런 사람이 있거든 지금이라도 천거해 주시오."

오자서는 머리를 조아리며 품한다.

"신이 일찍이 제나라에 갔다가 동해(東海) 바닷가에서 석요리(石要離)라는 난쟁이를 만나 본 일이 있사옵니다. 석요리는 키가 석 자도 채 못 되는 소인이지만 담략(膽略)이 크고 지혜롭기로는 그 어떤 호걸도 당해내지 못할 인물이었습니다. 그런 사람이라면 능히 경기 왕자를 처치해 버릴 수 있을 것이옵니다."

"그런 사람이 있기로 누가 제나라에 가서 그 사람을 데려온다는 말이오?"

"대왕께서 윤허하신다면 신이 직접 제나라에 가서 석요리를 데려

오겠습니다."

오자서는 손무도 찾아볼 겸 자기가 직접 제나라에 가고 싶었던 것이다.

오왕은 오자서의 말을 듣고 크게 기뻐하였다.

"오 대부께서 제나라에 몸소 다녀와 주신다면 그보다 더 좋은 일이 어디 있겠소. 그러면 수고스러우신 대로 직접 다녀와 주시오."

오왕은 오자서를 위해 금백마차(金帛馬車)까지 내주며 반겼다.

오랜만에 제나라로 여행을 떠나는 오자서는 마음이 매우 설레었다. 천하의 병법가인 손무를 만나 금후의 계략에 대한 가르침을 받으려는 기대가 그처럼 컸던 것이다. 그러나 제나라에 도착하자마자 손무를 집으로 찾아가 보니 낯선 사람 하나가 나오더니,

"손 선생은 반년 전에 외국으로 여행을 떠나셨습니다."

하고 대답하는 것이 아닌가.

오자서는 맥이 탁 풀렸다.

"외국 여행이라면 어느 나라로 가셨다는 말씀이오?"

"그것까지는 모르옵니다."

"언제쯤 돌아오신다고 하셨소?"

"1년이 될지 2년이 될지 모른다고 하셨습니다. 형편에 따라서는 10년쯤 후에나 돌아오시게 되리라는 말씀도 하셨습니다."

"옛? 10년 후에나 돌아오신다구요?"

오자서는 너무도 놀라워 벌린 입을 다물지 못했다.

실상인즉 손무는 정처 없이 떠돌아다니고 있을 심우 오자서를 찾아보기 위해 고전장을 현지답사한다는 핑계로 이미 반년 전에 여행을 떠났건만 그런 사정을 알 턱이 없었던 것이다.

'아아, 여기까지 와서 손 선생을 또 만나지 못하게 되었으니, 나의

운세는 전도가 아직도 암담한가 보구나.'

자서는 탄식해 마지않으며 발길을 돌려 동해 바닷가에 사는 석요리를 찾아 나섰다.

그날 저녁 여사(旅舍)에 짐을 풀고 잠시 쉬고 있노라니 바닷가에서 난데없는 풍악 소리가 요란스럽게 들려오더니, 마을 사람들이 모두 바닷가로 달려가고 있는 것이 아닌가.

"저게 웬 풍악 소리요?"

오자서가 물어 보니, 마을 사람 하나가 대답한다.

"우리 마을에 초휴흔(焦休忻)이라는 장사가 살고 있는데, 그 사람이 제후의 사신으로 발탁되어 회진(淮津)이라는 나루를 건너다가 용신(龍神)에게 타고 가던 말을 빼앗겼다오. 초휴흔은 크게 분노하여 물속으로 뛰어 들어가 용신과 3주야(三晝夜)나 싸움을 계속하다가 마침내 용신의 이마빼기에 박혀 있는 여의주(如意珠)를 빼앗아 가지고 돌아왔다오. 군후께서 그 사실을 알고 크게 감동하시어 초휴흔에게 중상을 내려 주셨기에 마을 사람들이 오늘밤 바닷가에서 초휴흔을 위한 축하연을 열어 주고 있는 중이라오."

오자서는 매우 흥미롭게 여겨져 장사꾼으로 가장을 하고 바닷가로 나가 보았다.

아니나 다를까 바닷가에서는 수백 명의 군중들이 풍악을 울리며 노래를 부르고 있는데, 그 한복판에 키가 9척이나 되어 보이는 거인이 손에 여의주를 들고 의기양양한 기세로 군중들의 환호에 응하고 있는 것이 아닌가.

오자서는 지금까지 거인 장사들을 수없이 보아 왔지만 초휴흔처럼 기골이 장대한 장사를 만나 보기는 처음이었다. 그는 바다 속에서 용신을 상대로 사흘 동안이나 싸움을 계속하여 마침내 용신의 이마빼기에 박힌 여의주까지 뽑아 왔다고 하니, 그의 힘이 얼마나 강한지는 가히 짐작하고도 남음이 있었다.

'아, 과연 희대(稀代)의 거장(巨壯)이로구나. 일찍이 요왕을 자살(刺殺)한 전제도 보기 드문 거인이었지만, 초휴흔에게 비기면 어린 아이에 불과하구나!'

오자서는 속으로 경악해 마지않으며 군중들 속에 숨어 구경을 하고 있노라니 문득 어디서 누군가 큰소리로,

"이 사람들아! 초공(焦公)은 일개의 사기꾼에 불과한데, 저런 광사(狂士)를 어쨌다고 개세(蓋世)의 영웅처럼 떠들어대고 있는 것인가?"

하고 외치는 사람이 있었다.

군중들은 천하무적의 장사인 초휴흔 앞에서 누가 감히 그와 같은 망령된 주둥아리를 함부로 놀리는가 싶어 소스라치게 놀라 문제의 인물을 찾아보았다. 오자서 역시 그처럼 대담무쌍한 비방을 하는 사람이 누구인가 싶어, 문제의 인물을 열심히 찾아보았음은 두말할 것도 없다. 그러나 사람들이 워낙 많이 들끓고 있어 누구인지 쉽게 분간할 길이 없었다.

이날 밤의 영웅인 초휴흔이 그와 같은 모욕적인 언사를 그대로 들어넘길 리 없었다. 초휴흔이 두 주먹을 불끈 움켜쥐며 군중들을 향하여,

"나를 모욕한 놈이 어떤 놈이냐? 당장 내 앞으로 썩 나서지 못할까?"

하고 뇌성벽력 같은 호통을 지르는 것이 아닌가.

몹시 소란스럽던 군중들 사이는 순시간에 물을 끼얹은 듯 조용해졌다. 군중들은 아무런 죄도 없으면서 사시나무처럼 벌벌 떨었다. 어쩌다 잘못하여 무쇠 덩어리 같은 초휴흔의 주먹이 자신에게 떨어지는 날이면 오장육부가 한꺼번에 박살이 날 게 뻔한 일이었기 때문이다.

방자스러운 주둥이를 놀린 놈이 누구인지는 몰라도 초휴흔의 주먹에 박살이 나고 말 것은 뻔한 일이 아닌가. 그러나 문제의 인물은 얼른 나타나지를 않았다. 아니, 이미 36계 줄행랑을 놓아 버렸는지도 모를 일이었다.

초휴흔은 놈이 나타나지 않을수록 더욱 의기양양해지며,

"나를 비방한 놈이 누구인지 어서 썩 나서란 말이다. 비겁자가 아니라면 왜 내 앞에 나타나지를 못하고 꽁무니를 빼는 것이냐?"

하고 외치며 주먹으로 허공을 후려갈겨 보였다.

바로 그때였다. 저 멀리 군중 속에서 문득,

"초공은 큰소리 좀 그만 하라. 그대가 두려워 꽁무니를 빼어 버릴 내가 아니다!"

하고 대답하는 사람이 있었다. 그러나 말소리는 분명하게 들리는데 정작 사람은 보이지 않았다.

군중들이 제각기 한마디씩 떠들기 시작했다.

"천하무적 장사에게 감히 덤벼들려는 사람이 누굴까?"

"그놈이 죽고 싶어 환장을 한 모양일세그려."

오자서도 군중들에게 이리 밀리고 저리 밀리며 문제의 인물을 열심히 찾아보았다.

잠시 후 아우성치는 군중들을 좌우로 갈라 헤치며 초휴흔의 앞에 의젓하게 나타나는 사나이가 있었는데, 키가 석 자도 채 못 되는 난쟁이가 아닌가.

"앗! 저 사람은 바로 내가 만나려고 하는 석요리!"

오자서는 난쟁이를 보는 순간 소스라치게 놀라고 말았다.

조금도 주눅 들지 않은 당당한 모습의 난쟁이 석요리가 까마득하게 올려다 보이는 초휴흔을 향해 조용히 이렇게 말했다.

"이 사람아! 내가 무슨 못 할 말을 했기에 자네가 그처럼 화를 내는가? 말이야 바른 말이지 자네가 기군망상(欺君罔上)을 한 것은 사실이 아닌가?"

그런데 이상하게도 조금 전까지만 해도 살기가 등등하던 초휴흔은 석요리를 보는 순간 침 먹은 지네처럼 풀이 탁 꺾이더니,

"노형은 무슨 원수가 졌다고 제후에게서 영웅 칭호를 받은 나에게 욕을 보이지 못해 안달이오?"

하고 맥없이 나오는 것이 아닌가. 조금 전까지의 호기는 어디로 갔는지 석 자도 못 되는 난쟁이 앞에 서 있는 초휴흔은 보기에도 참혹할 정도로 비겁하였다.

난쟁이 석요리가 어린아이 타이르듯 조용히 말한다.

"자고로 대용(大勇)은 허명을 싫어하는 법이고, 진실로 용감하지 못한 위인은 허명에 사로잡혀 아무 실속도 못 차리게 되는 법이라네. 그대는 '용사(勇士)'라는 이름으로 제후에게서 상훈(賞勳)까지 받았지만 정작 그대가 타고 갔던 양마(良馬)는 용신에게 빼앗기고 말았지 않은가. 말을 빼앗긴 대신 용신에게서 여의주를 빼앗아 왔노라고 변명을 늘어놓을지 모르지만, 실(實)을 잃고 허(虛)를 얻었다는 그 말을 누가 믿겠는가? 이는 진실로 군주를 기망(欺罔)한 짓이 분명하니 그러고서 무슨 놈의 개세의 영웅이란 말인가? 그대는 군주를 속이고 세상을 속이고, 나아가서는 자기 자신까지 속임으로서 헛된 명성에만 도취해 있으니 이는 진실로 천하의 광자(狂者)가 아니고 뭐란 말인가? 그대에게 만약 1푼의 양심이라도 남아 있거든 스스로 반성의 기회를 가져 주길 바라네."

난쟁이 석요리는 어린아이에게 이야기라도 들려주듯이 조용조용하게 타일렀건만 거장 초휴흔은 벙어리처럼 얼굴을 숙인 채 꼼짝도

못했다.

그 괴이한 현상에 오자서는 백일몽(白日夢)이라도 꾸고 있는 듯한 기분이었다.

석요리는 자기 말을 다하고 나더니 아무런 미련도 없이 그 자리를 떠나 버렸다.

오자서는 바닷가에서 일어난 그 기괴한 광경을 속속들이 구경하고 나서 곧 석요리 집으로 찾아갔다.

석요리는 크게 반가워하며 오자서를 방 안으로 맞아들였다.

"오 명보는 오나라에 계신 줄로 알고 있었사온데, 어떤 연고로 여기까지 어려운 걸음을 하셨습니까?"

"실은 귀공을 만나려고 일부러 여기까지 왔소. 조금 전에 바닷가에 나갔다가 초휴흔이라는 장사가 귀공에게 호되게 당하는 것을 죄다 보았소이다. 귀공은 어쩌면 용기가 그렇게도 대단하시오?"

"하하하, 오 명보께서 보고 계시는 줄도 모르고, 제가 외람되게 망발을 늘어놓았나 보옵니다."

"무슨 말씀을! 그런데, 저로서는 도저히 이해할 수 없는 일이 하나 있었소이다."

"무슨 말씀이시옵니까?"

"완력으로 보아서는 귀공이 상대도 안 될 텐데 초휴흔이라는 자가 갖은 수모를 당하면서도 끽소리 한번 못 하고 있었으니 도대체 어찌 된 영문이오?"

"제가 바른말로 타일러 주는데, 기군망상한 놈이 어찌 감히 대들 수 있겠나이까. 백성들의 귀와 눈이 무서워 꼼짝 못하고 고스란히 욕을 당한 것이옵니다."

진실로 확고부동한 신념을 가진 사람이 아니고서는 말할 수 없는 대답이었다. 그러나 오자서에게는 세상사가 그토록 간단하게만 생각되지는 않았다.

"대중 앞에서는 꼼짝 못하고 욕을 당했을지 몰라도 언젠가는 귀공에게 보복을 하려들 게 아니오?"

오자서가 후환이 염려스러워 노파심으로 그렇게 물어 보았더니 석요리는 즉석에게 이렇게 대답한다.

"물론 그럴 테지요. 그자는 세상을 속이고 명성을 도용하는 사기꾼이니 오늘밤 반드시 저를 죽이려고 집으로 습격해 올 것입니다. 그때에는 그때대로 또 한번 혼을 내줘야겠지요."

석요리는 자신만만한 어조로 그렇게 말하고 나서,

"오 명보께서 모처럼 오셨으니 오늘밤은 저의 집에서 주무시면서 그자가 저를 죽이려고 덤벼오는 광경까지 구경을 하시지요. 만약 그자가 아직도 자신의 잘못을 깨닫지 못하고 저를 죽이러 온다면 이번에는 아예 스스로 자결하지 않을 수 없게 만들어 버릴 생각입니다. 그러면 너무 가혹할까요? 하하하."

하고는 통쾌하게 웃어젖히는 것이었다.

따지고 보면 석요리는 보잘것없는 난쟁이였다. 그럼에도 담력이 어쩌면 그렇게도 대단한가 싶어, 오자서는 또 한번 놀라지 않을 수 없었다. 그러나 석요리가 아무리 큰소리를 쳐도 오자서로서는 오늘밤 벌어질 일이 걱정스러워 견딜 수 없었다.

오자서는 만일을 염려하는 마음에서 일단 석요리의 집에서 같이 자기로 하였다.

오자서에 대한 석요리의 환대는 더할 나위 없이 극진하였다. 그는 밤이 깊도록 오자서와 환담을 나누다가 자정이 가까워 오자 동자를 부르더니,

"손님께서 고단하실 테니 이만 침실로 모시고 가서 이부자리를 보아드려라. 그리고 어쩌면 오늘밤 우리 집에 손님이 오실지도 모르니 대문을 걸지 말고 대청에 등불도 그냥 밝혀 두어라."

라고 말하는 것이 아닌가.

오자서로서는 도무지 이해를 할 수가 없었다. 손님이란 초휴흔을 가리키는 말일진대 그의 기습을 방비할 생각은 아니 하고, 오히려 대문도 걸지 말고 대청에 등불까지 밝혀 두라고 하니 도대체 어떻게 하겠다는 것인지 알 수 없었다.

오자서는 궁금하기 한량없었지만 아무 말도 물어 보지 않고 자기 방으로 들어와 잠자리에 누워 버렸다. 그러나 잠이 올 턱이 없었다. 만일의 경우에 대비하느라 허리에 차고 있던 장검을 머리맡에 내려놓아 두기까지 했는데 정작 석요리 자신은 대청 한복판에 네 활개를 뻗고 누워 코를 요란스럽게 골며 잠을 자고 있는 것이 아닌가.

과연 저렇게 배짱을 부려도 좋을 것인가. 오자서는 불안스럽기 짝이 없어서 살며시 일어나 창문을 열고 어둠 속을 유심히 살펴보았다.

그러자 아니나 다를까. 저 멀리 달빛 속에 난데없는 검은 그림자가 어른거리고 있는 것이 아닌가.

'흠! 초휴흔이라는 자가 기어코 나타났구나!'

두억시니처럼 거대한 모습이 첫눈에 보아도 초휴흔이라는 것은 의심의 여지가 없었다. 오자서는 자기도 모르게 대검을 움켜잡으며 검은 그림자의 동태를 유심히 지켜보았다.

대문 앞에까지 가까이 다가온 초휴흔은 대문이 열려 있는 것을 보고 무척 놀라는 기색이었다. 더구나 대청마루에는 등불까지 환히 밝혀져 있는 것이 아닌가.

'대문이 활짝 열려 있고, 대청에 등불까지 밝혀 놓은 것을 보면 석요리란 놈은 내가 올 것을 미리 알고 복병을 배치해 놓은 모양이구나. 그러지 않고서야 이렇게까지 배짱을 부릴 수는 없는 일이 아닌가.'

초휴흔은 그런 추측이라도 했는지 대문 옆에 몸을 숨기고 서서히 집안의 동정을 오랫동안 살피고 있었다. 그러나 아무리 살펴보아도 석요리 혼자 대청마루에서 잠들어 있을 뿐, 어느 구석에도 복병이 잠복해 있는 기색은 보이지 않았다.

초휴흔은 그제야 안심이 되었는지 발소리를 죽여 가며 안마당으로 성큼 들어섰다. 말할 것도 없이 그의 손에는 다섯 자가 넘는 장검이 들려 있었다.

오자서는 손에 땀을 쥐며 초휴흔을 꾸준히 지켜보고 있었다. 그러자 바로 그때 초휴흔이 별안간 번개처럼 대청으로 달려 올라오면서 다짜고짜 석요리를 장검으로 내려 갈기는 것이 아닌가. 그러나 잠을 자고 있던 석요리는 장검이 몸에 와 닿으려는 바로 그 순간 날렵하게 몸을 비켜 일어서면서,

"네 이놈! 네놈은 비겁하게도 기어코 나를 죽이러 왔구나!"

하고는 벼락같은 호통을 치는 것이었다.

오자서가 보기에는 정말 기적처럼 놀라운 광경이었다. 초휴흔의 행동이 어찌나 민첩한지 오자서 자신은 분명 손을 쓸 겨를이 없을 정도였다. 그런데 분명 잠을 자고 있는 것으로 알았던 석요리가 어떻게 기습을 예견해 오뚜기처럼 발딱 일어나 장검을 피할 수 있었는지 도무지 이해할 수 없는 일이었다. 더구나 석요리가 발딱 일어서며 호통을 치자 초휴흔이 벼락을 맞은 사람처럼 손에서 장검을 떨어뜨리며, 그 자리에 무릎을 꿇은 것은 더욱 놀라운 일이 아닐 수 없었다.

석요리는 눈앞에 꿇어앉아 있는 초휴흔을 추상같이 꾸짖는다.

"너는 세상을 속이고 헛된 명성을 탐낸 도적놈이 아니더냐? 더구

나 몸에 3불초(三不肖)의 치욕을 지니고 있는 치한이 스스로 반성할 생각은 안 하고, 어찌하여 도둑개처럼 한밤중에 남의 집에 침입하여 인명을 함부로 살해하려고 하느냐? 그래 가지고서야 어찌 너 같은 놈을 사내라고 말할 수 있겠느냐?"

초휴흔은 감히 항거할 생각을 못 하고 얼굴을 조금 들면서 이렇게 항변한다.

"나는 영명(英名)을 천하에 떨치고 있는 몸이오. 그러한 내가 3불초의 치욕을 몸에 지니고 있다는 것은 무슨 말이오? 만약 3불초가 어떤 것임을 분명하게 밝혀내지 못하면 나는 결단코 당신을 용서하지 못하겠소."

객실에서 관망하고 있던 오자서는 새로운 위기에 또다시 가슴을 죄었다. 그러나 석요리는 태연자약한 기세로 초휴흔에게 이렇게 말한다.

"너는 네 자신의 '3불초의 치욕'을 아직도 모르고 있었다는 말이냐? 그렇다면 내가 분명하게 말해 주겠다. 첫째 너는 바닷가의 군중들 앞에서 나에게 모욕을 당했음에도 감히 항거를 하지 못했으니 그것이 1불초(一不肖)의 치욕이요, 둘째 너는 내 집 대문 안에 들어오면서 기침 한 마디도 안 했고, 대청에 올라올 때에도 도둑고양이처럼 발소리조차 내지 않았으니 그것이 대장부로서 2불초(二不肖)의 치욕이 분명하고, 셋째 너는 개세의 영웅을 자처하는 주제에 나와 정정당당하게 대결할 생각을 못 하고, 한밤중에 비겁하게 나를 찔러 죽이려 했으니 그것이 3불초(三不肖)의 치욕임이 분명하다. 너 자신이 그처럼 비겁한 놈이라는 것을 그래도 모르겠느냐?"

초휴흔은 그 말을 듣고 얼굴을 푹 수그리더니,

"천하의 영웅을 자처해 오던 내가 당신에게 이런 수모를 당하고 나서야 무슨 낯짝을 들고 살아갈 수 있으리오."

하고 말하더니 자기 손으로 가슴을 찔러 즉석에서 자결을 하고 마는 것이 아닌가.

오자서는 부리나케 대청으로 달려나와 석요리의 손을 움켜잡으며 감탄하였다.

"귀공이야말로 천하의 지사(智士)요. 말 한 마디로 초휴흔 같은 거한을 죽게 했으니 이런 놀라운 일이 어디 있으리오."

석요리는 오자서의 돌연한 출현에 깜짝 놀랐다.

"오 명보께서는 주무시는 줄 알았는데 이 일을 어찌 알고 나오셨습니까?"

오자서가 대답한다.

"오늘밤에 반드시 무슨 일이 일어날 것만 같아 잠을 이룰 수 없었소. 그래서 두 사람이 싸움을 벌이는 광경을 처음부터 끝까지 죄다 구경하였소. 예의에 벗어나는 말이 될지 모르겠소만 나는 석 공(石公)이 그렇게까지 용감하고 지혜로운 사람일 줄은 미처 몰랐소이다."

그러자 석요리는 소리를 크게 내어 웃는다.

"오 명보 같은 어르신한테서 과분한 칭찬을 받으니 소인은 무한히 기쁘옵니다, 하하하."

오자서도 한바탕 같이 웃고 나서 석요리를 일부러 찾아오게 된 연유를 말했다.

"실상인즉 나는 오왕의 어명을 받들고 석공을 일부러 모시러 온 것이오. 오왕께서 큰일을 도모하시려는데 지혜롭고 용감한 사람이 꼭 필요하시다기에 석공을 천거했더니 어떤 일이 있어도 공을 모셔 오라고 합디다."

석요리는 그 말을 듣고 적이 놀란다.

"오 명보의 추천으로 오왕의 부르심을 받게 되었음이 다시없는 영광이기는 합니다. 그러나 바닷가의 소민(小民)이 무슨 쓸모가 있으오리까."

"석공이 아니면 안 될 일이기에 내가 천거했으니 나를 도와주는 뜻에서 오나라로 같이 가 주기를 바라오."

"오 명보의 말씀이라면 제가 어찌 거역할 수 있으오리까. 무슨 일인지는 모르오나 모든 것을 오 명보의 분부대로 따르겠습니다."

이리하여 오자서는 석요리를 오나라로 데려오게 되었고, 곧 오왕에게 알현시켰다.

석요리를 만나본 오왕은 내심 크게 실망하였다.

'오 대부가 사람을 잘못 천거해도 분수가 있지. 얼굴도 추물인데다가 키가 석 자도 못 되는 난쟁이를 무엇에다 쓸 수 있을 것인가? 설사 이자가 하늘에 배꼽을 대는 재주가 있다손 치더라도 이런 병신과 함께 무슨 대사를 도모할 수 있단 말인가?'

오왕은 그런 생각이 들자 불쾌한 기색을 노골적으로 드러내 보이며 석요리에게 앉으라는 말조차 하지 않았다.

석요리도 그런 눈치를 채자 아니꼬운 느낌이 들었는지 고개만 약간 수그려 보였을 뿐, 두 손을 모아 잡고 읍할 생각을 아니 한다.

두 사람 사이에 한동안 긴장된 침묵이 흘렀다. 오자서가 그런 눈치를 재빨리 알아채고 얼른 석요리에게 이렇게 말한다.

"대왕전에 내가 급히 아뢸 말씀이 있으니 석공은 잠시 옆방에서 기다려 주기 바라오."

석요리를 옆방으로 보내고 난 오자서가 오왕에게 품한다.

"전하! 양마(良馬)는 키가 크고 작은 것으로 결정하는 것이 아니라 힘이 세고 발이 빨라야 하는 법이옵니다. 석요리는 천하의 영웅이오니 후한 예우로써 맞아 주시옵소서."

오왕은 오자서의 말에 고개를 좌우로 흔들며 말한다.

"키가 석 자도 못 되는 난쟁이가 재주가 있으면 얼마나 있겠소. 오 대부는 석요리라는 자를 과대평가하고 있는 모양인데 그래서는 안 될 것이오."

오자서는 그래도 물러서려고 하지 않았다.

"전하! 신이 과대평가를 하는 것이 아니옵고, 석요리는 정말로 만나 보기 어려운 영웅이옵니다."

"영웅?"

오왕은 '영웅' 이라는 칭호에 가벼운 조소조차 내보이면서,

"그러면 내가 오 대부에게 하나 물어보겠소이다. 우리는 지금 무엇 때문에 사람을 구하고 있지요?"

"위나라에 망명 중인 경기 왕자를 살해할 목적으로 사람을 구하고 있는 것이 아니옵니까?"

"그렇다면 또 하나 물어 보겠소. 경기 왕자가 어떤 인물이라는 것도 알고 계시겠지요?"

"경기 왕자가 만인력을 가진 용장인 것도 알고 있사옵니다."

"경기 왕자가 그런 인물임을 알고 있으면서, 석요리 같은 주유(侏儒)로써 그를 살해하겠다니 그게 어디 가당하신 말씀이오?"

오왕 합려가 석요리의 몰골을 보고 그렇게 생각하는 것도 무리는 아니었다. 그래도 오자서는 단념하지 않았다.

"대왕께서 석요리의 외모를 보고 그렇게 판단하시는 것도 무리는 아니옵니다. 그러나 석요리는 경기 왕자보다도 훨씬 더 위대한 초휴흔이라는 괴웅(怪雄)을 손도 대지 않고 죽게 만든 절세의 영웅입니다. 신은 그 광경을 이 두 눈으로 분명히 목격하였습니다. 신이 그때의 광경을 말씀드리겠사오니 대왕께서는 들어 보시옵소서."

그런 다음 오자서는 석요리가 초휴혼을 죽지 않을 수 없게 만들었던 일을 소상하게 설명하였다.

오왕은 그제야 감탄해 마지않으며,

"보기에는 형편없는 사람인데 그토록 지혜로운 인물이었던가요? 그렇다면 내가 냉대를 한 것은 크나큰 실수였구려. 지금이라도 후궁(後宮)에 자리를 새로 베풀어 극진히 예우할 테니, 그를 다시 만나게 해주시오."

오왕은 후궁 별당에 위의(威儀)를 갖추어 좌석을 마련해 놓고, 오자서에게 일러 석요리를 정중히 모셔 오게 하였다.

오왕이 석요리를 반가이 맞아 상좌(上座)에 앉히니, 석요리도 그제야 예의를 갖추어 오왕에게 큰절을 올리며,

"대왕께서 바닷가의 민초(民草)를 이처럼 과분하게 대해 주시와 무상의 영광이옵니다."

하고 신하의 예를 갖춘다.

오왕은 한동안 환담을 나누다가,

"이미 오 대부한테서 자세한 말씀을 들으셨으리라 짐작합니다만, 우리는 지금 위나라에 가 있는 경기 왕자 때문에 골머리를 앓고 있소. 경은 그 문제에 대해, 우리에게 탁월한 지혜를 빌려 주시면 고맙겠소이다."

하고 말했다.

석요리는 오왕에게 국궁배례하고 나서 대답한다.

"오 명보한테서 자세한 말씀을 들어 이미 잘 알고 있사옵니다. 경기 왕자 하나쯤을 없애 버리기는 도마 위에 놓여 있는 고깃덩이를 자르는 것과 무엇이 다르오리까."

석요리의 호언장담에 오왕은 그만 어이가 없었다. 경기 왕자가 어

떤 인물인지를 전연 모르는 사람의 망언인 것 같아 오왕은 인식을 바로잡아 주려고 다음과 같이 말했다.

"경기 왕자는 내가 자기 아버지를 죽이고 왕위를 빼앗자 위나라로 망명한 인물이오. 지금은 위후(衛侯)에게서 3만 명의 군사를 얻어 오강(吳江) 강구(江口)에 진을 치고 호시탐탐 우리를 노리고 있는 중이오. 우리나라가 안정을 기하려면 어떤 일이 있어도 경기 왕자만은 없애 버려야 하오. 거기에 대해 경의 묘책을 들어 보고 싶소이다."

석요리는 한동안 깊은 생각에 잠겨 있다가 문득 고개를 들어 반문한다.

"경기 왕자는 지금 3만 군사를 거느리고 있다고 말씀하셨사온데, 그들이 모두 위나라 군사입니까? 혹시 오나라에서 도망간 군사는 없사옵니까?"

"경기 왕자를 따라간 도망병이 없을 리가 있소. 지금도 그들은 첩자를 보내 도망병들을 비밀리에 모집해 가고 있소이다."

석요리는 그 말을 듣더니 무릎을 칠 듯이 기뻐하며 말한다.

"그렇다면 기막힌 계책이 있사옵니다."

"어떤 계책인지 꼭 들어 보고 싶소이다."

비단 오왕뿐만 아니라 옆에 있던 오자서도 눈이 번쩍 뜨이는 것 같았다. 왜냐하면 석요리가 기막히다고 말할 정도면 기상천외한 계책임이 분명할 것이기 때문이었다.

석요리는 엄숙한 표정으로 대답한다.

"경기 왕자가 지금도 군사들을 유인해 가고 있다면, 우리는 그 섬을 역이용하는 것이 상책일 것이옵니다."

"그것을 어떻게 역이용한다는 말씀이오?"

"대왕께서는 신에게 대왕을 비방했다는 거짓 죄명을 씌우셔서 신의 처자식들을 모조리 죽이고, 신의 왼팔을 자르시옵소서. 그러면 신은 경기 왕자한테로 도망가 우선 그 사람의 심복 부하가 될 것입니다. 그 후의 일은 그때에 가서 형편에 따라 연구해 보기로 하지요."

말을 들어 보니 원대하고도 심오한 계책이었다. 큰일을 도모하기 위해 처자식을 죽이고 자신의 팔까지 절단하겠다는 것이니 얼마나 무섭고도 놀라운 계책인가.

오왕은 너무도 희생적인 계책에 머리가 절로 숙여져 옴을 느끼며,

"아무리 대사를 도모하기로 경의 처자식을 죽이고 팔까지 절단할 수는 없는 일이오."

하고 말했다.

그러자 석요리는 태연히 대답한다.

"어떤 일을 막론하고 무릇 대사를 성공시키려면 그만한 고통과 각오는 반드시 따라야 하는 것이옵니다. 세상에 대가 없는 성공이 어디 있으오리까?"

충의(忠義)가 아무리 중하기로, 충의를 위해 처자식을 죽인다는 것은 현대인으로서는 생각조차 할 수 없는 일이다. 그러나 전제군주 시대에는 군주를 위해 목숨을 바치는 것이 최고의 명예로운 일로 되어 있었다. 어느 나라를 막론하고 전국시대에는 그와 같은 기풍이 매우 농후하였다.

이 소설의 내용은 지금부터 2천 4, 5백 년 전인 공자(孔子)시대의 이야기임을 독자들은 이미 알고 있는 사실이거니와 그 당시 공자는 『논어(論語)』라는 책에서 '지사와 인인은 살기 위해 인을 해치는 일은 없어도, 몸을 죽여서 인을 이룩하는 일은 있다(志士仁人 無求生以害仁 有殺身以成仁)'라고 말한 일이 있는데, 그것으로써 그 당시의 기본 사상을 대강은 짐작할 수 있을 것이다. 오늘날 우리가 흔히 말하는 '살

신성인(殺身成仁)'이라는 문자는 거기서 유래된 말인 것이다.

그야 어쨌건 석요리는 충의 사상에 입각하여 처자식을 죽여 가면서까지 오왕에게 충성을 다하겠노라고 맹세하고 나섰다. 그러나 오왕 합려는 미안한 생각이 없지 않아 이렇게 말했다.

"처자식을 죽이면 후사가 끊겨 버릴 터인데, 그렇게까지 해가면서 경더러 나를 도와달라고 하기는 매우 죄송하구려."

그러자 오자서가 나선다.

"전하! 석 공이 오국을 위하고 주공을 위해 가문을 돌보지 않으려는 것은, 충의를 다하려는 적성(赤誠)의 소치인 줄로 알고 있사옵니다. 주공께서는 후사가 끊길 것을 염려하고 계시오나, 이번 일에 뜻을 이룬 연후에 주공께서 새 부인을 친히 얻어 주시면 후사의 염려는 해결될 것이 아니오니까? 바라옵건대 대왕께서는 석 공의 갸륵한 충성을 기꺼이 받아들여 주시옵소서."

오왕은 오자서의 간언을 그대로 받아들여 다음날 아침 만조백관들 앞에서 아래와 같이 살벌한 선포를 내렸다.

"제나라 사람 석요리라는 자가 나를 비방하고 돌아다니기로, 나는 그의 왼팔을 잘라 옥에 가두게 하고, 병사를 제나라에 보내 그자의 처자식들을 모조리 죽여 없애게 했으니, 만조백관들은 그리 알아주기 바라오."

만조백관들은 오직 놀라기만 했을 뿐, 그 연유를 아는 사람은 아무도 없었다.

석요리는 그날부터 아무도 모르게 피해 돌아다니다가 며칠 후에는 오강(吳江)을 건너 경기 왕자를 만나고자 하였다. 그러나 경기 왕자는 석요리를 믿을 수 없어 만나 주려고 하지 않았다.

이에 석요리는 군문(軍門) 앞에서 옷을 벗어, 팔이 잘린 상처를 병

사들에게 보여 주면서,

"오왕은 나의 팔을 절단하여 무고한 나에게 죄를 주었기에, 나는 경기 왕자를 믿고 여기까지 찾아왔다. 그런데 왕자는 나를 만나 주려고도 하지 않으니, 이 가련한 목숨은 누구를 의지하고 살아가야 할 것인가!"

하고 억울한 푸념을 해가면서 대성통곡을 하였다.

경기 왕자는 석요리라는 자가 군문 앞에서 통곡한다는 전갈을 받고, 곧 그를 진중으로 불러들였다. 첫눈에 보니 초라하기 짝이 없는 난쟁이였다. 게다가 팔이 잘려 버린 그의 왼편 어깻죽지에는 아직도 검은 피가 엉겨 붙어 있지 않은가.

경기 왕자는 부하들의 보고로 석요리의 신상에 대한 이야기를 죄다 알고 있으면서도 짐짓 모르는 척하고 묻는다.

"너는 오나라에서 처벌을 받고 이리로 도망을 왔다고 들었는데, 무슨 죄를 저질렀기에 팔을 잘렸느냐?"

"오왕을 비방했다는 죄로 팔이 잘린 것까지는 좋으나 소인의 처자식까지 몰살을 당했으니, 이런 억울한 일이 어디 있겠습니까?"

"음, 어떤 비방을 했기에 그처럼 무참한 형벌을 받게 되었느냐?"

"소인은 바른말을 했을 뿐이지, 오왕을 비방한 일은 한번도 없사옵니다."

"바른말을 했다면 처벌을 했을 리가 없지 않느냐? 어떤 말을 했기에 바른말을 했다는 것이냐?"

"오의 현왕 합려는 선왕을 시해하고 대위를 강탈한 것이니 왕이라기보다는 역적이라고 불러야 옳을 것이라고 말했을 뿐입니다. 그게 어찌 바른말이 아니고 비방입니까?"

경기 왕자로서는 눈물겹도록 고맙고 감격스러운 말들이었다.

"과연 네 말이 옳은 말이로다. 오나라의 현왕 합려는 네 말대로 왕이 아니라 역적임이 분명하다. 너와 같은 생각을 가지고 있는 백성들이 너 이외에도 많이 있느냐?"

"처벌이 무서워 감히 말을 못 할 뿐이지, 모두가 저와 같은 생각을 가지고 있사옵니다. 경기 왕자께서는 하루 속히 귀국하시어 왕위를 계승해 주시옵소서."

경기 왕자는 그 말을 듣자 두 눈에서 눈물이 비 오듯 흘러내렸다.

사태가 그 지경에 이르고 보니, 이제는 석요리를 의심할 여지가 추호도 없게 되었다. 의심을 품기보다는 오히려 무한한 신뢰감조차 느껴져서,

"네가 그런 참형을 당하고도 나를 찾아온 목적이 무엇이냐?"

하고 물어 보았다. 그의 소원이라면 무엇이든지 들어 주고 싶은 생각이 들었던 것이다.

석요리는 원한의 입술을 깨물며 대답한다.

"소인에게 남아 있는 오직 하나의 소원은 오왕 합려에게 원수를 갚는 일이옵니다. 듣자하옵건대 왕자께서는 부왕이 시해되신 이후로 많은 동지들을 규합하여 대위를 탈환하실 계획을 세우고 계시다고 하옵기에, 소인도 그에 가담하여 원수를 갚아 볼 생각으로 여기까지 찾아오게 된 것이옵니다. 그러지 않고서는 소인 혼자의 힘으로야 어찌 감히 원수를 갚을 수 있겠나이까?"

들어 보니 모두가 이치에 들어맞는 말들이었다. 경기 왕자는 감격의 고개를 끄덕이며 석요리에게 말한다.

"그대의 소원이 그렇다면, 내 어찌 받아들이지 아니하리오. 그러면 그대는 오늘부터 진중에 거처하면서, 원수를 갚는 일을 나와 함께 도모하도록 하자."

"홍은이 망극하옵니다."

석요리는 땅바닥에 머리를 조아려 보였다.

그로부터 며칠 후, 경기 왕자는 석요리를 조용히 불러 오나라의 내정을 탐문해 보았다.

"듣건대 오왕 합려는 오자서를 군사(軍師)로 삼고 백비를 대부에 임명하여 장성을 기르고 병사들을 훈련시켜, 국력이 점점 강해지고 있다던데 사실이더냐? 반면 우리는 병력도 적고 장수도 부족하여 부왕의 원수를 갚기가 매우 어려울 것 같으니 이를 어찌했으면 좋겠느냐?"

석요리가 대답한다.

"그런 것은 별로 걱정할 일이 아니옵니다."

"그게 무슨 소리냐?"

"실상인즉, 오자서와 합려는 사이가 좋지 않습니다. 오자서는 지금 퇴촌(退村)하여 밭이나 갈아먹고 있는 중이옵고, 백비가 있기는 하오나 그 사람은 국사를 영도할 인물이 못 되옵니다. 왕자께서 무엇 때문에 그들을 두려워하시옵니까?"

경기 왕자는 그 말을 듣자 분연히 노하며, 석요리에게 호통을 친다.

"이놈아 거짓말은 그만 하거라. 오자서는 합려에게는 생명의 은인이다. 뿐만 아니라 합려를 왕위에 오르게 만들어 준 사람도 바로 오자서가 아니더냐. 합려와 오자서는 군신지덕(君臣之德)이 그처럼 합일되어 있는데 네놈은 그들의 사이가 좋지 않다고 말하고 있지 않느냐. 네놈은 그들이 파견한 간자(間者)가 분명하렷다?"

경기 왕자는 불을 뿜는 듯한 호통을 지르고 나서 즉시 호위 군사를 불러,

"여봐라! 이놈을 당장 끌어내어 목을 베어라."

군사들이 벼락같이 덤벼들어 석요리를 밖으로 끌어내려 하였다. 그

러나 석요리는 겁내는 기색을 눈곱만큼도 나타내지 아니하고, 오히려 비웃는 듯한 표정조차 지어 보이면서 경기 왕자에게 이렇게 말한다.

"왕자는 인명(仁明)의 달사(達士)라고 들었소. 그처럼 명철하다는 사람이 어찌 사물의 표리(表裏)를 제대로 분별할 줄 모르고 무고한 사람을 함부로 죽이려고 하오. 나 같은 병신은 어차피 오래는 살지 못할 몸, 지금 죽기로 조금도 원통할 것이 없소. 그러나 처자식의 원수를 갚지 못해 죽어도 눈을 감지 못할 것 같구려. 그래서 하는 말인데, 죽기 전에 꼭 이 말만은 듣고 나서 죽여 주오."

경기 왕자는 석요리를 끌어내려는 군사들을 제지시켜 놓고 나서,

"죽기 전에 꼭 하고 싶다는 말이 무슨 말이냐? 그 말만은 들어줄 테니, 어서 말해 보아라!"

석요리는 경기 왕자의 허락을 받고 나서도, 깊은 침묵에 잠긴 채 좀처럼 입을 열려고 하지 않았다.

"하고 싶다는 말이 무엇인지 어서 말해 보아라. 왜 말을 아니 하느냐?"

석요리는 그 사이에 마음이 달라졌는지 고개를 가로저으며,

"내가 말을 해본들 아무 소용이 없을 것 같으니, 차라리 아무 말도 아니하고 미련 없이 죽겠소. 나를 이대로 끌어내어 죽여 주시오."

하고 나오는 것이 아닌가.

상대방이 그렇게 나오니, 경기 왕자는 몹시 궁금하였다. 내심으로는 혹시나 무슨 중대 정보라도 얻을까 싶어 은근히 기대하고 있었는데, 손바닥을 뒤집듯 태도를 표변해 버리니 이제는 이쪽이 등이 달아오를 지경이었다.

"조금 전에는 그처럼 하고 싶어 하던 말을 갑자기 안 하겠다는 것은 무슨 까닭이냐?"

석요리는 또다시 오랫동안 침묵에 잠겨 있다가 문득 고개를 들며 말한다.

"이왕 말이 났으니 모든 것을 솔직하게 말하겠소. 내가 죽은 후에라도 경기 왕자가 오왕을 쳐부수어 원수를 갚으면 나로서는 그것이 곧 처자식들의 원수를 갚아 주는 것과 마찬가지 결과가 된다고 여겼소. 그래서 나는 죽기 전에 오나라에 대한 정보를 제공하려고 했던 것이오. 그러나 아무리 생각해 보아도 당신은 정세 판단을 근본적으로 그르치고 있어 원수를 갚을 가망이 전연 없어 보이니, 죽어 가는 내가 무엇 때문에 아무 보람도 없는 말을 지껄여대겠소."

이제는 '당신'이라는 말까지 써가면서 노골적으로 경멸하는 언사를 동원한다. 그러나 경기 왕자는 감정적인 반감보다도 '정세 판단을 근본적으로 그르치고 있다'는 말에 등이 후끈 달아올랐다. 자기가 모르는 오나라의 중대 비밀을 석요리만은 알고 있는 것이 분명해 보였기 때문이다.

"내가 정세 판단을 근본적으로 그르치고 있다니, 그건 또 무슨 소리냐?"

"나는 다만 사실을 사실대로 말했을 뿐이오. 죽는 놈이 뭐가 무서워 거짓말을 하겠소."

"내가 정세 판단을 잘못하고 있다면 그대가 죽기 전에 그 점을 지적해 줘야만 후일 내가 그대의 처자식에 대한 원수를 갚아 줄 수 있을 게 아니겠느냐?"

왕자는 점점 등이 달아올랐다. 석요리가 마치 경기 왕자를 위에 올려놓고 장난감 다루듯 하는 결과가 되고 만 것이었다. 석요리는 경기 왕자의 말에 수긍이 가는 듯 고개를 끄덕거리며,

"말씀을 들어 보니 아무 말도 아니 하고 죽느니보다는 하고 싶은

말을 하고 죽는 편이 역시 유리할 것 같구려. 그렇다면 모든 것을 기탄 없이 말해 버리기로 하지요. 이렇게 말하면 노엽게 생각할지 모르지만 경기 왕자는 이론만 알았지 현실을 모르는 사람이오. 이론과 현실은 반드시 일치되는 것은 아니오. 이론과 현실은 완전히 일치될 때도 있지만, 때로는 정반대일 경우도 없지 않다는 말이오."

석요리는 알아듣기 어려운 변론을 몇 마디 늘어놓고는 일단 말을 끊었다. 무서운 심리 작전이었던 것이다.

경기 왕자는 석요리의 말을 도무지 해득할 수가 없었다.

'이론과 현실은 일치될 때도 있지만, 때로는 정반대일 경우도 없지 않다' 라는 말은 도대체 무엇을 뜻하는 것일까. 그 말이 무엇을 뜻하는 것인지는 몰라도 석요리가 오나라의 중대 비밀을 알고 있는 것만은 의심할 여지가 없어 보였다. 그러한 비밀을 탐지해 내려면 일단 석요리의 환심을 사는 수밖에 없었다.

"그대가 만약 나에게 조금이라도 도움이 될 수 있는 말을 들려준다면, 나는 그대의 죄를 사면해 주겠다. 경우에 따라서는 벼슬을 주어 소중하게 등용할 용의도 없지 않다. 그러니 오나라의 사정을 아는 대로 샅샅이 말해 보라."

그러나 석요리는 여전히 냉정한 얼굴로,

"나는 비겁하게 살려고 애를 쓰는 놈은 아니오. 다만 억울하게 죽은 처자식들의 원수를 갚아 줄 수 있으면 하는 마음에서 오나라의 내정을 경기 왕자께 소상하게 말해주겠소."

"……."

경기 왕자는 입을 다물고, 귀를 바짝 기울였다.

석요리가 조용히 말한다.

"왕자는 오왕과 오자서가 완전히 밀착되어 있는 줄로 알고 있지만 그것은 옛날의 일이고, 지금은 사이가 나빠도 이만저만 나쁘지 않다는 말이오. 그것만은 몰라서는 안 될 중대한 일이오."

"옛날에는 그처럼 가까웠던 그들이 지금은 무엇 때문에 사이가 벌어지게 되었다는 말인가?"

"그것은 조금만 생각해 보면 누구나 알 수 있는 일이오. 오자서는 오군(吳軍)의 힘을 빌어 원수를 갚으려고 희광 공자를 도와 왕위에 오르게 만들었소. 희광 공자는 왕위를 빼앗으려고 오자서에게 원수를 갚아 주겠다는 약속을 철석같이 하면서 그의 재주를 최대한으로 이용했던 것이오. 그러하니 희광 공자가 왕위에 오를 때까지 두 사람의 관계는 완전히 밀착되어 있을 수밖에 없었지요. 그런 것을 동상이몽(同床異夢)이라고 하던가요. 아무튼 제각기 다른 꿈을 품고 있으면서도 하나의 이불 속에서 뒹굴고 있었던 것만은 사실이지요. 그러나 희광 공자는 왕위에 오르고 나자 마음이 크게 달라졌다오."

"어떻게?"

경기 왕자는 정신없이 반문하였다.

"희광 공자가 오자서의 도움으로 왕위에 오른 직후, 공교롭게도 오자서의 원수인 초 평왕과 비무기가 모두 죽어 버렸소. 오자서는 그래도 초를 치고 싶어 했으나 희광 공자는 왕위에 오르고 나자 남의 싸움에 더 이상 말려들고 싶어 하지 않았소. 그래서 '초 평왕과 비무기가 모두 죽어 버렸는데 이제 무슨 원수 갚음을 하겠다는 것이오' 하고 말하면서 오자서의 토초 계획(討楚計劃)을 정면으로 반대했단 말이오. 이를테면 자기 목적을 달성하고 나자 옛날의 약속을 헌신짝처럼 내던져 버린 셈이니 오자서가 분개하지 않을 리 없지요. 나도 오왕의 배신 행위를 비방하고 돌아다녔는데, 결국 내가 팔이 잘리고, 내 처자식이 몰살을 당하게 된 원인도 바로 그 때문이었다오."

경기 왕자가 들어 보니, 석요리의 말에는 전혀 거짓이 없어 보였다. 오자서의 원수인 초 평왕과 비무기가 죽은 것도 사실이었고, 석요리 자신의 팔이 잘린 것도 사실이었고, 희광 공자는 왕이 되고 나자 남의 싸움에 더 이상 말려들고 싶지 않아 오자서의 토초 계획을 만류했을 수도 있는 일이 아닌가.

경기 왕자는 석요리를 지나치게 의심했던 자신을 크게 뉘우치며,

"나는 그런 사정도 모르고 그대를 의심했었구려. 그러면 지금 그들을 치면 승산이 있겠소?"

하고 물었다.

"물론이지요. 지금 쳐들어가지 않으면 보복할 기회를 영원히 놓치게 될 것이오. 지금 곧 쳐들어가면 합려왕 따위는 대번에 섬멸시킬 수 있소."

석요리는 거기까지 말하고 나서 호위병들을 돌아다보며,

"자, 내가 하고 싶었던 말을 다해 버렸으니 이제는 나를 속히 데리고 나가 죽여다오."

하고 말했다. 그러자 경기 왕자는 크게 당황하여 석요리의 손목을 덥석 끌어당기면서,

"선생이 그런 말씀을 들려주시지 않았던들, 나는 보복할 기회를 영원히 놓쳐 버릴 뻔했소이다. 이제는 다른 생각 마시고 원수 갚을 계획을 나와 함께 세우기로 합시다. 우리가 원수를 갚으려면 선생 같은 분의 도움이 꼭 필요합니다."

하고 애원하듯 말했다. 석요리는 마음을 돌리려는 듯 주위를 살펴보고 나서 말한다.

"군기를 함부로 누설해서는 안 되는 법이오. 나도 조용히 생각해 볼 테니 2, 3일간 말미를 주시오."

그날부터 석요리는 경기 왕자가 거처하는 전각 별당에서 편히 지낼 수 있게 되었다.

다시 그로부터 며칠 후 경기 왕자는 석요리를 오강(吳江)에 띄워 놓은 화방(花舫)으로 모셔다 단둘이 술을 나누면서 묻는다.

"합려 왕을 토벌할 계책을 가르쳐 주시오."

석요리가 대답한다.

"합려 왕이 선왕을 시해하고 비록 왕위에 올랐다고는 하지만 엄여와 촉용의 두 왕제(王弟)가 국외로 망명 중인데다가 백성들의 원한이 많아 그가 의지하는 사람은 오직 오자서뿐이었소. 그러나 오자서는 토초 계획이 수포로 돌아가자 벼슬에서 물러나 농사를 짓고 있기 때문에 합려 왕은 이제 완전한 고립 상태나 마찬가지요. 그러니 경기 왕자께서 지금이라도 오자서에게 내응 요청의 밀서를 보내, 만약 합려 왕을 섬멸시키고 왕위에 오르면 반드시 초나라를 치겠다는 약속을 하십시오. 그렇게만 하면 오자서가 기꺼이 내응해 줄 것은 불을 보듯 명확한 일입니다."

경기 왕자는 그 말을 듣고 크게 기뻤다. 오자서의 내응만 얻게 된다면 승리는 확고부동해질 것이기 때문이었다.

경기 왕자는 오자서와의 내응 문제가 걱정스러워,

"오자서가 과연 나의 내응 요청을 받아들여 줄 것 같으오?"

그러자 석요리가 단호한 어조로 대답한다.

"오자서가 초나라를 치려는 것은 평생의 소원이기 때문에, 누구든 조건만 들어 준다면 틀림없이 응해 줄 겁니다. 더구나 경기 왕자께서는 어엿한 선왕의 아드님이 아니시오. 밀서를 보내기만 하면 오자서는 크게 기뻐하면서 내응해 줄 것이 뻔한데 무엇 때문에 주저하고 계시오. 부질없이 의심만 하다가는 큰일을 못 하게 되는 법이오. 나를 죽이려고 했던 것도 그놈의 의심 때문이 아니었소."
　석요리가 그렇게 말하고 크게 소리를 내어 웃자 경기 왕자는 무안한 듯 따라 웃으면서,
　"지나간 얘기는 그만 하시오. 오늘은 술이나 마음껏 마시기로 하고, 모든 일을 내일로 미룹시다. 지금 내 마음은 천하를 얻은 듯이 기쁘오."
　때마침 한여름인지라 강가에는 연꽃이 만발하였다. 경기 왕자는 연꽃 몇 송이를 따다가 커다란 술잔을 만들더니 연성 경음(鯨飮)을 해가면서 석요리에게도 권한다.
　"나는 아직 팔의 상처 때문에 술을 마실 수 없습니다. 내 대신에 왕자께서나 더 드시오."
　경기 왕자는 술을 한없이 마시고 나더니, 나중에는 몸이 달아오르는지 웃통을 벗어부치고 갑판 위에 네 활개를 쭉 뻗고 누워 버린다. 이윽고 그는 정신없이 곯아떨어져 허리에 품고 다니던 호신용 비수(匕首)가 밖으로 밀려나오는 것도 모르고 코만 골고 있었다.
　석요리는 이때다 생각하면서도 만일을 염려하여,
　"왕자! 그만 주무시고 일어나십시오."
　하고 일부러 깨워 보기까지 하였다. 그러나 경기 왕자는 왕위에 오르는 꿈이라도 꾸고 있는지 이따금 싱글벙글하면서도 완전히 인사불성이었다.
　석요리는 마침내 경기 왕자의 비수를 움켜잡고 하늘 높이 치켜들었다가 심장을 향하여 힘차게 내리 찔렀다. 두 번 세 번 연거푸 내리 찌르니 천하의 장사인 경기 왕자도 한동안 요동을 하다가 제풀에 죽어 버리고 말았다.
　멀리서 망을 보고 있던 호위병들이 급히 달려와 석요리를 체포하

였다.

석요리는 군사들에게 체포된 채 말한다.

"너희들은 내 말을 잘 들었다가 세상에 전해다오. 나는 아직도 확실히 모를 세 가지가 있다. 첫째는 처자식까지 죽여 가면서 남을 위한 것이 과연 인(仁)이냐 하는 점이요, 둘째는 신왕(新王)을 구해 구왕(舊王)의 아들을 죽인 것이 과연 의(義)겠느냐 하는 점이요, 셋째는 내 몸을 손상시켜 가면서 남을 위해 일한 것을 과연 지(智)라고 볼 수 있겠느냐 하는 점이다. 나는 그 세 가지를 모두 잃어버린 몸이니 이제는 죽을 수밖에 없다. 너희들은 빨리 고국으로 돌아가 선량한 백성이 되거라."

그런 다음 석요리는 스스로 강물에 몸을 던져 죽어 버렸다. 후일 오왕과 오자서는 그러한 사실들을 알고 석요리를 왕후(王候)의 예우로써 장사 지내 주었다.

지기상합(知己相合)

오왕 합려는 두통거리였던 경기 왕자를 처치해 버리고 나자 그처럼 기쁠 수가 없었다. 그는 석요리를 왕후의 예우로 장사 지내 주고 나서 오자서에게 말한다.

"내가 오늘부터는 두 다리를 뻗고 잠을 잘 수 있게 되었소. 국가의 기틀이 이처럼 쉽게 튼튼해지게 된 것은 오로지 오 대부의 덕택이오."

"주공께서 흡족해 하시니 신은 그지없이 기쁘옵니다. 그러나 경기 왕자를 처치한 것은 신의 공적이 아니옵고, 석요리의 공적이옵니다. 석요리의 희생적인 충성심과 탁월한 지혜가 없었던들 경기 왕자를 그처럼 간단히 살해할 수는 없었을 것이옵니다."

"그건 나도 알고 있소. 석요리가 그처럼 비범한 인물이었음을 나는 전혀 모르고 있었으니, 돌이켜 보면 참으로 부끄러운 일이오. 그러나 석요리라는 인물을 진작부터 알고 계셔서 나에게 천거해 준 사람이 바로 오 대부가 아니었소. 그러니 오 대부의 공적은 석요리에 비할 바가 아니오."

"홍은이 망극하옵니다."

"나는 경기 왕자를 지혜로써 살해할 생각은 미처 못 하고, 오로지 군사를 일으켜 전쟁만 하려고 했소. 만약 그렇게 되었더라면 승부가 어떻게 되었을지 모를 일이 아니오. 그 일을 생각하면 오 대부의 공적을 더욱 높이 평가하고 싶구려."

"과분하신 칭찬에 몸둘 바를 모르겠습니다. 그러기에 병서(兵書)에도 '백 번 싸워 백 번 이긴다고 해서 선지선(善之善)이 아니다. 싸우지 아니하고 이겨야만 선지선이다' 라는 말이 있지 아니 하옵니까?"

오왕은 그 말을 듣고 크게 감탄하며,

"허어, 어떤 병서에 그런 말이 씌어 있소?"

"그것은 유명한 『손자병법』에 나오는 말이옵니다."

"『손자병법』이라구요? 그런 병서가 있었던가요?"

오왕은 『손자병법』에 대해 전연 아는 바가 없는 모양이어서, 오자서는 손무라는 인물에 대해 자세한 설명을 들려주고 나서,

"신이 이번에 경기 왕자를 제거하는데 전쟁을 피하고 지략을 이용하게 된 것도 결국은 『손자병법』에서 배운 계책이었던 것이옵니다."

하고 말했다.

"그렇다면 그 책을 나도 꼭 한번 읽어보고 싶구려."

"손무 선생은 지금도 병법을 꾸준히 연구하고 계시는데, 제가 알고 있는 것은 그중의 일부분에 지나지 아니합니다. 그러나 그것만으로도 대단한 저술이오니, 대왕께서도 꼭 한번 읽어보아 주시옵소서."

그 다음날 오자서는 미완성의 『손자병법』이라는 책을 오왕에게 전하면서,

"전하! 국가의 기틀은 이미 튼튼하게 되었습니다. 이제는 초나라를 칠 실력도 충실해졌다고 생각되옵는데, 신의 소원은 언제쯤에나 풀어

주시겠나이까?"

하고 물었다. 초나라를 치는 것은 여전히 오자서의 뼈에 사무치는 소원이었던 것이다.

오왕은 오자서의 소원을 못 들어 주겠노라고는 말할 수 없었다. 왜냐하면 오자서는 생명의 은인인데다 오늘날 왕위를 누릴 수 있게 한 장본인이었기 때문이다. 그러나 초와 같은 강대국을 섣불리 치려다가는 이쪽이 망할 것이 아닌가. 그러기에 오왕은 내심 적잖이 주저하며 이렇게 말했다.

"오 대부의 평생소원을 내 어찌 모르리오. 그러나 우리는 아직 군사도 미약하지만 장수가 적어 걱정이구려. 전쟁을 하려면 특출한 원수(元帥)가 한 사람이라도 있어야 하는데, 우리는 그와 같은 인물이 없단 말이오."

그러자 오자서가 말한다.

"신이 그런 인물을 한 사람 천거하겠습니다. 그 사람을 원수로 삼으시면 초를 격파하고도 남음이 있을 것이옵니다."

"오 대부가 천거하겠다는 인물이 누구요?"

"어제도 잠깐 말씀드린 바 있는 『손자병법』의 저자 손무를 원수로 삼으면 반드시 승리할 것이옵니다."

"손무란 도대체 어떤 사람이오?"

"손무는 제(齊)나라의 영구(營丘) 태생이온데, 어렸을 때부터 이인(異人)에게서 비법을 전수받아 위로는 호풍환우(呼風喚雨)의 재주를 갖추었고, 아래로는 귀신도 습복시키는 신통력을 지닌 인물입니다. 게다가 일찍부터 병법 연구에 심혈을 기울여 온 까닭에, 용병법(用兵法)과 포진법(布陣法)에도 통효(通曉)하고, 천문지리에도 통하지 않는 것이 없사옵니다."

오자서가 손무를 진심으로 숭배하고 있는 것은 사실이었지만 원수로 모셔다가 초를 치려고 추천사를 과장되게 늘어놓는 것이었다.

오왕은 말만 들어도 흐뭇한 느낌이었다.

"허어, 손무란 사람이 그렇게도 훌륭한 인물이던가요?"

"대왕전에 신이 어찌 거짓 말씀을 아뢰오리까. 신은 전날 석요리를 천거하여 국리를 크게 얻은 바 있사오나 손무 선생에 비기면 석요리 따위는 한 개의 발가락 같은 존재에 불과하옵니다."

오자서가 그렇게까지 열성적으로 나오니 오왕은 마음이 동하지 않을 수 없었다.

"그런 사람이라면 꼭 모셔 오도록 합시다. 우리가 청하면 와 주기는 하겠소?"

"그분은 본시 명리(名利)를 초월하여 누구의 부름에도 응하지 않고, 오로지 홀로 병법 연구에만 몰두해 오고 있는 중이옵니다. 그러나 신하고는 옛날부터의 심우(心友)이기 때문에, 신이 간곡히 부탁하면 응해 줄 것이라 믿사옵니다. 그 대신, 예의만은 극진히 갖추어야 합니다."

"그렇다면 그분을 꼭 모셔 오도록 합시다. 그분은 지금 어디 계시오?"

"전에는 제나라의 낭랑산중에 살고 계셨는데, 일전에 신이 찾아가 보니 여행 중이어서 소재가 분명치 아니했습니다."

"소재를 모르면 모셔 올 수 없는 일이 아니오?"

"어떤 일이 있어도 그분을 꼭 모셔 오도록 하겠습니다."

오자서의 결의는 확고부동하였다. 오자서는 손무를 원수로 모셔 오려고 대부 백비에게 친서(親書)를 써 주며 말한다.

"대부는 이 편지를 가지고 제나라에 가서 손무 선생을 모셔 오도록 하오. 손무 선생이 어쩌면 부재중일지도 모르니 그런 경우에는 어떤 방법을 써서라도 찾아내어 꼭 모시고 돌아와야 하오."
 백비는 명을 받고 곧 제나라의 낭랑산으로 손무를 찾아갔다. 그러나 손무는 1년 전부터 외국으로 여행 중이어서 언제 돌아올지 모른다는 대답이 아닌가.
 백비는 기가 막혀 집을 지키고 있는 노인에게 미주알고주알 캐물어 본다.
 "외국으로 여행을 떠나셨다니 어느 나라에 가셨다는 말씀이오?"
 "저희들은 그것을 모르옵니다."
 "언제쯤 돌아오신다고 하셨소?"
 "언제 돌아오실지 그것도 모르옵니다. 선생께서 집을 떠나실 때 3년이 걸릴지 10년이 걸릴지 가봐야 알겠노라는 말씀만 하셨습니다."
 "무슨 목적으로 여행을 떠나셨는지 그것도 모르오?"
 "저희들이 그것을 어떻게 압니까? 그러나 선생은 병법을 연구하시는 관계로, 고전장(古戰場)을 현지답사하시는 것을 유일한 낙으로 삼아 오고 계십니다. 지금 여행하시는 목적도 역시 그것에 있는 것이 아니겠습니까?"
 "음! 고전장의 현지답사라?"
 그러나 어느 나라로 갔는지를 몰라서는 그것도 탐색의 근거가 되지 못한다. 중원(中原)에는 나라도 많거니와 고전장도 허다한데, 어디서 그를 찾아낸단 말인가.
 백비는 생각할수록 눈앞이 아득하여,
 "주인 어른이 길을 떠나면 어디로 가시는지는 알고 있어야 힐 게 아니오? 떠나신 후에는 아무런 기별도 없었던가요?"
 하고 원망스럽게 나무라 주었다. 그러자 노인은 불현듯 생각이 나는지,

"아 참, 선생께서 직접 기별을 보내 주신 일은 없으나 일전에 송(宋)나라에서 돌아온 사람의 말에 의하면, 선생이 지금쯤 정(鄭)나라에 계실 것이라는 말을 들은 일은 있사옵니다."

하고 말하는 것이 아닌가.

백비는 그 말에 귀가 번쩍 틔어 자세하게 캐어물어 보니 노인은,

"누가 선생을 송나라에서 만나 뵈었는데 그때 선생 말씀이 곧 정나라로 가겠노라고 하시더랍니다. 그러니 선생을 꼭 만나 보시려거든 지금이라도 정나라로 가 보십시오. 정나라의 고전장을 찾아가면 선생을 틀림없이 만나 뵐 수 있을 것이옵니다."

그야말로 남대문 입납(入納)과 같은 소리였다. 그러나 무슨 일이 있어도 손무를 꼭 찾아내야 할 임무를 띠고 있는 백비로서는 설사 헛물을 켜는 한이 있어도 정나라로 찾아가 보는 수밖에 없었다.

백비는 정나라에 오자 곧 고전장부터 알아보았다. 그러나 정나라에는 고전장이 한두 곳만이 아니어서 생각할수록 눈앞이 아득하였다.

손무는 그럼 지금쯤 어디를 어떻게 떠돌아다니고 있는 것일까. 우리들은 우선 손무의 행방부터 추적해 보기로 하자.

손무가 장기 계획으로 외국 여행을 떠나게 된 근본 목적은 여러 나라의 고전장을 실제로 답사해 보면서 병법을 철저하게 연구해 보려는 데 있었다. 그러나 실상인즉 그에게는 숨은 목적이 따로 있었으니, 그것은 심우 오자서를 직접 찾아보자는 데 있었다. 오자서의 소식이 끊긴 지 어느덧 7, 8년! 살아 있다면 무슨 수를 써서라도 소식을 전해 왔을 터인데, 송나라로 떠나가면서 보내 온 편지가 마지막 소식이었다.

손무는 그 후 소식이 궁금해 견딜 수가 없었다. 사실인즉 오자서는 그 후에도 1년에 한두 차례씩은 반드시 인편을 통해 손무에게 소식을 전했다. 그러나 그러한 편지들이 손무의 손에는 한번도 전달되지 않

앉던 것이다.

 손무는 생각할수록 오자서가 걱정스러워 마침내 소식을 직접 알아보려고 정처 없는 여행을 떠나 보기로 한 것이었다.

 초나라는 오자서를 잡아 죽이려고 혈안이 되어 있었다. 그렇다면 오자서는 이미 죽어 버린 목숨인지도 모른다. 손무는 집을 떠날 때 문득 그런 생각이 들었다.

 '오자서를 잡아오는 사람에게 상금으로 좁쌀 5만 석에 태대부(太大夫)의 벼슬까지 주겠다' 라는 초나라의 방문이 여러 나라에 나붙어 있었으므로, 상금에 눈이 어두운 불량배들이 오자서에게 눈독을 들이고 있을 것은 뻔한 일이 아니던가. 그러나 손무는 그와 같이 불길한 생각이 떠오르자 머리를 힘차게 흔들며 이렇게 중얼거렸다.

 '아니다! 오자서는 절대로 죽지 않았다. 그는 어리석은 자들의 손에 호락호락 붙잡혀 죽을 인물이 아니다. 그는 무용(武勇)에 있어서나 지모에 있어서나 불세출의 영웅호걸이 아니던가.'

 물론 여러 나라로 쫓겨 다니느라 고초가 심했을 것은 들어 보지 않아도 가히 짐작할 수 있는 일이었다. 때로는 끼니조차 굶는 경우도 많았을 것이요, 신세타령을 하며 남몰래 눈물도 많이 흘렸으리라 그러나 어떠한 고초와 시련도 부형의 원수를 갚겠다는 집념만은 꺾지 못했을 것 같았다.

 손무는 오자서의 행방을 알기만 했다면 진작에 그를 찾아 나섰으리라. 그러나 행방을 전연 모르기 때문에 무슨 소식이 이제나 있을까 저제나 있을까 8, 9년을 기다리다 못 해 마침내 정처 없는 길을 떠나게 된 것이었다.

 오자서가 마지막 편지를 보내 온 곳이 송나라였기에 손무의 발걸음도 그리로 향했다. 그러나 넓디넓은 천지에서 숨어 다니는 사람 하나를 찾아내기는 하늘의 별따기보다 어려운 일이었다.

'에라, 조급하게 서둘러 보았자 별 수 없는 일이니, 마음을 느긋하게 먹고 우선 전지답사(戰地踏査)나 해보기로 하자. 10년쯤 각오하면 언젠가는 만날 날이 있겠지.'

손무가 알아보니 송나라에는 유명 고전장이 하나둘만이 아니었다. 그중에서도 수읍성(遂邑城)은 가장 유서가 깊은 고전장이기에 손무는 우선 그곳부터 현지답사하기로 작정하였다.

수읍성은 본시 송나라의 영토였다. 그것을 노(魯)나라가 억지로 점령하고 돌려주지 않아 송나라가 부득이 제, 채(蔡), 진(陳) 등과 연합군을 결성하여 무력으로 돌려받을 때의 전쟁터였다.

노나라가 점령하고 있을 때의 성주는 장오귀(張五貴)라는 일기당천(一騎當千)의 맹장이었다. 그는 연합군의 공격을 받게 되자 몸소 대군을 이끌고 나와 싸우는데, 그 기세가 자못 장엄하였다.

연합군의 총지휘관이었던 제장(齊將) 관중(管仲)은 산상에서 전투를 지휘하는데, 노군(魯軍)의 기세가 워낙 등등하여 여간해서는 당해내기가 어렵다는 것을 알았다. 그리하여 관중은 산상 지휘소에서 정도(正道)와 기도(奇道)를 혼합한 전법을 쓰기로 하고, 홍기를 휘둘러 좌측의 채군(蔡軍)이 나가 싸우게 하다가 그들이 불리해진 듯하면 이번에는 청기를 휘둘러 우측의 송군(宋軍)으로 싸움을 교체하게 하였고, 그들 역시 전세가 불리하게 되면 이번에는 흑기를 휘둘러 제군(齊軍)으로 싸움을 교체하게 하였다.

그 모양으로 3개국 연합 군사를 깃발 하나로 지휘하는데, 통솔력이 얼마나 우수했던지 3개국 군사가 교체되는 과정에서 추호의 혼란도 일어나지 않았다. 그러므로 천하의 효장(驍將)이라던 노나라의 장오귀도 정신적으로 압도되어 마침내 성을 내주고 말았다.

손무는 현지를 답사하는 중에 그 지방의 고로(古老)들로부터 그와 같이 흥미진진한 군담(軍談)을 수도 없이 얻어들었는데, 그런 이야기가 병법 연구에 많은 도움이 되었다.

그리하여 손무는 그가 저술중인 『손자병법』의 「병세편(兵勢篇)」에 다음과 같은 말을 기술해 넣었다.

무릇 많은 군사를 적은 군사 지휘하듯 하려면 무엇보다도 부대를 조직적으로 편성해야 한다(凡治衆如寡 分數是也). 그리고 또, 대부대를 소부대와 같이 잘 싸우게 하려면 무엇보다도 명령 계통을 분명하게 세워놓아야 한다(鬪衆如鬪寡 形名是也).

이상과 같은 손무의 병법 이론은 비단 지휘관이 장병들을 통솔해 나가는데 필요한 요체일 뿐만 아니라 사업가가 많은 종업원들을 통솔해 나가는 데 있어서도 반드시 알아 둬야 할 비결일 것 같기도 하다.

아무튼 손무는 수읍성의 현지답사에서 병법 연구에 많은 소득을 얻었다. 그는 최고 지휘관이었던 관중이 깃발 하나로 세 나라의 군사를 일사불란하게 지휘했다는 말을 듣고 나서 다음과 같은 결론도 얻을 수 있었다.

혼성 부대의 군사가 적을 맞아 반드시 패함이 없게 하려면 기도와 정도의 전법을 교묘하게 뒤섞어 가면서 써야 한다(三軍之衆 可使必受 敵而無敗者 奇正是也). 대저 전쟁이란, 정도로서는 싸우기만 하게 되므로, 이기는 데는 기도를 써야 한다. 그러므로 기도를 잘 쓰는 자는 무궁하기가 천지와 같고, 마르지 않음이 강하와 같다(凡戰者 以正合 以奇勝故善出奇者 無窮如天地 不竭如江河).

손무는 병법 연구를 위해 송나라의 고전장들을 답사하고 돌아다니면서도 오자서를 찾는 노력만은 조금도 게을리 하지 않았다. 그러기에 저녁마다 일부러 싸구려 객주로 숙소를 옮겨 다니면서 주인 내외를 붙잡고,

"혹시 이러이러한 사람이 이 집에서 자고 간 일이 없습니까?"

하고 오자서의 행방을 열심히 추적해 보곤 했다. 그러나 오자서를 만나 보았다는 사람은 아무도 없지 않은가. 어느덧 송나라에서 4, 5개월 동안이나 체류했건만 오자서를 찾아낼 가망은 거의 없었다. 이제는 다른 나라로 가봐야 하겠는데, 도대체 오자서는 어느 나라로 가 버린 것일까? 손무는 오자서의 행방을 몰라 어느 나라로 가야 할지 마음을 정하기 어려웠다.

그러던 어느 날, 거리를 무작정 싸돌아다니고 있노라니 어느 부잣집 돌담 밑에 70이 넘어 보이는 관상가가 홀로 앉아 있었다. 손무는 관상쟁이 앞에 털썩 주저앉아 복채를 내놓으며,

"노인장! 내 관상이나 좀 보아주십시오."

하고 말했다. 관상쟁이는 손무의 이목구비(耳目口鼻)를 자세히 더듬어 보더니 적이 놀라는 표정을 지으며 이렇게 말한다.

"허어, 당신은 어쩌면 관상이 이리도 좋소. 나는 팔십 평생에 수십만 명의 관상을 보아 왔지만 당신처럼 뛰어난 얼굴을 보기는 오늘이 처음이오. 관상학에서는 '출장입상지상(出將入相之相)'을 으뜸으로 삼아 오는데, 당신이야말로 '출장입상지상' 바로 그것이구려!"

손무는 고소를 금할 길이 없었다.

"출장입상지상이오? 허허허, 두메산골에서 밭이나 갈아먹는 촌놈에게 그건 당치도 않은 말씀입니다."

그러나 관상쟁이 영감은 자신이 만만한 듯 고개를 힘차게 흔든다.

"당신이 지금까지 어디서 무엇을 해먹고 있었는지는 나도 모르오. 내가 알아볼 수 있는 것은 오직 관상뿐인데, 당신 얼굴에는 '출장입상지상'이 뚜렷하게 나타나 있는 것을 난들 어떡하오. 누가 알겠소. 지금은 전시인데다가 당신은 허우대도 장대하고, 학식도 풍부해 보이니 혹시 어느 나라에서 장군으로 모셔 갈지도 모를 일이 아니오. 내일 일을 모르는 것이 사람의 팔자가 아니겠소."

"노인장께서 제 얼굴을 그토록 좋게 보아주시니 아무튼 감사합니다."

손무는 일단 감사의 뜻을 표하고 나서,

"그보다도 지금 꼭 알아야 할 일이 하나 있습니다. 저는 지금 심우(心友)를 애타게 찾아다니고 있는 중인데, 그 사람이 어느 나라에 가 있는지 도무지 알 길이 없습니다. 어디 가면 그 친구를 만날 수 있을지 점을 한번 쳐 주십시오."

"그것은 어렵지 않은 일이오."

점쟁이는 서죽(筮竹 : 산가지) 20여 개를 두 손으로 모아 잡고 주문을 한참 외다가 그것을 이리 벌려 보기도 하고, 저리 벌려 보기도 하더니 문득 점괘를 이렇게 말한다.

"동남방행 즉 지기상합(東南方行 卽 知己相合)이라. 동남방으로 가면 만나게 될 것이오."

손무는 점괘만 들어도 눈앞이 환히 밝아 오는 기분이었다.

"노인장 말씀대로 동남방으로만 가면 그 사람을 꼭 만나게 되리라는 말씀입니까?"

"물론이오."

점쟁이 노인의 대답에는 자신이 넘쳐흘렀다.

"노인장! 정말 그럴까요?"

그러자 노인은 화를 벌컥 내며 손무에게 이렇게 고함을 지른다.

"여보시오! 당신은 누구를 거짓말쟁이로 아시오? 나잇살이나 먹은 내가 뭐가 할 일이 없어 남에게 거짓말을 하겠소?"

이에 손무는 적이 당황해 하며,

"노인장! 그것은 오해십니다. 저는 그런 뜻이 아니고, 친구를 만날 수 있게 된다는 노인장의 말씀이 너무도 반가운 나머지 다시 한번 확인을 해보자는 뜻에서 되물은 것이었습니다."

"음, 그렇다면 모르지만……. 아무튼 내 점은 틀려 본 일이 없으니 그런 줄 아시오."

"노인장의 점괘를 꼭 믿겠습니다. 그러나 한 가지 미심쩍은 점이 있군요. 동남방으로 가야만 그 친구를 만날 수 있다고 하셨잖습니까? 여기서는 어느 나라가 동남방에 해당됩니까?"

노인은 턱으로 동남방을 가리키며,

"여기서 동남방이라면 정나라밖에 더 있소? 정나라에 가면 그 친구를 반드시 만나게 될 것이오."

손무는 점에 대해서는 반신반의하는 편이었지만 어디로 가야 할지 방향을 못 잡고 갈팡질팡하던 판인지라 일단 정나라로 가보기로 결심하였다.

"노인장 덕분에 정나라에 가 오래도록 찾아 헤맨 친구를 만나게 된다면 얼마나 좋겠습니까? 그럼 부디 안녕히 계십시오."

하고 자리에서 일어서며 작별 인사를 고했다. 그러자 점쟁이 영감은 호주머니에 넣었던 복채를 부랴부랴 꺼내 주면서 이렇게 말한다.

"여보시오, 잠깐! 이 복채는 도로 받아 가지고 가시오."

손무는 어리둥절하였다.

"아니, 그게 무슨 말씀입니까? 점을 쳤으면 복채를 드려야 마땅한 법이지요. 점을 치고 나서 복채를 되돌려 주시는 법이 어디 있습니까?"
 "그걸 누가 모르겠소? 그러나 당신한테만은 복채를 받고 싶지 않아서 돌려주겠다는 것이오."
 손무는 노인의 태도를 이해할 수가 없었다.
 "복채를 안 받으시겠다는 이유가 무엇입니까?"
 "허어, 그 사람 고집 한번 대단하군. 돌려주면 순순히 받아가지고 돌아갈 일이지 무슨 말이 그렇게도 많은고?"
 그러나 일단 말을 꺼낸 이상 손무도 이유 없는 돈을 받을 수는 없었다.
 "노인장, 생각해 보십시오. 지금 제게 주시려는 돈은 저의 재물이 아니라 노인장의 것입니다. 제가 왜 아무 이유도 없이 남의 재물을 받아 부정축재를 합니까? 저는 부정축재는 좋아하는 사람이 아니올시다."
 "부정축재라? 하하하."
 점쟁이 노인은 '부정축재'라는 말에 앙천대소를 하는 것이 아닌가.
 점쟁이 노인이 너무도 큰소리로 웃는 바람에 손무는 일순 어리둥절하였다.
 "노인장! 제가 무슨 실언이라도 했습니까? 왜 그렇게 웃으십니까?"
 노인은 팔을 휘휘 내저으며, 여전히 웃음이 넘쳐 있는 얼굴로 대답한다.
 "아니오! 부정축재라는 말이 우스워 그랬을 뿐이오. 자기 재물이 아닌 것을 가져가면 부정축재인 것만은 사실이겠지, 허허허."
 "그걸 아시면서 무슨 이유로 복채를 돌려주시려 하십니까?"
 점쟁이 노인은 그제야 정색을 하고 말한다.

"내가 당신에게 복채를 돌려주는 줄로 알았다면 그건 오해요. 점이란 복채를 받지 않으면 신통력이 사라지기 때문에, 설사 부친이라도 꼭 받아내야 하는 것이오. 일단 들어온 복채는 여하한 경우에도 돌려주는 법이 아니오."

"그렇다면 복채를 돌려주려고 하신 것은 그야말로 우스운 일이 아닙니까?"

"그 점이 바로 오해라는 말이오. 당신이 나에게 준 돈은 복채였고, 내가 당신한테 주려는 돈은 복채와는 아무 관계가 없는 일종의 축의금(祝儀金)이었소. 나는 오늘 당신의 관상을 보고 나서, 내 몸에 지니고 있는 돈을 몽땅 털어 당신에게 축의금을 내놓고 싶었소. 그런데 오늘따라 손님이 없어 내 수중의 돈이라고는 당신한테서 받은 복채밖에 없었소. 즉, 복채와 축의금이 꼭 같은 금액이어서 오해를 사게 된 것일 뿐이오."

"노인장께서 저에게 축의금을 주신다구요? 아닌 밤중에 홍두깨라더니 그건 무슨 말씀입니까? 제가 무슨 처녀 장가라도 다시 들게 되리라는 말씀입니까?"

손무는 축의금이라는 말이 너무도 뜻밖이어서 농담 삼아 그렇게 물었다. 그러나 노인은 고개를 좌우로 저어 보이며 이렇게 대답한다.

"돈만 있으면 처녀 상가 따위는 얼마든지 들 수 있는 일인데, 그런 것이 무슨 대단한 경사겠소."

"그렇다면 저한테 무슨 축의금을 주시겠다는 말씀입니까?"

"당신은 자기 자신의 운세를 너무도 모르고 있는 모양이니, 내가 모든 것을 사실대로 말해 주리다. 실은 당신의 관상이 너무도 좋아 사주팔자(四柱八字)도 한번 풀어 보았소. 그랬더니 사주팔자는 관상보다도 더욱 좋더란 말이오. 내가 당신의 사주팔자를 시로 지어 줄 테니 한번 들어 보시오."
그러더니 점쟁이 노인은 다음과 같은 시 한 수를 써 갈긴다.

옥이 산에 숨었으매 산이 헛되이 빛나고,
구슬이 못에 잠겼으매 못이 부질없이 아름답다.
땅이 경륜을 품고 있으니, 장차 어디서 어떻게 베풀어질 것인고.
玉韞山兮山空輝
珠沿淵兮淵徒媚
土抱經綸兮將安施

손무는 관상쟁이 노인이 써주는 시를 자세히 읽어보며 빙그레 미소를 지었다. 자기를 잔뜩 치켜 올려 주는 시구가 은근히 마음에 들었던 것이다.
"제 사주팔자를 좋게 보아 주시니 매우 고맙습니다. 그러나 흙이나 파먹는 놈이 사주팔자가 좋으면 무얼 하겠습니까?"
그러나 관상쟁이 노인은 자신 있게 말한다.
"지금은 비록 산중에 숨어 살지 몰라도 당신은 앞으로 1년 이내에 귀인을 만나 천하를 호령하게 될 것이오. 그것은 사내 대장부로서 얼마나 소망한 일이겠소. 나는 그것을 알고 있기 때문에 당신한테 축의금을 미리 주려고 하는 것이니, 적은 대로 성의를 생각해 받아주시오."
손무가 생각하기로는 허황하기 짝이 없는 예언이었다. 그러나 성의를 무덕대고 거절하기도 민망스러워 축의금을 받아 넣으며,
"그런 뜻으로 주시는 축의금이라면 고맙게 받겠습니다. 그 대신 후일 운수가 대통하게 되면 노인장을 반드시 찾아뵙기로 하겠습니다."
그러자 노인은 얼굴을 좌우로 흔든다.

"그때면 나는 이미 이 세상에는 없는 사람일 것이오."

"옛? 이 세상에 없으시다니요? 그게 무슨 말씀이십니까?"

"나는 금년 섣달 그믐날이면 저승으로 가 버릴 사람이오. 나와의 용무는 모두 끝났으니 당신은 어서 갈 길이나 가보오. 나는 할 일이 없으니 이제부터 낮잠이나 한잠 자야겠소!"

노인은 돗자리 위에 길게 눕더니 눈을 감아 버린다.

손무는 길거리의 관상쟁이한테서 영문 모를 축의금까지 받아 가지고, 송나라에서 정나라로 넘어왔다. 노인의 성의에 못 이겨 축의금을 받아 오기는 했지만 1년 후 '운수가 대통하리라'는 말은 도무지 믿어지지가 않았다. 왜냐하면 자기가 만나고 싶은 사람은 오직 오자서뿐이므로, 귀인을 만나 운수가 대통한다는 것은 있을 수도 없는 일이기 때문이었다.

손무는 정나라에 들어와서도 고전장을 답사해 가며 오자서를 열심히 찾아 헤맸다. 그러나 정나라에서도 오자서를 만났다는 사람은 아무도 없었다.

정나라에는 호아성(虎牙城)이라는 유명한 고전장이 있었다. 정나라와 진(陳)나라가 싸우고 있을 때, 정나라의 장수 팽언신(彭彦信)이 5천도 채 못 되는 병력으로 진나라의 5만 대군을 섬멸시킨 유서 깊은 싸움터였다.

손무는 호아성을 돌아보고 나서 이런 결론을 내렸다.

용병책(用兵策)의 최상은 적의 계략을 간파하여 그것을 미리 쳐부수는 것이요, 그 다음은 적을 고립시키기 위해 친교국(親交國)과의 이간책을 쓰는 것이요, 무력으로 적을 직접 치는 것은 하책이다(上兵伐謀 其次伐交 其次伐兵).

손무가 호아성 성문 위에 올라서서 현장을 둘러보며 그런 생각을 하고 있을 때 문득 누군가 등 뒤로 다가오더니,

"잠깐 실례하겠습니다. 선생은 혹시 제나라에서 오신 손무 선생이 아니십니까?"

하고 묻는 것이 아닌가.

손무가 깜짝 놀라 뒤를 돌아다보니 생면부지의 위장부(偉丈夫)가 머리를 정중히 숙여 보인다. 그러나 아무리 살펴보아도 생면부지의 얼굴이었다.

"누구를 찾으시오?"

"황공합니다. 선생께서는 혹시 병법을 연구하시는 손무 선생이 아니십니까?"

"그렇소. 내가 손무요. 나를 어떻게 아시오?"

손무는 의아스러워 반문하였다. 상대방은 대답하기 전에 우선 안도의 가슴부터 쓸어 내리면서,

"후유, 손 선생을 반년이 넘도록 찾아 헤매다가 오늘에서야 만나 뵙게 되었습니다."

하고 큰 한숨을 내쉬는 것이 아닌가.

손무는 점점 궁금하여,

"나를 반년이 넘도록 찾아 헤매다니요? 도대체 무슨 소리입니까?"

하고 물었다.

상대방은 그제야 제정신으로 돌아온 듯, 머리를 다시 한번 정중하게 숙여 보이며 이렇게 말했다.

"저는 백비라고 부르는 사람입니다. 선생을 꼭 모셔 오라는 오자서 대부의 명령을 받들고, 반년 전부터 여러 나라의 고전장을 찾아 헤매다가 오늘에야 만나 뵙게 된 것이옵니다."

"오자서라구요? 그분이 지금 살아계시오?"

손무는 오자서라는 말에 크게 반가워하였다. 백비는 오자서의 현황(現況)을 자세하게 설명해 주고 나서,

"오 대부께서 선생께 드리는 친서가 있으니 읽어보십시오."

하고 오자서의 친필 편지를 내주는데, 그 사연은 이러하였다.

손무 선생님!

인자(仁者)는 곤액(困厄)에 빠지지 아니하고, 지자(智者)는 때를 놓치지 않는다고 들었습니다. 선생은 제세(濟世)의 경륜(經綸)을 지니고 계시면서도 명군을 만나지 못해 오랫동안 산중에 숨어서 사셨습니다. 소생은 갖은 고난을 겪어 오다가 다행히 오나라에 와서 안정을 얻게 되었사온데, 오왕 합려는 현사(賢士)를 알아보는 명군인지라 선생을 꼭 모셔 오라는 특별 분부가 계셨습니다. 바라옵건대 선생께서는 이 편지를 보시는 대로 오나라에 오셔서, 크게는 오나라가 패권(覇權)을 잡을 수 있도록 도와 주시고, 작게는 소생의 평생 염원인 부형의 원수를 갚는데 많은 도움을 베풀어주시옵소서. 소생의 일생일대의 간청을 물리치지 마시기를 거듭 간청하는 바이옵니다.

오자서 올림

손무는 오자서의 간곡한 편지를 읽어보고 마음이 그지없이 기뻤다. 첫째는 죽었을까 걱정했던 사람이 버젓이 살아 있다니 기뻤고, 둘째는 설사 살아 있더라도 도망을 다니느라고 고생이 막심할 줄로 알았는데 오나라에서 고관 벼슬을 지내고 있다니 기뻤고, 셋째는 백년지기(百年知己)를 여러 해 만에 다시 만나게 되었으니 기쁘지 않을 수 없

었던 것이다.
 '동남방으로만 가면 찾는 사람을 반드시 만나게 될 것이라고 예언한 그 관상쟁이 노인은 보통 점쟁이가 아니었구나!'
 손무는 관상쟁이 노인에게 마음속으로 감사하였다. 그날로 손무는 백비와 함께 정나라를 떠나 10여 일 후에 오나라에 도착하게 되었다.
 오자서가 국경 지대까지 몸소 사마차(駟馬車)를 타고 마중을 나왔다. 그리하여 손무를 눈물로 껴안으며 말한다.
 "선생을 다시 만나 뵙게 되니, 오늘 죽어도 여한이 없을 것 같사옵니다."
 손무도 오자서를 힘차게 껴안으며 말한다.
 "오 대부의 건재하신 모습을 보니, 저 역시 기쁘기 한량없습니다. 오늘이 있기까지 얼마나 고생이 많으셨소?"
 "선생을 의지하는 마음이 없었던들 저는 오래 전에 불귀의 객이 되었을지도 모르옵니다. 모두가 선생의 덕택인 줄로 알고 있사옵니다."
 "무슨 말씀을! 오 명보는 하늘이 아는 인물이니 지금까지의 고난은 하늘이 일부러 베푸신 시련일 것입니다."
 그 모양으로 두 사람의 심우(心友)는 재회의 기쁨을 한없이 나누고 있었다.
 오도(吳都)로 돌아온 오자서는 손무를 왕에게 접견시키기 위해 왕궁으로 직행하였다.
 오왕 합려는 손무가 온다는 전갈을 받고 뜰 아래까지 내려와 반갑게 영접하며 말한다.
 "선생을 흠모해온 지 오래온데, 오늘에야 만나 뵙게 되어 기쁘기 한량없습니다."
 그리고 전각에 모셔 올려 주연을 베풀며 다시 말한다.

"나는 대위에 오른 이후 중원의 패권을 장악하고 싶은 욕망이 간절하지만 아직 현사를 얻지 못해 이렇다 할 공적을 남긴 것이 없습니다. 다행히 오 명보의 천거로 선생 같은 고현(高賢)을 얻게 되었으니 부디 이 나라를 위해 많은 가르침을 내려주십시오."

손무가 두 손을 읍하고 대답한다.

"소생은 동해에서 밭이나 갈아먹는 촌부이온데 어찌 대왕전에 도움을 드릴 만한 지혜가 있으오리까?"

"무슨 겸양의 말씀을! 오 대부를 통해 선생께서 만고불멸의 병서를 쓰고 계시다는 말씀을 들어 알고 있습니다. 그 병서의 내용은 어떠한 것입니까?"

"지나치신 칭송에 몸 둘 바를 모르겠사옵니다. 제가 연구하고 있는 병서는 시계(始計), 작전(作戰), 모공(謀攻), 군형(軍形), 병세(兵勢) 등등 13편에 걸쳐 전쟁에 관한 모든 것을 분야별로 나눠 연구하고 있는 책이옵니다. 그것을 제대로 완성시키려면 몇 해가 걸릴지 저 자신도 잘 모르는 일이옵니다. 전쟁이란 국가 발전에 지대한 영향을 미치는 중대하고도 복잡한 일인 까닭에 일생 동안 연구해도 완성을 보기가 어려울 것 같습니다. 만약 제가 완성을 보지 못하고 죽게 될 경우에는 대를 물려 가면서 연구하라는 유언이라도 남길 생각입니다."

"하하하, 대를 물려 가면서 연구하라는 유언까지 남기시겠다구요?"

오자서도 오왕과 함께 소리를 크게 내어 웃으면서 말한다.

"대왕께서 선생의 병법 강의를 무척 듣어 보고 싶어 하시니, 며칠 쉬시고 난 후에 병법에 대한 어전 강의를 베풀어주시옵소서."

그로부터 며칠 후 손무가 오왕 앞에서 병법에 관한 어전 강의를 하는데, 그 이론이 놀랍도록 정연하였고, 또한 화술이 능란하여 흥미진진하였다. 더구나 전사 상에 유명한 전쟁들을 구체적으로 열거해 가면서, 승패의 원인을 자상하게 설명해 주기까지 하는 데는 누구라도 감탄을 아니 할 수 없었다.

오왕은 크게 감탄하여 고개를 끄덕이며 말한다.

"선생의 말씀을 들어 보니 지휘자의 능력 여하에 따라 천군만마(千軍萬馬)라도 수족처럼 쓸 수가 있겠구려."

손무가 웃으며 대답한다.

"병법 연구는 그래서 꼭 필요한 것이옵니다. 병법을 잘만 이용하면 군사뿐만 아니라 안방에 있는 부녀자들도 군사로 이용할 수가 있습니다."

오왕은 그 말을 듣고 크게 웃는다.

"선생은 농담 또한 대단하십니다. 부녀자들을 어찌 군인으로 이용할 수가 있다는 말씀입니까?"

손무는 정색을 하며 고개를 흔든다.

"농담이 아니옵니다. 대왕전에 제가 어찌 감히 농담을 올릴 수 있으오리까?"

"허어, 그럼 진담이라는 말씀이오?"

"물론입니다. 만약 제 말씀을 믿지 못하시겠다면 대왕전에서 실증(實證)을 보여드릴 용의도 있사옵니다."

"실증을 어떻게 보여 주시겠다는 말씀이오?"

"지금 궁중에는 많은 궁녀들이 있는 줄로 알고 있사온데, 그 여인들도 사흘 동안만 군사 훈련을 시키면 훌륭한 군인이 될 수 있사옵니다."

"뭐요? 궁녀들을 훌륭한 군인으로 만들 수 있다구요?"

오왕은 손무의 말을 믿으려고 하지 않았다.

옆에서 듣고 있던 오자서도 손무의 장담이 너무 지나친 것 같아서,

"선생! 궁녀들의 일상생활은 화려하면서도 매우 부박(浮薄)한 편인데, 그와 같은 부녀자들을 당당한 군인으로 만들기는 좀처럼 어려운 일이 아니겠습니까?"

하고 은근히 제동을 걸었다. 그러나 손무의 태도는 확고부동하였다.

"오 대부까지 그런 말씀을 하시면 어떡하오?"

그러고는 다시 오왕에게 말한다.

"믿기 어려우시면 저에게 실증을 보여드릴 기회를 주시옵소서. 지금 궁중에 궁녀들은 몇 명이나 있사옵니까?"

"모두 합해 1백80명 가량 되지요."

"그러면 그들에게 며칠 동안 군사 훈련을 시킬 기회를 주시옵소서. 제가 그들을 훌륭한 군인으로 만들어내지 못했을 경우에는 기군망상(欺君罔上)한 죄로 엄벌을 내려 주시옵소서."

그렇게까지 장담을 하고 나서므로 오왕은 결과를 시험해 보기 위해 즉석에서 허락할 마음을 먹었다.

녹의홍상(綠衣紅裳)에 유두분면(油頭粉面)의 궁녀들을 군인으로 만든다는 것은 상상할 수조차 없는 일이었다. 그들은 밤과 낮으로 대왕을 측근에서 모시는 궁녀들이 아니던가. 그러나 손무는 비록 궁녀들일지라도 훌륭한 군인으로 만들 수 있다고 호언장담을 하고 나선 것이다.

오왕은 손무의 지휘 능력을 시험해 보기 위해서,

"그러면 내가 궁녀들에게 동원령을 내려놓을 테니, 선생은 내일부터 며칠 동안 군사 훈련을 시켜보시오."

하고 즉석에서 허락을 내렸던 것이다.

옆에서 그 광경을 지켜보고 있던 오자서는 불안하기 짝이 없었다. 물론 군인이란 지휘자의 능력 여하에 따라 강병도 될 수 있고, 약졸도 될 수 있다는 사실을 누구보다도 잘 알고 있기는 하였다. 그러기에 허다한 군사들을 항상 강력한 정예 부대로 만들어 온 오자서이기도 하였다. 그러나 궁녀들의 경우는 얘기가 다르지 않은가.

오자서도 일찍이 여자를 간첩으로까지 기용해 본 일이 있었다. 여자 간첩들은 남자들보다도 안전성이 많고 치밀하기도 하였다. 그러나 간첩과 군인은 근본적으로 성격이 다르지 않은가. 간첩은 적의 비밀만 탐지해내면 그만이지만 군인은 손에 무기를 들고 적과 직접 싸워야 하는 사람들이 아니던가. 아양을 떠는 일밖에 모르는 희룽해룽하는 궁녀들을 어떻게 어엿한 군인으로 만들 수 있다는 말인가.

오자서는 내심 크게 불안스러워, 어전을 물러나오며 손무에게 말한다.

"궁녀들이란 왕의 세도만 믿고 어느 누구의 말도 듣지 않는 족속들입니다. 그런 여자들을 군인으로 만들기는 좀처럼 어려운 일이 아니겠습니까?"

손무는 빙그레 웃으며 대답한다.

"여자를 간첩으로까지 기용하는 과단성을 보여주신 오 대부께서 그런 말씀을 하시면 어떡합니까? 실상인즉, 제가 여자도 군인으로 기용할 수 있다는 생각을 하게 된 것은 오 대부에게서 배운 착상이었습니다. 그런 의미에서 보면 오 대부야말로 나의 스승인 셈이오."

"선생께서는 무슨 과남하신 말씀을! 이러나저러나 간첩과 군인은 기본 임무가 판이하게 다르지 않습니까? 여자를 간첩으로 이용하기는 쉬워도, 군인으로 기용하기는 매우 어려울 것으로 생각되옵니다만……."

"대왕전에서 이미 약속을 해놓았으니 되든 안 되든 내일부터 시험을 해보도록 하겠소이다. 만약 실패할 경우에는 기군망상한 죄로 엄벌을 받을 수밖에 없겠지요."

손무는 성격이 대범한 사람이어서 어디까지나 태연자약하였다.

다음날, 1백80여 명의 궁녀들은 어명에 의하여 모두들 군사 훈련장으로 출동하였다. 열이 하나같이 화사한 궁녀 복장에 얼굴도 예쁘게 화장한 얼굴들이어서 군사 훈련을 받으러 나온 사람들이라기보다는 물놀이를 나온 듯 제각기 시시덕거리고 해해거리기만 하였다.

손무는 그처럼 무질서한 여자들을 이제부터 군인으로 만들어야 하는 것이었다. 손무가 궁녀들에게 군사 훈련을 시키게 되자 오왕은 그 광경을 친히 관람하려고 오자서와 백비 등을 대동하고 망운대(望雲臺)에 올라 앉아 있었다.

손무는 오왕은 본 체도 아니 하고, 궁녀들을 한 곳에 모아 놓고 일장 훈시를 내린다.

"너희들은 모두 대왕을 측근에서 모시고 있는 궁녀들임을 나 또한 잘 알고 있다. 그러나 일단 군사 훈련을 받으려고 이 자리에 나온 이상 이제부터는 모두 일개의 군인에 불과할 뿐이다. 지금부터는 궁녀가 아니라 군인이라는 것을 명심하기 바란다. 따라서 군사 훈련을 받는 기간만은 이유 여하를 막론하고 지휘관인 내 명령에 절대 복종해야만 한다. 만약 명령에 복종하지 않는 자가 있으면 군법에 회부하여 엄히 다스리겠다. 명령 불복종자는 군법에 따라 사형에 처하도록 되어 있다. 목숨이 아깝거든 누구를 막론하고 나의 명령에 절대로 복종하라! 알겠느냐?"

추상같은 선언이었다. 그러나 왕을 등에 업고 있는 궁녀들이어서 손무의 말을 귓등으로도 듣지 않는다.

"저자는 어디서 굴러먹던 말 뼈다귀이기에 우리한테 감히 저런 엄포를 놓는 거야?"

"누가 아니래! 하룻강아지 범 무서운 줄도 모르는 모양이지."

궁녀들은 제각기 조소의 말을 수군거렸다.

손무는 그런 불평을 들은 체도 아니 하고, 우선 편대(編隊)를 조직하였다.

궁녀들 중에는 오왕의 각별한 총애를 받고 있는 하씨(夏氏)와 강씨(姜氏)의 두 빈녀(嬪女)도 포함되어 있었다.

손무는 편대를 짜면서 말한다.

"군대는 행동을 통일해야 하기 때문에 반드시 편대를 조직해야 한다. 이제부터 1백80명을 90명씩 좌우양편대(左右兩編隊)로 나누겠다. 하빈은 좌군의 부대장이 되고, 강빈은 우군의 부대장이 되어, 각각 부대 지휘의 총책임을 맡으라. 나머지 사람들은 각각 다섯 사람씩 분대를 이루고, 열 사람이 모여 소대를 이루도록 하라."

궁녀들도 거기까지는 명령대로 움직여 주었다.

일단 부대 편성이 끝나자 손무가 다시 훈시를 내린다.

"군사 행동 중에는 다음의 다섯 가지 법칙을 절대로 준수해야 한다. 첫째, 행렬을 혼란시키는 것을 용서하지 않는다. 둘째, 전진 시에 낙오하는 자를 용서하지 않는다. 셋째, 훈련 중 잡담을 허용하지 않는다. 넷째, 이유 여하를 막론하고 군율을 어겨서는 안 된다. 다섯째, 행동을 통일하기 위해 반드시 약속을 지켜야 한다. 이상 다섯 가지 법칙을 위반했을 때에는 군법에 회부하여 엄벌에 처하겠다."

궁녀들은 누구의 집 개라도 짖는다는 듯이 손무의 훈시를 한 쪽 귀로는 듣고, 한 쪽 귀로는 모두 흘려 버렸다. 그러나 편대 조직은 그다지 힘드는 일이 아니어서 궁녀들도 거기까지는 수월하게 따라 주었다.

그 다음으로 실전 훈련을 하게 되자 손무는 행동규법(行動規法)을 이렇게 명시해 주었다.

"생사를 걸고 적과 싸워 이겨야 하는 것이 군인의 임무다. 적과 싸워 이기려면 무엇보다 우선적으로 필요한 것이 아군의 행동 통일이다. 행동 통일을 못하는 군대는 그 수가 아무리 많아도 오합지졸(烏合之卒)에 불과하다. 오합지졸에게는 패배와 죽음만이 있을 뿐 승리는 절대로 있을 수 없다. 행동 통일을 위한 '행동규법'은 군대의 명맥이므로 어떤 일이 있어도 엄수해야 한다. 내가 이제부터 행동규법을 상세하게 말해 줄 테니 너희들은 분명하게 기억하여 엄격하게 준수하도록 하라. 알겠느냐?"

궁녀들은 제멋대로 상글상글 웃기도 하고, 아니꼬운 듯 입술을 비쭉거리기만 할 뿐 대답이 없었다.

손무가 노기를 띠며 말한다.

"너희들은 왜 대답이 없느냐? 군인은 언제나 대답이 명확해야 한다. 다시 한번 묻겠다. 너희들은 내 말을 알아들었느냐?"

궁녀들은 그제야 마지못해 노랫가락조로 '예이이' 하기도 하고, 비웃는 어조로 '알았사와요' 하기도 하는데, 실상인즉 열이 하나같이 조롱기가 가득한 표정이었다.

손무는 궁녀들의 정신 자세와 태도가 글러 먹었다고 생각되었다.

'이것들이 왕을 등에 업고 군령을 개똥같이 알고 있음이 분명하구나, 이래 가지고서는 군사 훈련이 어찌 가능할 것인가. 그렇다면 무엇보다도 먼저 이것들의 정신 상태부터 고쳐 놔야겠다.'

손무는 속으로 단단히 벼르며 군사 훈련의 행동 지침에 대해 이렇게 말한다.

"이제부터 실전 훈련으로 들어가겠다. 모두 내 명령에 따라 신속하게 행동해야 한다. 내가 북을 한 번 울리면 모두 자기 편대끼리 열을 지어 서도록 하라. 북을 두 번 울리면 편대별로 진을 치고, 적과의 전투태세를 갖춰야 한다. 북을 세 번 울리면 모든 편대는 즉각 해산하여 이 자리에 다시 모이도록 하라. 모두들 내 말을 알아들었느냐?"

궁녀들은 이번에도 뭐라고 한 마디씩 쑥덕거리기는 했으나 정신 자세가 바로잡히는 기색은 추호도 보이지 않는다.

손무는 내심 크게 분노하여,

"만약 군령을 제대로 시행하지 못할 경우에는 군법에 회부하여 엄벌에 처할 터인즉 그리 알아라."

하고 단단히 못을 박아 놓은 뒤에, 북을 힘차게 한 번 두드렸다. 그러자 그렇게 귀가 닳도록 일러 놓았음에도 궁녀들은 제각기 이리 왔다 저리 갔다만 반복할 뿐 편대조차 제대로 구성하지 못하는 것이 아닌가.

이번에는 북을 두 번 울려 보았다. 그러나 그들은 포진(布陣)을 하기는커녕 여전히 우왕좌왕할 뿐이었다.

손무의 분노는 마침내 극에 달했다. 손무는 분노를 참아 가며 북을 다시 한번 울렸다. 그러나 궁녀들은 시시덕거리기만 할 뿐 편대를 이루려는 의사가 전연 보이지 않았다.

마침내 손무의 분노가 폭발하였다. 그리하여,

"군기관(軍紀官)은 어디에 있느냐? 군기관은 이리 급히 오너라."

하고 외쳤다. 군기관이 부리나케 달려왔다.

"부르셨습니까?"

"그래! 군사들이 군령을 어겼을 때에는 어떤 처벌을 내리는 것이냐?"

군기관이 대답한다.

"군사가 군령을 어겼을 때에는 먼저 대장을 처벌하게 되어 있사옵니다."

"대장에게 어떤 처벌을 내리는 것이냐?"

"대장에게 참형(斬刑)을 내리도록 되어 있사옵니다."

"알았다. 그러면 좌군 대장 하빈과 우군 대장 강빈을 불러내어 여럿이 보는 앞에서 목을 베도록 하라."

무시무시한 군령이었다. 조금 전까지도 방종하기 짝이 없었던 궁녀들도 '참형'이라는 소리에 얼굴이 새파랗게 질렸다. 하빈과 강빈은 얼굴이 백지장으로 변하며 전신을 와들와들 떨기까지 하였다.

하빈과 강빈이 손무 앞에 끌려나오자 형리(刑吏)들이 손에 장검(長劍)을 들고 나타났다.

망운대에서 그 광경을 보고 있다가 누구보다도 놀란 사람은 오왕이었다.

오왕은 옆에 있던 대부 백비를 급히 불러,

"하빈과 강빈은 내가 각별히 총애하는 아이들이니, 손무 장군에게 일러 처형을 중지하도록 하라!"

하는 명령을 내렸다.

백비가 번개같이 달려가 손무에게 왕명을 전했다. 그러나 손무의 태도는 냉혹하리만큼 준엄하였다.

"나는 이미 왕명에 의하여 지휘관이 된 사람이오. 지휘관은 전장(戰場)에서만은 왕명을 따르지 않아도 상관없소. 이제 만약 왕명에 의하여 두 여인을 용서해 준다면 모두가 나의 명령을 무시할 것인즉, 어떻게 군대를 지휘해 나갈 수 있겠소. 한번 군령을 내린 이상 어떤 일이 있어도 그대로 시행돼야 하오."

그러고는 모든 사람들이 보는 앞에서 하빈과 강빈을 기어코 참형에 처하고야 말았다. 그런 다음 대장을 새로 뽑아 북을 울리니, 여태까지는 오합지졸에 불과하던 궁녀들의 행동이 놀랍게 달라졌다.

북을 한 번 울리면 삽시간에 편대를 이루고, 북을 두 번 울리면 포진을 정연하게 갖추고, 북을 세 번 울리면 모두들 해산하여 쏜살같이 손무의 앞으로 모여드는데, 그 민첩하기가 어느 정예부대 못지않게 우수했다.
　오자서가 그 광경을 보고 크게 감탄하여 오왕에게 말한다.
　"과연 손무 선생은 천하의 명장이시옵니다."
　그러나 두 명의 애비(愛妃)를 한꺼번에 잃어버린 오왕은 내심 크게 화가 나서 말이 없었다.
　손무는 지휘권을 위임받은 이상 어느 누구에게도 권한을 침범당하려고 하지 않았다. 그러나 처벌 대상자가 오왕이 극진히 사랑하는 애빈(愛嬪)들이 아니었던가. 그러기에 오왕은 손무의 지휘권을 침범해 가면서 특사를 내려 주기를 특명했었다. 그럼에도 손무는 두 여인을 기어코 참형에 처하고야 말았으니 오왕의 기분이 불쾌해진 것은 당연한 일이었다.
　물론 손무가 그들 두 여인을 참형에 처함으로써 나머지 궁녀들을 훌륭한 군인으로 만들어 놓은 것도 똑똑히 보기는 하였다. 그러나 그처럼 불쾌한 감정을 가지고 손무를 어찌 등용할 수 있을 것인가.
　'안 된다! 왕명을 무시하는 저런 자는 절대로 써서는 안 된다.'
　오왕은 속으로 그렇게 결심하고 오자서의 말을 들은 체도 하지 않았다. 오자서는 오왕의 그러한 눈치를 재빠르게 알아채고,
　"전하, 자고로 군대는 거짓을 용납할 수 없다고 들었습니다. 하나의 범법을 용서하면 그 다음부터는 연속적으로 사고가 발생하게 되는 것이오니, 그렇게 되면 군대의 기강을 무엇으로 바로잡을 수 있겠나이까? 전하께서는 일시적인 감정으로 인해 국가의 백년대계를 그르치지 마시옵소서."

"……."

오왕은 그래도 대답이 없었다.

오자서가 다시 간한다.

"대왕께서는 이제부터 강초(强楚)를 정벌하여 중원의 패권을 장악하려는 원대한 포부를 가지고 계시옵니다. 많은 노력을 기울여 손무 선생 같은 명장을 모셔 오게 된 것도 그 때문이셨습니다. 그런데 이제 만약 하찮은 두 여인 때문에 천하의 명장을 버리신다면 그것은 가라지(莠)가 아까워 이삭을 뽑아 버리는 것과 무엇이 다르겠사옵니까? 사감을 깨끗이 버리시고 냉철하게 고려해 주시옵소서."

오왕은 그제야 깨달은 바가 있는지 고개를 무겁게 끄덕이며,

"오 대부의 생각이 그러하다면 그 사람을 쓰기로 합시다. 손무를 기용한다면 무슨 자리를 줘야 하겠소?"

하고 묻는다.

오자서가 즉석에서 대답한다.

"등용을 한다면 당연히 원수로 모셔야 합니다. 손무 선생을 원수로 삼고, 제가 대장이 되고, 백비를 부장군으로 삼으면 초나라가 제아무리 강해도 우리를 당해내지 못할 것이옵니다."

오왕은 그제야 얼굴에 희색을 띠며,

"그러면 세 분이 합심 협력하여 초를 정복하도록 하오"

오서자는 그 길로 곧 손무를 숙소로 찾아가 원수로 부임해 줄 것을 간청하였다. 그러나 손무는 대번에 고개를 가로젓는다.

"내 비록 병법을 연구하고 있다 하나 어느 나라와도 싸울 생각은 추호도 없는 사람이오."

손무가 원수로 취임하는 것을 거절하는 바람에 오자서는 크게 당황하였다.

"선생의 도움을 얻어 원수를 갚으려는 것은 제 필생의 염원이옵는데 이를 거절하시면 어찌 하옵니까? 선생이 세속의 명리(名利)를 초월한 분이라는 것은 진작부터 알고 있었습니다. 그러나 저 혼자만의 힘으로는 원수를 갚을 능력이 부족하오니, 부디 도움을 베풀어주시옵소서."

오자서가 눈물로 호소하니 손무는 매우 난처한 기색으로 이렇게 반문한다.

"내가 두 애빈을 참형해 처해 오왕이 몹시 분노하셨을 것 같은데 거기에 대해 무슨 말씀이 없으셨던가요?"

오자서가 대답한다.

"몹시 불쾌하게 생각하셨던 것은 사실입니다. 그러나 두 여인을 참형에 처해 나머지 궁녀들의 기강이 즉시 확립된 양상을 보시고 나서는 선생의 지휘력에 크게 감복하셨습니다. 오왕께서는 선생을 기어이 원수로 모셔 오도록 하라고 저에게 신신당부를 하셨습니다."

오자서는 손무를 회유하기 위해 오왕의 도량을 과장하여 말했다.

"허어, 그래요? 사실이 그렇다면 오왕은 명군이 틀림없는가보구려."

"오왕이 명군이 아니라면 제가 어찌 그의 그늘에 몸을 의탁하려 했겠습니까? 선생은 저를 위해 부디 중책을 맡아 주시옵소서. 제가 그동안 오군(吳軍)을 강력하게 양성해 놓았기 때문에 군사력에 있어서는 어느 나라도 당해내기가 쉽지 않을 것이옵니다. 다만 군사(軍師)가 없는 것이 커다란 약점이었습니다. 선생께서 군사가 되어 주신다면 더 바랄 것이 없겠습니다."

손무가 웃으며 말한다.

"오 대부는 저를 과대평가하고 계십니다. 저는 병법 연구가로, 실전 경험이 전혀 없는 백면서생(白面書生)일 뿐입니다."

그러나 오자서는 고개를 좌우로 흔들며 말한다.

"병(病)의 원리를 모르는 의사는 수많은 환자를 다룬 경험이 있어도 병을 제대로 고치지 못하는 법이라고 들었습니다. 전쟁도 그와 같아 병법을 제대로 터득하지 못한 지휘관은 실전 경험이 아무리 많아도 승리하기 어려울 것이옵니다. 선생은 저를 위해 원수의 자리를 꼭 맡아 주시옵소서. 선생이 끝까지 거절하신다면 저는 필생의 염원인 원수 갚기를 깨끗이 단념해 버리고, 사세(辭世)의 길을 택할 수밖에 없겠습니다."

오자서의 각오는 자못 심각하였다.

"사세의 길을 택한다뇨? 그게 무슨 말씀이오?"

손무는 적이 놀랐다가 문득 송나라에서 만났던 점쟁이 노인의 예언이 연상되어,

"오 대부께서 그처럼 간청하시니 내 어찌 끝까지 거절할 수 있겠소. 이것도 나의 운명인 모양이니 우리 두 사람이 힘을 합해 큰일을 도모해 보기로 합시다."

하고 오자서의 요청을 쾌히 승낙하였다.

병법담의(兵法談議)

손무는 오왕과 오자서의 간청에 못 이겨 마침내 원수로 취임하여 오나라의 병권(兵權)을 한 손에 장악하게 되었다. 타국 출신이 병권을 장악하는 경우는 어느 나라의 역사에서도 볼 수 없었던 일로, 오왕이 그만큼 손무의 인격과 지휘 능력을 신임했다는 뜻이다.

오왕이 손무에게 원수의 직함을 제수(除授)하고, 축하연을 베풀어 주며 말했다.

"나의 소원은 우리나라가 중원에서 패권을 잡는 것이오. 그 소망을 이루려면 초나라를 쳐서 패권을 빼앗아 올 수밖에 없소. 초나라를 치는데 대해서는 오 대부도 대찬성이라오. 손 원수 생각에는 우리가 언제쯤 초를 치는 것이 좋겠소?"

손무가 대답한다.

"군사를 일으키려면 상당한 시일과 준비가 필요합니다. 자고로 '병(兵)은 흉사(凶事)'라고 일러 옵니다. 확실한 승산이 없이 전쟁을 함부로 일으키는 것은 백전백패(百戰百敗)를 자초하는 것과 다름이 없는 일이옵니다. 그러므로 전쟁을 서두르는 것은 절대 금물(禁物)입니다."

말인즉 옳았다. 그러나 10년 전부터 초나라를 치려고 벼르고 별러 왔던 오자서는 너무도 기가 막혔다.

"원수께서도 아시다시피 저는 10년 전부터 초를 쳐서 부형의 원수를 갚으려고 이를 갈아 오고 있는 사람입니다. 가능한 빠른 시일 내에 초를 칠 수 있기를 바라옵니다."

손무는 그 말을 듣고 눈살을 찌푸리며 아무 대꾸도 하지 않았다.

'오왕은 패권을 장악하려는 욕망에 눈이 어두워 전쟁을 서두르고 있고, 오자서는 원수를 갚기 위해 전쟁을 서두르고 있으니 이처럼 사욕(私慾)과 사원(私怨)에만 사로잡혀 있는 사람들이 전쟁을 어떻게 승리로 이끌 수 있단 말인가?'

손무는 오랫동안 침묵을 지키다가 문득 입을 열어 침통한 어조로 말한다.

"전쟁을 감정으로 일으킬 수는 있어도, 감정으로 승리할 수는 없는 것이옵니다. 전쟁의 궁극적인 목적은 승리에 있으니, 확고한 승산 없이 전쟁을 서두르는 것은 마치 섶을 지고 불 속으로 뛰어드는 것과 다름이 없습니다. 현재 우리는 전쟁에 대비한 준비도 미흡할 뿐만 아니라, 적의 정세도 파악하지 못하고 있는 실정입니다. 그럼에도 두 분께서는 사욕과 사원만으로 전쟁을 빨리 일으키려 하시니, 그래서야 어찌 적을 이길 수 있겠습니까? 옛말에 '사슴을 좇는 자는 태산을 보지 못한다(逐鹿者 目不見太山)'는 말이 있사온데, 우리가 그런 우(愚)를 범해서는 아니 될 것이옵니다."

신랄한 비판이었다. 오왕과 오자서는 그 말에 아무 대꾸도 못 하고 얼굴만 붉혔다. 손무는 군주에 대한 언사가 너무 지나쳤는가 싶어 머리를 정중하게 숙이며 다시 말한다.

"전쟁이란 국가의 흥망과 국민의 생사가 걸려 있는 최대최난(最大最難)의 사업입니다. 그 중대성을 감안할 때 깊이 성찰해 결정해야 할 일인 줄로 아뢰옵니다."

오왕은 크게 깨달은 바가 있는 듯 고개를 무겁게 끄덕이며,

"참으로 만고의 진리에 해당하는 말씀이오. 그 말씀을 들어 보니, 내가 전쟁을 너무 쉽게 여기고 있었던 것은 커다란 잘못이었소. 전쟁을 하려면 우선 어떤 준비가 필요하겠소?"

옆에 있던 오자서도 자신의 경솔을 뉘우치는 빛을 보이며,

"이 기회에 선생의 병법강론(兵法講論)을 들어 보고 싶사옵니다."

손무는 빙그레 미소를 지었다.

"오 대부께서 저더러 병법을 강론하라시니, 송구스럽기 그지없습니다. 그러나 이왕 말이 나왔으니 제 나름대로 생각해온 전쟁에 관한 몇 가지의 기본원리를 말씀드리겠습니다. 전쟁이란 상대국과 싸워서 이겨야 하는 일입니다. 전쟁을 일으키려면 우선 다음 일곱 가지만은 상세하게 알고 있어야 합니다.

첫째, 적과 우리 양자(兩者) 간에 어느 편 군주가 정치를 더 잘하고 있는가(主熟有道).

둘째, 적과 우리를 비교하여 어느 편 장수가 더 우수한가(將熟有能).

셋째, 천의와 지리(地利)의 득실(得失)에 있어서 어느 편 득실이 더 유리한가(天地熟得).

넷째, 군기는 어느 편이 더 잘 시행되고 있는가(法令熟行).

다섯째, 군사들의 사기는 어느 편이 더 왕성한가(兵衆熟强).

여섯째, 군사들의 훈련은 어느 편이 더 잘 되어 있는가(士卒熟練).

일곱째, 군인들에 대한 상벌(賞罰)은 어느 편이 더 공정한가(賞罰熟明).

이상 일곱 가지를 정밀하게 검토 분석해 보면 승패의 수치가 저절로 나오게 됩니다. 거기서 승산이 나올 때만이 비로소 전쟁을 일으킬 수 있는 것이옵니다. 그런데 지금으로서는 우리가 우리 자신의 실력도 제대로 파악하고 있지 못한데다가 적에 대해서는 더구나 아는 바가 없으니 어떻게 전쟁을 일으킬 수 있겠습니까?"

오자서가 진땀을 흘리며 말한다.

"선생이 아니셨던들 저는 천고(千古)의 우(愚)를 범할 뻔했습니다."

"무슨 말씀을……. 오 대부의 용맹과 임전지략(臨戰智略)은 어느 누구도 당해내지 못할 것입니다. 다만 전쟁을 하는 데 있어서 각별히 유의해야 할 점은, 어떤 경우에도 시간을 오래 끌어서는 안 된다는 것입니다. 전쟁은 오래 끌수록 군사들이 피로해지고 국가의 재정이 탕진되어 이겨 보았자 보람이 없어지기 때문입니다."

오왕은 그 말을 듣고 무릎을 치며 감탄하였다.

손무는 오왕과 오자서를 번갈아 쳐다보며 다시 말을 잇는다.

"이왕 말을 시작했으니 병법에 관해 몇 가지 더 여쭙기로 하겠습니다. 매우 방자스러운 말 같사오나 일반 사람들은 무력으로 싸워 이겨야만 승리가 결정되는 줄로 알고 있사옵니다. 그러나 승패를 무력으로 결정하는 것은 하책(下策)에 속하는 것이옵니다. 싸우지 아니하고 이겨야만 상책(上策)이라고 하겠습니다."

오왕 합려가 크게 놀라며,

"아니, 싸우지도 아니하고 어떻게 승패를 가릴 수 있다는 말씀이오?"

하고 반문하였다. 그러나 오자서만은 손무의 말을 대뜸 알아들었는지 무언중에 고개를 끄덕인다.

손무가 다시 말한다.

"승리를 거두는 데도 네 가지 단계가 있사옵니다. 이제 그 내용을 구체적으로 말씀드리면, 첫째는 '벌모(伐謀)'라고 하옵는데, 그것은 적의 의도를 미리 간파해 적이 투지를 발휘하지 못하도록 선수를 쳐서 정신적으로 압도해 버리는 것이옵니다. 그 방법이야말로 상지상책(上之上策)이라고 하겠습니다.

둘째는 '벌교(伐交)'라고 하옵는데, 적의 친교국(親交國)들을 상세하게 알아 그들의 동맹관계(同盟關係)를 외교적으로 분쇄(粉碎)해 버리는 것이옵니다. 그 방법은 중책(中策)이라고 말할 수 있겠습니다.

셋째는 '벌병(伐兵)'이라고 하옵는데, 그것은 전쟁, 즉 무력으로 싸워 이기는 방법입니다. 그것은 하책(下策)에 속하는 것이옵니다.

넷째는 '벌성(伐城)'이라고 하옵는데 성을 공격하여 승리를 거두려면 이쪽의 피해도 막대하게 되므로, 그런 방법은 하지하책(下之下策)에 속하는 것이옵니다."

손무가 거기까지 말하자 오자서는 감격과 감탄을 마지못해 머리를 거듭 숙여 보이며,

"지금 선생께서 들려주신 말씀은 진실로 금과옥조와 같이 귀중하신 가르침입니다. '벌병' 보다는 '벌교'가 낫고, '벌교' 보다는 '벌모'가 상책이라고 말씀하셨으니 그 얼마나 차원 높은 지략이십니까? 정말이지 저는 지금껏 너무도 우매한 장수였습니다."

하고 말했다.

그러자 손무가 머리를 힘차게 흔들며 대답한다.

"오 대부는 무슨 그런 겸손의 말씀을 하십니까? '벌모'가 최상의 지략이라는 사실을 제게 깨닫게 해주신 분은 다른 사람이 아닌 오 대부셨습니다. 그런 의미에서 보자면 오 대부야말로 저의 스승이십니다."

오자서는 너무도 뜻밖의 말에 어리둥절하였다.

"아니, 제가 언제 선생에게 그런 병법을?"

그 말에 손무는 크게 소리 내어 웃으며 말한다.

"그 옛날 투보회 석상(席上)에서 열국 제후들이 진(秦)나라 애공(哀公)의 손에 몰살당하게 되었을 때에, 오 대부가 쓰신 술법이 바로 '벌모'가 아니고 무엇이셨소?"

오자서는 너무도 뜻밖의 말에 또 한번 놀랐다.

"아니 그럼, 제가 투보회 때에 진(秦) 애공의 음모를 사전에 분쇄해 버린 수법이 바로 '벌모'에 해당한다는 말씀입니까?"

손무가 고개를 끄덕이며 대답한다.

"그렇습니다. 그때에 오 대부가 애공의 음모를 사전에 분쇄해 버린 수법이 바로 '벌모'에 해당하는 수법이었습니다. 나는 투보회 때의 이야기를 듣고 '벌모'가 최상책임을 이론적으로 깨닫게 되었는데, 오 대부는 이론을 초월하여 몸소 실천하신 것입니다. 그러니 오 대부야말로 선천적으로 타고난 명장(名將)이라고 할 수 있겠습니다. 나는 병법을 이론적으로 연구해 나갈 뿐이지만, 오 대부는 천품적으로 명병법가(名兵法家)의 소질을 타고나셨으니 얼마나 귀한 천재입니까!"

"선생에게 그런 말씀을 들으니 저는 그저 몸 둘 바를 모르겠습니다."

옆에서 듣고 있던 오왕이 기쁨에 넘친 얼굴로,

"한 분은 실천력이 뛰어나고, 한 분은 이론에 밝으시니 내가 비로소 천하의 명장들을 얻은 셈이구려, 하하하. 싸움을 아니 하고도 승리할 방법이 있다면 그보다 더 좋은 일이 어디 있겠소. 전쟁을 아니 하고도 이길 수 있는 방법을 좀더 구체적으로 설명해 주면 고맙겠소이다."

손무가 머리를 조아리며 다시 대답한다.

"신이 듣자옵건대 뛰어난 공장(工匠)이 나무나 돌에 조각을 새길 때 이미 나무와 돌 속에 조상(彫像)이 뚜렷하게 나타나 있음을 심안

(心眼)으로 본다고 하였습니다. 미리 조상을 본 그 사람은 단지 칼을 가지고 불필요한 부분만을 도려내어 작품을 완성한다고 하옵니다. 전쟁도 그와 같아 싸움을 시작하기 전에, 싸움을 하면 반드시 승리할 것을 미리 알고 있어야 합니다. 다시 말하면 승리가 이미 결정적인 사실이 되었을 때에만 싸워야 하는데, 그때는 이기려고 싸우는 것이 아니라 이미 승리한 것을 자기도 확인(確認)하고 적에게도 확인시키기 위해 싸우는 데 불과한 것이옵니다. 그런데 제가 보건대 지금 당장은 우리에게 승산이 없을 뿐만 아니라, 적에게도 패배할 요소가 별로 없어 보이니 당분간은 칼을 갈며 때가 오기를 기다리는 것이 상책일 것 같사옵니다."

손무가 그렇게 단언하고 나오니 오왕과 오자서는 더 이상 할 말이 없었다.

오왕이 말한다.

"경은 '적을 알고 나를 알아야 백 번 싸워도 위태롭지 않다(知彼知己 百戰不殆)'고 하셨는데, 오늘날의 초나라를 어떻게 보고 계시는지 그 얘기를 한번 들어 보고 싶구려."

손무는 대답한다.

"간신 비무기가 권세를 휘두르고 있을 때에는, 초나라의 정정(政情)이 매우 어지러웠습니다. 그러나 비무기를 제거하고 나서부터는 소왕(昭王)을 중심으로 국론(國論)이 통일되어 지금은 결코 만만하게 볼 나라가 아니옵니다."

손무의 말에 오왕은 실망하였다.

"그러면 지금 당장은 싸워도 우리에게 승산이 없다는 말씀이오?"

손무가 대답한다.

"지금 정세로 보아서는 피차간에 싸움을 시작해도 승패를 가리기가 매우 어려울 것이옵니다. 왜냐하면 초국은 간신 비무기를 제거하고 상하가 똘똘 뭉쳐 일치단결을 하고 있는데다가, 좌영윤(左令尹) 자서(子西)와 우영윤(右令尹) 낭와 등의 맹장들이 건재하니 결코 녹록하게 보아서는 안 되옵니다. 게다가 우리 편에도 약점이 많다는 사실을 잊어서는 안 되옵니다."

"아니, 우리 편에 무슨 약점이 있다는 말씀이오?"

오왕은 '우리 편에도 약점이 많다'는 말에 크게 놀라며 반문하였다. 손무가 대답한다.

"대왕께서 큰일을 도모하시려는 이 판국에 신이 무엇을 숨기겠습니까? 오 대부와 백비 장군이 본시부터 오나라 사람이 아니라 초나라에서 망명을 온 사람들이라는 점도 우리로서는 커다란 약점이옵니다. 왜냐하면 우리가 토초전(討楚戰)을 일으켰을 경우, 백성들은 그 전쟁이 대왕의 뜻에서 시작된 것이 아니라 오 대부와 백비 장군이 개인적인 원수를 갚기 위해 대왕을 설득하여 전쟁을 일으켰다는 오해를 사기 십상입니다. 전쟁이 우리에게 유리하게 전개된다면 불평이 표면화되지 않겠사오나 전세가 불리할 경우 자칫 백성들에게 원한을 사게 될 것이니, 그 점도 충분히 고려해 보셔야 하옵니다."

"음, 과연 원수의 말씀을 들어 보니 그렇기도 하구려."

오왕은 즉석에서 수긍하였다.

오자서도 이성적으로는 손무의 말을 옳게 여겨 머리를 숙인 채 깊은 침묵에 잠겨 있었다. 그러나 감정적으로는 손무에게 대한 불평이 이만저만이 아니었다.

'손 원수는 무엇 때문에 나와 백비 장군의 약점까지 노골적으로 파헤쳐 우리들의 위신을 손상시키는 것일까. 그런 말이 나올 줄 알았으면 차라리 모셔 오지 않았던 편이 좋았을 걸 그랬나보구나!'

손무는 오자서의 안색에서 그와 같은 기색을 재빨리 알아채고, 오왕에게 다시 품한다.

"전하께서 중원의 패권을 장악하려는 웅지(雄志)를 품고 계신 이상, 언젠가는 반드시 초를 쳐부수어야 하옵니다. 그러자면 오 대부와 백비 장군 같은 명장들이 없어서는 절대로 안 될 것이옵니다. 그러나 전쟁의 승패는 감정으로 좌우되는 것이 아니옵고, 어디까지나 피아(彼我)의 실력에 의하여 결정될 일이니 아무리 조급하여도 때가 오기를 기다려야 하옵니다."

그 말은 오자서의 불평에 대한 간접적인 무마책이기도 하였다.

오왕이 말한다.

"알겠소이다. 원수를 믿고 때를 기다릴 테니, 그동안에 실력을 꾸준히 양성해 주시오."

"신은 전력을 기울여 충성을 다하겠사옵니다."

손무는 그날부터 군사들에게 맹훈련을 시킬 뿐만 아니라 전국 각지에서 신병을 널리 모집하여 새로운 군대를 양성해 나갔다. 그리하여 1년이 경과했을 무렵, 오군(吳軍)은 어느 나라도 당해내기 어려운 막강한 정예군이 되었다.

손무가 군기 확립에 가혹할 정도로 준엄했음에도 군사들은 어느 누구도 불평을 말하는 사람이 없었다. 그 원인은 손무 자신이 언제든 군사들과 고락(苦樂)을 같이해 왔기 때문이었다. 손무는 숙식조차 군사들과 같이해 오면서 훈련을 시킬 때에는 추상같이 엄격하였다. 그 대신 숙소에 돌아와서는 친형제같이 다정하게 대해 주었으니 누구나 그를 따르지 않는 사람이 없었다.

하루는 졸병 하나가 숙소에서 저녁을 같이 먹으며 손무에게 이렇게 물어 본 일이 있었다.

"원수께서는 훈련을 시키실 때에는 호랑이같이 무섭다가도, 정작 무릎을 대고 마주 앉으면 친형님같이 다정하시니, 도대체 어느 편이 진짜 본색이시옵니까?"

손무가 웃으며 대답한다.

"이 사람아! 그거야 말할 것도 없이 자네들하고 무릎을 마주 대고 앉아 환담을 즐기는 것이 나의 본색이지. 그런 즐거움이 없다면 내가 무슨 재미로 부대장 노릇을 하겠는가? 형(兄)의 즐거움은 아우들을 사랑하는 데 있는 걸세. 그러나 형에게는 형으로서의 의무가 따르는 법인데, 그것은 아우들을 어디까지나 보호해 줘야 한다는 것이야."

"그렇다면 훈련을 시킬 때에는 어찌하여 형님답게 자애를 베풀어 주시지 아니하고 엄격하기만 하시옵니까?"

그러자 손무는 졸병의 어깨를 다정하게 두드려 주며 이렇게 말했다.

"그것은 자네가 생각을 잘못하고 있는 것일세. 훈련 시에 내가 군기 준수에 지나칠 정도로 엄격한 것은 사랑하는 아우들의 생명을 철저하게 보호해 주기 위해서라는 것을 알아야 하네. 군기가 확립되어 있지 않은 군대는 일단 전쟁이 일어났을 때에는 저항력이 약화되어 모두 몰살을 당하게 되는 법이야. 형의 입장인 나로서는 사랑하는 아우들을 몰살시켜 버릴 수 없는 일이 아닌가. 내가 군기 확립에 가혹할 정도로 엄격한 것은 바로 그 때문일세. 내 말 알아듣겠나?"

식사를 같이 하고 있던 많은 군사들이 그 말을 듣고 한결같이 눈물을 흘리며 감격하였다.

군사들은 그때부터 손무를 친형님처럼 더욱 따르게 되었다. 그리하여 오나라 군사들은 날이 갈수록 정예화되어 가고 있었던 것이다.

오왕은 내심 크게 만족스러웠다. 그러나 일국의 원수가 사병들과 숙식까지 같이 한다는 말을 듣고, 하루는 손무를 불러 이렇게 나무란다.

"손 원수는 사병들과 숙식조차 같이 한다고 들었는데, 그래 가지고서는 원수의 위신이 손상될까 크게 두렵구려."

손무가 머리를 조아리며 대답한다.

"전하! 그런 염려는 마시옵소서. 군기가 엄격한 부대는 상관의 위신을 손상시키는 일이 없는 법이옵니다. 군기 확립은 그래서 필요한 것이옵니다."

오왕은 그래도 미심쩍어 고개를 갸웃거리며,

"그럴까요? 그러나 우매한 군사들에게 온정을 지나치게 베풀다가는 오히려 욕을 보게 되지 않을까요?"

"전하의 존의(尊意)는 충분히 이해하겠습니다. 군사들은 우매한 것들이니 강(剛)하게 다루는 편이 좋으리라는 말씀이 아니겠습니까? 그러나 옛날 병담(兵談)에 '유능제강(柔能制剛)하고 약능제강(弱能制强)하니 유자덕야(柔者德也)'라는 말이 있사옵니다. 다시 말해서 부드러운 것은 단단한 것을 제어할 수 있고, 약한 것은 굳센 것을 능히 제어할 수 있다고 했으니, 부드러운 것이야말로 참된 덕(德)이라는 뜻이옵니다. 군사란 목숨을 걸고 함께 싸우는 사람들이니 마음으로부터의 융합(融合)이 반드시 필요한 법이옵니다. 그러자면 지휘관이 부하들을 마음으로부터 사랑하지 않아서는 아니 되옵니다. 사랑할 줄 모르는 상관을 위해 누가 목숨을 걸고 싸울 수 있겠사옵니까?"

"음, 경의 말씀을 들어 보니, 과연 그렇기도 하구려."

오왕은 그제야 손무의 깊은 뜻을 알아보고, 수긍의 고개를 끄덕였다.

손무는 이왕 말이 난 김에 오왕에게 간언을 한 마디 올리고 싶었다. 왜냐하면 근자에 국력이 강대해지자 오왕은 만심(慢心)이 생겨 정사를 성실하게 돌보지 아니하고, 차츰 주색(酒色)에 빠져들고 있었기 때문이다.

"신이 생각하옵건대 군사를 다스림과 대왕께서 나라를 다스리심은 비록 그 규모의 대소에는 차이가 있을지언정, 그 기본 원리에는 추호도 다름이 없사옵니다. 옛 글에 '여중동호(與衆同好)하면 미불성(靡不成)하고, 여중동악(與衆同惡)하면 미불경(靡不傾)'이라는 말이 있사옵니다. 즉, 비록 군주라 하더라도 민중의 뜻을 알아 즐거움을 함께 나누면 이루어지지 아니하는 일이 없고, 괴로움을 민중과 같이 나누면 따르지 아니하는 자가 없다는 말이옵니다. 그러므로 나라를 잘 다스리려면 항상 민중과 더불어 함께해야 하옵니다. 만약 치자의 마음이 민중을 떠나면 그 나라는 필경 망하게 된다고, 옛날 성현들의 말씀에 분명하게 나와 있사옵니다."

오왕은 손무의 간언을 알아듣고 즉석에서 뉘우치는 빛을 보이며,

"경의 충언은 마음 깊이 아로새겨 들었소이다."

하고 말한 뒤에,

"경의 노력으로 우리 군사가 막강하게 되었으니, 이제는 초나라를 공략해 보는 것이 어떠하겠소?"

하고 묻는다.

"……."

손무는 얼른 대답을 못 하고, 심사묵고에 잠겼다. 오랫동안 침묵에 잠겨 있던 손무가 문득 입을 열어 말한다.

"우리가 초나라를 본격적으로 정벌하기에는 아직도 준비가 미흡하옵니다."

오왕이 고개를 기울이며 반문한다.

"우리의 준비가 미흡하다는 것은 어떤 점을 두고 말씀하시는 것이오?"

손무가 다시 대답한다.

"군사를 일으켜 남의 나라를 치려면 그에 앞서 내부의 우환부터 제거해 버려야 하옵는데, 우리는 아직도 내부의 우환을 그대로 안고 있사옵니다."

"내부의 우환이란 무엇을 말씀하시는 것이오?"

"신이 알기로는 선왕(先王)의 심복이었던 엄여가 지금 서국(徐國) 땅에서 우리를 노리고 있고, 선왕의 또 다른 심복 촉용 역시 종오국(鍾吾國)에서 보복 작전을 꾀하고 있는 형편이오니, 그들을 그냥 내버려 둔 채 초나라를 치는 것은 무모한 일인 줄로 사료되옵니다."

"들어 보니 과연 옳은 말씀이구려. 그러면 우선 그자들부터 없애는 것이 어떠하겠소? 그자들은 쉽게 정리해 버릴 수 있을 게 아니오?"

"물론 엄여와 촉용을 토벌하는 것은 언제든지 가능한 일이옵니다. 그러면 오 대부, 백비 장군 등과 더불어 그 문제에 대해 구체적으로 계획을 세워 보겠습니다."

손무는 즉석에서 오자서와 합석하여 토의한 결과 백비 장군에게는 군사를 주어 서국에 있는 엄여를 치게 하고, 오자서는 군사를 이끌고 종오국으로 진격하여 촉용을 치기로 하자는 합의를 보았다.

드디어 출진(出陣)의 날이 사흘 앞으로 다가왔다. 손무가 원수로 취임하고 난 후 최초의 발병(發兵)이었다. 그러기에 손무는 출병에 앞서 모든 장수들을 한자리에 모아 놓고, 오랜 세월에 걸쳐 자기 자신이 연구해 온 병법을 다음과 같이 강론하였다.

"이 자리에 모여 있는 장수들은 모두가 명장들이니 귀관들에게 병법을 강론하는 것은 무용지변(無用之辯)이 될는지도 모르겠소. 그러나 아는 길도 물어 가라는 속담이 있듯이, 아무리 아는 것이라도 한 번 들어 다르고, 두 번 들어 다르니 출진에 앞서 내 자신이 평소에 연구해 온 기본 요강을 말씀드려 보고자 하오. 귀관들은 성심껏 경청해 주기 바라오."

손무는 모든 장수들의 체면을 손상시키지 않으려고 그와 같이 정중한 전제를 늘어놓고 나서,

"지휘관인 귀관들은 다음과 같은 몇 가지의 원칙을 반드시 준수해 주기 바라오. 첫째, 우리 군사가 적의 병력의 10배가 될 때에는 적을 포위하고 나서 싸우려 하지 말고, 적이 절로 굴복해 오거나 자멸하기를 기다리기만 하면 되는 것이오(十則圍之). 둘째, 우리의 병력이 적의 5배가 될 때에는 포위 작전을 쓰기에는 부족하니 병력이 우세한 것을 이용하여 단번에 적을 무찔러 버려야 하오(五則攻之)."

손무의 병법 강론은 그대로 계속된다.

"셋째, 두 배의 병력을 가지고 적과 싸울 때에는 우리 편 병력을 양분하여 좌우에서 협공을 해야 하고(倍則分之), 넷째, 피아간에 병력이 비동할 경우에는 전력을 기울여 싸우는 것이 상책이오(敵則能戰之). 다섯째, 적의 병력이 우리보다 많을 경우에는 원칙적으로 싸움을 기피해야 하고(小則能避之), 여섯째, 병력 이외에도 무기 등등으로 모든 면에서 적이 우세할 경우에는 숫제 싸움을 피할 계획을 세워야 하오(不着則能避之). 일곱째, 적은 병력으로 우세한 적과 싸우는 것은 패배를 자초하는 것과 다름이 없으니 확고한 승산이 없다고 판단될 때에는 눈물을 머금고 싸움을 피해야 하오. 왜냐하면 싸움을 피하는 것은 일시적인 굴욕일 뿐이지만 승산 없는 싸움을 무리하게 지속하는 것은 생명과 재물 등 막대한 희생을 입게 되는 지극히 어리석은 일이기 때문이오."

장수들은 저마다 지휘관의 지침을 명시해 주는 손무의 강론에 감탄해 마지않았다.

손무의 병법 강론은 계속된다.

"무릇 지휘관이라면 국가의 수레바퀴라고 할 수 있을 만큼 막중한 책임이 있는 장수들이오. 수레바퀴가 용의주도하면 그 나라는 강해지고, 수레바퀴에 틈이 생기면 그 나라는 약해지는 법이오(夫將者 國之輔也 輔周到則國必强 輔隙則國必弱). 그러므로 이 나라의 국운은 오로지 지휘관 여러분의 두 어깨에 걸려 있다고 하겠소."

손무가 지휘관들의 임무를 잔뜩 추켜올리는 바람에 모든 장수들은 긍지와 아울러 책임감을 새삼스러이 절감하였다.

오왕은 장수들의 얼굴에 자신감이 충만해지는 것을 보고 매우 기뻐하였다.

손무는 이 기회에 왕의 명령권에 대해서도 한 마디 언급하지 않을 수 없어 이번에는 왕에게 아뢴다.

"매우 외람된 말씀이오나 대왕전에도 한 말씀 여쭙고자 하옵나이다. 일국의 왕은 병권(兵權)에 있어서도 그 나라의 최고 명령자임은 새삼스러이 말할 것도 없습니다. 그러나 전시에 있어서만은 일선 장수들에게 내리시는 왕명에도 스스로 한계가 있어야 하옵니다. 일선 지휘관에게 왕명을 함부로 내려서는 안 될 경우가 있사온데,

첫째는, 진격할 수 없는 사정에 처해 있는 군대에게 전진하라는 명령을 내리셨을 경우가 그 하나이옵고(不知三軍之不可以進而謂之進),

둘째는, 퇴각해서는 안 될 사정에 처해 있는 군대에게 퇴각하라는 명령을 내리셨을 경우가 그 둘이옵고(不知三軍之不可以退而謂之退),

셋째는, 3군의 현지 사정을 잘 모르면서 명령권을 함부로 발동하시는 것이 그 셋이옵니다(不知三軍之權而三軍之任), 그렇게 되면 일선 지휘관들은 판단에 혼란이 생겨 제대로 싸울 수가 없게 되기 때문이옵니다."

손무는 대담하게도 오왕에게 그런 말까지 직언하였다.

오왕은 손무의 대담무쌍한 직언에 불쾌감을 느꼈다. 그러나 말인즉 옳은 것임을 어찌하랴.

손무는 왕의 그런 기색을 재빨리 알아채고 다시 말을 계속한다.

"왕명은 절대권을 가지고 있는 까닭에 누구도 거역할 수 없는 법이옵니다. 그러나 왕명은 절대권을 가지고 있는 까닭에 명령을 내리시려면 일선 사정을 잘 아시고 나서 내리셔야 한다고 말씀드린 것이옵니다. 과거의 전사(戰史)를 더듬어 보면 왕명을 잘못 내렸기 때문에 일선 장수들이 크게 곤혹스러웠던 일들이 종종 있었사옵고, 그런 때에는 반드시 패했던 것이옵니다. 대왕께서는 그 점을 각별히 고려해 주시기를 바라옵니다."

오왕은 그제야 고개를 끄덕이며 말한다.

"원수의 간언은 충분히 받아들이겠소이다."

모든 장수들은 가려운 데를 긁어 주는 손무의 직언에 사기가 더욱 충천하였다.

손무는 그들에게 다시 병법을 말한다.

"나는 일선 지휘관들께서 각별히 명심해 주기를 바라는 원칙이 하나 있소. 적과 대진해 보아서 이길 자신이 없다고 판단되거든 싸우지 말고 지키기만 하시오(不可勝則守). 그러나 이길 자신이 있거든 서슴지 말고 공격하시오(可勝則攻). 그것을 판단하는 것은 오직 지휘관만의 권한이오. 정확한 판단을 내리기 위해서는 다음과 같이 반드시 이길 수 있는 몇 가지 기본 요소를 알고 있어야 하오. 전쟁에 이기는 데는 다섯 가지 요소가 있소.

첫째, 어떤 경우에는 싸우고, 어떤 경우에는 싸우지 말아야 하는지를 적과 비교하여 판단하는 지휘관은 반드시 이길 것이고(知可以與戰不可以與戰者勝),

둘째, 많은 부대와 적은 부대를 지휘하는 법칙을 잘 알고 있는 지휘관은 반드시 이길 것이고(識衆寡之用者勝),

셋째, 상하가 일치단결하여 싸우는 군대는 반드시 이길 것이고(上下同欲者勝),

넷째, 만반의 태세를 언제든지 갖추고 있는 지휘관은 반드시 이길 것이고(以虞待不虞者勝),

다섯째, 유능한 장수로서 윗사람의 간섭을 받지 않고 자기 재량대로 싸우는 지휘관은 반드시 이길 것이오(將能而君不御者勝). 일선 지휘관들의 재량권과 임무는 그처럼 막중하다는 것을 제관들은 각별히 명심해 주기 바라오."

손무가 직간접적으로 장수들의 책임과 권위를 거듭 강조하는 바람에 장수들의 의욕은 자꾸만 왕성해 가고 있었다.

손무가 다시 말한다.

"나는 비록 원수의 직위를 갖고 있지만 승패를 직접 가름해 줄 사람은 일선 지휘관인 여러분들이오. 대왕전에 승리의 영광을 받들어 올릴 수 있는 사람은 오직 여러분들뿐이라는 것을 재삼 명심해 주기 바라오."

손무의 말이 그에 이르자 오왕과 모든 지휘관들은 감격의 눈물까지 흘렸다. 손무의 정신교육이 그만큼 효과를 거둔 증거였다. 손무는 일선 지휘관들에 대한 정신교육이 끝나자 곧 오왕의 재가를 얻어 출동명령을 내렸다.

그리하여 대장 오자서와 부상 백비는 군사를 이끌고 가가 목저지를 향하여 출동하였다. 서국과 종오국은 인접해 있는 나라인지라 두 장수는 국경에 도착하자 일단 진을 치고 적정을 탐색하기 시작하였다.

한편, 서국의 엄여는 초병들을 통해 그 소식을 듣고 크게 놀라며,

종오국에 있는 촉용에게 그 사태를 급히 알렸다.
 엄여의 편지를 받아 본 촉용은 걱정이 태산 같았으나 신통한 대책이 있을 리 만무했다. 그러므로 즉시 엄여에게 다음과 같은 회신을 보냈다.

 오왕 협려가 병법의 대가인 손무를 원수로 삼고, 오자서와 백비에게 대군을 주어 우리 형제를 정벌하려고 한다니, 우리의 힘으로는 그들을 당해낼 방도가 전연 없습니다. 그러하니 이제 우리가 살아남을 수 있는 길은 오직 초나라에 투항하여 그들의 보호를 받는 길밖에 없으리라 생각됩니다. 형님은 거기에 대해 어떻게 생각하는지 급히 알려 주십시오.

 엄여는 아우의 글을 받아 보고 그날 밤 야음을 틈타 종오국으로 촉용을 찾아왔다.
 그들 형제는 초나라에 밀사를 보내,

 우리 형제는 우리가 지켜 오고 있던 두 개의 성과 군사를 모두 초왕 전에 바칠 터이오니 소왕(昭王)께서는 이를 거두어 주시옵소서.

 하는 내용의 항복 문서를 초왕 앞으로 전달하였다.
 초 소왕은 엄여와 촉용의 항복 문서를 받아 보고 크게 기뻐하였다.
 그리하여 좌영윤 자서를 불러 물어 본다.
 "이 항복 문서를 어떻게 처리하는 것이 좋겠소?"
 자서가 항복 문서를 신중히 검토해 보고 나서 대답한다.
 "오왕 합려는 요왕을 살해하고 왕위에 올랐기 때문에 후환을 없애기 위해 선왕의 심복이었던 엄여와 촉용을 토벌하려는 것이옵니다. 엄여와 촉용은 궁지에 몰린 나머지, 생로(生路)를 타개하기 위해 우리에게 투항하려고 하는 것이 분명합니다. 따라서 우리로서는 그들의 투항을 받아들이지 않을 이유가 없사옵니다. 더구나 그들은 두 개의 성과 수만 명의 군사까지 우리에게 고스란히 바치겠다고 했으니, 우리로서는 이득만이 있을 뿐 손해 날 것은 조금도 없지 않사옵니까?"

그러나 초왕으로서는 그처럼 간단하게만 생각할 수 없는 문제였다.

"물론 나도 그들의 투항을 받아들이는 데 대해 원칙적으로는 찬성이오. 그러나 그들을 받아들이면 오나라와의 감정이 크게 악화되리라는 점도 고려해 봐야 하지 않겠소?"

영윤 자서가 대답한다.

"엄여와 촉용의 무리를 받아들이면 오나라는 당연히 우리를 매우 못마땅하게 생각할 것이옵니다. 그러나 강대국인 우리가 오나라를 두려워하여 절로 굴러 들어오는 복을 박차 버릴 수는 없는 일이 아니옵니까?"

그래도 초왕 소공은 신중을 기하면서 말한다.

"그야 물론 엄여 형제의 투항을 받아들이면 영토도 넓어지고 병력도 그만큼 강해질 것이니 누가 그것을 마다하겠소. 그러나 오자서가 원수를 갚으려고 이를 갈고 있지 않소? 우리가 엄여와 촉용을 받아들이면 오자서의 신경이 더욱 날카로워져 어떤 짓을 벌일지 아무도 모르는 일이 아니오? 나는 그 점이 염려스러워서 하는 말이오. 나라를 경영해 나가다 보면 작은 것을 탐내다가 큰 것을 잃어버리는 경우도 흔히 있는 일이 아니오."

"대왕께서 염려하시는 점은 충분히 이해하겠습니다. 신도 그 문제에 대해 생각을 아니 해 본 것은 아니옵니다. 엄여와 촉용의 투항을 받아들이면 오자서는 반드시 대군을 이끌고 덤벼올 것입니다. 그러나 거기에 대해서는 절묘한 대비책이 있사옵니다."

초왕은 그 말에 귀가 번쩍 뜨이는 듯 자서를 정면으로 바라보며 묻는다.

"절묘한 대비책이라뇨? 어떤 대비책이 있다는 말씀이오?"

자서가 대답한다.

"오군(吳軍)이 우리를 쳐 오려면 반드시 접경지대인 서읍성(舒邑城)부터 공격해 오게 될 것입니다. 그런데 엄여와 촉용이 3만 가까운 군사로 우리한테 투항해 오겠노라고 했으니, 우리는 그들로 하여금 서읍성을 지키게 하면 될 것입니다. 그러면 오군이 침범해 오더라도 결국은 저희끼리 싸우게 되어 우리로서는 직접적인 피해가 조금도 없을 것이 아니옵니까? 만약 엄여가 그 싸움에서 이긴다면 우리의 불로소득(不勞所得)은 막대할 것이고, 설혹 진다 하더라도 피해는 전혀 없을 것이옵니다."

초왕은 그 계책을 듣고 무릎을 치며 감탄하였다.

"이이제이(以夷制夷)의 술법을 쓰자는 말씀이구려. 참으로 절묘하기 그지없는 계책이오. 그러면 엄여와 촉용의 투항을 기꺼이 받아들이도록 합시다."

이리하여 엄여와 촉용의 형제는 군사를 이끌고 초나라에 투항하게 되었다.

초왕은 엄여와 촉용을 궁중으로 맞아들여 환영연을 성대하게 베풀어주며 말한다.

"오나라의 왕족이신 두 분 장수께서 우리와 한 식구가 되시려고 이처럼 찾아와 주셨으니 기쁘기 한량없는 일입니다. 자, 어서 한잔 드십시다."

마음에도 없는 환대의 말이었음은 말할 것도 없다. 그러나 신세가 따분했던 엄여와 촉용은 초왕의 과분한 환대가 마냥 고마워 머리를 조아리며 말한다.

"대왕께서 보잘것없는 저희 형제를 이처럼 환대해 주시니, 진실로 홍은이 망극하옵니다."

"무슨 말씀을……. 고귀하신 신분으로 보아서는 두 분을 마땅히 왕족으로 받들어 모셔야 옳을 일이나 우리나라의 국법상 그렇게 모실 수도 없는 일이고……."

초왕은 난처한 듯 거기까지 말하고 나서, 문득 옆자리에 배석해 있는 영윤 자서를 돌아다보며 묻는다.

"영윤! 우리가 두 분을 극진하게 예우해야겠는데 무슨 좋은 방도가 없겠소?"

왕의 속셈을 알아챈 자서가 머리를 조아리며 대답한다.

"신이 생각하옵건대 두 분께서는 장차 시운이 돌아오면 오나라의 대왕이 될 어른들이십니다. 그러하니 예우도 그렇게 하여야 마땅할 것이옵니다."

초왕이 고개를 끄덕이며,

"옳은 말씀이오. 난들 어찌 그것을 모르리오. 그러니까 두 분에 대한 예우가 매우 난처하다는 말씀이 아니오?"

자서가 다시 말한다.

"두 분께서는 대권을 탈환하기 위해 군사를 많이 양성해 오신 줄로 알고 있사옵니다. 그러하니 누 분께서 대사를 도모하는 데 편의를 보아 드리려면 아무래도 오나라와의 접경지대에 주둔하게 하심이 좋을 것이옵니다. 그런 뜻에서 오국과의 접경에 있는 우리의 서읍성을 숫제 두 분에게 할애해 드리는 것이 어떠하겠습니까?"

초왕은 그 말을 듣고 짐짓 무릎을 치며 감탄하는 척했다.

"그것 참 절묘한 생각이오. 옛 글에도 '월나라 새는 남쪽 가지에 둥지를 틀고(越鳥巢南枝), 호마는 북풍에 운다(胡馬嘶北風)'는 말이 있으니, 두 분인들 어찌 고국이 그립지 아니하시리오."

그리고 이번에는 엄여 형제를 쳐다보며,

"그러면 오나라와 가장 가까운 서읍성을 드릴 테니, 두 분께서는 거기를 근거로 삼으셔서 대권을 탈환하실 대사를 도모해 보십시오. 두 분께서 대사를 도모하시는 데 필요하다면 초국은 전력을 기울여 돕겠습니다."

오나라가 침범해 왔을 때 그들을 화살받이로 이용하려는 술책이었음은 말할 것도 없다. 그처럼 속으로는 엉뚱한 생각을 품고 있으면서 입에서 흘러나오는 말은 어디까지나 꿀같이 달콤했던 것이다. 그러나 궁지에 몰려 있는 엄여와 촉용은 초왕의 말에 새로운 꿈이 무지개처럼 화려하게 솟구쳐 올랐다.

'초왕이 도와주기만 한다면 우리는 오국의 대권을 탈환할 수도 있는 일이 아닌가?'

허깨비 같은 욕망에 사로잡혀 버린 엄여와 촉용은 초왕에게 큰절을 올리며 자신들도 모르게 이렇게 말했다.

"후일 국권을 탈환하게 되면 대왕의 은혜는 백골난망이겠나이다."

욕망이 눈을 가리면 이성을 상실하게 되는 법이다. 엄여 형제는 초왕의 감언이설에 속아 자기네가 오왕이 되어 보려는 헛된 꿈을 안고 초왕 앞을 물러나왔다.

두 사람이 어전을 물러나가자 초왕은 뜻 깊은 미소를 지으며 자서에게 묻는다.

"영윤은 지금 그자들을 어떻게 보셨소?"

"소문에 듣기에는 대단한 인물들 같았사오나 정작 본인들을 대해 보니 서푼짜리도 못 되는 우장(愚將)들이었습니다."

"아닌 게 아니라 나도 그렇게 생각되었소. 자기네 분수를 몰라도 유만부동이지, 제까짓 것들이 어찌 감히 오나라의 왕위를 탈환할 수 있겠소."

자서도 회심의 미소를 지어 보이며,

"자고로 '쫓기는 새는 품 안으로 날아들게 마련(窮鳥入懷)'인 것이옵니다. 그들은 궁조(窮鳥)인 까닭에 우리가 던져 준 낚싯밥을 무서운 줄도 모르고 덥석 물고늘어지는 것입니다."

"낚싯밥을 물고늘어진다? 하하하, 영윤은 참으로 절묘한 비유를 쓰셨소이다."

"그들은 머지않아 오군의 화살받이가 되어 버릴 테니 두고 보시옵소서."

"그때에는 제사나 후하게 지내 주도록 합시다. 하하하!"

"이를 말씀입니까. 하하하!"

초왕과 영윤 자서가 통쾌하게 웃고 있는 바로 그 시간, 촉용은 대궐을 물러나오며 엄여에게 말한다.

"형님! 궁즉통(窮則通)이라더니, 우리한테도 머지않아 대운(大運)이 돌아올 것이 틀림없나 봅니다."

엄여도 기꺼이 웃으며,

"나 역시 새로운 희망이 가슴 가득 넘쳐 오르는 것만 같구나. 그런데 초왕이 무엇 때문에 우리 형제에게 그처럼 후덕(厚德)을 베풀어주는지 이유를 잘 모르겠다."

"형님두 원! 그 이유는 뻔한 것이 아닙니까?"

"뻔하다니? 무슨 이유가 뻔하다는 말이냐?"

"형님은 그 이유를 정말로 모르셔서 저한테 물어 보시는 것이오?"

"나는 잘 모르겠는걸. 알고 있거든 감질만 내지 말고 속 시원히 말해 보아라."

"초왕은 우리가 고와서 도우려는 것이 아니라 자기네의 이득을 도모하기 위해 우리를 돕지 않을 수 없다는 사실을 아셔야 합니다."

"어째서 그렇다는 말이냐?"

"생각해 보십시오. 초나라로서는 어떡하든지 원수인 오자서를 죽여 없애야만 마음이 놓이겠는데, 그러자니 자연 우리의 힘을 빌리지 않을 수 없는 것이지요."

"음, 네 말을 들어 보니 과연 그렇겠구나. 그렇다면 우리도 좀더 큰 소리를 쳐줄 걸 그랬나보다."

엄여 형제는 그들 나름대로 아전인수 격의 해석을 하며 좋아했다. 아무튼 엄여 형제는 서읍성을 근거로 새로운 야망에 불을 지피고 있었다.

엄여와 촉용이 초국에 투항하여 서읍성에 주둔하게 되자 일선에 나와 있던 오자서와 백비에게 그 사실이 즉각적으로 알려졌다. 그리하여 그 사실을 손무에게 보고하니, 손무는 오자서와 백비에게 다음과 같은 새로운 군령을 내렸다.

"엄여와 촉용은 어차피 없애 버려야 할 인물들이니, 그들이 진지를 견고하게 구축하기 전에 신속히 쳐부수도록 하라. 서전(緒戰)을 승리로 장식하는 것은 피아 간에 심리적인 영향을 지대하게 주는 것이니, 그런 줄 알고 최단 시일 내에 결말을 맺도록 해야 한다."

서전을 승리로 장식함으로써 초나라의 사기를 뿌리째 흔들어 놓도록 하라는 군령이었다.

오자서는 군령을 받자 백비와 함께 즉시 서읍성으로 쳐들어갔다.

그러나 엄여는 성문을 굳게 걸어 잠근 채 싸우려고 하지 않았다.

그러자 촉용이 형에게 항의한다.

"초왕이 우리에게 서읍성을 내준 것은 우리의 승리를 도와주려고 했기 때문이었소. 그런데 우리가 싸우지도 아니하고 수비만 하고 있으면 무슨 면목으로 그들의 응원을 바라겠소? 우리는 생사를 걸고 오자서와 싸워 이겨야 하오. 대권 탈환을 눈앞에 두고 싸우기를 기피하는 것은 자멸을 자초하는 것과 무엇이 다르단 말이오?"

그러나 엄여의 생각은 달랐다.

"우리가 3만도 채 못 되는 병력을 가지고 어찌 5만 군사와 싸워서 이길 수가 있겠느냐? 더구나 상대방 장수는 오자서가 아니더냐? 그러하니 우리는 싸워서 이길 생각을 하지 말고, 성 둘레에 늪을 깊이 파고, 거기서 나오는 흙으로 둑을 높이 쌓아 올려 적이 함부로 침범을 못 하도록 해야 한다. 그러면 적은 시일이 오래갈수록 보급이 곤란해져 결국 절로 물러가 버릴 것이 아니겠느냐?"

그러나 성미가 급한 촉용에게는 그와 같이 완만(緩慢)한 작전 계획은 용납되지 않았다.

"형님은 오자서를 호랑이처럼 무서워하고 있으니, 그래서야 무슨 싸움이 되오? 우리의 목적은 서읍성을 지키는 데 있는 것이 아니라 오자서 일당을 섬멸시킴으로써 대권을 탈환하는 데 있다는 사실을 잊어서는 아니 되오."

"실력도 없으면서 만용을 부리다가 패배하기보다는 차라리 직전(直戰)을 회피하여 와전(瓦全)을 도모해 가면서 후일을 기약하는 것도 하나의 훌륭한 작전이라는 것을 너는 왜 모르느냐?"

형제 간의 의견이 정면으로 대립되었다. 더구나 촉용은 만용이라는 말에 화가 머리끝까지 치밀어 올라서,

"내가 만용을 부리는 게 아니라 형님이 비겁자라는 것을 알아야 하오. 나는 비겁자는 되고 싶지는 않으니 혼자만이라도 나가 싸우겠소."

하고 외치며, 성 안에 있는 군사들을 동문(東門)으로 노도와 같이 몰고 나가는 것이 아닌가.

촉용은 동문으로 군사를 몰고 나와 오자서의 진지로 질풍신뢰와 같이 덤벼 오며 큰소리로 외쳤다.

"오자서란 놈, 이리 나오너라. 용기가 있거든 나와 더불어 생사를 겨뤄 보자."

오자서도 말을 달려 나오며,

"우부(愚夫) 촉용은 듣거라. 너는 오나라의 어엿한 왕족으로서 어찌하여 오왕을 배반하고 초왕의 앞잡이로서 아까운 목숨을 버리려고 하느냐? 지금이라도 늦지 않으니 대오각성하여 칼날을 초나라로 돌려라. 그러면 목숨만은 곱게 살려 주리라."

촉용도 그에 맞서며,

"오자서는 듣거라. 너는 오나라를 망쳐 놓은 천하의 불량배다. 요왕(僚王)을 시해한 불한당이 무슨 낯짝으로 내 앞에 나타났느냐? 나는 오국 왕실의 대의를 세우기 위해서라도 너 같은 놈은 결단코 살려 두지 않으리라."

그러자 오자서는 별안간 통쾌하게 웃으면서,

"이 벽창호 같은 우부야. 초국의 앞잡이가 되어 고국에 항거하는 것이 네게는 대의로 보이느냐? 초왕이 너희들 형제를 서읍성에 주둔시킨 것은 너희들을 오나라 군사들의 화살받이로 이용하려는 음모임을 아직도 깨닫지 못하고 있더란 말이냐?"

그 말에 촉용은 소스라치게 놀랐다. 초왕이 자기네 형제를 화살받이로 이용하고 있다는 오자서의 말이 과연 옳은 것 같았기 때문이다.

그러나 이유여하를 막론하고 이제 와서 후퇴를 한다는 것은 불가능한 일이 아닌가.

"이 불한당 놈아! 사설은 그만 씨부리고 문죄(問罪)의 칼을 받아라."

하고 벼락같은 고함을 지르며 말을 달려 덤벼 온다. 오자서도 걸어오는 싸움을 피할 생각은 없었다. 싸움은 정면으로 붙었다. 마상의 두 장수가 구름 같은 먼지를 일으키며 동에 번쩍 서에 번쩍, 때로는 남에 번쩍 북에 번쩍 했다. 뽀얀 먼지 구름 속에서 창과 창이 강렬하게 부딪치는 쇳소리가 푸른 하늘에 연방 날카롭게 울려 퍼진다. 그야말로 용호상박(龍虎相搏)의 처절한 단기접전(單騎接戰)이었다.

문득 깨닫고 보니, 양편 군사들도 어느새 홍진(紅塵) 속에서 치열하게 싸우고 있었다. 그러나 두 장수의 싸움은 그런 유가 아니었다. 1합, 2합, 3합……. 싸움은 끝없이 반복되는데, 용맹에 있어서나 기량에 있어서나 난형난제(難兄難弟)요, 막상막하(莫上莫下)인 그들이었다.

혈전이 계속되기를 무려 30여 합……. 그래도 판가름이 날 것 같지 않더니, 40합이 가까워 오면서 촉용의 칼이 점점 힘을 잃어가기 시작했다.

바로 그때, 성 안에 있던 엄여가 별안간 질풍같이 말을 몰아 나오며,

"역적 오자서는 내 칼을 받아라!"

하고 외치는 것이 아닌가.

엄여가 맹호같이 덤벼 오는 바람에 오자서는 혼자서 두 장수를 상대로 싸울 수밖에 없었다. 엄여가 질풍처럼 습격해 오는지라 이미 피로해진 오자서는 그때마다 칼을 피하는 자세가 점점 둔해져 가고 있었다.

싸움이 40합을 넘으면서부터 오자서의 기세가 현저하게 기울어 가고 있어 언제 엄여의 칼에 목이 날아갈지 모르는 형편이었다. 그야말

로 생사를 결하는 최후의 위기(危機)였던 것이다.

그러자 이번에는 백비가 그 사실을 뒤늦게 알고 비호처럼 말을 달려 나와 싸움에 끼여든다. 백비도 맹장이었다. 네 장수가 두 패로 갈려 일대 혼전이 전개되는데, 오자서가 별안간 휘파람을 '휘익' 불며 말머리를 돌려 쫓기기 시작하였다.

오자서의 휘파람 소리는 '거짓 쫓김' 임을 백비에게 알려 주는 암호였다. 그러나 그것이 '거짓 쫓김' 임을 알 턱이 없는 엄여와 촉용은 오자서가 기진맥진하여 어쩔 수 없이 쫓겨가는 줄로만 알고 백비를 내버려 둔 채 오자서를 맹렬하게 추격하기 시작하였다.

백비는 오자서를 추격하는 엄여와 촉용의 뒤를 역시 맹렬하게 추격해 오고 있었다. 그러나 엄여와 촉용은 오자서에게만 눈독이 올라 백비가 자기네의 뒤를 맹렬하게 추격해 오는 줄도 몰랐다.

오자서가 쫓겨오기를 장장 50여 리, 어느 산모퉁이에 도달하자 별안간 말머리를 돌려나오며 엄여의 목을 후려갈겼다. 엄여의 목이 한칼에 날아갔을 바로 그때, 뒤에서 추격해 오던 백비가 뒤쪽에서 촉용을 향하여 칼을 내려쳤다. 촉용의 목도 대번에 떨어져 버렸다.

"하하하, 이제야 두 놈을 모두 시원하게 해치워 버렸구나!"

백비가 땅에 뒹구는 엄여와 촉용의 머리를 굽어보며 큰소리로 웃었다. 그러자 오자서는 신중을 기하는 듯,

"싸움은 이제부터요. 여기서 이러고 있을 게 아니라 서읍성으로 되돌아가 군사들을 수습하기로 합시다."

오자서와 백비가 다시 서읍성으로 달려오니, 양편 군사들은 아직도 어지럽게 싸우고 있었다.

오자서가 마상에서 양 군을 향해 큰소리로 호령한다.

"엄여와 촉용은 이미 우리 손에 살해되었다. 모든 군사들은 싸움을

멈춰라."

싸움이 멈춰지자 오자서가 적군들을 향해 다시 외친다.

"너희들 중에는 엄여와 촉용에게 본의 아니게 끌려온 사람도 상당수 있을 줄 알고 있다. 너희들의 부모와 처자식들은 하루 속히 돌아오기를 고대하고 있다. 너희들은 무기를 버리고 모두들 나와 함께 고국으로 돌아가도록 하자."

오자서의 입에서 그 말이 떨어지자 1만여 명의 오국 출신 군사들은 저마다 눈물을 흘리며 오자서 앞에 무릎을 꿇었다.

오자서는 서읍성을 완전히 점령하여 1만여 명의 귀순 병사(歸順兵士)를 얻었을 뿐만 아니라, 엄여와 촉용이 소유하고 있던 수다한 무기와 엄청난 재물까지 노획하였다. 전연 예기치 못했던 대전과를 거둔 셈이었다. 그러나 그 정도의 승리로 만족감에 도취할 오자서가 아니었다.

초나라에 대한 원한이 골수에 맺혀 있는 그로서는 이 기회에 여세를 몰아 초나라를 철두철미하게 쳐부수어 버려야만 넋이 풀릴 것 같았다. 그러나 초국으로 쳐들어가려면 왕의 윤허와 손무 원수의 작전 명령이 있어야 하므로 오자서는 본국에 승전 보고를 올리는 동시에,

"이 기회에 여세를 몰아 초국으로 쳐들어갔으면 하오니, 대왕께서는 원수와 상의하셔서 윤허를 내려 주시옵소서."

하는 상소문까지 곁들여 올렸다. 오왕 합려는 오자서의 상소문을 받아 보고, 손무를 불러 묻는다.

"오 대부가 엄여와 촉용을 살해하고 서읍성을 점령한 것은 경사임이 틀림없지만 이왕 내친 김에 초나라까지 쳐들어가겠다고 하니, 이 일을 어찌했으면 좋겠소?"

손무는 오자서의 상소문을 읽어보고 펄쩍 뛸 듯이 놀란다.

"오 대부가 서읍성을 점령한 것은 이미 예기하고 있었던 승리이옵니다. 물론 오 대부가 아니었던들 엄여와 촉용을 그처럼 쉽게 토벌할 수는 없었을 것이옵니다. 그러나 그 여세를 몰아 초국까지 쳐들어간다는 것은 절대로 안 될 일이옵니다."

"그러면 뭐라고 회답을 해야 하겠소?"

"이 문제는 너무도 중대한 문제이니 신이 오 대부를 직접 찾아가 만류하도록 하겠습니다."

손무는 그날로 서읍성을 향하여 길을 떠났다. 오자서가 성문 밖까지 마중을 나오자 손무는 손을 마주 잡으며,

"오 대부의 이번 승리는 청사에 길이 남을 것입니다. 오 대부가 아니었던들 어느 누가 그처럼 막대한 전과를 거둘 수 있었으리까."

하고 전공을 진심으로 축하해 주었다. 그러나 오자서가 궁금한 것은 상소문에 대한 회답이어서,

"이 기회에 초국으로 쳐들어가는 문제에 대해서는 대왕께서 뭐라고 말씀하셨습니까?"

하고 물었다. 손무는 그 얘기가 나오자 부드러운 얼굴로 이렇게 대답한다.

"오 대부는 '급히 먹는 밥이 목이 멘다'는 속담을 잘 알고 계실 것입니다. 초나라가 강대국임은 천하가 다 알고 있는 일인데, 엄여와 촉용 따위를 토벌하고 남은 피로한 군사로 어찌 초국을 칠 수 있으오리까? 더구나 서읍성이 함락되는 바람에 초국은 지금 초긴장 상태가 되어 있을 터인데, 우리가 어찌 함부로 발병할 수 있겠소이까? 홧김에 돌부리를 차면 누가 손해이겠습니까?"

상대방이 손무만 아니었다면 오자서는 자기 고집을 끝까지 우겨댔을지 모른다. 그러나 손무가 사리가 분명하게 설득하니 오자서는 할

말이 없었다.

"그러면 원수께서는 언제쯤에나 초를 쳐들어가실 생각이십니까?"

손무가 웃으며 대답한다.

"제가 오늘날 오나라의 원수로 부임해 온 것은 오로지 오 대부와의 우정 때문이었습니다. 일단 원수의 직책을 맡은 이상, 초나라를 치고 싶은 생각은 저 역시 오 대부와 다를 바가 없지요. 그러나 초국에는 좌영윤 자서를 비롯하여 낭와, 자성(子成) 등등의 기라성 같은 용장(勇將), 지장(智將)들이 소왕을 중심으로 물 샐 틈 없이 결속되어 있어 초를 지금 당장 무력으로 친다는 것은 도저히 불가능한 일입니다. 싸움이란 이기려고 하는 것이지 질 것을 뻔히 알고 있으면서 할 수는 없는 일이 아닙니까?"

손무의 말을 들어 보니 모두가 이치에 합당했다.

오자서는 한숨을 푹 내쉬었다.

"저는 초를 치려고 10년이나 별러 왔습니다. 그런데 아직도 초를 칠 수 없다면 몇 십 년이나 더 기다려야 한다는 말씀입니까?"

손무는 오자서의 심정을 이해하고도 남음이 있었다. 그러나 감정만 가지고 승산 없는 전쟁을 일으킬 수는 없는 일이 아닌가.

"오 대부의 심정을 전들 어찌 모르오리까? 그러나 모든 일에는 때가 있는 것이오. 마누라가 아기를 배었을 때 남편 되는 사람이 자식의 얼굴을 아무리 빨리 보고 싶어도 산월(産月)이 될 때까지는 기다려야 하지요. 우리가 초를 치는 일도 역시 그와 같다고 생각해야 합니다."

오자서는 그래도 불만이었다.

"언제 올지 모르는 때를 무턱대고 기다려야 한다는 말씀입니까? 시대가 영웅을 낳는다고는 하지만 때로는 영웅이 시대를 만들어 낼 수도 있는 일이 아닙니까?"

손무는 또다시 웃으며 대답한다.

"옳은 말씀입니다. 시대가 영웅을 낳기도 하지만 영웅이 시대를 만들어낼 수도 있는 것입니다. 그러니까 우리는 초가 절로 망하기를 무턱대고 기다리기만 하자는 게 아니라, 초가 내부에서부터 붕괴하지 않을 수 없도록 여러 가지로 적극적인 수단과 방법을 써야 합니다. 언젠가 병법을 강론할 때에도 말씀드린 바 있거니와 직접 싸우는 것은 하책(下策)이기 때문에 그보다 상책(上策)인 '벌모'나 '벌교'의 계략을 써나가자는 말씀이지요. '벌모'나 '벌교'는 직접 무기를 들고 싸우는 전쟁은 아니지만 그것도 실질적으로는 전쟁과 다름이 없습니다. 제가 말하는 것은 전쟁을 지연시키자는 것이 아니라 하책의 전쟁을 하기보다는 상책의 전쟁을 전개해 나가자는 생각일 뿐입니다."

손무의 끈질긴 설득에 오자서는 마침내 설복을 당하고 말았다. 그러나 감정적으로는 아직도 불만스러운 점이 없지 않아서,

"원수에게 부탁드리고 싶은 말씀이 하나 있습니다. 그것만은 들어 주시면 고맙겠습니다."

하고 말했다.

손무가 대답한다.

"오 대부의 부탁이라면 내가 어찌 거역을 하겠소. 어서 말씀해 보시지요."

"제가 군사를 이끌고 초나라에 직접 쳐들어가지 못하는 대신에 초평왕(平王)과 비무기의 죄상(罪狀)을 따지는 성토문(聲討文)만이라도 초왕에게 보냈으면 싶은데, 그 일만은 허락해 주시면 고맙겠습니다."

손무는 내심 부질없는 일이라고 생각되었다. 그러나 오자서의 원한을 달래 주기 위해 그것만은 허락을 아니 할 수가 없었다.

"오 대부께서 그렇게라도 하셔야만 원이 풀리시겠다면 그 일을 어

찌 만류하겠소이까. 오 대부의 이름으로 초왕에게 그와 같은 성토문을 보내면, 초왕은 그것만 읽어보고도 두려움을 크게 느끼게 될 것입니다. 그것은 심리적으로도 매우 효과적일 것 같으니 오늘이라도 초왕 앞으로 성토문을 보내도록 하십시오."

오자서는 그제야 흔쾌하게 웃으며,

"원수께서는 지금부터 '벌모' 와 '벌교' 의 계략을 쓰겠다고 하시는데 구체적으로 어떤 것이 되겠습니까?"

하고 묻는다.

"적을 내부로부터 약화시키는 데는 여러 가지 방도가 있을 것입니다. 우리는 강하면서도 겉으로는 약한 듯이 보여서 적으로 하여금 교만하게 만드는 것도 그 하나요, 간첩을 교묘하게 이용하여 적의 중신들을 이간시키는 것도 그 하나요, 그밖에도 적을 내부로부터 붕괴시키는 여러 가지 방도가 있습니다. 그런 것은 모두 '벌모' 에 해당하는 계략이라고 하겠습니다."

오자서는 그 말을 듣고 감탄의 혀를 내둘렀다.

"원수께서는 아까 '벌교' 에 관해서도 말씀하신 바 있는데, 벌교의 방법에는 어떤 것이 있사옵니까?"

손무가 다시 대답한다.

"초는 지금 당(唐)이나 채(蔡) 같은 약소국들하고 군사 동맹을 맺고 있습니다. 따라서 우리가 초를 쳐들어가려면 그들하고도 싸워야 할 형편입니다. 그러하니 우리는 외교적으로 어떤 수단을 써서라도 당과 채 두 나라를 우리 편으로 끌어들여야 합니다. 그런 것이 '벌교' 에 해당하는 술책입니다. 그 모양으로 적을 내부에서부터 무너뜨려 나가면 구태여 전쟁을 아니 하더라도 적은 저절로 패배하게 될 것입니다. 무기를 가지고 싸우는 전쟁은 그때에 가서 시작해야 합니다."

손무의 원대한 계략에 오자서는 감탄과 감격을 마지않으며, 혼잣말로 중얼거린다.

"손 원수가 아니 계셨던들 나는 어떤 과오를 범했을지 모를 일이었구나!"

벌모(伐謀)적 계략

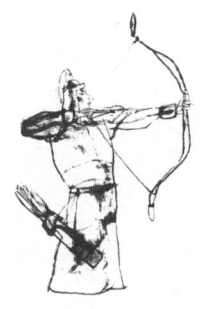

 옛 글에 '간성난색(奸聲亂色)은 불류총명(不留聰明)한다'는 말이 있다. '간사한 말과 눈을 어지럽게 하는 계집은 총명을 흐리게 한다'는 소리다.
 자고로 간신이 조정에서 날뛰기 시작하면 그 나라의 국정(國政)은 어지러워지는 법이요, 임금이 계집에게 미치면 그 나라는 망하게 마련인 것이다.
 초나라도 그러한 범주만은 벗어날 길이 없어서, 간신 비무기가 국정을 농단(壟斷)하고 있을 때 초나라는 형편없이 어지러웠다. 5대 충신이었던 오자서의 가문이 하루아침에 멸망하게 된 것도 간신 비무기의 참소 때문이었고, 국가의 간성(干城)이었던 극완, 양영종, 진진 등의 3양장(三良將)들이 일시에 떼죽음을 당하게 된 것도 간신 비무기의 권모술수 때문이었다.
 그렇게 따지고 보면 한 명의 간신은 백만의 적군보다도 더 무서운 존재다. 왜냐하면 백만의 적군하고는 질 때 지더라도 싸워나 보고 지지만, 한두 명의 간신배는 소리도 없이 내부에서부터 나라를 송두리째 망쳐 먹는 사자 몸 안의 벌레(獅子身中之蟲)이기 때문인 것이다.

그러기에 옛날부터 현명한 군주는 간신을 무엇보다도 경계하였고, 어리석은 군주는 간신의 손바닥 위에서 놀아났다. 치자라면 모름지기 간신을 경계해야 하는 것은 동서고금을 막론하고 영원한 진리다.

초 평왕은 어리석었던 까닭에 간신 비무기의 교언영색(巧言令色)에 놀아나 국정을 크게 어지럽혔을 뿐만 아니라, 5대 충신이었던 오자서의 가문과도 불구대천의 원수가 되고 말았다. 그러나 하늘의 그물눈은 아무리 크고 성기어도 악한 자를 한 놈도 빠뜨려 버리지 않는 법(天網恢恢疎而不漏)이어서, 간신 비무기는 결국에 가서는 천벌(天罰)에 쓰러지고 말았다.

비무기가 제거되고 나자 초나라는 그때부터 신왕(新王) 소공을 중심으로 중신들이 모두 함께 뭉쳐 국세(國勢)가 크게 신장되었다. 그들이 무엇보다도 두려워한 것은 오자서의 보복이었다. 그러나 오자서는 오나라로 망명해 간 지 10년이 넘도록 별다른 움직임을 보이지 아니하니 이제는 거기에 대한 경계심조차 없어져 버렸다. 그리하여 초나라는 글자 그대로 태평성대를 누리고 있었다.

무릇 나라가 건전하게 운영되려면 평화로운 때에 난을 잊어서는 안 된다(溫而不亡亂). 그러나 안일(安逸)이 오래 계속되면 문약(文弱)과 사치(奢侈)에 흐르게 되는 것은 인지상정인지라 초나라의 중신들도 태평성대가 10년 가까이 계속되는 동안에 권력층의 사생활이 점점 사치스럽게 되어 가고 있었다. 그중에서도 대표적인 인물이 우영윤 낭와였다. 낭와는 남이 진귀한 물건을 가지고 있으면 무슨 구실로든지 그것을 빼앗아 자기 소유로 만들어 버려야만 직성이 풀리는 매우 고약한 버릇이 있었다.

그 당시 초와 인접해 있는 당(唐), 채(蔡)의 두 약소국은 초나라의 속국이었다. 따라서 당나라의 성공(成公)과 채나라의 소공(昭公)은 1년에 한 번씩 많은 조공을 가지고 종주국(宗主國)을 예방하는 것이 연례행사의 하나로 되어 있었다. 그런데 당나라의 성공은 '환상(驪霜)이라고 부르는 유명한 천리마(千里馬)를 가지고 있었고, 채나라의 소공은 여우 가죽으로 만든 진귀한 전포(戰袍)와 천금(千金)에 해당하는 희귀한 패옥(佩玉)을 가지고 있었다.

초나라의 우영윤 낭와는 그런 보물들을 자기가 빼앗아 가지고 싶어 예방차 찾아온 당후(唐候)와 채후(蔡候)를 붙잡아 놓고, 한 달이 넘도록 돌려보내 주지를 않았다.

당후의 부하 중에 지혜로운 사람이 있었는데, 그 사람은 말 한 필 때문에 주공이 언제까지나 초국에 억류당하고 있을 수는 없는 일이라는 생각에 한밤중에 당나라 군주의 마구간으로 잠입하여 그 천리마를 훔쳐내어 낭와에게 진상하면서,

"주공께서 영윤의 덕을 찬양하시어 소인더러 이 명마를 영윤 전에 진상하라는 분부가 계셨습니다."

하고 말했다.

낭와는 크게 기뻐하며 말을 받고 나자 당후에게 그날로 귀국 허락을 내렸다.

말을 훔쳐낸 부하가 귀국 후에 당후 앞에 석고대죄를 하면서,

"주공께서 아끼시는 명마를 소인이 훔쳐내어 낭와에게 바쳤으니 마땅히 벌을 내려 주시옵소서."

하고 말하니, 당후는 그제야 말을 잃어버린 이유와 자기가 무사히 귀국하게 된 연유를 알고 크게 감탄하며,

"그대가 아니었던들 내가 어찌 귀국할 수가 있었겠느냐? 내가 이

렇게 무사히 귀국하게 된 것은 모두 그대의 덕이로다. 그러니 그대는 벌을 받을 게 아니라 마땅히 상을 받아야 옳을 일이로다."

하고 상을 후하게 내렸다.

한편 함께 억류되어 있던 채후도 당후가 무사히 귀국하게 된 연유를 그제야 알고, 자기도 아끼고 아껴 오던 여우 가죽으로 만든 호구(狐裘)를 어쩔 수 없이 낭와에게 진상하고 무사히 귀국할 수 있었다.

그것이 '진상'이라기보다는 권력에 의한 '강탈(强奪)'이었음은 새삼스러이 말할 것도 없으리라. 그러나 채후는 워낙 심사가 뒤틀려 패옥만은 끝까지 진상하지 않고 몸에 지니고 돌아오다가 한수(漢水)를 건널 때에 강물에 던져 버리며 혼잣말로 이렇게 맹세하였다.

"내 비록 약소국의 군주이나 언젠가는 초를 치기 위해 이 강을 다시 건너오리라."

뼈에 사무치는 약소국의 비애였다. 강대국의 횡포는 예나 지금이나 추호도 다름이 없지 않은가 싶다.

당후와 채후는 국력이 약하여 눈물을 머금고 명마와 호구를 낭와에게 빼앗기기는 했으나, 그때부터는 초국에 대해 이를 갈게 되었다. 세도가 한 사람의 방종 때문에 국가적으로 커다란 손실을 초래한 셈인데, 그런 일은 옛날에만 있었던 일이 아니라 지금도 흔히 있을 수 있는 일인지도 모른다.

손무는 초나라의 정세를 잘 알고 있었기 때문에 '벌교(代交)'로써 초를 내부로부터 붕괴시키려고, 이미 당나라와 채나라에 손을 뻗고 있었다.

그나 그뿐이랴. 손무의 계교(計巧)는 신출귀몰(神出鬼沒)하여, 하루는 초왕에게 놀라운 사건이 하나 발생하였다.

어느 날 아침, 초왕이 잠자리에서 일어나 보니 서안(書案) 위에 난데없는 보검(寶劍)이 한 자루 놓여 있는 것이 아닌가.

"이게 웬 것이냐?"

깜짝 놀라며 칼을 뽑아 보니 도신(刀身)에 푸른 정기가 어려 있는 것으로 보아 명검(名劍)임이 틀림없어 보였다.

'이상스럽기도 하다. 이런 명검을 누가 나의 책상 위에 갖다 놓았을까.'

여염집 사랑방이라면 잡인들의 출입이 번다하므로 족히 있을 수 있는 일인지도 모른다. 그러나 국왕의 침전에는 잡인의 출입이 금지되어 있기 때문에 누가 물건을 갖다 놓는다는 것은 도저히 있을 수 없는 일이 아니던가.

초왕은 하도 이상스러워 시녀들을 모조리 불러 물어 보았으나 아무도 모른다는 대답이었다. 그리하여 영윤 낭와를 불러 문제의 검을 보여 주며 물어 보니 이렇게 대답했다.

"이 검은 대왕의 성덕을 찬양하는 뜻에서 하늘이 내려 주신 보물임이 분명합니다. 그렇지 않다면 나는 새도 들어올 수 없는 구중심처(九重深處)에 누가 무슨 재주로 이런 명검을 갖다 놓을 수 있겠습니까?"

초왕은 그 말에 기분이 매우 좋았다.

"나의 성덕을 찬양하는 뜻에서 하늘이 내려 주신 보물이라구요? 하하하, 역사에도 이런 일이 있었던가요?"

"신은 역사가가 아니어서 자세한 것은 모르옵니다만 옛날에도 성군에게는 지금과 같은 기적이 더러 있었던 줄로 알고 있사옵니다."

"그래요? 아무튼 뜻하지 않았던 보물이 하나 생겼으니 기쁘기 짝이 없는 일이오."

초왕은 명검을 소중히 간직하였다. 그로부터 얼마 후, 초도(楚都)에 풍호(風胡)라고 불리는 명단야사(名鍛冶師)가 표연히 나타났다. 풍호는 본시 월(越)나라 사람으로서 좋은 검을 만들어내기로 이름을 천하에 떨치고 있는 인물이었다.

그는 몇 명의 종자(從者)를 거느리고 쌍두마차로 거리를 유유히 달려가는데, 첫눈에 보아도 풍채와 인품이 예사 인물이 아니었다.

종자들의 설명에 의하면,

"선생님은 명검을 찾아서 천하를 주유(周遊)하시는 중이옵니다."

하는 대답이었다.

풍호는 검을 만드는 재주만 비상한 것이 아니라 명검에 대한 감정가(鑑定家)로서도 이름이 높아, 세상 사람들은 그를 존경하는 마음에서 '풍호자(風胡子)'라고까지 불렀다. 그러기에 초나라 도성에 풍호자가 나타났다는 소문이 퍼지자 검에 대해 취미를 가지고 있던 인사들이 앞을 다투어 찾아와 자기 검의 감정을 의뢰하였다.

풍호자는 어떤 검이라도 한번 보기만 하면 '누구의 언제 적 작품이며 특징이 어떠한 검'이라는 것을 단번에 말해 주었는데, 그 정확하기가 귀신과 같았다.

그러한 소문이 마침내 초왕에게까지 알려졌다. 초왕은 자기가 비장하고 있던 정체불명의 검에 대해 풍호자의 감정을 받아 보고 싶었다. 그리하여 사람을 보내 풍호자를 궁중으로 불러들였다.

초왕은 풍호자에게 문제의 검을 내보이며 말한다.

"이 검은 내가 최고의 보물로 아끼는 검이오. 이것이 어떤 검인지 풍호자께서 한번 감정해 보아주시오."

풍호자는 칼집에서 칼을 쭉 뽑아내어 이리저리 감정을 해보는데, 시간이 갈수록 그의 눈에는 경악과 찬탄의 빛이 농후해 오고 있었다. 그는 마치 골동품 애호가가 뛰어난 골동품에 심취하듯, 칼을 이리 뒤집어 보고 저리 뒤집어 보면서 언제까지나 황홀경에 잠겨 있더니, 문득 혼잣말로 이렇게 중얼거린다.

"참으로 이상하기도 하다. 이것은 '담로(港盧)'라는 명검이 분명한데, 이것이 어째서 여기에 와 있을까?"

혼잣말로 중얼거리고 나서, 이번에는 초왕에게 정면으로 물어 본다.

"황공한 말씀이오나, 대왕께서는 이 명검을 어떤 경로로 입수하셨사옵니까?"

초왕은 어느 날 아침 잠에서 깨어 보니 누가 갖다 놓았는지도 모르게 서안 위에 놓여 있었다는 사실을 숨김없이 말해 주었다.

그 말을 듣자 풍호자는 수긍되는 점이 있는지 고개를 크게 끄덕이며 말한다.

"이 명검이 대왕의 손에 들어오게 된 연유를 이제야 알 듯합니다. 이 명검은 일찍이 오왕이 희광 공자로 있던 시절에, 그가 비장하고 있던 '담로'라고 부르는 검이옵는데, 본시는 월나라의 명공(名工) 구야자(歐冶子)가 만든 걸작품이옵니다."

초왕은 문제의 명검이 다른 사람도 아닌 오왕의 비장품(秘藏品)이었다는 데 새삼 놀란다.

"호오, 이 검이 오왕의 비장품이었다구요? 그렇다면 그것이 어떤 경로로 과인의 손에 들어오게 되었을까요?"

풍호자는 대답한다.

"이 검이 대왕 앞으로 오게 된 경로를 저는 알 수 있을 것 같사옵니다. 그러나 그 얘기를 말씀드리기 전에, 이 검의 상세한 유래담을 먼저 말씀드리겠습니다."

초왕은 풍호자의 풍부한 지식에 오직 감탄할 뿐이었다.

풍호자는 문제의 명검에 대한 유래를 이렇게 말한다.

"일찍이 월왕(越王) 윤상(允常)이 구야자에게 특별히 부탁하여 다섯 자루의 명검을 만드셨는데, 이 검은 그중의 하나이옵니다. 월왕은 그 다섯 자루의 명검 중에서 세 자루의 검을 지금의 오왕인 희광 공자에게 보냈던 것이옵니다. 그 당시 희광 공자의 권세가 막강하여 언제 월나라로 쳐들어올지 몰랐기 때문에, 그것을 미연에 방지하자는 뜻에서 그런 파격적인 선물을 보냈던 것이옵니다."

초왕은 수긍되는 점이 있어서 고개를 끄덕였다.

풍호자가 말을 계속한다.

"명검을 선물 받은 희광 공자는 크게 기뻐하며, 그중에서도 가장 우수한 것을 '담로'라 이름지어 불렀는데, 그것이 바로 이 검이옵니다. 두 번째 검은 '반영(盤郢)'이라고 불렀는데, 그것도 걸작임에는 틀림이 없으나 '담로'에 비하면 약간의 손색이 있다고 하겠습니다. 그리고 세 번째 검은 좋은 이름이 떠오르지 않아 이름을 짓지 못하고 있었는데, 후일 장사(壯士) 전제로 하여금 요왕(僚王)을 살해하게 할 때에 그 검을 내주면서 '어장(魚腸)'이라고 불렀기 때문에, 세상 사람들은 그때부터 그 검을 '어장검(魚腸劍)'이라고 불러오고 있는 것이옵니다. 이러나저러나 세 자루의 명검 중에서도 이 '담로'는 단연 돋보이는 명검이옵니다. 이 검에 대해 구야자는 일찍이 본인에게 이렇게 말한 일이 있사옵니다. '나는 검을 한평생 제작해 왔지만 이 검과 같은 걸작품은 다시는 만들 수 없을 것이오. 내가 이처럼 뛰어난 검을 만들어낸 것은 나의 힘이 아니라 오로지 천지신명께서 나를 도와주신 덕택이었다고 볼 수밖에 없어요.' 이 검은 구야자 자신도 그처럼 탄복한 천하에 둘도 없는 명검이옵니다."

초왕은 천하에 둘도 없는 명검을 소유하게 된 것이 말할 수 없이 기뻤다. 그럴수록 그 검이 어떻게 해서 자기 손에 들어오게 되었는지 그 경로가 더욱 궁금하였다.

"풍호자께서는 조금 전에 이 검이 어떤 경로로 나의 손에 들어 오게 되었는지 알 수 있을 것 같다고 말씀하셨는데, 이제는 그 말씀을 좀 들려주시오."

풍호자가 머리를 조아리며 대답한다.

"제가 신이 아닌 이상, 대왕께서도 모르시는 그 경로를 어찌 정확하게야 알 수 있으오리까? 다만 어렴풋이 짐작만은 할 수 있을 것 같사옵니다."

"그러면 그 짐작되는 점이라도 말씀을 해주시지요."

"대왕의 분부시니 말씀드리겠습니다."

그런 다음 풍호자는 새삼스러이 자세를 바로잡는다.

초왕 소공은 풍호자의 말을 들으려고 모든 신경을 귀에 모았다. 그러나 풍호자는 눈을 살며시 감고 깊은 상념에 잠긴 채 좀처럼 입을 열려고 하지 않는다. 방 안에는 한동안 엄숙한 긴장감이 감돌았다.

이윽고 풍호자가 눈을 고요히 뜨더니 숙연한 어조로 말한다.

"이미 말씀드린 바와 같이 이 '담로'는 천하의 명공(名工)이었던 구야자의 걸작품입니다. 이 세상에는 명검을 만들 수 있는 명공이 워낙 희귀한데다가 구야자는 그중에서도 타의 추종을 불허하는 독보적인 존재였습니다. 그러한 구야자조차도 '이 검은 내 힘으로 만든 것이 아니라, 천지신명의 도움으로 만들었을 뿐'이라고 공언할 정도였으니 얼마나 뛰어난 작품인가를 가히 짐작하실 수 있을 것이옵니다. 언젠가 구야자는 본인에게 이런 말을 한 일도 있었습니다. '이 검은 천지(天地)의 백신(百神)이 나도 모르는 사이에 내 몸에 숨어들이 니로 하여금 이와 같은 걸작품을 만들어내게 한 것이라고 말해야 옳을 것이오. 따라서 이 검에는 오금(五金)의 영(英)과 태양의 정(精)과 천지의 영기(靈氣)가 모두 응결(凝結)되어 있다고 봐야 할 것이오. 그러하니 이 검을 허리에 차고 다니면 위세가 백 배로 돋보이고, 이 검을 한 번 뽑으면 백신이 도움을 내릴 것이오. 그러므로 이 검은 반드시 왕자(王者)라야만 소유할 자격이 있다 하겠소.' 구야자는 본인에게 그런 말까지 분명하게 들려주었사옵니다."

초왕은 풍호자의 설화를 들을수록 '담로'에 대한 애착이 자꾸만 깊어 가는 동시에, 그것이 자기 손에까지 들어오게 된 경로가 더욱 궁금하였다.

"선생의 말씀을 들어 보니 참으로 감격스럽소이다. 그런데 오왕의 수중에 있던 그와 같은 보물이 어떻게 해서 나의 손에 들어오게 되었는지 그것만은 도무지 알 길이 없구려."

풍호자는 머리를 조아리며,

"대왕께서 궁금하게 여기시는 심정을 본인도 충분히 짐작하겠습니다. 구야자는 본인에게 이 검의 우수성에 대해 누누이 말해 주고 나서, 끝으로 매우 신비스러운 말을 한 마디 들려주었사옵는데 그 마지막 말이야말로 이 걸작품이 대왕의 수중에 들어오게 된 비밀을 풀어 주는 열쇠가 되지 않을까 하옵니다."

"구야자가 어떤 말을 했기에 그러시오?"

초왕이 초조하게 묻자 풍호자는 이렇게 대답한다.

"구야자가 마지막으로 본인에게 말하기를 '이 검은 신에 의해서 제작된 물건인 까닭에 반드시 왕자가 소유해야 할 물건이기는 하면서도, 그 소유주가 도의(道議)에 벗어나는 일을 범했을 경우에는 그 사람의 손에서 떠나 유덕(有德)한 왕자한테로 제 발로 가버리게 될지도 모르오' 하고 말했습니다. 그 말로 미루어 보면 이 검은 자기 힘으로 오왕의 수중을 떠나 대왕에게로 찾아온 것이라고 보는 것이 타당할 것 같사옵니다."

과학적으로 따지면, 제아무리 천하의 명검이라도 자기 발로 오왕에게서 초왕에게로 옮겨왔다는 것은 도저히 있을 수 없는 일이었다. 그러나 풍호자가 '담로'의 신비성을 잔뜩 추켜세웠기 때문에 초왕은 그 말을 그대로 믿었다. 아니, 아무리 조사해 보아도 정확한 경로를 알 수 없었던 그로서는, 풍호자의 말을 믿을 수밖에 없었다. 더구나 그 명검은 소유주가 도의에 벗어나는 일을 저질렀을 때에는 그에게서 떠나, 유덕한 왕자의 손으로 옮겨간다는 말이 무척 마음에 들었던 것이다.

그 순간 초왕은 불현듯 영윤 낭와가 들려주던 말을 연상하였다.

낭와도 역시,

"이 검이 대왕의 성덕을 찬양하는 뜻에서 하늘이 내려 주신 보물임이 분명하옵니다."

하고 말하지 않았던가.

낭와가 설마 '담로'의 유래담을 알고서 그렇게 말한 것은 아닐 터인데, 풍호자의 말과 완전히 일치하니 초왕은 그 말을 곧이곧대로 믿을 수밖에 없었던 것이다. 그리하여 내심 크게 기뻐하면서,

"오왕의 수중에는 세 자루의 명검이 있었다고 하셨는데, 그러면 아직도 두 자루는 그대로 남아 있습니까?"

하고 물어 보았다.

풍호자가 대답한다.

"오왕에게는 '슬옥(膝玉)'이라고 부르는 고명딸이 있었사온데, 그 아이가 불의의 병으로 갑작스럽게 죽어 버리자 비탄에 잠긴 나머지 '담로' 다음 가는 명검인 '반영'을 부장품으로 딸의 관속에 넣어 무덤 속에 묻어 버렸습니다. 그리고 세 번째 명검이었던 '어장검'은 아직도 오왕의 수중에 남아 있기는 하오나, 그것은 요왕을 살해할 때에 불의의 용도로 사용했던 관계로 이미 신통력을 잃어버렸다고 말할 수

있겠습니다. 워낙 명검이란 한번 도의에 벗어난 일에 사용되면 그때부터는 마검(魔劍)의 구실밖에 못 하는 법이옵니다."

"그러면 오왕의 수중에는 명검이 한 자루도 없다는 말씀인가요?"

"그렇습니다. 종형을 죽이고 만백성을 학대하는 비도(非道)의 군주에게 어찌 명검이 머물러 있을 수 있으오리까?"

"그러면 나는 유도(有道)의 왕이 틀림없다는 말씀이구려."

"물론입니다. 대왕께서는 만인에게 미움을 사오던 간신 비무기를 주살(誅殺)함으로서 여망(興望)을 한 몸에 모으신 데다가 오자서가 억지로 끌고 갔던 왕손 승(勝)을 자애로운 마음으로 소환하시어 지금은 높은 벼슬까지 내려 주셨으니, 얼마나 후덕하신 대왕이시옵니까? 담로가 수중을 떠나 대왕에게로 옮겨 온 것은 결코 우연한 일이 아닌 것이옵니다."

초왕은 풍호자의 말을 들을수록 마음이 흐뭇하였다. 풍호자의 그와 같은 술책은 손무가 초국을 내부로부터 붕괴시키기 위해 배후에서 조종한 계략이었건만, 초왕은 까마득히 모르고 감쪽같이 속고 있었던 것이다.

초왕은 풍호자의 말에 기쁨을 금할 길이 없어 '담로'를 새삼스러이 어루만져 보며 묻는다.

"이 검은 천하에 둘도 없는 명검이라고 말씀하셨는데, 이것을 값으로 치면 얼마나 되리라고 생각하시오?"

풍호자가 대답한다.

"이 검이 아직 월왕의 수중에 있을 때, 어느 나라 군주가 사람을 보내 '대촌락(大村落) 30개와 준마 1천 마리와 1만 개의 호수(戶數)를 가진 대도시(大都市) 두 곳을 줄 테니 담로를 양보해 줄 수 없겠느냐고 교섭해 온 일이 있었습니다. 월왕은 그 교섭에 은근히 구미가 동하여, 본인의 스승이셨던 설촉(薛燭) 선생에게 의견을 물어 보셨던 바, 선생은 '황금이나 영토 따위는 노력하기에 따라 얼마든지 손에 넣을 수 있지만, 이 명검만은 한번 수중에서 떠나면 다시는 구할 수 없으실 것이옵니다' 하고 대답하셔서, 그 흥정은 파기가 되고 말았던 일이 있사옵니다."

초왕은 그 말을 듣고 더없이 기뻤다. 그리하여 풍호자에게 이런 청탁까지 하였다.

"우리나라에도 선생 같은 명단도사(名鍛刀師)가 꼭 계셨으면 좋겠습니다. 선생이 우리나라에 길이 머물러 주실 수 없으시겠소? 만약 선생이 우리나라에 머물러 계시겠다면 선생에게 영윤(令尹)에 해당하는 예우를 해드리도록 하겠습니다."

그러자 풍호자는 머리를 정중하게 조아리며 아뢴다.

"미천한 도공(刀工)에게 그처럼 파격적인 예우를 해주신다고 하시니 홍은이 망극하옵니다. 그러하오나 본인은 본시 영화와 영리를 부운시(浮雲視)하고, 오로지 명검의 행적만을 찾아 나선 천애(天涯)의 표랑객(漂浪客)이옵니다. 그러하니 일시적인 부귀에 현혹되어 본래의 사명을 버릴 수는 없사옵니다."

그 대답은 초왕을 더욱 감격스럽게 하였다. 그리하여 풍호자가 대궐을 물러나가게 되자, 초왕은 많은 주옥(珠玉)들을 선물로 주면서 작별을 한없이 아쉬워하였다.

여기서 다시 한번 말해 두거니와 풍호자라는 인물은 손무가 초국을 내부로부터 붕괴시키기 위해 계획적으로 파견한 고등 간첩이었다. 손무는 그러한 연극을 꾸미기 위해 초왕의 시녀 한 명을 거액의 뇌물로 매수하여, 초왕의 침전에 '담로'라는 명검을 아무도 모르게 갖다 놓게 하였고, 그로부터 한 달 남짓 후에는 월나라의 명도공(名刀工)인

풍호자를 초도(楚都)에 보냈던 것이다. 그러한 비밀을 알 턱이 없는 초왕은 풍호자의 명연기에 감쪽같이 속아넘어간 것이었다. 그리하여 마음속으로 오나라를 우습게 여기며, 이런 생각까지 하게 되었다.

'나는 신명(神明)께서도 알아주시는 유덕한 군주다. 오왕 합려는 이미 신명의 버림을 받은 왕이니, 이제는 그를 조금도 두려워할 이유가 없게 되었다.'

그로부터 얼마 후, 손무는 풍호자로부터 자세한 보고를 받고, 회심의 미소를 지으면서 많은 상금을 내려 주었다.

풍호자는 너무도 많은 상금에 적이 놀라며 말한다.

"전에도 많은 노자(路資)를 받았사온데, 웬 상금을 이렇게도 또 많이 주시옵니까?"

"귀하의 공로에 비하면 이 정도의 상금은 아무것도 아니오. 우리가 만약 초하고 싸워 이만한 전과를 거두려면 재물을 얼마나 많이 탕진해야 하며, 인명 손실인들 얼마나 많았겠소이까? 그 점을 생각하면 귀공은 우리의 영원한 은인인 셈이오."

손무의 그와 같은 솔직성은 풍호자를 더욱 감격스럽게 하였다. 그리하여 머리를 숙여 보이며 말한다.

"제가 그럴 듯하게 부추겨 놓았으니 초왕은 만심(慢心)이 생겨 오국을 우습게 여길 것이옵니다. 어쩌면 오늘 당장 군사 훈련을 게을리하고 있을지도 모르옵니다."

"내가 노리고 있는 점이 바로 그것이었소. 자고로 '교병필패(驕兵必敗)라는 말이 있듯이 지휘관이 교만해지면 그 군사는 반드시 패하는 법이오."

그러나 손무는 그것만으로도 마음을 놓을 수가 없어 이번에는 초와의 동맹국인 당과 채의 두 약소국에도 손을 뻗치기 시작하였다.

처음에는 당과 채를 초국으로부터 이탈시켜 오나라 편으로 끌어 들이는 것이 결코 용이한 일이 아니라고 생각했다. 그런데 때 마침 초국에 밀파되어 있는 첩자들로부터 '당후는 낭와에게 애마를 빼앗겼고, 채후는 낭와에게 호구를 빼앗겼다'는 보고가 들어왔다.
　손무는 그 보고를 받자 무릎을 치며 기뻐하였다.
　"이 중대한 시기에 그런 일이 있었다는 것은 하늘이 우리를 도와주고 계심이 분명하다."
　손무는 그 사건을 역이용할 생각에 즉시 오왕의 이름으로 당후에게 명마 한 필을 보내 주며 다음과 같은 편지를 곁들여 보냈다.

　근자에 풍문을 듣자옵건대 초의 낭와가 교만이 극도에 달하여 대왕이 애용하시던 '환상'이라는 명마를 강탈하다시피 빼앗았다고 하니, 만약 그것이 사실이라면 이는 천인공노(天人共怒)할 일이옵니다.
　초가 제아무리 강대국이라 하더라도 낭와는 어디까지나 신자(臣子)의 신분에 불과합니다. 그런데 감히 당당한 독립 국가의 군주이신 대왕께 어찌 그와 같은 횡포를 자행할 수 있으오리까. 본인 역시 군주의 한 사람으로서 낭와의 횡포에 의분을 금할 길이 없는데다가, 애마를 강탈당하신 대왕이 얼마나 애통하고 불편하실까 싶어 본인이 평소에 무척 아끼던 명마 한 필을 보내오니 소납(笑納)하시옵소서. 오늘날 대왕의 원한을 언젠가는 본인이 대신하여서라도 반드시 풀어드릴 날이 있을 것이옵니다.

　　　　　　　　　　　　　　　　　　　오왕 합려 올림

　당후는 그러잖아도 낭와에게 애마를 강탈당하여 이를 갈고 있던 차여서 오왕이 보내온 명마와 편지를 받아 보고 눈물을 흘리며 감격하였다.

'오왕 합려가 나의 원한을 이렇게도 잘 알아주는 명군인 것을 나는 왜 진작부터 모르고 있었던가?'

당후의 마음은 크게 흔들렸다. 어차피 강대국의 도움을 받아야만 제대로 살아갈 수 있는 약소국일진대, 초나라보다는 오나라와 결탁하는 편이 훨씬 유리할 것 같았다. 더구나 오왕은 '오늘날 대왕의 원한을 언젠가는 본인이 대신하여서라도 반드시 풀어드릴 날이 있을 것'이라고 하지 않았던가.

여기서 당후는 자기와 사정이 꼭 같은 채후를 불현듯 연상하였다.

'이왕이면 나 혼자만이 아니라 채후도 나와 행동을 같이 하면 더욱 좋을 게 아닌가.'

그로부터 며칠 후에 당후는 그 일을 의논하기 위해 채후를 일부러 찾아갔다.

채후는 당후의 방문을 받고 크게 기뻐하며 대뜸 이렇게 말한다.

"잘 와 주셨소이다. 그러잖아도 긴히 상의하고 싶은 일이 있어 근간에 대왕을 한번 찾아갈 생각이었습니다."

"긴히 상의할 일이란 무엇입니까?"

"나는 지난번 낭와에게 호구를 강탈당하고 나서부터, 초국에 대해 정나미가 뚝 떨어져 버렸습니다. 그래서 언젠가는 반드시 복수를 하고야 말겠다는 결심을 먹고 있는 중이오. 그러나 나 혼자의 힘으로는 도저히 뜻을 이루기 어렵겠기에, 차제에 차라리 오나라와 손을 잡았으면 싶었는데 대왕께서는 어떻게 생각하시오?"

당후가 제의하고 싶었던 말을 채후가 먼저 들고 나오지 않는가. 채후가 그와 같은 제안을 하게 된 이면에는 손무의 사전 작용이 있었음은 말할 것도 없다. 손무는 당후와 꼭 같은 수법으로 채후에게도 호구를 한 벌 보내 주었으므로, 채후의 마음이 크게 동했던 것이다. 그러나 선물을 받고 나서 마음이 변했다면 인격에 관계되는 문제이므로, 그들은 거기에 대해서는 누구도 언급을 하지 않았다. 그런 일이란 일종의 국가적인 기밀이기 때문이었다.

채후의 제안을 받고 나서 당후가 대답한다.

"그러잖아도 나 역시 대왕과 그런 문제를 상의해 보고 싶어서 온 것입니다. 자고로 과부 사정은 과부가 안다고, 우리 같은 약소국의 설움을 우리가 아니면 누가 알아 주겠소이까? 우리 두 나라는 금후에 어느 나라와 결탁을 하든 간에 항상 행동을 같이해야 할 줄로 알고 있습니다."

"이를 말씀입니까? 가뜩이나 약소국인 우리 두 나라가 행동 통일이 안 되면 언제 어느 귀신의 밥이 될지 모를 일이지요."

이리하여 당후와 채후는 초를 버리고 오와 결탁할 것을 굳게 다짐하였다. 당후와 채후는 오국과 합작하여 초에 대한 원한을 풀어보자는 의견의 일치를 보고, 수일 후 오왕에게 각각 밀사를 보냈다.

오왕은 두 나라의 밀사를 최혜국의 사신으로서 융숭하게 접견했는데, 그 자리에는 손무와 오자서도 배석해 있었다.

당후의 밀사가 오왕을 배알하고 말한다.

"당후께서는 금후부터 초와 손을 끊고 귀국을 종주국으로 받들어 모시는 동시에 국가의 운명을 귀국과 함께 하고자 결심하셨습니다. 이에 소신은 대왕전에 그 뜻을 전달해 드리려고 귀국을 방문한 것이옵니다."

밀사가 당후의 뜻을 알려 주니, 오왕 합려는 밀사의 손을 두 손으로 모아 잡으며 말한다.

"나는 그러잖아도 평소부터 당후를 누구보다도 흠모해 왔소이다. 내가 친형제같이 흠모해 오던 당후께서 금후에는 국가의 운명을 우리와 함께 해주시겠다니 이런 경사가 어디 있으오리까? 사신께서는 본국에 돌아가시거든 당후에게 나의 말씀을 꼭 전해주시오. 오왕 합려는 금후 어떤 변이 있어도 당후하고는 항상 형제의 의리를 굳게 지켜 나갈 것을 천지신명 앞에 철석같이 맹세하더라고 말입니다."

그리고 그날 밤에는 성대한 환영연을 베풀어주면서 이렇게 말했다.

"우리 두 나라의 정리(情理)로 보아 마땅히 귀국을 몸소 방문하여 당후에게 감사의 뜻을 올려야 할 것이나 제외국(諸外國)의 이목이 번다하여 그렇게까지는 못 하니, 귀국하거든 그런 사정의 말씀도 아울러 전해 주시기를 바라오."

이번에는 손무와 오자서가 술잔을 권하며 말한다.

"대왕께서 이미 간곡한 말씀이 계셨지만 저희들도 한 말씀 올리겠습니다. 만약 이번 일로 인해 귀국과 초국 사이에 무슨 분쟁이라도 일어날 경우 저희들도 전력을 기울여 도와드릴 것입니다. 저희들의 그와 같은 결의를 당후 전에 아울러 전해 주시옵소서."

이리하여 당과 오는 혈맹국이 되었다. 채의 경우도 그와 똑같은 경로를 밟아 혈맹국이 되었음은 말할 것도 없다.

두 사신을 돌려보내고 나서, 오왕은 손무의 깊은 계략에 새삼 감탄하며 말한다.

"'벌교'라는 말이 무슨 말인가 했더니, 손 원수의 계략이 그렇게도 깊으실 줄은 몰랐소이다. 당·채 양국의 군사를 모두 합하면 5만이 넘을 터인데, 그 많은 군사를 칼 한번 쓰지 않고 순전히 외교로써 얻은 셈이니 얼마나 위대한 승리요."

그러자 옆에 있던 오자서가 말한다.

"대왕 전하! 초는 5만 군사를 잃어버리고, 우리는 5만 군사를 얻었으니, 도합 10만 군사를 얻었다고 봐야 옳을 것이옵니다."

"들어 보니 5만 군사를 얻은 것이 아니라 과연 10만 군사를 얻은 셈이로군요. 하하하."

당·채 양국이 초에게 반심(反心)을 먹게 된 동기는 순전히 낭와 개인에 대한 반감 때문이었다. 지모(智謀)에 능한 손무가 그들의 반감을 교묘하게 이용하여 두 나라를 혈맹국으로 만들어 놓았으니 얼마나 놀라운 성과인가.

초국의 영윤 낭와는 말 한 필과 여우 가죽으로 만든 전포 한 벌을 얻은 대신 두 나라의 동맹국을 잃어버린 셈이니, 그야말로 막대한 손실이었던 것이다.

국가의 중임을 맡은 자의 소행 하나가 국가 전체의 득실에 얼마나 지대한 영향을 미치는가를 충분히 짐작할 수 있는 일이다. 그처럼 어리석은 일이 옛날에만 있었고, 지금에는 없으리라는 것을 누가 감히 장담할 수 있으랴. '역사를 거울로 삼으라' 는 말은 그러한 데 근거를 둔 명언이리라. 그러나 사치에만 눈이 어두운 낭와는 그러한 불상사를 끝끝내 깨닫지 못하고 있었다. 게다가 초왕 자신도 손무의 교묘한 계략에 넘어가, '백신의 보우(保佑)가 내게만 있으니, 이제 오왕 따위는 문제가 안 된다' 며 마음이 교만해져 오국을 우습게보게 되었다.

오자서와 백비가 서읍성으로 쳐들어 가 대승을 거둔 것은 마침 그 무렵의 일이었다.

낭와는 그 소식을 전해 듣고 크게 당황하여 초왕에게 아뢴다.

"서읍성을 지키고 있던 엄여와 촉용이 모두 전사하고, 서읍성은 오군의 손에 함락되어 버렸다고 하니 이 일을 어찌했으면 좋겠습니까?"

그러나 마음이 교만해진 초왕은 그 정도의 손실에는 크게 걱정도

하지 않았다.

"엄여와 촉용은 우리가 처음부터 화살받이로 이용하려고 했던 인물들이니, 그들이 전사했기로 별로 염려할 일은 못 되오. 다만 우리도 응분의 경계는 하고 있어야 하겠지요. 하나 오군이 감히 우리의 본토에까지 손을 뻗지는 못할 것이오. 만약 그들이 우리를 침범해 온다면 철두철미 섬멸시켜 버리도록 합시다."

천우(天佑)를 믿게 된 초왕은 그만한 자신을 가지고 있었다. 서읍성을 점령한 오자서가 초왕에게 '문죄(問罪)의 성토문(聲討文)'을 보내온 것은 그로부터 며칠 후의 일이었다.

오자서의 성토문 내용은 다음과 같았다.

만고의 우군(愚君) 초 평왕은 간신 비무기의 참소에 의하여 미건 태자를 국외로 추방하고, 5대 충신이었던 나의 가친(家親)과 오씨 문족(門族)을 모조리 살해했으니, 이는 결코 용납지 못할 죄악이로다. 초 평왕과 비무기는 이미 사망했지만 골수에 맺힌 나의 원한은 아직도 풀릴 길이 없어, 머지않아 초국을 내 힘으로 멸망시키겠다. 초왕은 언젠가는 나의 손에 살해될 것을 깊이 각오하고 있으라.

초왕은 오자서가 쓴 '문죄의 성토문'을 읽어보고 크게 소리를 내어 웃었다.

"하하하, 오자서라는 자가 제법 쓸 만한 인물인 줄로 알고 있었는데, 이제 알고 보니 아무것도 아닌 위인이구려."

영윤 낭와가 그 말을 듣고 묻는다.

"대왕께서는 무슨 연유로 그런 말씀을 하시옵니까?"

초왕은 자신만만한 어조로 대답한다.

"생각해 보시오. 오가 정말로 우리를 침범해 오려면 무엇 때문에 이런 글발을 보내 왔겠소. 오는 우리를 치고 싶어도 실력이 없기 때문에 오자서로 하여금 이와 같은 허장성세(虛張聲勢)를 부리게 한 것이 분명하오."

들어 보니, 과연 그럴 듯한 해석이었다.

낭와가 머리를 조아리며 말한다.

"대왕 전하의 영명하신 판단에는 오직 깊은 감명이 있을 뿐이옵니다."

그러나 낭와는 오자서를 결코 만만히 보아 넘길 인물이 아님을 알고 있는지라 초왕에게 다음과 같은 의견을 품하였다.

"오자서는 비무기에 대한 원한을 아직도 풀지 못해 이런 글발을 보낸 것이 분명하옵니다. 이 기회에 비무기의 무덤을 파헤쳐서, 그의 머리를 오자서에게 보내 주는 것이 어떠하겠습니까? 그러면 오자서도 원한이 풀려 다시는 딴 생각을 먹지 않을 것이옵니다. 가능하면 그렇게라도 해서 전쟁의 원인을 제거해 버리는 것이 상책이 아닐까 하옵니다."

전쟁을 피하고 싶은 심정은 초왕도 역시 마찬가지여서,

"음, 영윤의 말씀은 들어 보니 그도 그럴 듯하구려. 비무기는 만인의 미움을 받아 오던 인물이니 그의 머리를 무덤에서 파내어 오자서에게 보내 준다한들 뭐 그리 아까울 것이 있겠소."

하고 말했다.

이리하여 초국에서는 비무기의 무덤을 파헤쳐, 그의 썩어 가는 머리를 오자서에게 보내 주었다.

오자서는 비무기의 썩어 가는 머리에 수없이 난도질을 하면서 대성통곡을 하였다. 그러나 죽은 머리에 아무리 난도질을 해보기로 부형의 원수를 갚았다는 실감이 날 턱이 없었다. 그리하여 오자서는 손무를 보고 다시 말한다.

"비무기의 썩은 머리에 아무리 칼질을 해보아도 이것으로 원수를 갚았다는 실감이 전연 느껴지지 아니하옵니다. 어차피 언젠가는 초를 쳐야 할 형편이오니, 지금 당장 치는 것이 어떠하겠습니까?"

그러나 손무는 여전히 신중을 기하였다.

"우리는 그동안 풍호자를 통해 초왕에게 만심을 일으키게 하였고, 초와의 동맹국이던 당·채 양국을 우리 편으로 끌어들였소. 이로써 초와 싸워도 우리가 유리한 것은 분명합니다. 그러나 우리의 적은 초국만이 아니라는 것을 일시도 잊어서는 아니 됩니다."

오자서는 너무도 뜻밖의 말에 크게 놀랐다.

"아니, 초 이외에 우리의 적이 또 누가 있다는 말씀입니까?"

손무가 오자서에게 말한다.

"우리는 지금 중원의 패권을 장악하기 위해 초를 노리고 있지만 우리의 이웃인 월나라는 영토를 확장하려는 야심으로 우리를 노리고 있다는 사실을 알아야 합니다."

"옛? 월나라가 우리를 노리고 있다구요?"

오자서는 너무도 뜻밖의 말에 또 한 번 놀랐다. 전쟁에는 능해도 국제 정세에 어두운 오자서는 미처 거기까지는 생각을 못 하고 있었던 것이다.

손무가 다시 말한다.

"월왕 윤상은 본시 영토적 야심이 대단한 인물이오. 게다가 월나라에는 문종(文種)과 범려(范蠡)와 같은 지혜로운 문관들이 많고, 무관으로는 서우(胥扞)와 곽여고(郭如皐) 같은 용장들이 수두룩하오. 그들은 지금 수십만 군대를 양성해 놓고 기회만 있으면 우리를 치려 하고 있소. 그러한데 우리가 월나라에 대한 방비를 아니 하고 초를 치려고 북으로 올라가서는 안 될 일이오. 월나라는 그 틈에 남으로부터 수십만 대군을 몰고 올라와 우리의 허를 찔러 올 것이 분명하오. 그렇게 되면 우리는 일조에 나라가 망해 버릴 것이니, 그런 우(愚)를 범할 수는 없는 일이 아니오."

오자서는 말만 들어도 등골이 오싹해 왔다. 그리하여 손무에게 이렇게 물었다.

"선생의 말씀을 듣고 보니 등골에 식은땀이 흐를 지경입니다. 그러면 월나라에 대한 방비를 어떻게 했으면 좋겠습니까?"

손무는 이미 거기에 대해서도 계략을 짜놓은 바 있는지라 즉석에서 대답한다.

"월나라의 내심을 떠보기 위해 사신을 보내 '우리가 초를 칠 계획이니 군사와 군량을 빌려 달라'고 부탁해 보기로 합시다. 그들이 우리의 요구를 순순히 들어 준다면 우리를 침범할 의사가 없다고 보아도 좋을 것이니, 그때에는 안심하고 초를 칠 수 있을 것이오."

"만약 우리의 요구를 거절한다면 어떡하실 생각이십니까?"

"우리의 요구를 거절한다면 그것은 우리를 치려는 의사가 있음이 분명하다고 봐야 합니다. 그때에는 초를 치기에 앞서 월나라부터 쳐부숴야 합니다."

손무의 용의주도한 계략에 오자서는 오직 감탄이 있을 뿐이었다.

그로부터 며칠 후 오나라에서는 월나라의 실정을 탐지해 보려고 월나라에 사신을 보냈다.

월왕 윤상이 오나라의 사신을 접견하고 묻는다.

"귀하는 무슨 일로 우리나라에 오셨소?"

오의 사신이 대답한다.

"비국(鄙國)은 많은 군량과 군사가 필요하게 되어, 귀국으로부터 군사 원조를 받고자 대왕을 방문하게 된 것이옵니다."

"허어, 우리나라로부터 군량과 군사를 원조 받고 싶어서 오셨다구요? 도대체 귀국에서는 무슨 일로 그와 같은 군사 원조가 필요하시다는 말씀이오?"

오나라의 사신이 월왕에게 말한다.

"저희 대왕께서는 귀국을 항상 형제지국처럼 생각하고 계시옵니다. 그런데 초나라가 우리를 빈번하게 침범해 오고 있어 골칫거리입니다. 이번에는 우리가 초를 쳐서 보복을 하려는 계획을 세우고 있는 중이옵니다. 그러나 대왕께서도 아시다시피 우리는 워낙 힘이 빈약하여 혼자서는 불가능한 일입니다. 그리하여 귀국에서 군사와 군량의 도움을 받고자 합니다. 대왕께서는 형제지의(兄弟之誼)를 생각하시어 너그럽게 청허(聽許)해 주시옵소서."

"음, 초를 칠 테니 군사와 군량을 우리더러 도와달라는 말씀이시구려."

"예, 그러하옵니다. 귀국의 도움이 없다면 우리나라 단독으로 어찌 초를 칠 수가 있겠사옵니까?"

"잘 알았소이다. 내 중신들과 상의를 해보겠소."

월왕 윤상은 즉시 중신들을 긴급히 소집하였다. 그 자리에는 재상 범려를 비롯하여 현사 문종과 무장 서우, 곽여고 등등이 모두 참석해 있었다.

월왕이 중신들에게 말한다.

"오나라에서 초를 치기 위해 우리더러 군사와 군량을 빌려 달라고 사신을 보내 왔으니 이 일을 어찌했으면 좋겠소? 제경(諸卿)은 솔직한 의견을 말해 주기 바라오."

그러자 무신 서우가 대답한다.

"오나라가 초를 치려고 우리더러 군사와 군량을 빌려 달라는 것은 말도 안 되는 소리이옵니다. 저희들끼리 싸우는데 우리가 무엇 때문에 귀중한 목숨을 희생시켜야 하옵니까?"

옆에 있던 무신 곽여고도 즉석에서 서우의 의견에 찬동하며 말한다.

"초는 멀리 있는 나라이옵고, 오는 우리와 국경을 접하고 있는 이웃 나라입니다. 따라서 오의 세력이 커지면 우리에게는 위협이 가중될 것이온데 무엇 때문에 섶을 지고 불속으로 뛰어드는 우를 범하옵니까?"

월왕 윤상은 그들의 말에 일일이 고개를 끄덕이며,

"좋은 의견들을 말씀해 주셨소. 그러면 경들은 어떻게 생각하시오?"

하고 이번에는 문종과 범려에게 물었다.

문종이 머리를 조아리며 대답한다.

"우리가 장차 영토를 확장해 나가려면 이웃 나라인 오를 침범할 수밖에 없사옵니다. 그런 점을 고려한다면 우리가 오를 도와준다는 것은 어리석기 짝이 없는 일이라 하겠습니다. 오나라에는 손무와 오자서 같은 명장들이 있어 우리의 도움을 받지 않고도 초를 칠 만한 실력이 충분하다고 봅니다. 그럼에도 오가 우리에게 군사 원조를 요구해 온 것은 다른 의도가 있음이 분명하니, 이 문제는 신중하게 처리하여야 할 것이옵니다."

"음, 어쩐지 나도 그런 느낌이 들었소. 이 문제에 대해 재상은 어떻게 생각하시오?"

이번에는 재상 범려에게 물었다. 재상 범려는 지략이 누구보다도 풍부한 사람이었다. 게다가 그는 재정상(財政上)의 명인(名人)이기도 하여 가뭄이 계속될 때에는 홍수에 대비하여 배를 많이 사들였고, 홍

수가 났을 때에는 가뭄에 대비하여 수차(水車)를 많이 준비하는 슬기를 보여 왔었다. 그나 그뿐이랴. 풍년이 들어 쌀값이 떨어졌을 때는 국가의 재정으로 곡식을 많이 사모아 두었다가 흉년이 들었을 때는 그 곡식을 백성들에게 헐값으로 나눠줌으로써 민생을 크게 안정시켰다.

재상 범려가 그와 같은 지혜로 국가의 재정을 10년간이나 다루어 오는 동안 백성들은 놀랄 만큼 부유해졌고, 그로 인해 월나라는 오나라를 넘겨다볼 정도로 강대국이 되었다. 국정을 도맡아 보는 재상 한 사람의 올바른 정치의 힘이 얼마나 위대한가를 보여주는 좋은 본보기가 바로 범려였던 것이다.

그 범려가 신중을 기해 가면서 월왕에게 아뢴다.

"오왕이 우리더러 군사와 군량을 빌려 달라고 한 것은 군사 원조 자체에 목적이 있는 것이 아니옵니다. 그들이 초를 칠 때에 우리가 그들의 허를 찌를까 두려워 내심을 탐색해 보려는 수단임이 분명합니다."

월왕은 그 말에 크게 놀라며 다시 묻는다.

"재상의 말씀을 들어 보니 과연 그런 것 같구려. 그러면 이 일을 어떻게 처리해야 좋겠소?"

"그들의 말을 그대로 들어 주면 우리가 그들에게 겁을 먹고 있는 것처럼 보일 테니 그리 해서는 안 될 것이옵니다. 그렇다고 그들의 요청을 전적으로 거부해 버리면 그들은 초를 치기에 앞서 우리부터 정벌하려고 덤빌 것이 분명합니다."

"세상에 이런 딱한 일이 있나? 그러니 어찌했으면 좋겠다는 말씀이오?"

범려는 오랫동안 깊은 궁리에 잠겨 있다가 대답한다.

"정중한 서한을 작성하여 사신을 보내되, 우리는 워낙 나라가 빈한하여 병력은 빌려 드릴 수 없고, 약간의 군량만 원조해 드리겠노라고 하는 것이 좋을 것 같사옵니다. 그래서 오가 안심하고 초를 치게 되면, 우리는 그 틈에 오를 쳐야 합니다. 그래서 오왕을 초국으로 쫓아 보내고, 오토(吳土)는 우리가 점령하는 것이 상책일 것 같사옵니다."

월왕은 그 말을 옳게 여겨, 정중한 서한과 군량 5백 섬을 주어 오나라에 사신을 보냈다.

손무가 월왕의 서한을 받아 보고 오자서의 의견을 묻는다.

"오 대부는 이 편지를 어떻게 보시오?"

"군량미를 5백 섬이나 보내 준 것으로 보아, 월나라가 우리를 침범할 의사는 없음이 분명해 보입니다. 그러니 이제는 안심하고 초를 칠 수가 있을 것이옵니다."

그러나 손무는 머리를 가로젓는다.

"나는 그렇게 보지 아니하오."

"그러면 선생은 그들이 군량미를 보내 준 사실을 어떻게 보신다는 말씀입니까?"

손무는 오자서에게 웃으면서 말한다.

"이 편지는 범려의 기만술이 분명하오. 범려는 권모술수가 누구보다도 능한 사람이오."

오자서는 그 말이 전연 수긍되지 않았다.

"군량미를 5백 섬이나 보내 온 것이 사실인데, 무엇이 기만술이라는 말씀입니까?"

"군량미만 보내 주고 군사를 보내 주지 않은 것이 무서운 기만책이오. 군량미로써 우리를 안심시켜 놓고 우리가 초국으로 줄병하던 그때에 가서 우리의 허를 찌르려는 무서운 음모가 숨어 있다는 사실을 알아야 합니다."

오자서는 그 말을 듣고 크게 놀랐다.

"선생의 탁월하신 예지에는 경탄을 금할 길이 없사옵니다. 그렇다면 지금 당장 군사를 일으켜 월나라부터 정벌함이 어떠하겠습니까?"

그러나 손무는 고개를 좌우로 흔든다.

"저들이 우리를 예(禮)로써 대해 왔으니, 우리가 그들을 칠 수는 없는 일이오. 예로써 대해 온 나라를 치는 것은 불의(不義)를 범하는 결과가 되니까 말이오."

"그렇다고 언제까지나 허송세월만 하고 있을 수는 없는 일이 아닙니까?"

"그건 그렇지만……."

손무는 오랫동안 궁리에 잠겨 있다가, 문득 고개를 들며 말한다.

"이렇게 합시다."

"어떻게 말씀입니까?"

"초를 치기 전에, 우선 월나라의 침범에 대비하여 왕손락(王孫駱) 장군에게 군사 5천을 주어 오와 월 국경인 용문산(龍門山) 계곡을 지키게 합시다. 그와 같은 대비만 해놓으면, 우리가 초국을 본격적으로 쳐들어가도 월나라가 감히 침범해 오지는 못할 것이오."

오자서는 그 말에 얼른 이해가 가지 않았다.

"만약 월나라가 침범을 해온다면 왕손락 장군이 5천 명의 군사만 가지고 월군(越軍)을 막아낼 수는 없는 일이 아니옵니까?"

그 질문에 대해 손무는 웃으면서 대답한다.

"5천 명이니 만 명이니 하는 군사의 다과(多寡)가 문제가 아니라 국경에 군사를 배치해 놓았다는 그 자체가 커다란 의의가 있는 것이오. 월의 범려는 워낙 용의주도한 사람이기 때문에 우리가 국경에 군사를 배치해 놓으면 자신의 음모가 간파된 것을 알고, 결코 침범을 아니 해 올 것이오."

오자서는 그 말을 듣고, 손무의 벌모적 계략에 또 한번 감탄하였다. 그리하여 손무는 왕손락 장군을 용문산 계곡에 배치해 놓고 나서, 간첩들을 역이용하여 그 사실이 월나라에 속히 알려지게 하였다.

월나라의 재상 범려는 오월 국경에 군사가 배치되어 있다는 사실을 알자 크게 놀라며 이렇게 탄복하였다.

"우리가 군량을 5백 섬이나 보내 주었음에도 손무는 우리의 계략을 알고 용문산에 군사를 배치해 놓았구나. 손무야말로 독심술(讀心術)의 귀신과 같은 인물이로다. 그런 사람을 상대로 함부로 덤벼들었다가는 무슨 술책에 걸려들지 모르니, 차라리 우리는 자제를 하는 것이 상책이리라."

손무는 후고(後顧)의 우려(憂慮)가 없도록 월나라에 대한 방비를 갖추어 놓고 나서, 이제야말로 초국을 본격적으로 쳐들어갈 계획을 세웠다. 그는 출병에 앞서, 그 사실을 당후와 채후에게 특별히 알려 주었는데, 오왕의 이름으로 그들에게 보낸 통고문의 내용은 다음과 같았다.

오국은 대왕께서 낭와에게 당한 수모를 설욕해 드리고자 오래 전부터 초를 토벌할 계획을 추진시켜 왔습니다. 이제 만반의 태세가 갖추어졌으므로 불일간 대왕을 대신하여 초로 쳐들어갈 계획입니다. 이는 오로지 대왕의 명예와 귀국의 번영을 위한 싸움이오니 우리의 충정을 양해해 주시와, 이번 거사에 우리와 함께 군사행동을 해주신다면 그보다 더 보람된 일은 없겠습니다. 좋은 회보가 있기를 고대합니다.

오왕 합려 올림

진실로 복잡 미묘한 사전 통고문(?)이었다. 초를 치려는 근본 목적은 중원의 패권을 장악하자는 데 있음이 명명백백하건만 표면상의 명분은 당후와 채후의 명예를 회복시켜 주려는 데 있다고 한 것이다. 이에 당후와 채후는 알고도 속는 수밖에 없었다. 그리하여 당후는 즉시 정병(精兵) 5천 명을 이끌고 오로 달려와 토초 작전에 합세할 것을 청원하였다.

당후의 청원을 듣고 난 손무가 오왕에게 아뢴다.

"당후께서는 이번 싸움에 친히 가담하시어, 가슴에 맺힌 원한을 마음껏 풀어 버리시고자 군사를 몸소 이끌고 오셨나이다. 대왕께서는 당후의 청원을 흔쾌히 받아들이심이 동맹국으로서의 의리가 아닐까 생각되옵니다."

오왕이 웃으며 대답한다.

"내 어찌 당후의 깊은 우정을 모르리오. 우리가 만약 힘을 합하여 초를 치는데 성공한다면 모든 공로는 전적으로 당후에게 돌려야 옳을 것이오."

이리하여 당후는 공동전선을 펴기로 결정이 되었는데, 채후만은 웬일인지 4, 5일이 지나도록 아무 소식이 없었다.

오왕은 어쩐지 의심스러워서 손무에게 묻는다.

"채후에게도 꼭 같은 통고문을 보냈건만 아직까지 아무 기별이 없으니 웬일이오?"

손무가 대답한다.

"채후는 워낙 야살스러운 성품이어서, 이해득실을 따져 보느라고 늦는가 봅니다. 그러나 이번 싸움에 가담하게 될 것만은 틀림없사옵니다."

"채후가 그처럼 믿지 못할 사람이라면 섣불리 받아들였다가 나중에 변심이라도 하면 큰일이 아니오?"

"거기에 대해서는 신이 생각하는 바가 있사오니 채후의 일은 신에게 맡겨 주시옵소서."

그런 이야기가 있은 지 이틀 후, 채후가 군사 5천을 거느리고 오왕을 찾아와 전쟁에 가담하겠노라고 청원하였다. 채후 문제에 대해서는 손무와 이미 거론할 바가 있는지라, 오왕은 채후의 청원을 받고도 지극히 냉담한 태도를 보였다.

그러자 옆에 있던 손무가 오왕을 대신하여 채후에게 말한다.

"실상인즉 대왕께서는 채후도 군사 행동을 우리와 함께 해주시기를 무척 기대하고 계셨습니다. 그러나 당후는 우리의 사전 통고를 받기 무섭게 군사를 이끌고 그날로 찾아오셨건만 채후께서는 오늘에 이르기까지 아무 기별도 없으시다가 이렇게 느지막이 오셨습니다. 우리는 채후께서 전쟁에 가담해 주실 의사가 없으신 줄로 알고, 작전 계획을 이미 다 짜놓았습니다. 채후께서는 초나라와의 구연(舊緣) 관계로 이번 싸움에 직접 가담하기는 매우 거북하실 듯싶으니, 역시 그냥 돌아가시는 편이 좋을 것 같사옵니다. 대왕께서 아무 말씀도 아니 하시는 것은, 역시 그런 뜻이 아닌가 짐작되옵니다."

표면적인 표현이야 어찌 되었든, '너는 초와 내응할 우려가 있으니 군사를 받아들일 수 없다'는 뜻이었다.

채후는 그 말을 듣고 크게 당황하여 오왕에게 머리를 조아리며 말한다.

"대왕께서 불초(不肖)를 힝세의 의로써 대해 주시옵는데, 제기 어찌 감히 초와 내응하는 이심(二心)을 먹을 수 있으오리까. 군사를 이끌고 오는 것이 지연된 것은 오로지 준비 관계 때문이었던 것이옵니다. 초국은 채의 불구대천의 원수지국이오니 대왕께서는 이번 싸움에 불초도 꼭 가담하게 해주시옵소서."

"음!"

오왕은 의미심장한 한숨을 쉬며 손무의 얼굴만 바라보았다. 채후는 그럴수록 초조하여,

"당후와 저는 귀국을 종주국으로 받들며 운명을 같이하기로 굳게 언약한 바 있사온데, 이제 당후만 받아들이고 불초를 받아들이시기를 거절하신다면 무슨 체모로 낯을 들 수 있겠나이까? 불초의 청원을 부디 거두어 주시옵소서."

하고 간곡히 말한다.

오왕은 그제야 빙그레 미소를 지으며 농담 비슷이 말한다.

"열 길 물 속은 알아도 한 길 사람 속은 알 수 없다는 속담이 있지 않소? 채후가 설마 그럴 리는 없겠지만, 우리와 힘을 합해 싸우다가 중도에 혹시 초와 내통이라도 하는 날이면 그야말로 큰일이 아니오."

채후는 그 말에 더욱 초조하였다.

"제가 조금이라도 의심스러우시다면 저의 맏아들 영(螯)을 귀국으로 불러다가 볼모로 바치겠습니다. 그러면 저는 아들의 입장을 생각해서도 변심을 못 할 것이 아니옵니까?"

채후의 입에서 그 말이 나오자 손무가 재빠르게 오왕에게 아뢴다.

"채후께서 그처럼 말씀하시니, 대왕께서는 채후의 청원을 흔쾌히 받아들이심이 옳으실 줄로 아뢰옵니다."

이리하여 채후는 아들을 볼모로 제공하고 토초 작전에 가담하게 되었는데, 모든 계략이 손무의 머리에서 나왔음은 말할 것도 없으리라.

오초대회전(吳楚大會戰)

 손무는 초국을 정벌할 수 있는 태세를 갖추고 나자 모든 장수들을 한자리에 모아 놓고 어전회의를 열었다. 어전회의 석상에서 손무는 모든 장수들에게 엄숙하게 말한다.
 "우리들은 대왕의 뜻을 받들어 중원의 패권을 장악하고자 10년 가까운 세월을 각고정려(刻苦精勵)하며 힘을 길러 왔던 바, 이제 모든 조건이 성숙하여 건곤일척(乾坤一擲)의 대성전(大聖戰)을 일으키게 되었습니다. 이번 싸움의 성패가 국가의 흥망과 직결됨은 새삼스러이 말할 필요도 없거니와, 이기고 지는 것은 오로지 이 자리에 앉아 계시는 지휘관 여러분의 분투 여하에 달려 있다는 것을 각별히 말씀드리고자 합니다. 전쟁이란 본시 죽음을 각오하고 싸워야 하는 것, 죽음을 각오하고 싸우는 사람은 승리와 목숨을 아울러 얻을 수 있을 것이요, 죽음을 두려워하는 사람에게는 오직 죽음과 패배만이 있을 뿐이라는 것을 거듭 명심해 주시기 바랍니다. 우리들 모두는 이제 죽음을 각오하고 이 싸움에 응하되, 모든 장수가 찬란한 승리를 거둠으로써 대왕의 성

은에 보답하는 영광을 가지도록 합시다."

모든 장수들은 머리를 숙연히 수그리고 굳은 결의를 보인다. 오왕이 장수들을 굽어보며 조용히 말한다.

"초나라를 쳐서 패권을 장악하려는 것은 나의 숙원인 동시에, 국가의 흥망이 달려 있는 중대한 전쟁이오. 따라서 나 자신도 몸소 정도(征途)에 올라 제장(諸將)들과 생사고락을 함께 하기로 하겠소."

오왕은 거기까지 말하고, 이번에는 손무를 쳐다보며 명한다.

"손 원수는 모든 장수들에게 개별적으로 작전 명령을 내려 주도록 하오."

손무는 왕명에 의하여 구체적인 작전 명령을 내렸다.

왕제(王弟)인 부개(夫槪) 장군을 선봉장으로 삼고, 당·채 양군을 좌우익(左右翼)으로 삼고, 백비 장군을 보가대장(保駕大將)으로 임명하여 오왕을 호위하여 진군하게 하고, 오자서는 본부의 군사를 이끌고 선발대로 출발하여 오국에서 가장 가까운 초의 소읍성부터 쳐들어가라고 명령하였다. 그리고 손무 자신은 전후방을 수시로 내왕하며 전황(戰況)에 따른 새로운 작전 명령을 내리기로 하였다.

병법 연구에는 누구보다도 뛰어났으나 전쟁을 직접 지휘해 보기는 이번이 처음이어서, 손무는 은근히 마음이 켕겼다. 그리하여 자기 자신에게 마음속으로 이렇게 타일렀다.

'나는 실전을 지휘해 보기는 이번이 처음이다. 그러나 병법을 모르는 사람의 맹목적인 승리란 있을 수 없는 것. 나는 오직 인지(人智)를 다해 가며 천명(天命)을 기다리기로 하리라.'

그렇게 결심하고 나니 마음이 한결 편안하였다. 그리하여 초를 치려는 오국 대군은 드디어 진고(陣鼓)를 우렁차게 울리며 총진군을 개시하였다.

오군의 최초 공격 목표는 국경에서 가장 가까운 곳에 있는 소읍성이었다. 선발 대장 오자서는 군사를 이끌고 목적지에 도착하자 소읍성을 이중 삼중으로 포위하고 성 안을 향하여 맹렬한 공격을 퍼부었다.

아버지의 원수를 갚으려고 장장 17년간이나 이를 갈아 왔던 오자서인지라 그의 적개심은 누구보다도 치열하였다.

소읍 성주 미번(米繁)은 오군을 얕잡아 보고 성 안에서 달려 나와 오자서와 직접 싸웠다. 그러나 두세 합 싸워 보니 도저히 당해낼 재간이 없어 성 안으로 급히 쫓겨 들어왔다. 그리하여 성문을 굳게 걸어 잠그고 초도(楚都)로 급사(急使)를 보내 응원을 구했다.

오자서가 성 밖에서 아무리 공격을 퍼부어도 미번은 죽은 듯이 침묵을 지키며 방비만 굳건히 했다.

한편 초왕 소공은 미번의 급보를 받고 크게 놀라며,

"이 일을 어찌했으면 좋겠소?"

하고 좌영윤 자서에게 물었다.

자서가 대답한다.

"오군도 오군이지만, 우리의 속국이었던 당과 채마저도 우리를 배반하여 오군과 합세해 왔습니다. 이것은 이만저만 중대한 일이 아니옵니다. 지금 당장 대군을 급파하여 소읍성을 구해야 하옵니다."

초왕은 즉시 장성들을 긴급 소집하여 묻는다.

"우리는 불의에 침범해 온 오군을 물리쳐야 하겠는데, 누가 출전해 소읍성을 구하겠소?"

우영윤 낭와가 출반주하며 말한다.

"소장에게 오군을 섬멸시킬 수 있도록 윤허를 내려 주시옵소서."

"고맙소이다. 저들은 역전 노장인 낭와 장군의 얼굴만 보아도 간담이 서늘해질 것이오. 장군은 정병 1만 명을 거느리고 나가 소읍성을 꼭 구해 주오."

그 무렵 오자서는 병사들로 하여금 성벽을 기어오르게 하여 소읍성을 점령하려는 시도를 해 보았다. 그러나 성 안에서 바위와 통나무들을 빗발치듯 굴려 내리며 필사적으로 항거를 하고 있어서 도저히 접근할 방도가 없었다.

그 광경을 목격한 손무가 모든 장수들을 모아 놓고 새로운 작전을 강구하고 있는데, 때마침 초마(哨馬)가 급히 달려와 아뢴다.

"초에서는 지금 노장 낭와가 1만 군사를 거느리고 소읍성을 구하려고 급히 달려오고 있는 중이옵니다."

손무는 그러한 보고를 받자 즉석에서 다음과 같은 새로운 군령을 내린다.

"초장 낭와가 1만 군사를 거느리고 지금 이리로 달려오고 있는 중이라니 전의(鱄毅) 장군은 지금 곧 군사 5천 명을 거느리고 성남(城南)으로 가서 갈대숲 속에 숨어 있으라. 우리가 낭와를 맞아 싸우노라면 성주 미번이 낭와를 돕기 위해 성 밖으로 달려 나올 터인즉, 전의 장군은 그 틈을 타서 지체 없이 성 안으로 몰려 들어가 성을 점령해 버리라."

손무는 부개 장군에게도 다음과 같은 군령을 내린다.

"소읍성에서 북쪽으로 5리쯤 가면 숲이 무성한 곳이 있다. 부개 장군은 군사 5천 명을 거느리고 오늘밤 그 숲 속에 잠복하여 때를 기다리고 있으라. 낭와가 나타나면 우리 중군(中軍)은 50리쯤 후퇴를 할 계획이다. 그러면 낭와는 우리를 얕잡아 보고 미번과 함께 맹렬하게 추격해 올 터인즉, 부개 장군은 그때를 기하여 적의 후방으로부터 맹공격을 퍼붓도록 하라. 그러면 낭와는 전후로 협공을 받아 독 안에 든 쥐가 되고 말 것이다."

그 모양으로 손무는 모든 군사들을 빈틈없이 배치시켜 놓고 나서, 낭와의 군사가 나타나기만 기다렸다. 이윽고 낭와가 1만 대군을 이끌고 호기롭게 진군해 오자 손무는 그들을 보기가 무섭게 총퇴각을 개시하였다.

낭와는 초마로부터 그러한 보고를 받고 크게 웃으며 말한다.

"손무라는 자가 병법에 정통하다기에 제법 싸워 볼 만하다고 생각했다. 그런데 나를 보기가 무섭게 꽁무니를 빼 달아나기 시작했다니 손무야말로 천하의 겁쟁이로구나. 그런 자라면 지금 당장 추격하여 섬멸시켜 버리리라."

때마침 소읍 성주 미번은 오군이 50리나 쫓겨갔다는 소식을 듣고, 낭와를 영접하려고 성을 비워 둔 채 10여 리나 마중을 나왔다.

성남 갈대밭 속에 숨어 있던 전의는 손무의 명령대로 그 틈을 타 함성을 올리고 꽹과리를 두드리며 성 안으로 노도와 같이 몰려 들어가 소읍성을 무혈점령(無血占領)해 버렸다.

성주 미번이 함성과 진고에 소스라치게 놀라 성으로 되돌아오려고 하니 초마가 급히 달려와 알린다.

"소읍성은 성남 갈밭 속에 잠복해 있던 오군에 의해 완전히 점령당하고 말았습니다."

미번이 크게 당황하여 낭와에게 사람을 보내 구원을 청했다. 손무를 추격해 가던 낭와는 미번을 구하려고 방향을 돌려 소읍성으로 달려오는데, 이번에는 숲 속에서 난데없는 군사들이 함성과 진고를 요란스럽게 울리며 벌떼처럼 공격을 퍼부어 오는 것이 아닌가. 말할 것도 없이 그들은 숲 속에 숨어 있던 부개의 군사들이었다. 그러나 낭와는 역전의 노장인지라 기습해 온 오군과 좌충우돌해가며 분전 혈투를 계속하고 있는데, 이번에는 50리를 후퇴한 줄로만 알았던 손무의 군사가 별안간 꽹과리를 두드리고 함성을 올리며 옆구리로부터 노도와 같이 엄습을 해오는 것이 아닌가.

그 바람에 낭와의 1만 군사는 두 동강으로 허리가 끊기고 말았다. 군사들은 이리 쫓기고 저리 밀리며 제각기 도망을 가기에 바빴다. 이미 부하들을 잃어버린 낭와는 벌떼처럼 몰려드는 오군의 공격을 당해 낼 길이 없어 몇 명의 수하만을 거느리고 활로를 찾아 산중으로 패주하기 시작하였다.

낭와는 필사적으로 도주했으나 오군이 쫓겨가는 적장을 그냥 내버려 둘 리 없었다. 젊은 장수들이 어떻게나 맹렬하게 추격해 오는지 낭와는 급기야 덜미를 붙잡히게 되자 머리에 쓰고 있던 투구를 내던지며 창을 휘둘러 낙마(落馬)시켜 놓고 숲 속으로 쏜살같이 내달았다. 그리하여 예장성(豫章城)을 향하여 줄달음질을 치기 시작했다.

한편, 소읍성을 빼앗긴 성주 미번은 성을 탈환해 보려고 전력을 기울여 성 안에 공격을 퍼붓고 있는데, 후방으로부터 부개가 기습을 가해 왔다.

부개와 미번이 정면으로 싸우기를 5, 6합 만에 어이없게도 미번은 부개의 손에 생포되고 말았다. 미번이 생포되자 오장 전의는 성문을 활짝 열어 오왕과 손무를 소읍성 안으로 영접하였다. 뒤따라 들어온 부개가 포박한 미번을 오왕 앞으로 끌고 나와 승전 보고를 올렸다.

오왕은 크게 기뻐 부개 장군의 무공을 높이 치하하며,

"소읍성의 성주 미번을 참형에 처하여 모든 군사들의 사기를 높이도록 하오."

하고 명했다.

한편, 낭와는 크게 패하여 예장성으로 도망을 갔으나 거기에는 오자서가 기다리고 있었다. 낭와는 사방에서 모여든 패잔병들을 규합해 일전을 시도해 보려고 했으나 오자서가 먼저 알고 공격을 가해 오는 바람에 또다시 각산분리(各散分離)로 패주에 패주를 거듭하는 수밖에 없었다.

마침 그때 손무가 부개와 함께 예장성으로 오다가 도중에서 오자서를 만나 그 소식을 듣고,

"군사는 무엇보다도 신속(迅速)을 귀하게 여기는 법이오. 우리가 여세를 몰아 급히 쳐들어가면 초는 제풀에 손을 들게 될 것이니, 이제는 회수(淮水)로 진격하오."

하고 명했다.

오자서가 대답한다.

"우리 군사가 너무도 많아 배를 타고 회수를 건너기는 무리일 것 같습니다. 그러하니 육지로 예장성을 거쳐 한수(漢水) 강변으로 나가는 것이 어떠하겠습니까? 그러면 적은 우리가 배를 타고 회수로 건너올 줄 알고 그쪽 수비에만 힘을 기울일 터이니, 우리는 육지로 돌아가 적의 후방을 찌르면 크게 승리할 것 같사옵니다."

손무는 그 말을 듣고 고개를 끄덕이며,

"참으로 탁월한 생각이오. 그러면 수로(水路)를 버리고 육로(陸路)로 진격합시다."

하고, 회수에 대기 중인 군선(軍船) 5백 척을 그대로 놔둔 채 예장을 통과하여 한수로 진격하였다.

낭와는 예장에서도 크게 패하자 초도(楚都)로 돌아갈 면목이 없어, 한수에서 패잔병들을 다시 규합하기 시작하였다. 그러나 일전을 시도하기에는 병력이 너무도 부족해 한수 남쪽에 일단 진을 치고 나서, 본국에 구원병을 청하는 표(表)를 올렸다.

전세가 크게 불리하오니, 대왕께서는 한수로 구원병을 급히 보내 주시옵소서.

초왕 소공은 낭와의 표를 받아 보고 크게 걱정하며, 곧 중신 회의를 열었다.

"낭와 장군이 군사를 1만 명이나 거느리고 갔건만, 오군에게 완패(完敗)를 당한 모양이니, 금후의 대책을 어찌했으면 좋겠소?"

좌영윤 자서가 말한다.

"사태가 매우 급박하게 되었습니다. 오군이 한수로 진격해 온다고 하니, 이는 이만저만 중대한 일이 아니옵니다. 낭와 장군은 워낙 교만하기 짝이 없어서 대장(大將)으로서의 자격이 부족하니 그에게 구원병을 보내 주어도 오군을 막아내기가 어려울 것이옵니다."

"그러면 누구를 보내야 이 국난을 막아낼 수 있겠소?"

"우사마(右司馬) 심윤술(沈尹戌)이 아니면 이 국난을 막아낼 사람이 없을 듯하오니, 그로 하여금 한수를 지키게 하는 것이 상책일 것 같사옵니다. 그렇게 하지 않으면 누란의 위기(累卵之危機)에 처해 있는 사직(社稷)을 보존하기가 매우 어려울 것이옵니다."

오왕은 심윤술에게 군사 5만을 주면서 말한다.

"경은 군사 5만 명을 거느리고 한수로 달려가 낭와 장군과 힘을 합해 국난을 막아내 주기 바라오."

심윤술은 본시 무관이라기보다는 경륜이 높고 계략이 풍부한 모사형의 인물이었다.

심윤술은 한수에 도착하자 적정(敵情)을 상세하게 알아보려고 낭와에게 묻는다.

"오군이 지금 어디까지 와 있소?"

낭와가 대답한다.

"오군은 회수에 군선을 내버려 둔 채, 육로로 예장을 거쳐 한수에 진을 치고 있는 중이오."

심윤술은 그 말을 듣고 소리를 크게 내어 웃으며 말한다.

"세상 사람들은 손무를 '병법의 귀신'이라고 떠들어 대고 있는 모양이지만 내가 보기에는 어린아이에 지나지 않는 존재이구려."

낭와는 어리둥절하며,

"그 말은 무슨 뜻이오?"

심윤술이 웃으며 대답한다.

"생각해 보시오. 오군은 어느 나라 군사들보다도 수전(水戰)에 능한 군사들이오. 그러한데 수로를 버리고 육로를 택했다니 그 얼마나 어리석은 작전이오. 육로로 오는 그들을 불의에 습격하면 일시에 섬멸시켜 버리기도 그다지 어려운 일이 아닐 것이오."

낭와가 다시 묻는다.

"오군은 지금 한수 강구(江口)에 진을 치고 있는데, 어떤 계략을 써야 그들을 격파할 수 있겠소?"

심윤술이 다시 말한다.

"장군에게 정병 1만을 줄 테니, 군선을 타고 적이 한수를 건너오지 못하도록 하시오. 나는 후방으로 돌아가 적의 군선 5백 척을 모조리 불태워 퇴로를 막아 버리도록 하겠소. 그리고 나서 전후방에서 동시에 공격을 가하면 적은 보급로(補給路)가 차단되어 열흘이 채 못 가 손을 아니 들 수가 없게 될 것이오."

낭와는 심윤술의 작전 계략을 옳게 여기며 말한다,

"심 사마(司馬)의 계략은 참으로 귀신같소이다. 그 계략대로만 하면 손무가 제아무리 병법의 귀신이라 하더라도 섬멸을 면하기가 어려울 것이오."

그로써 심윤술은 군사 4만을 거느리고 회수로 향하여 떠나고, 낭와는 1만 군사를 거느리고 한수로 이동하여, 군선 2백 척을 강안(江岸)에 띄워 놓고 오군의 도강(渡江)을 방비하고 있었다.

낭와가 1만 군사를 거느리고 대안(對岸)을 지키고 있으니, 오군은 과연 강을 건너기가 어렵게 되었다.

낭와의 심복 중에 사황(史皇)이라는 모사(謀士)가 있었다. 낭와를 위해서는 갖은 간계(奸計)를 다하여, 낭와의 지위를 오늘에 이르게 만든 일종의 간신형 인물이었다.

그 사황이 낭와를 찾아와 말한다.

"영윤 전에 긴히 여쭐 말씀이 있사옵니다."

"무슨 얘기냐?"

"아뢰옵기 거북한 말씀이오나 솔직히 말씀드리면 초나라의 백성들은 영윤보다도 심 사마를 훨씬 더 많이 존경하고 있는 형편입니다. 게다가 영윤께서는 지난번 싸움에 크게 패하셨기 때문에 백성들의 신뢰감이 더욱 떨어졌다고 보아야 옳을 것이옵니다. 그런데다가 이번 싸움에서 심 사마의 계략대로 대승리를 거두게 되면 모든 공로는 그에게로 돌아가 영윤께서는 설 자리를 잃게 될 것이옵니다. 그렇게 되면 영윤께서는 과거와 같은 영화를 누리시기가 매우 어려울 것이옵니다. 소인은 그 일이 크게 걱정되오니, 영윤께서는 십분 통찰하시옵소서."

낭와는 그 말을 듣고 깊이 생각해 보았다. 자기는 소읍성 싸움에서 1만 대군을 깡그리 잃어버릴 정도로 대패한 과거가 있기 때문에 설사 심윤술과 공동 작전으로 대승을 거둔다 하더라도, 그 공로가 자기한테 돌아오지 않을 것은 너무도 명백한 일이었다.

만약 그렇게 된다면 과거의 영화를 그대로 누려 가기가 어려울 것은 지극히 명약관화(明若觀火)한 일이 아닌가.

이에 낭와는 의기소침해져 사황에게 묻는다.

"그대의 말을 들어 보니 나의 장래가 매우 딱해질 것 같구나. 어떻게 하면 내 명예를 그대로 유지해 갈 수 있을지 좋은 생각이 있거든 말해 보거라. 그대의 공로는 결코 잊지 않으리로다."

사황이 간사하게 웃으며 말한다.

"장군께서 전공을 크게 세우실 방도가 노상 없는 것은 아니옵니다."

낭와는 그 말을 듣고 귀가 번쩍 뜨이는 것만 같아 사황의 손을 덥석 붙잡았다.

"그게 어떤 방도냐? 그런 방도가 있거든 지금 곧 나에게 알려 다오."

그러나 사황은 주위를 새삼스러이 둘러보며 이렇게 말한다.

"만약 제 얘기를 누가 엿들으면 저는 목숨이 달아날 판이어서, 섣불리 말씀드리기가 난처하옵니다."

낭와는 공명을 획득하기에 급급하여, 영윤으로서의 체통을 생각해 볼 여유조차 없었다. 그리하여 일개의 참모에 불과한 사황의 두 손을 정답게 움켜잡으며 애원하듯이 말한다.

"그대의 뒤에는 내가 있지 않은가? 그대가 설사 못 할 말을 했기로 누가 감히 처벌한다는 말이냐? 그 문제는 걱정 말고, 어서 나에게 좋은 지혜를 빌려 다오."

그제야 사황은 굳은 결심이라도 하듯 머리를 힘 있게 틀며 말한다.

"영윤을 위하는 일이라면 소인이 목숨인들 어찌 아끼오리까? 제가 말씀드리고자 하는 것은 실상인즉 군령(軍令)에 위배되는 일이오나 영윤의 전공을 올려드리기 위해 감히 말씀드리겠습니다."

"오냐! 잘 알아들었으니 군령에 위배되거나 말거나 안심하고 기탄 없이 말해 보거라."

사황은 남의 귀를 꺼리는 듯 사방을 다시 한 번 둘러보고 나서 낮은 목소리로 속삭이듯 말한다.

"영윤께서 심 사마와 협동 작전을 펴시면 아무리 승리하시더라도 모든 전공이 심 사마한테로 돌아갈 것이옵니다. 그러므로 영윤께서는 심 사마와의 협동 작전을 포기해 버리시고, 독자적으로 승리하실 작전을 수행하셔야 하옵니다."

"나 혼자 싸워 이길 수만 있다면 그보다 더 좋은 일이 어디 있겠느냐? 혼자서 싸워 이길 수 있는 어떤 방도가 있다는 말이냐?"

"심 사마는 영윤더러 오군이 강을 건너오지 못하도록 이쪽 강안을 지키고 있으라 하셨습니다. 심 사마로서는 승리의 전공을 자기만이 독점하고 싶기 때문에 그런 일방적인 작전 계획을 세우신 것이옵니다. 영윤께서는 심 사마의 이기적인 작전 계획에 말려들지 마시고 강을 건너가 오군을 직접 격파하셔야 하옵니다. 오군은 이 지방 지리에 어둡기 때문에 야음을 이용해 도강해 기습을 감행하면 우리 군사만으로도 오군을 격파해 버리는 것이 결코 어려운 일은 아닐 것이옵니다."

낭와는 사황의 감언이설에 현혹되어, 마음이 크게 동하였다. 더구나 사황의 말대로 심 사마가 전공을 독점하려는 생각에서 자기더러 한수를 지키고 있기만 하라고 했다면 그처럼 모욕적인 작전 계획이 어디 있을 것인가.

"음, 그대의 말을 들어 보니 심 사마는 전공을 독점하기 위해 나를 단순한 보조물로 이용하고 있었음이 분명한 것 같구나."

"소인은 진작부터 그런 눈치를 채고 있었사온데, 영윤께서 이제야 그 사실을 깨달으셨다면 너무 늦으신 감이 없지 아니하옵니다."

"아니다. 지금이라도 늦지는 않았다. 심 사마가 그런 심사로 나왔다면 나도 그와의 협약을 파기해 버리고, 오늘밤 강을 건너가 단독으로 오군을 격파해 버리기로 하겠다. 그러면 모든 공로는 내게로 돌아올 것이 아니겠느냐?"

이리하여 낭와는 마침내 개인적인 공리만을 위해 군약을 무시한 채 강을 건너가 단독으로 오군을 격파할 결심을 품었다.

그날 밤 낭와는 전군에 긴급 출동령을 내렸다. 그리하여 심 사마와의 협약을 무시해 버린 채 야음을 이용하여 도강작전(渡江作戰)을 전개하였다.

한수를 건너오면 소별산(小別山)이라는 작은 산이 있고, 거기서 조금 떨어진 곳에는 대별산(大別山)이라는 큰 산이 있었다. 오군은 대별산 기슭에 진을 치고 있었다.

낭와는 한수를 건너오자 소별산 기슭에 진을 치고 적정(敵情)을 탐색하기 시작하였다. 그러나 아무리 야음이라도 1만 명이나 되는 대부대가 강을 건너오고 있었으니 오군에게 그 정보가 알려지지 않을 리 없었다.

대별산 본진에서 오왕을 모시고 있던 손무는 낭와의 군사가 강을 건너오고 있다는 소식을 듣자 곧 부개 장군을 불러 긴급 군령을 내린다.

"적군이 지금 강을 건너오고 있는 중이니, 장군은 적의 진용이 정돈되기 전에 지금 곧 달려가 적을 무찔러 버리도록 하오. 2천 군사만 가지면 능히 승리할 수 있을 것이오."

부개는 곧 군사를 이끌고 가서 낭와의 군사를 급습하였다. 낭와는 본시 오군을 기습해 승리를 거둘 계획이었는데, 오히려 불의의 습격을 당하게 된 꼴이 되어 버렸다.

낭와의 군사들은 크게 당황하여 제각기 도망갈 길만 찾았다. 이에 낭와는 크게 분노하여,

"도망가는 자는 수하를 막론하고 즉석에서 참(斬)한다."

하고 큰소리로 외치며, 10여 명의 목을 본보기로 베어 버리니, 군사들은 그제야 마지못해 정면으로 싸우기 시작하였다. 그러나 부개의 공격이 워낙 맹렬한지라 낭와는 마침내 부개와 백병전(白兵戰)을 벌이게 되었다. 낭와는 나이를 먹어 젊은 부개를 당해내기가 벅찼다. 그런대로 사력을 다해 싸웠지만 말이 별안간 칼을 맞고 고꾸라지는 바람에 낭와는 땅으로 굴러 떨어지고 말았다.

부개가 급히 달려와 낭와의 목을 치려고 하는 바로 그 순간, 부장 무흑(武黑)이 번개같이 달려 나와 낭와를 구해가 버렸다. 그로써 낭와는 목숨만은 구할 수 있었다. 그러나 부개의 공격이 워낙 강하여 군사들은 많은 무기를 빼앗기고 지리멸렬하게 되었다.

날이 밝자 부개의 군사는 수많은 노획물을 가지고 본진으로 돌아와 손무에게 승전 보고를 올렸다. 이에 손무는 부개에게 오왕의 이름으로 많은 상을 내렸다.

한편, 가까스로 목숨을 보존한 낭와는 진영(陣營)으로 돌아오자마자 곧 사황을 불러 크게 꾸짖었다.

"네 말을 믿고 강을 건넜다가 이 꼴이 되었으니, 너는 이 책임을 어떻게 할 테냐?"

실로 어리석기 짝이 없는 꾸지람이었다. 누가 무슨 소리를 했는 간에 최후의 결정권을 가지고 있는 사람은 오직 낭와 자신이 아니던가. 그러나 그와 같은 꾸지람에 겁을 집어먹을 만큼 어리석은 사황은 아니었다.

사황은 머리를 살랑살랑 흔들며 낭와에게 말한다.

"소인에게 실책이 있다면 언제든지 책임을 지고 자결이라도 하겠습니다. 그러나 소인은 우리 작전이 잘못된 것이었다고는 생각지 아니하옵니다."

"이놈아! 우리가 강을 건너다가 막대한 손실을 입었는데, 어째서 잘못된 작전이 아니란 말이냐?"

그러나 간교하기 짝이 없는 사황이 대답에 궁할 리가 없었다.

"최후의 승리를 위해서는 다소간의 피해는 어찌할 수 없는 일이옵니다. 약간의 피해를 입었더라도 우리는 이제부터 적의 본영(本營)을 엄습하여, 숫제 오왕을 생포해 버리십시다. 참다운 명장의 면목은 그런 점에 있을 것이옵니다. 오왕 합려는 지금 대별산 본영에 있으니, 오늘밤 적의 본영을 기습하여 오왕만 생포해 버리면 전쟁은 그것으로 끝나는 것이옵니다. 그러면 모든 전공은 영윤께서 독점하시게 될 것이 아니옵니까?"

전공을 독점하게 된다는 말에 낭와는 또 한번 마음이 흔들렸다. 오왕만 생포해 버리면 오군은 손을 들게 될 것이 아닌가.

"음, 네 말을 들어보니 과연 그렇기도 하구나. 그러면 오늘 밤 3군을 총동원하여 적의 본영을 공략하기로 하자."

낭와는 용기백배하여 새로운 작전 준비에 돌입했다.

한편, 손무는 초전의 승리를 크게 기뻐하면서도, 낭와의 반격에 대한 대비를 결코 소홀히 하지 않았다. 그리하여 장수들을 한자리에 불러 놓고 적의 반격에 대비, 다음과 같은 군령을 내렸다.

"낭와의 모사 사황은 간지(奸智)에 능한 소인이다. 따라서 그들은 초전의 패배를 만회하려고 오늘밤 반드시 우리의 본영을 기습해 올 것이다. 그러하니 우리는 만반의 준비 태세를 물샐틈없이 갖추고 있어야 한다. 전의 장군과 부개 장군은 중군을 둘로 나눠 대왕이 계시는 본영의 좌우 외곽 지대를 엄중하게 경비하라. 그랬다가 나중에 총궐기하여 적군을 가차 없이 무찔러 버리도록 하라."

그리고 오왕을 호위하고 있는 보가장군 백비에게 '오늘밤 적의 기습이 있을 듯싶으니, 대왕을 안전한 처소로 옮겨 신금(宸襟)을 추호도 어지럽히지 말도록 하라'는 특별 서한까지 보내 놓았다.

손무는 그리고도 부족하여 오자서를 불러 또 다른 군령을 내린다.

"오 장군은 군사 5천을 거느리고 가서 전진 가까운 소별산 기슭에 잠복해 있으시오. 그랬다가 적이 우리의 본영을 기습하려고 출동을 하거든, 그 틈을 타서 적의 잔류 부대를 모조리 소탕해 버리고 돌아오시오."

적의 주력 부대가 출동한 틈을 타서 적의 본거지를 뿌리째 뽑아 버리자는 무서운 작전이었다.

낭와는 그런 줄도 모르고 한밤중에 3군에게 긴급 출동령을 내렸다. 이제부터 오왕을 생포하여 일거에 개가(凱歌)를 올리려는 계략이었던 것이다.

낭와는 5천 명의 정예부대를 인솔하고 대별산 중복까지 무사히 도착하였다. 그리하여 산상에서 굽어보니, 오군의 본영은 죽은 듯이 고요하지 않은가.

"적병들은 지금 모두들 깊은 잠에 빠져 있사옵니다."

낭와는 그 말을 듣고 크게 웃었다.

"그래? 그놈들이 죽을 줄을 모르고 잠만 자고 있는 모양이로구나. 그렇다면 지금부터 우리의 힘을 총동원하여 쳐들어가자. 우리의 목적은 군사를 무찌르는 데 있는 것이 아니고, 오왕을 생포하는 데 있다. 모든 군사들은 그 점에 각별히 유의하라!"

명령 일하, 낭와의 5천 군사가 일시에 함성을 올리며 오군의 본영을 노도와 같이 엄습하였다. 그러나 이게 어찌된 일일까. 오군의 막사에 오왕은커녕 개미 새끼 한 마리도 없지 않은가.

"이게 웬일이냐? 군사들은 어디로 가고, 막사가 이렇게도 비어 있느냐?"

"우리가 습격해 올 것을 미리 알고 비겁하게도 도망을 쳐버린 것이 분명합니다."

모든 장졸들은 맥이 탁 풀렸다.

"이런 줄도 모르고 낭와 장군은 야간 기습령을 내렸으니 우리들의 대장은 어딘가 얼이 빠진 게 아닌가?"

장졸들 중에는 낭와를 노골적으로 비난하는 사람도 없지 않았다. 이날 밤의 기습 작전에 커다란 기대를 걸었던 낭와는 누구보다도 실망하였다. 그러나 낭와는 실전 경험이 많은 노장인지라 실망 중에도 경계심만은 늦추지 않았다. 그리하여 장병들에게 이런 훈령을 내렸다.

"적은 우리도 모르는 사이에 깨끗이 도주해 버렸으니, 우리는 이제부터 본영으로 돌아가기로 하겠다. 그러나 중도에 복병이 있을지 모르니 모든 장병은 추호도 경계를 늦추지 말라."

면목 없는 군령이었다. 그러나 한번 헛물을 켜고 난 장병들은 누구도 낭와의 말을 탐탁하게 들으려고 하지 않았다.

"우리들을 밤잠도 못 자게 하면서 이렇게까지 헛물을 켜게 한 것을 보면, 우리네의 대장은 나이가 많아 노망기가 생긴 게 분명하오."

"아닌 게 아니라 그런 것 같소이다. 적은 씨알머리도 없이 도망을 가버렸는데 무슨 놈의 빌어먹을 복병이야."

장병들은 저희끼리 그런 소리를 뇌까려 대며, 대오(隊伍)를 흐트러뜨린 채 삼삼오오 돌아오기 시작하였다. 지휘관의 책임은 워낙 큰 것이어서 한번 실책으로 장병들의 사기가 땅에 떨어지고 말았던 것이다.

낭와의 군사들이 경황없이 4, 5리쯤 돌아오고 있을 때였다. 별안간 여기저기서 호각 소리가 울리더니 난데없는 군사들이 어둠 속에서 천지를 진동하는 함성을 올리며 벌떼처럼 들고일어나는 것이 아닌가.

장병들은 무심코 걸어가다가 날벼락을 맞은 듯이 혼비백산하였다.

낭와는 크게 당황하여, 벌떼처럼 몰려드는 적병들을 좌우로 갈라 헤치며 도망을 치기 시작하였다. 그러나 적진을 채 벗어나기도 전에, 이번에는 전의와 부개의 두 장수가 좌우에서 번개 치듯 달려나오며,

"이놈, 낭와야! 네가 가면 어디로 가느냐? 목숨이 아깝거든 곱게 항복하거라!"

하고 외치며 덤벼들었다. 낭와는 기겁을 하게 놀라 말머리를 돌리기가 무섭게 이번에는 후방으로 도주하기 시작하였다. 그러나 얼마 가지 못해 이번에는 백비가 앞길을 가로막고 나서며,

"독 안에 든 쥐가 어디로 가려고 하느냐?"

하고 외치는 것이 아닌가.

사태가 그 지경에 이르고 보니, 이제는 생사를 걸고 싸우는 길밖에 없었다. 낭와는 백비와 어울려 싸우기 시작하였다. 말을 달리며 싸우기를 10여 합, 백비의 철퇴가 낭와의 머리 위에 막 떨어지려고 하는 그 순간이었다. 부장 무흑이 번개같이 달려들어 철퇴를 가로막으려다가 낭와를 대신하여 그 자리에 쓰러지고 말았다.

낭와는 그 틈을 타서 다시 도주하기 시작하는데 추격해 오는 오군의 기세가 맹렬하였다. 낭와는 마침내 말에서 뛰어내리며 투구까지 벗어 던지고 졸개들 틈에 끼여 목숨만은 간신히 구할 수 있었다.

오군은 그로써 많은 무기와 군마(軍馬)를 노획하였다. 낭와가 졸병으로 가장하여 10여 명의 군졸들과 함께 본진으로 돌아오는데, 이번에는 초병이 급히 다가오더니,

"소별산 본영이 오자서에게 기습을 당하여 쑥밭이 되었습니다. 오자서는 우리의 유수부대(留守部隊)를 섬멸시키고, 지금 이 길로 돌아오고 있는 중이옵니다."

하고 알려 주는 것이 아닌가.

"뭐야? 오자서가 지금 이 길로 돌아오고 있다고?"

낭와는 소스라치게 놀라 숲 속으로 총총히 숨어 버렸다. 이윽고 오자서가 지나가기를 기다렸다가 소별산 본영으로 돌아와 보니, 군사들은 절반이나 죽었고 사황이 살아남은 군사들과 함께 뒷수습을 하고 있었다.

낭와는 한숨을 쉬며 말한다.

"손무라는 자를 얕잡아 본 것이 나의 큰 실책이었다. 이제는 남아 있는 군사들과 함께 도성(都城)으로 돌아가 권토중래(捲土重來)의 계략을 모색하기로 하자."

그러나 모사 사황은 의견을 달리하였다.

"영윤께서 대군을 잃으시고 그냥 돌아가시면 오군이 그 사이에 한수를 건너게 돼 나라를 지탱하기가 어렵게 될 것이옵니다. 영윤께서는 지금이라도 병력을 규합하여 백거(柏擧)에 진을 치고 적을 견제해 가면서 구원병을 청하도록 하셔야 합니다."

낭와가 결심을 못 하고 주저하고 있는데, 마침 다행하게도 초왕이 응원군을 보내왔다. 5천 명의 응원군을 거느리고 온 사람은 대장 투수(鬪秀)였다.

투수가 낭와에게 말한다.

"주상께서 영윤의 전세가 불리하다는 말씀을 들으시고, 저더러 도와드리라는 분부가 계셔서 급히 달려왔습니다. 전황이 지금 어떠하옵니까?"

낭와가 경황없이 대답한다.

"솔직히 말해서 우리는 지금 궁지에 몰려 있는 판이오. 자세한 전황을 말해 줄 테니 장군이 좋은 계책을 세워 주기 바라오."

투수는 낭와의 설명을 상세하게 듣고 나서 기가 찬 듯이 말한다.

"전세가 이만저만 급박한 상태가 아니로군요. 그렇다고 이대로 후퇴할 수는 없으니, 일단 백거에 진을 치고 때를 기다리기로 하십시다. 그러노라면 심윤술 사마가 후방으로부터 적을 공격해 올 것이 분명하니, 우리도 그와 때를 같이하여 총공격을 개시하면 오군은 전후방으로 협공을 당하여 견뎌내기가 어려울 것이옵니다."

낭와는 그 말을 듣자 얼굴이 화끈 달아올랐다. 그 작전 계획은 일찍이 심윤술 사마가 일러 주던 작전 계획과 너무도 흡사했기 때문이었다.

만약 낭와가 처음 약속대로 협동 작전을 충실하게 지켜 나갔더라면 그처럼 비참한 고배(苦杯)는 마시지 않았을 것이 아니던가. 공리 욕심에 급급하여 군약(軍約)을 배반했다가 비참한 꼴이 된 것이 부끄럽기 짝이 없었다. 그러나 후회만 하고 있을 때는 아니었다.

"그러면 장군 말씀대로 일단 백거에 진을 치고 때를 기다리기로 합시다."

낭와와 투수는 모든 군사를 백거로 이동시켜, 일단 진을 형성하였다. 그런데 낭와와 투수는 사사건건 의견이 대립되었다. 왜냐하면 낭와는 영윤인 까닭에 대장 투수를 맘대로 휘두르려 하였고, 투수는 투수대로 '늙어빠진 패군지장(敗軍之將)이 아니꼽게 무슨 낯짝으로 큰 소리를 치냐' 며 반감을 품고 있었기 때문이다.

게다가 낭와는 아직도 공명욕에 사로잡혀,

"심 사마를 기다릴 것 없이 우리끼리 적군을 쳐부수기로 합시다."

하고 엉뚱한 고집을 들고 나왔다.

대장 투수는 그 고집을 반대하다 못 해 나중에는,

"영윤은 적을 너무도 경시하십니다. 전에도 그 때문에 두 번씩이나 패하지 않으셨소. 이제 또다시 패하는 날이면 초국은 그냥 망해 버리게 됩니다. 심 사마께서 무슨 기별이 있기 전까지 소장은 어떤 일이 있어도 전투에 가담을 아니 하겠습니다."

하고 정면으로 대들기까지 하였다. 두 사람의 불화가 그와 같이 험악해져서 나중에는 같은 영내에 있으면서도 피차간 대화조차 나누지 않았다.

간첩 활용에 능한 손무가 초장(楚將)들의 그와 같은 내막을 모를 턱이 없었다.

오군의 선봉장 부개는 초장들의 불화가 극에 달했다는 정보를 받자 그 사실을 보고하려고 본영으로 급히 달려 왔다. 그러나 원수 손무는 일선 시찰로 부재중이고, 본영에는 왕만이 있었다.

부개가 오왕에게 보고한다.

"초장 낭와와 투수의 불화가 극에 달하여 피차간에 말도 아니 한다 하옵고, 초군의 사기도 크게 떨어져 있다고 하옵니다. 우리가 이 기회를 이용하여 쳐들어가면 도성(都城)까지도 점령할 수가 있을 것 같사오니, 대왕께서는 진격의 윤허를 내려 주시옵소서."

그러나 오왕 합려는 머리를 가로 흔든다.

"저들이 불화한 듯이 보이는 것은 우리를 속이기 위한 사술(詐術)일 것이오. 그것을 모르고 섣불리 쳐들어갔다가는 큰코다칠 테니 지금은 싸워서는 안 되오."

그 말에 부개는 기가 막혔다. 손무 원수가 있었으면 알아줄 텐데, 그에게는 연락할 길이 없지 않은가.

손무 원수는 '유능한 장수로서 윗사람의 간섭을 받지 않고 자기 재량대로 자신을 가지고 싸우는 지휘관은 반드시 이길 것이오. 일선 지휘관의 재량권과 임무는 그처럼 막중한 것이오'라고 말했고, 또 왕의 명령권에 대해서는 '전시에 있어서만은 일선 장수들에게 내리시는 왕명에 스스로 한계가 있어야 하옵니다. 현지 사정을 잘 모르시면서 명령을 함부로 내리시면 전국(戰局)을 크게 그르치게 되기 때문이옵니다' 라고 말하지 않았던가.

'그렇다! 손무 원수는 이런 경우를 두고 왕에게 그와 같은 충언(忠言)을 올렸음이 분명하다. 그렇다면 왕명 때문에 절호의 기회를 놓쳐버릴 수는 없는 일이 아닌가.'

부개는 생각이 거기에 미치자 자기 진영으로 돌아오기가 무섭게 왕명을 거역해 가면서 낭와의 진지로 진격을 개시하였다. 낭와도 군사를 몰고 나와 싸움은 정면으로 전개되었다. 그러나 낭와가 싸워도 투수만은 싸움에 가담해 주지 않았다.

낭와는 나이를 먹었어도 왕년의 역전 노장인지라 결코 만만하지는 않았다. 그런데 때마침 일선을 시찰 중이던 손무가 그 사실을 알고 오자서와 전의를 급히 불러 명한다.

"부개 장군이 지금 낭와와 싸우고 있는 중이오. 두 장군은 군사를 급히 몰고 가 낭와를 삼면으로 포위하고 총공격을 퍼붓도록 하오. 이번 싸움에서 적을 섬멸시켜 버리면 우리는 머지않아 최후의 승리를 거두게 될 것이니, 두 장군께서는 전력을 기울여 주기 바라오."

명령 일하, 오자서와 전의는 군사를 이끌고 용약 출동하여, 낭와의 군사를 후방에서 좌우로 포위하였다. 그러나 낭와는 부개와의 싸움에 열중하여 포위된 것도 모르고 있었다.

오자서와 전의가 원방(遠方)에서 낭와를 포위하고 전황을 알아보니, 낭와는 부개를 상대로 치열한 전투를 계속하고 있는 중이었다. 오자서와 전의의 군사는 그때를 이용하여 질풍신뢰와 같이 몰려 나가며 낭와에게 공격을 퍼부었다.

낭와는 배후로부터 난데없는 적군이 함성을 올리며 구름 떼처럼 몰려오는 바람에 크게 당황하였다. 문득 깨닫고 보니 낭와는 자기도 모르는 세 장수에게 완전히 포위되어 있는 것이 아닌가.

오자서는 좌측 배후로부터 창을 휘두르고 말을 달려나오며,

"이놈, 낭와야! 나의 창을 더럽히지 않으려거든 곱게 손을 들어라!"

하고 외치는가 했더니 전의가 우측 배후로부터 철퇴를 휘두르고 말을 달려나오며,

"이놈, 낭와야! 너는 날아 보았자 하루살이요, 뛰어 보았자 벼룩에 지나지 않는다. 목숨이 아깝거든 곱게 손을 들거라."

하고 외치고 있었다. 그런가 하면 지금까지는 일진일퇴(一進一退)로 싸워 오던 부개도 새삼스럽게 기세를 올려,

"하하하, 늙은 너구리 같은 낭와야. 네가 오늘에야 세상 맛을 제대로 알게 되었구나. 지금이라도 내 앞에 무릎을 꿇고 살려 달라고 애걸을 해보는 것이 어떻겠느냐?"

하고 야유를 퍼붓는 것이었다.

낭와는 분노가 머리끝까지 치밀어 올라 죽음을 각오하고 싸웠다. 그러나 혼자서는 세 장수를 당해낼 재간이 없었다. 그런대로 고군분투를 하고 있는데, 별안간 어디선가 화살이 날아오더니 낭와의 왼편 팔꿈치에 깊숙이 박혀 버리는 것이 아닌가.

옆에서 싸우던 사황이 부리나케 달려와 화살을 뽑아 주며,

"이대로는 싸울 수 없으니 급히 피하십시다."

사황과 낭와가 포위망을 뚫고 달아나려는데, 때마침 투수가 낭와의 위급함을 알고 급히 달려나오며 길을 열어 주었다. 그래도 세 장수가 끈덕지게 추격해 오는 바람에 낭와는 4, 50리를 정신없이 도망하였다.

낭와는 투수와 사황의 덕택으로 목숨만은 구할 수 있었다. 그러나

낭와를 놓쳐 버린 오군은 여세를 몰아 백거를 엄습하여 초병들의 시체가 산으로 쌓였고, 한수는 피로 인해 붉은 강을 이루었다.

낭와는 50여 리나 쫓겨와서야 간신히 정신을 차려 뒤에서 쫓아오는 사병들을 수습하기 시작하였다. 그리하여 강구(江口)에 진을 새로이 치고 재기를 도모하였다.

오군의 젊은 장수들이 그 사실을 알고 부개에게 말한다.

"이왕이면 낭와를 끝까지 추격하여 사살을 하든가 생포를 하든가 차제에 끝장을 내버리기로 하십시다."

그러나 부개는 고개를 좌우로 흔들며 이렇게 말한다.

"쫓겨가는 적을 끝까지 추격하는 것은 옳지 못한 일이다. '궁서설묘(窮鼠齧猫)'라는 말이 있지 않느냐? 차라리 그보다는 그들이 한수를 절반쯤 건너갔을 때에 다시 공격을 퍼붓기로 하자."

부개가 예측한 대로 낭와는 그날 밤 패잔병들을 모두 수습해서 한밤중에 한수를 건너 도성으로 돌아가려고 하였다. 초군이 한수를 절반쯤 건넜을 때의 일이었다. 어둠 속에서 배에 군사를 실은 부개가 상류로부터 쳐내려오고, 전의의 군사는 하류로부터 거슬러 올라왔다. 오자서의 군사는 육지로부터 징을 울리고 함성을 지르며 삼면으로 총공격을 가해 왔다. 그리하여 닥치는 대로 후려갈기는 바람에 초병들은 육지에서도 죽고 배 위에서도 죽어 시체가 땅을 덮고 강을 메울 지경이었다.

낭와는 너무도 기가 차서 어둠 속에서 하늘을 우러러 이렇게 탄식하였다.

"아아, 나는 심 사마와의 협약을 어겼다가 이렇게까지 패망하는 꼴이 되어 버렸구나. 이제 무슨 면목으로 본국에 돌아가 왕을 뵈올 수 있으랴?"

낭와는 모사 사황과 측근 부하 몇 명만을 데리고 정(鄭)나라로 발길을 옮겨 떠났다. 그러나 부개군의 추격은 아직도 극심하여, 사황이 그들과 단독으로 싸우다가 목전에서 전사하는 꼴까지 보았다.

한편, 응원전을 이끌고 왔던 투수도 제풀에 40리나 쫓기고 쫓겨 웅서택에 이르러서야 비로소 숨을 돌려 병사들에게 저녁을 지어 먹이게 되었다. 병사들이 저녁을 지어 놓고 막 밥을 먹으려고 하는데, 부개의 별동대가 그쪽으로도 노도와 같이 몰아쳐 와 투수의 군사는 한번도 싸워 보지도 못한 채 대부분이 살해되었다. 오직 대장 투수만이 단독으로 형성(荊城)으로 도망쳐 돌아왔을 뿐이다.

투수가 형성 땅에서 도성으로 급히 달려와 사실대로 전황을 고하니, 초왕은 몸을 사시나무처럼 떨며 말한다.

"전세가 그처럼 위급하면 우리도 도성을 버리고 피난을 가야 할 게 아니오?"

좌영윤 자서가 그 말을 듣고 즉석에서 간한다.

"사직(社稷)과 능침(陵寢)이 모두 도성에 있사온데, 대왕께서 도성을 버리고 떠나시면 어느 세월에 다시 돌아오실 수 있겠습니까? 나라가 망하는 한이 있어도 대왕께서 도성을 떠나셔서는 아니 되시옵니다."

초왕 소공이 다시 말한다.

"우리가 믿고 있었던 것은 오직 한수뿐이었소. 그런데 오군이 이미 한수를 건너왔다고 하니, 이제 무엇을 믿고 도성에 버티고 있겠소? 속수무책으로 앉아 있다가 포로가 되느니보다는 단 몇 십 리라도 피난을 가는 편이 나을 게 아니오!"

자서가 울면서 다시 말한다.

"지금 도성에는 군인과 민간인을 모두 합해 10만 가까운 장정(壯丁)들이 있사옵니다. 대왕께서 친히 진두에 나가셔서 그들을 총동원시켜, 성 밖에는 깊은 늪을 파고 성 안에는 높은 보루(堡壘)를 쌓게 하시옵소서. 그런 한편으로 동맹제국(同盟諸國)에 사람을 보내 구원병을 청하시옵소서. 그러면서 버티고 있노라면 오군은 워낙 보급로가 멀어져 오래 견디기가 어려울 겁니다. 그 동안에 구원병이 와 주면 오군을 깨뜨려 버리기가 그다지 어려운 일이 아닐 것입니다."

초왕은 자서의 간언을 옳게 여겨, 도성을 사수하기로 결심하고, 모든 장수들을 긴급 소집하였다. 그리하여 자서에게는 동문을 지키게 하고, 투신(鬪辛)에게는 남문을 지키게 하고, 신포서(申包胥)에게는 서문을 지키게 하고, 왕손유(王孫由)에게는 북문을 지키게 하여, 철통 같은 방위 태세를 갖추었다. 그와 동시에, 성안에 있는 모든 장정들을 총동원하여 늪을 파고 보루를 높이 쌓아 올리기 시작했다.

왕이 몸소 진두에서 지휘하는 관계로 방위 태세는 신속히 진전되어 가고 있었다. 그러나 얼마 아니하여 초마가 급히 달려오더니,

"오군은 이미 삼강진(三江津)을 건너, 파죽지세로 도성에 육박해 오고 있는 중이옵니다."

하고 알려 주는 것이 아닌가.

그와 때를 같이하여 삼강진 방면으로부터 남부여대(男負女戴)한 피난민들이 도성으로 밀려오고 있었다. 처음에는 수백 명에 불과한 것처럼 보이던 피난민들이 시시각각으로 꼬리에 꼬리를 물고 붙어 가는데, 그 광경이 어찌나 혼잡한지 개중에는 밟혀 죽는 아이도 있고 깔려 죽는 늙은이도 있어 울부짖는 호곡성(號哭聲)이 천지를 뒤엎는 것만 같았다.

문득 깨닫고 보니, 오군의 선발대가 멀리서부터 함성을 울리고 징을 울리며 도성으로 구름 떼처럼 몰려오고 있지 않은가. 초왕은 하도 다급하여, 전전장군(殿前將軍 : 친위대장) 침고(鍼固)에게 명한다.

"그대가 군사를 급히 몰고 나가 오군을 가차없이 쳐부수도록 하라!"

침고가 1천여 명의 군사를 거느리고 성문 밖으로 달려 나와 정면으로 전투를 전개하였다. 그러나 오군은 사기가 충천해 있는 승리의 군사들이요, 초군은 겁에 질린 나병(懦兵)들인지라, 싸움이 제대로 성립될 리 만무하였다.

침고가 한바탕 싸워 보다가 감당할 길이 없어 성 안으로 급히 쫓겨 들어오니, 오군은 사면팔방에서 운하(雲霞)와 같이 몰려들어 도성을 이중삼중으로 에워싸고 성 안에다 대고 화살의 폭우를 퍼부었다.

성 안에는 다행히 화포(火砲)와 통나무, 돌들을 비축해 둔 것이 많아 초군이 성벽 위에서 그것들을 빗발치듯 내리 굴리니 오군은 감히 성벽을 기어올라오지 못하고 멀리서 화살만 빗줄기처럼 갈기는 것이었다.

대세는 이미 기울어 초국의 운명은 경각에 달려 있는 느낌이 절실하였다. 오군이 도성을 포위한 채 초군이 자멸하기를 기다린 지 며칠째 되는 날, 오왕이 손무를 대동하고 현장 시찰을 나왔다가, 초성을 완전 포위하고 있음을 보고 크게 기뻐하며 치하의 말을 내린다.

"우리는 개전 이래로 미번, 낭와 등과 다섯 번 싸워 전승하고, 이제는 초국의 도성까지 포위하여 최후의 승리가 목전에 도래했으니, 이는 진실로 손 원수의 탁월하신 작전 계략의 덕택이오."

손무가 오왕 합려에게 머리를 조아리며 말한다.

"어찌 소신에게 모든 공로가 있으오리까? 대왕께서 홍복(洪福)이 크셔서, 모든 장수들이 충성을 다해 싸운 덕택에 이런 승리를 거두게 된 것인 줄 알고 있사옵니다."

오왕이 다시 말한다.

"원수의 말씀은 겸사의 말씀이시오. 우리가 초의 도성을 이중삼중으로 포위하고 있는데, 원수의 생각에는 이 싸움이 언제나 끝날 것 같소이까? 우리는 보급로가 멀어 될수록 빨리 종결을 지어야만 좋을 것 같은데……."

"지당하신 분부이옵니다. 초왕을 수일 내로 생포할 가능성이 농후하오니 대왕께서는 너무 진념(軫念)하지 마시옵소서."

마침 그때 오자서가 급히 달려와 손무에게 말한다.

"우리가 초를 지금 완파하지 못하면 저들의 동맹국에서 구원병이 몰려올 것이 분명합니다. 그렇게 되면 우리는 다 잡은 승기(勝機)를 놓쳐 버릴 우려가 없지 아니합니다. 원수께서는 그 점을 각별히 고려해 주시옵소서."

손무가 대답한다.

"나도 구원병이 올 것을 염려하지 않는 바가 아니오. 그러기에 적의 정보를 이미 상세하게 수집해 놓았소."

"어떤 정보를 어떻게 수집하셨다는 말씀이시옵니까?"

"유능한 염탐꾼을 장사치로 변장시켜 성 안으로 잠입하게 해 초의 방위 태세를 소상하게 알아보았소이다."

오자서는 그 말에 경탄을 마지않으며,

"원수께서는 어느 틈에 그처럼 어려운 공작을 해놓으셨습니까? 성 안의 방위 태세가 어떠하옵니까?"

손무가 대답한다.

"적은 도성을 최후까지 사수할 각오로 철통같이 방비하고 있기 때문에 여간해서는 성문을 깨뜨리기가 어려울 것 같소이다. 다만 투신이 지키고 있는 남문만은 지세가 험준한 것만 믿는 까닭에 방비 태세가 약간 허술한 모양이오. 그래서 오늘밤 자정에는 남문을 함락시키기 위해, 사대문에 일제히 공격을 퍼부을 생각이오. 그러니까 오 장군도 그리 아시고 지금부터 준비 태세를 갖춰 주기 바라오. 오늘밤의 전투야말로 승패를 가름하는 건곤일척의 대회전이 될 것이오."

오자서는 손무의 심오한 계략에 번번이 감탄을 아니 할 수 없었다.

그로부터 몇 시간 후, 손무는 모든 장수들을 오왕 앞으로 긴급히 소집하였다. 그리하여 성 안의 적정(敵情)을 상세하게 설명해 주고 나서 다음과 같은 군령을 내린다.

"오늘밤 자정을 기해 사대문을 일제히 총공격하기로 하겠소. 오자서 장군은 동문을 공격하고, 부개 장군은 서문을 공격하고, 전의 장군은 남문을 공격하고, 채국 공자 희건(姬乾) 장군은 북문을 맡아 공격해 주시오. 그런데 거기에는 몇 가지 조건이 따르오."

모든 장수는 숨을 죽이고 경청하였다. 손무의 군령은 여전히 계속된다.

"우리는 남문으로 입성(入城)할 계획이오. 남문을 깨기 위해서는 다른 성문의 병력을 남문으로 돌려가지 못하도록 동·서·북 3문에 대한 공격을 함께 퍼부어야 하오. 그래야만 적병들을 네 갈래로 분산시켜 억제할 수 있기 때문이오."

장수들은 손무의 분산 전략에 혀를 내둘렀다. 손무는 다시 말을 계속한다.

"우리가 남문을 깨고 그쪽으로 입성하려는 것은, 그쪽 수비가 가장 허술하여 희생자를 적게 낼 수 있기 때문이오. 그렇다고 다른 부대는 성문을 깨지 말라는 뜻은 아니오. 희생자만 적게 낼 수 있다면 다른 부대들도 얼마든지 성문을 깨고 입성해야 하오. 그러나 성문을 깨려고 무리한 공격을 감행하여 희생자를 많이 내는 것만은 극히 삼가야 하오."

희생자를 적게 내야 한다는 것은 손무의 평소 지론이었다. 손무는 다시 말한다.

"이번 도성 진입 작전은 피아간에 최후의 전투나 다름이 없어 적의 반격이 대단하리라는 것을 미리 각오하고 있어야 하오. 적의 반격이 치열하면 자칫하다가는 후퇴할 우려도 없지 않소. 어떤 부대를 막론하고 이번 싸움에서 후퇴하는 자가 있거든 가차없이 참형에 처하시오. 그 대신 성벽으로 먼저 기어올라가는 자가 있거든 그 사람에게는 후일 논공행상을 할 때에 '파초 제일 공로자(破楚第一功勞者)'로 추대할 것이오. 그리고 또 하나, 우리의 궁극적인 목적은 초왕을 사로잡는 데 있소. 초왕을 생포하는 자에게는 일등 논공상을 수여함과 아울러 높은 벼슬을 내리도록 하겠소. 아무튼 제장들은 이번 전투가 마지막이라는 것을 깊이 명심하여, 각자가 맡은 바 책임에 최선을 다해 주기를 간곡히 부탁하오."

손무가 명쾌한 포고를 내리자 제장들은 저마다 각오를 새롭게 하였다. 그리하여 제각기 자기 부대로 돌아가 자정을 기하여 사대문에 열화 같은 공격을 퍼붓기 시작하였다. 그러나 국가의 흥망이 걸려 있는 싸움인 만큼 초군의 기세도 이만저만 맹렬하지 않았다.

오군은 사대문에 열화 같은 공격을 퍼부으며 제각기 성벽으로 기어오르려 했으나 통나무와 바윗덩이들이 빗발치듯 굴러 내려와 고전을 면치 못했다.

손무는 최전방까지 달려와 큰소리로 독전했으나 적의 항전이 워낙 맹렬하여 성벽 등반에 성공할 가능성은 거의 없어 보였다.

"무리하게 등반하려다가 희생자가 많이 날 테니, 그 점을 특별히 주의해 주시오."

손무는 각급 지휘관에게 그와 같은 주의를 주고, 곧 남문으로 달려

오초대회전(吳楚大會戰) 173

왔다. 남문을 공격하는 전의의 부대만이 성벽 등반에 성공할 수 있으리라고 믿었기 때문이다.

오군에는 오자서를 비롯하여 전의, 부개, 백비 등등 일기당천(一騎當千)의 명장들이 기라성처럼 많았다. 그러나 다 같은 용장이라도 각자의 성격에 따라 싸우는 전법은 제각기 다르다.

공격에는 강해도 수비에 약한 용장이 있는가 하면, 수비에는 능해도 공격에는 대단치 못한 용장도 있는 법이요, 산악전(山岳戰)에는 귀신 같아도 평지전(平地戰)에는 졸렬한 장수가 있는 반면, 평지전에는 귀신 같아도 산악전에는 등신 같은 장수도 없지 않다. 최고 지휘관은 각자의 장단점을 철저하게 파악해 인사 배치에 세심한 배려를 하지 않으면 안 된다.

손무가 전의 장군을 남문 공격의 사령관으로 임명한 것은 그런 점을 십분 감안한 인사 배치였다. 전의는 다른 어느 장수들보다도 담량(膽量)이 호탕하고 모험심이 강하여 지세가 험악한 남문을 공략하는 데는 안성맞춤의 적임자라고 믿었기 때문이다.

손무가 남문으로 달려와 보니, 남문에서도 총공격을 퍼붓고 있기는 했으나 성문을 함락시킬 가능성은 극히 희박해 보였다. 그도 그럴 것이 남문은 세 길이 넘는 절벽 위에 있었기 때문이다.

손무는 진두지휘를 하고 있는 전의 장군에게 묻는다.

"어떻소? 남문을 함락시킬 자신이 있소?"

"네, 있습니다. 두고 보십시오. 이제부터 비상수단을 써서 남문을 제 손으로 함락시키고야 말겠습니다."

전의의 대답은 자신만만하였다.

"고맙소이다. 장군이 아니면 남문을 함락시킬 사람이 없겠기에 특별히 남문 사령관으로 임명한 것이오. 나의 기대에 어긋남이 없도록 해주기 바라오."

손무는 전의의 용기를 북돋워 주었다.

"알겠습니다. 제 목숨이 붙어 있는 한 원수님의 기대에 어긋남이 없도록 하겠습니다."

전의는 그 한마디를 남기고 곧 최전선으로 달려나가더니, 1백여 명의 용사들을 선발하여 결사대를 조직한다. 그리하여 그들에게 이렇게 말하는 것이었다.

"내가 이제부터 앞장을 설 테니, 너희들 결사대는 철갑(鐵甲)을 두르고, 손에는 철창(鐵槍)을 들고, 나와 함께 저기 보이는 저 절벽을 기어서 올라가기로 하자. 적은 통나무와 돌을 무수히 굴려 내려보낼 것이다. 그러나 우리가 돌벽에 납작 엎드려 기어올라가면 직격을 정통으로 맞기 전에는 별다른 피해가 없을 것이다. 설사 몇 사람의 피해자가 있다손 치더라도 우리들 중에 단 몇 명만이라도 성문 앞까지 무사히 기어올라가면 성을 함락시킬 수 있을 것이다. 너희들은 내 말을 잘 알아들었느냐?"

그러자 결사대의 용사들이 일제히 말한다.

"저희들은 목숨을 걸고 대장님과 행동을 같이하겠습니다."

손무는 그 광경을 보고 감격의 눈물을 흘렸다. 지휘관인 전의 장군은 결사대의 용사들과 함께 절벽을 몸소 기어올라가려고 몸에 철갑을 두르고 나서 부하 장병들을 둘러보며 비장한 각오로 말한다.

"나는 이제부터 우리들의 용감무쌍한 결사대원들과 함께 죽음을 각오하고 이 절벽을 기어올라가 남문을 함락시키기로 하겠다. 그러므로 어쩌면 이 순간이 너희들과의 마지막 작별이 될지도 모른다. 너희들은 지금까지 용감하게 싸워왔지만, 나를 죽음에서 구해 주려거든 내가 절벽을 기어올라가는 동안 전력을 다해 적에게 총공격을 퍼붓도록 하라. 오직 그 길만이 나와 결사대원들을 죽음에서 구해 줄 수 있는 길인 동시에, 우리가 남문을 함락시킬 수 있는 유일한 길이기도 하다. 결사대가 남문 성벽을 단 한 명이라도 무사히 기어올라가거든, 너희들도 그때를 기해 지체 말고 절벽을 기어올라가 남문을 점령하도록 하라! 전쟁에 있어서는 죽음을 각오하고 싸우는 자만이 살아남게 되고, 죽음을 두려워하는 자는 반드시 죽는 법이다."

 대장 전의가 죽음을 각오하고 비장한 어조로 고별사를 마치자 전 장병들이 눈물을 흘리며 외친다.

 "저희들도 지금 당장 대장님의 뒤를 따르겠습니다."

 "나의 뒤를 따르겠다는 것은 고맙지만 지금은 그럴 때가 아니다. 결사대가 남문까지 무사히 등반하거든 그때에 가서 우리의 뒤를 따라 올라 오도록 하라. 우선은 총공격을 퍼붓도록 하라."

 전의는 마지막 지시를 내리고, 결사대와 함께 절벽을 기어오르기 시작하였다. 그와 동시에 모든 군사들은 남문을 향하여 화살을 빗발치듯 쏘아 올리기 시작한다. 그러나 결사적으로 방어전을 전개하기는 초군도 마찬가지였다.

 초군은 오군 결사대가 절벽을 기어올라오고 있음을 보자 통나무와 돌을 눈코 뜰 새 없이 절벽으로 굴려 보낸다. 과거의 어떤 전쟁에서도 볼 수 없었던 가열 처참한 싸움이었다.

 절벽을 기어올라가던 오군 결사대는 빗발치듯 굴러 내려오는 돌에 머리가 터지기도 하고, 절반쯤 기어올라가다가 통나무에 휩쓸려 뒹굴어 떨어지기도 하였다.

 전의 장군도 굴러 내려오는 돌에 맞아 정강이에서 피가 흐르고 있었다. 그러나 그는 조금도 굴하지 않고 기어올라가며,

 "승리가 눈앞에 있다. 각자는 가일층 분발하라!"

하고 대원들을 격려하였다. 1백여 명의 결사대원들 중에서 남문 앞까지 무사히 기어올라온 병사는 60명이 채 못 되도록 피해가 막심하였다. 그러나 50여 명의 결사대는 남문 앞까지 올라오기가 무섭게 함성을 울리며 굳게 닫혀 있는 성문을 철퇴로 두들겨 패기 시작했다. 결국 그렇게도 우람스럽던 남문이 대번에 여러 조각으로 부서져 버리고 말았다.

50여 명의 결사대원들은 남문을 조각조각으로 부숴 버리고, 성 안으로 노도와 같이 몰려들어 초군 수비병들을 닥치는 대로 후려 때렸다. 그 바람에 초병들은 혼비백산하여 도망치기에 바빴다.

대장 투신이 마지막까지 남아 싸우려 했으나 전의를 당해낼 수 없자 도망을 쳤다. 그리하여 전의 장군은 남문을 어렵게 함락시켜 버렸는데, 뒤미처 부하 장병들도 모두들 절벽을 기어 올라와 남문을 완전 점령하게 되었다.

사태가 그 지경에 이르고 보니 쫓겨가는 초군들의 혼란은 이루 말할 수 없었다. 남문을 함락시킨 전의 장군 휘하의 병사들이 다른 문을 엄습해 가는 바람에 그들 역시 도망을 치기에 바빴다.

초 소왕은 크게 당황하여 후궁으로 달려 들어와, 그의 어머니인 백영 태후(伯嬴太后 : 옛날의 무상 공주)에게 급히 고한다.

"오군이 이미 성 안에 들어왔으니 모후(母后)께서는 저와 함께 급히 도망을 가셔야 합니다."

백영 태후가 눈물을 흘리며 말한다.

"자고로 여자는 손님을 전송할 경우에도 문 밖에는 나가지 아니하고, 친척 간에 문상(問喪)을 가도 백 리 밖에는 나가지 아니하는 것이 부도(婦道)로 되어 있소. 내 만민의 주모(主母)로서 어찌 선왕들의 종묘사직(宗廟社稷)을 버리고 이곳을 떠날 수 있으리오. 내 걱정은 마시고 주상은 중신들과 함께 빨리 외국으로 피신토록 하시오. 외국에 가 군사를 열심히 길러 훗날 반드시 재기를 도모하도록 하오. 왕자(王者)의 책무는 그토록 무거운 것이오."

그러나 어머니를 적진에 내버려 둔 채 자기만 도망간다는 것은 자식된 도리로서 차마 못 할 일이었다.

초왕은 모후의 손을 잡아끌며 눈물로 호소한다.

"어머님을 적진 속에 남겨 두고 소자가 어찌 혼자만 도망을 갈 수 있으오리까? 어머니께서도 같이 떠나셔야 합니다."

그러자 태후는 아들을 분노의 시선으로 노려보며 추상같이 꾸짖는다.

"그대는 나의 아들이기 이전에 이 나라의 국왕이 아닌가? 나라를 망쳐 놓은 그대가 아직도 정신을 못 차리고 골육지정(骨肉之情)에만 사로잡혀 있으니 그래 가지고 어떻게 국가의 재기를 도모할 수 있단 말인가? 왕의 사명을 알고 있거든 지금 당장 외국으로 피신하여 재기를 도모하도록 하라."

초왕은 어쩔 수 없어, 눈물을 흘리며 도망 길에 오르려 하였다. 그러자 왕모 백영이 조용히 말한다.

"주상에게 부탁이 하나 있소. 주상의 누이동생 계화 공주(季華公主)가 너무도 불쌍하니, 그 애만은 같이 데리고 떠나 주시도록 하오."

"……."

초왕은 목이 메어 대답을 못 하고 고개만 끄덕였다.

이리하여 초 소왕은 왕손우를 비롯한 몇몇 장수와 계화 공주만을 데리고 정처 없는 피난길에 올랐는데, 그들은 한결같이 눈물이 앞을 가려 길을 제대로 분별하지 못할 지경이었다.

승자와 패자

　초나라가 형용하기 어렵도록 비참하게 패배한 원인을 따지고 보면 영윤 낭와가 공명욕에 사로잡혀 심 사마와의 협동 작전을 위배하고, 오군을 단독으로 섬멸시키려고 한 데 있었음은 말할 것도 없다.
　만약 최초의 계획대로 낭와가 심 사마와 협동 작전을 펼쳤더라면 질 때 지더라도 도성까지는 빼앗기지 않았을 것이다. 아니, 심 사마의 작전 계획대로만 했더라면 오히려 오군 편에서 손을 들게 되었을지도 모를 일이었다. 그러나 낭와는 전공을 독점하려고 군약을 어겨 가면서 단독 행동을 취했다가 결국은 나라도 망치고 자기 자신도 망쳐 버린 셈이었다.
　그러면 심윤술 사마는 그 후에 어찌된 것일까. 심 사마는 낭와와 협동 작전을 펴기로 합의되자 3만여 군사를 거느리고 곧 회수로 향하였다. 오군을 배후에서부터 몰아쳐 한수에서 낭와와 협공하여 일거에 섬멸시켜 버릴 계획이었던 것이다. 그러나 회수에 도착하여 공격 준비를 서두르고 있는데 초마가 급히 달려오더니,

"낭와 장군이 오군을 단독으로 공격하다가 패전에 패전을 거듭하여, 결국은 도성까지 오군에게 점령당하고 말았습니다."

하고 알려 주는 것이 아닌가. 심 사마는 기절초풍을 할 듯이 놀랐다.

"뭐야? 낭와가 단독으로 싸우다가 도성까지 빼앗겼다고?"

"예, 그러하옵니다."

"도성까지 적에게 빼앗기다니, 그것은 뭔가 잘못된 정보가 아니냐?"

"소인은 오군이 도성 안으로 노도와 같이 몰려 들어오는 광경을 이 눈으로 똑똑히 보고 나서 이리로 달려오는 길입니다. 그것은 틀림없는 사실이옵니다."

그러자 심 사마가 무엇보다도 걱정스러운 것은 초왕의 생사 여부였다.

"도성이 오군에게 점령되었다면 대왕께서는 어찌되셨느냐?"

"소인은 그것까지는 모르옵니다. 그러나 적군이 도성으로 몰려들기 직전까지도 대왕은 도성 안에 계셨으니 어쩌면 이미 살해되셨거나 생포되셨는지도 모르는 일이옵니다."

"뭐야? 대왕께서 전사를 하셨거나 생포되셨는지도 모른다고?"

심 사마는 눈앞이 캄캄해 왔다.

'대왕께서 그 꼴이 되셨다면 이제 누구를 위해 싸워야 한다는 말인가?'

심 사마는 워낙 충성심이 강한 의사(義士)인지라 자기도 모르는 사이에 두 눈에서 눈물이 비 오듯 흘러내렸다.

'천하의 우부(愚夫)인 낭와란 놈 때문에 초나라가 결국은 망해 버렸단 말인가?'

땅을 치며 통곡이라도 하고 싶은 심정이었다. 그러나 통곡을 하고 있을 때가 아니었다.

'대왕께서 설사 생포가 되셨더라도 살아 계시기만 한다면 어떤 수단을 써서라도 도성을 탈환하고 대왕을 구출해내야 한다.'

심 사마는 부랴부랴 도성으로 쳐들어갈 준비를 서둘렀다. 심 사마가 3만 군사를 일시에 휘몰아 쳐들어가 오군을 일거에 섬멸시키려고 총출동을 서두르던 바로 그때, 때마침 도성에서 패주해 오던 부장 몇 사람이 심 사마의 부대를 찾아왔다.

심 사마는 그들을 붙잡고 묻는다.

"도성이 함락되었다는 것이 사실이오?"

장수들은 면목이 없는지 고개를 깊이 떨어뜨리며 대답한다.

"도성이 오군에게 함락된 것은 사실이옵니다."

"그러면 주상께서는 어찌되셨소?"

장수들은 머뭇거리기만 할 뿐, 아무도 대답을 못 한다.

심 사마는 울화가 치밀어 올라 큰소리로 꾸짖는다.

"아니, 그러면 그대들은 대왕의 생사조차 모르면서 덮어놓고 도망을 쳤단 말인가?"

그러자 장수 하나가 문득 고개를 들면서 대답한다.

"주상께서 생존해 계시다면야 저희들이 어찌 도망을 쳤겠습니까? 주상께서는 비통하게도 전사를 하셨습니다."

말할 것도 없이 그것은 거짓말이었다. 심 사마의 책임 추궁이 추상같으니 책임을 회피하기 위해 임기응변(臨機應變)으로 무책임한 거짓말을 꾸며댔던 것이다. 그러나 심 사마는 그 소리를 듣자 울부짖듯이 재우쳐 물어 본다.

"주상께서 전사하셨다는 것이 틀림없는 사실인가?"

"예, 그러하옵니다. 소장은 주상께서 전사하시는 광경을 이 눈으로 똑똑히 보았사옵니다. 그렇지 않았다면 소장들이 어찌 주상을 버리고 도망을 왔겠습니까?"

거짓말은 자꾸만 거짓말을 낳게 하는 법이어서, 도망쳐 온 장수들은 그렇게밖에 대답할 수 없었다.

심 사마는 그 말을 듣더니 별안간 통곡하며 탄식한다.

"주상을 구출해 오기 위해 목숨을 걸고 최후까지 오군과 싸울 각오였는데 이미 전사를 하셨다니 이제 무엇에 근거를 두고 살아남을 것인가. 하늘도 무심하시지 초국을 이렇게 허무하게 패망시킬 수가 있는가?"

심 사마는 오랫동안 하염없이 울며 탄식하다가 문득 장수들을 굽어보며 말한다.

"당신네들은 꼴도 보기 싫으니 내 눈앞에서 썩 물러가오."

패장들이 창황히 물러가 버리자 심 사마는 오랫동안 혼자서 비통에 잠겨 있었다. 그러다가 문득 북향(北向)하여 자세를 바로잡더니, 허리에 차고 있던 검을 쭉 뽑아 칼끝을 목에 갖다 대며 말한다.

"대왕 전하! 소신은 생전에 다하지 못한 충성을 저승에 가서나마 다 할 것이옵니다. 대왕께서는 소신의 충성을 길이 거두어 주시옵소서."

심 사마는 그 말을 하고 나서, 칼을 자기 목에 깊숙이 찔러 자결을 하였다. 패장들의 무책임한 거짓말이 충신 심 사마의 목숨을 앗아가게 만든 셈이었다.

심 사마의 자결은 모든 장병들을 벌집을 쑤셔 놓은 듯 소란스럽게 하였다. 그도 그럴 것이 국왕이 전사를 한네나가 심 사마끼지 자결을 했으므로, 3만 군사들은 졸지에 고아 신세가 되어 버렸기 때문이었다.

그리하여 모두들 어찌할 바를 모르고 있는데, 때마침 너무도 놀라운 기별이 날아들었다. 도성의 수호 대장의 한 사람이었던 신포서 장

군의 부장이 급히 달려와서,

"대왕께서는 지금 운성(鄆城)으로 몽진(蒙塵)을 가고 계시는 중이니, 모든 군사는 운성으로 집결하라는 어명이시오."

하고 왕명을 전달해 왔던 것이다.

어명이라는 말에 군사들은 한결같이 아연해하였다.

"대왕께서 전사하셨다는 소식을 듣고 심 사마가 자결까지 하셨소. 한데 대왕께서 운성으로 몽진 중이시라니 그게 무슨 소리요?"

그러자 어명을 받들고 달려온 장수가 펄쩍 뛸 듯이 놀라며 호통을 지른다.

"누가 그런 터무니없는 거짓말을 하더란 말이오? 그자는 간자(間者)임이 분명하니 당장 색출해내도록 하오."

모든 장병들은 크게 분노하여 문제의 인물을 찾아보았다. 그러나 그자는 어디로 종적을 감춰 버렸는지 아무리 찾아도 보이지 않았다.

"심 사마가 억울하게 돌아가신 원한을 생각하면 그놈을 잡아서 회를 쳐 먹어도 시원치 않겠다. 그러나 지금은 그런 일로 지체하고 있을 때가 아니오. 대왕께서 운성으로 가시는 중이라니, 우리도 빨리 이동하여 대왕을 수호합시다."

이리하여 3만여 군사들은 운성으로 이동을 서둘렀다.

한편 초왕 소공은 도성을 빼앗기고 운성으로 가는 길이었는데, 도중의 고초(苦楚)가 이루 말로 다할 수 없을 지경이었다. 도성에서 운성으로 가려면 회수를 건너야 한다. 초왕은 회수를 건너 운몽택(雲夢澤)에 이르자 배를 강기슭에 멈춰 놓고 그날 밤을 배 위에서 보내기로 하였다. 그런데 배 안에서 첫 잠이 막 들었을 무렵, 난데없이 수백 명의 도둑 떼가 배를 습격해 왔다. 초왕이 창황히 놀라 잠에서 깨어 일어나는데, 도둑의 괴수가 비호같이 덤벼들어 초왕을 창검으로 찌르려고 하는 것이 아닌가.

옆에 있던 대장 왕손유가 몸을 날려 도둑을 가로막으려다가 도둑의 창에 찔려 그 자리에서 쓰러져 버렸다.

초왕은 그러한 북새통에 물 속으로 뛰어내려, 다행히 목숨은 구할 수 있었다. 그러나 배 위에 싣고 오던 수많은 금은보화를 도둑들에게 고스란히 빼앗겨 버렸음은 새삼스러이 말할 것도 없으리라.

초왕은 측근 장병들의 호위를 받으며 정신없이 도망을 치다가 문득 소스라치게 놀라며 말을 멈춘다.

"전하, 왜 그러시옵니까?"

초왕은 울부짖듯 말한다.

"계화 공주를 배 위에 내버려두고 왔으니, 이 일을 어찌했으면 좋으냐?"

계화 공주는 초왕의 누이동생으로, 백영 태후가 극진히 사랑하는 공주이기도 했다. 그러한 누이동생을 배 안에 버려 둔 채 도망쳐 왔으니 이만저만 중대한 실수가 아니었다. 그러나 그들이 타고 있던 배는 이미 도둑의 무리에게 빼앗기고 말았으니, 누가 감히 그 배에 올라가 계화 공주를 구해낼 수 있을 것이랴.

초왕은 부하 장병들에게 애원하듯 호소한다.

"누가 계화 공주를 구해올 사람이 없겠느냐? 계화 공주를 도둑에게 빼앗겨 버리면, 나는 일생을 두고 모후를 만나 뵈올 면목이 없으리로다."

하대부 종건(種建)이 앞으로 나서며 말했다.

"신이 목숨을 걸고 계화 공주를 구출해 오도록 하겠습니다."

초왕은 크게 기뻤다.

"오오, 그대가 공주를 구출해 오기만 하면 그 은공은 일생을 두고 잊지 못하리로다."

 말은 그렇게 하면서도, 계화 공주를 구출해 올 가망은 없으리라고 생각하고 있었다. 물론 종건 자신도 무슨 신통한 술책이 있어서 자청하고 나선 것은 아니었다. 초왕이 하도 비통해하기에 신하의 도리로써 죽음을 각오하고 자원한 데 불과하였다.

 다만 일루의 희망이 있다면, 배 안에서의 소동이 워낙 요란스러웠던 까닭에, 계화 공주가 어쩌면 그 북새통에 육지로 도망을 쳐 올라왔을지도 모른다는 점이었다. 여자들이란 워낙 위급한 때에는 남자들보다도 머리가 민첩하게 돌아가기 때문에 영리한 공주인 만큼 능히 그럴 수도 있었으리라 생각되었던 것이다.

 그러기에 종건은 공주를 구출하려고 나루터로 걸어오면서도 어둠 속에서 풀밭에다 대고,

 "공주님! 공주님! 계화 공주님은 어디 계시옵니까?"

 하고 건성으로 불러 보고 있었다. 어찌 생각하면 그야말로 허황하기 짝이 없는 기대였다. 그러나 거기에 기적이 나타났다.

 종건이 나루터에 거의 다다라 마지막으로,

 "공주님! 공주님은 어디 계시온지 빨리 나와 주시옵소서. 대왕께서 기다리고 계시옵니다."

 하고 목소리를 죽여 가며 침착하게 말해 보았다.

 그러자 캄캄한 풀밭 속에서 문득 여자의 목소리로,

 "나, 계화 공주는 여기 있소. 이 판국에 나를 찾는 사람이 누구요?"

 하고 반문하는 소리가 들려오는 것이 아닌가.

 종건이 크게 기뻐하며 풀밭 속에서 달려 들어와 보니, 과연 계화 공주는 전신을 오들오들 떨며 풀밭 속에 숨어 있었다.

 종건은 감탕밭에 주저앉아 있는 계화 공주에게 머리를 숙여 보이며

말한다.

"공주 마마! 저는 하대부 종건이옵니다. 공주 마마를 찾아오라는 어명을 받들고 왔사옵니다. 대왕이 계신 곳으로 모시고 갈 터이니 빨리 일어나 주시옵소서. 대왕께서 일각이 여삼추로 고대하고 계시옵니다."

계화 공주는 그제야 안도의 숨을 쉬며 몸을 일으켜 나오는데, 전신이 깜둥이처럼 감탕 투성이였다. 공주의 말을 들어 보니 도둑의 떼가 배 위로 몰려 들어오자 그녀는 누구보다도 먼저 갯벌로 뛰어내려 풀밭 속에 숨어서 오직 천운(天運)만을 기다리고 있었다고 했다. 종건이 추측했던 대로 영리한 공주라 위급할 때에 놀랍도록 머리가 민첩하게 돌아갔던 것이다.

거무하에 종건이 계화 공주를 데리고 돌아오니, 초왕과 계화 공주 남매는 서로 부둥켜안고 한바탕 슬픔과 기쁨이 교차된 통곡을 했다.

이윽고 일행은 다시 운성을 향하여 피난길을 떠났다. 패자의 길은 슬프고도 고달팠다. 날이 밝아 올 무렵까지 산속을 부지런히 걸어오고 있노라니 문득 저 멀리로부터 수많은 군사들이 먼지 구름을 일으키며 질풍같이 달려오고 있는 것이 아닌가.

"저게 웬 군사들이냐? 적군이 우회작전(迂廻作戰)을 써서 우리를 쳐들어오고 있는 것이 아니냐?"

일행은 간담이 서늘해 와 오도 가도 못 하고 그 자리에서 서성거리고 있기만 하였다. 대항할 병력이 없는데다가 이제는 피난길에 지쳐 도망갈 기운조차 없었기 때문이다.

'여기가 바로 내가 죽어야 할 곳인가 보구나!'

초왕은 마음속으로 그토록 절망적인 생각조차 하고 있었다. 그런데 그처럼 급히 몰아쳐 오던 군사들이 초왕을 발견하자 별안간 행군을 멈추는 것이었다. 이윽고 젊은 장수 하나가 초왕 앞으로 다가오더니,

"대왕 전하! 저희들은 주공을 수호하려고 회수에서 이렇게 달려오고 있는 중이옵니다."

하고 말하는 것이 아닌가.

초왕은 영문을 몰라 어리둥절하였다.

"너희들은 도대체 어느 나라 군사들이기에 나를 수호해 주겠다는 것이냐?"

"저희들은 심 사마 밑에 있던 군사들이옵니다. 대왕께서 운성으로 몽진 중이시라는 소식을 듣고 달려오는 길이옵니다."

초왕은 그 소리에 크게 기뻤다.

"그러면 심 사마는 어디 있느냐?"

"심 사마는 대왕께서 전사하셨다는 소식을 듣고, 사흘 전에 비통하게도 자결을 하셨사옵니다."

"뭐야? 내가 전사했다는 소식을 듣고 심 사마가 자결을 했다고?"

초왕은 기절초풍이라도 할 듯이 놀라 구슬 같은 눈물을 흘리며,

"아아! 심 사마를 진작 등용했어야 옳았을 것을, 내가 어리석어서 나라를 망치게 되었구나!"

하고 단장의 비탄을 올렸다.

그로부터 며칠 후 초왕은 심 사마의 3만여 군사를 거느리고 운성에 도착하였다. 패주에 패주를 거듭하다가 천만뜻밖에도 3만여 군사를 얻고 보니 이제는 재기를 도모해 볼만도 하였다. 그러나 정작 운성에 도착해 보니 거기에도 뜻하지 않았던 장애가 도사리고 있었다.

일찍이 초 평왕(平王)은 충신 투자기(鬪子旗)를 살해한 일이 있었다. 그런데 투자기의 아들 투회(鬪懷)는 운성에 피신해 살다가 초왕이 나타났다는 소식을 듣고 그를 죽여 아비의 원수를 갚으려고 했던 것이다.

투회와 초장 투신은 사촌형제 간이었다. 투신이 왕을 모시고 운성에 도착하자 어느 날 밤 투회는 사촌형인 투신을 비밀리에 찾아와 이렇게 말한다.

"형님! 초 평왕은 만고의 충신이었던 나의 아버님을 이유 없이 죽인 원수입니다. 그러나 초 평왕은 이미 이 세상에서 없어져 버렸으니 저는 이번 기회에 그의 아들인 초왕을 내 손으로 살해하여 아버님의 원수를 갚을 결심입니다."

투신은 그 말을 듣고 즉석에서 꾸짖는다.

"임금은 아버지에 해당하고, 신하는 아들에 해당하는 몸이다. 아버지가 아들을 죽였기로 어찌 원수를 갚을 수 있겠느냐? 더구나 지금처럼 궁지에 몰려 있는 초왕을 살해한다는 것은 인의(仁義)에 벗어나는 것이요, 종사(宗社)를 멸(滅)하여 후사(後嗣)를 절(絶)하게 하는 것은 효도에 벗어나는 것이다. 네가 초왕을 살해한다는 것은 인도(人道)에 벗어나는 짓이라는 것을 깊이 깨달아야 한다."

투회는 그 말을 듣자 분연히 노하여 아무 말도 아니 하고 방에서 나가 버렸다. 투회의 불손한 태도로 보아 초왕을 죽이려는 결심에는 추호의 변동도 없어 보였다. 투신은 불안스럽기 짝이 없어 그 길로 초왕을 찾아뵙고 이렇게 말했다.

"운성은 성 안이 협소하여, 대왕께서 오래 머물러 계실 곳이 못 되옵니다. 게다가 정보에 의하면 오군이 머지않아 이곳까지 쳐들어온다고도 합니다. 그러하니 이곳을 속히 떠나 수성(隨城)으로 본거(本據)를 옮기도록 하시옵소서."

사촌동생에게 피살될 위험이 많으니 빨리 피신하라는 말은 차마 할 수가 없어서 적당한 구실을 꾸며대었던 것이다.

초왕은 투신의 충고를 옳게 여겨, 그날로 운성을 떠나 수성으로 본거지를 옮겼다.

　수성 사람들은 본시부터 충성을 다해 오던 백성들이어서 초왕 일행을 진심으로 환영하였다. 그러나 그뿐이랴. 초왕이 도성을 빼앗기고 수성까지 쫓겨왔다는 사실을 알자 백성들은 앞을 다투어 군인이 되기를 자청하였고, 그날부터 자기네 손으로 각종 무기까지 열성적으로 제작해 주었다.

　궁즉통(窮則通)이라고 하던가. 궁지에 몰려 버린 초왕에게는 회생의 기운이 새로 싹트기 시작한 셈이었다. 패자 초왕의 쫓겨가는 일은 이와 같이 험난했거니와, 그러면 승자 오왕의 행적은 어떠했던가.

　오군은 초도(楚都) 영주를 점령하고 나서도 초왕의 행방을 백방으로 탐색하였다. 그러나 좀처럼 알아낼 길이 없었는데, 그로부터 몇 달 후에 알고 보니 수성에서 재기를 노리고 있다는 것이 아닌가.

　오왕 합려는 그 말을 듣고 손무를 불러 의논한다.

　"내가 군사를 직접 수성으로 몰고 가서 초왕을 깨끗이 섬멸시켜 버렸으면 싶은데, 원수는 어떻게 생각하시오?"

　손무는 오랫동안 심사숙고하다가 머리를 조아리며 대답한다.

　"수성은 지세가 몹시 험악한 곳이옵니다. 게다가 그 지방에는 만족(蠻族)들도 많아 섣불리 진주했다가는 피습당할 우려가 많으니 대왕께서 친정(親征)을 가실 곳은 못 되옵니다."

　"그러나 초왕을 그냥 내버려두었다가는 금후에 무슨 일이 일어날지 모르는 일이 아니오?"

　손무는 다시금 심사숙고하다가 대답한다.

　"무력으로 종결을 꾀하려고 하시기보다는, 인정(仁政)을 베풀어 민심을 돌려놓는 것이 상책일 것이옵니다."

　"인정으로 민심을 돌리려면 어떻게 하는 것이 좋겠소?"

"수성으로 선무공작대(宣撫工作隊)를 파견하여 모든 사람들에게 복지를 풍족하게 베풀어주시옵소서. 그러면 그곳 민심이 우리한테로 돌아올 터인즉, 그때에 가서 현상금을 두둑이 걸고 초왕을 생포해 오라고 하면 저마다 나서 잡아오려고 할 것입니다."

"그거 참, 절묘한 계략이오. 그러면 그렇게 합시다."

오왕은 손무 말대로 선무공작대원 1천 명을 수성으로 파견하였다.

오군 선무공작대는 수성에 들어오자 행정요직(行政要職)에 파고들어 백성들에게 파격적인 선심을 베풀어주면서, 음으로 양으로 오왕의 성덕(聖德)을 찬양하였다.

그러자 수성의 민심은 날이 갈수록 초왕에게서 오왕에게로 기울어져 갔다. 초왕을 향한 늙은이들의 충성심만은 좀처럼 변할 줄 몰랐지만 젊은이들은 공작대원들의 감언이설에 현혹되었던 것이다.

민심이 오왕에게로 기울어져 왔을 무렵, 공작대원들은 비밀리에 다음과 같은 사발통문을 젊은이들에게 퍼뜨려 놓았다.

누구든지 초왕을 생포해 오는 사람에게는 백만대금을 상금으로 주는 동시에, 오나라의 현관직(顯官職)을 오왕께서 친히 제수(除授)하겠다.

그와 같은 사발통문은 수성의 젊은이들에게 커다란 충동을 일으켰다.

"제기랄! 초왕을 잡아다 주고, 오나라에서 커다란 감투나 한번 써볼까?"

"누가 아니래! 그렇게라도 안 하면 우리네의 알량한 팔자를 어떻게 고쳐 볼 수 있겠나?"

수성의 젊은이들은 농담처럼 지껄여 대고 있었지만, 그것은 반드시 농담으로만 돌려버릴 성질이 아니었다. 젊은이들의 민심은 자꾸만 오나라로 기울어져 가고 있건만, 늙은이들은 그와 반대로 어디까지나 초나라에 대한 충성심으로 일편단심이었다.

"젊은 놈들이 철이 없어도 유만부동이지 눈앞의 소리(小利)에 현혹되어 대왕의 은공을 배반할 수는 없는 일이 아닌가?"

늙은이들은 초장들과 상의하여 마침내 초왕을 수성에서 3백 리쯤 떨어진 안전한 산속으로 옮겨갈 것을 충고하였다. 그 충고는 그날로 받아들여져 초왕은 또다시 깊은 산속으로 피신을 떠났다.

초왕을 피신시키고 나자 초장 종건은 수성에 유격대를 퍼뜨려, 젊은 위험 분자들을 비밀리에 한 사람씩 살해하는 수법을 쓰기 시작하였다. 그런 다음 다른 한편으로는 첩자들을 내세워,

"초왕은 국외로 도피한 지 이미 오래다. 이제는 어디서도 초왕을 생포할 수 없게 되었다."

하는 소문을 계획적으로 퍼뜨려 놓았다. 그 소문은 마침내 오왕의 귀에까지 들어갔다.

오왕 합려는 그 소리를 듣고 크게 기뻐하며 말한다.

"초왕이 국외로 쫓겨갔다니, 이로써 전쟁은 완전히 끝났다."

오왕은 그날로 초국 궁전(宮殿)을 점거하고 초왕의 총애를 받아오던 수많은 비빈(妃嬪)들을 모조리 애첩으로 삼았다. 그리고 혼자서만 향락을 누리기가 민망스러워,

"모든 장수들은 그간 노고가 많았으니, 이제는 제각기 초국 고관들의 저택을 점거하고 초국 미녀들과 마음대로 즐기도록 하라!"

하는 특명까지 내렸다.

자고로 군대란 전쟁에 이기고 나면 약탈 행위가 심해지게 마련인 법이다. 그런데다가 왕의 특명까지 내렸으니 오장들의 자행(恣行)은

이루 말할 수가 없었다.

왕제(王弟) 부개는 영윤 자서의 애첩과 저택을 점령하였고, 대장 백비는 영윤 낭와의 애첩과 저택을 점령하였고, 대장 전의는 심 사마의 애첩과 저택을 점령하였다. 큰 집을 점령하지 않은 사람은 오직 오자서 한 사람뿐이었다.

며칠 후 손무가 수성에서 돌아와 보니 모두가 그 꼴이 아닌가. 손무는 너무도 기가 막혀 한동안 어안이 벙벙하였다. 그러다가 곧 오자서를 불러 따지듯이 물어 본다.

"모든 장수들이 초국 고관들의 애첩과 저택을 모조리 점령해 버렸으니, 도대체 어떻게 된 일이오?"

"대왕께서 초국 궁전을 점령하시면서, 전쟁은 이미 끝났으니 모든 장수들은 누구의 저택이든 맘대로 점령하라는 분부가 계셔서 그렇게 된 것이옵니다."

"뭐요? 전쟁이 끝났다고요?"

손무는 또 한번 아연실색하였다.

오자서는 의아스러운 표정을 지으며,

"전쟁은 아직도 끝난 것이 아니옵니까?"

하고 묻는다.

손무가 어이가 없는 듯 한동안 오자서의 얼굴만 멀거니 바라보았다. 그러다가 문득 고개를 가로저으며 탄식하듯 말한다.

"전쟁이 끝나기는커녕 본격적인 전쟁은 이제부터라고 나는 생각하오. 전쟁도 끝나기 전에 대왕을 비롯하여 모든 장수늘이 이석 행위를 자행하고 있으니, 그래 가지고 전쟁을 어떻게 이길 수 있겠소?"

오자서는 '이적 행위' 라는 말이 얼른 이해가 가지 않았다.

"이적 행위라뇨? 초국 고관들의 저택을 점령한 것이 이적 행위라는 말씀입니까?"

"물론이지요. 초국 백성들은 그러잖아도 도성을 빼앗겨 민심이 흉흉한 판입니다. 민심을 무마할 생각은 안 하고 남의 집 애첩과 재물이나 약탈하고 있으니 그들의 반감이 어떠하겠소? 그것이야말로 이적 행위 중에도 최악이 아니고 뭐란 말씀이오?"

오자서는 그제야 '이적 행위'라는 말의 참뜻을 알아듣고 얼굴을 들지 못했다.

손무가 다시 말한다.

"초왕이 국외로 도망을 갔으니 전쟁은 끝났다고 생각하고 있지만, 실상인즉 그런 게 아니오. 초왕은 지금 수성에서 3백 리 가량 떨어져 있는 산속에서 권토중래(捲土重來)의 기회를 노리며, 3만 여의 군사들을 맹렬하게 훈련을 시키고 있는 중이라는 사실을 알아야 합니다."

"옛? 초왕이 수성 산중에서 3만 군사에게 훈련을 시키고 있다고요?"

오자서는 크게 놀랐다.

손무가 한숨을 쉬며 다시 말한다.

"우리가 진실로 두렵게 여겨야 할 것은 3만의 적군이 아니라 우리 편 사람들의 정신 자세요. 무력으로 적을 무찔러 버리기는 쉬워도, 점령 지대의 민심을 우리 편으로 돌려놓기는 전쟁보다도 훨씬 더 어려운 일이오. 왜냐하면, 민심을 돌리기 위해서는 우리 자신의 모든 욕망을 억제할 만한 극기심이 따라야 하기 때문이오. 그런데 왕을 비롯한 수뇌부 인사들이 전쟁도 끝나기 전에 극기심을 발휘하기는커녕 이적 행위만 자행하고 있으니, 그야말로 한심한 일이 아니고 뭐겠소? 오나라 사람도 아닌 내가 어쩌다가 이 전쟁에 가담한 것인지 이제 와서 후회스럽기만 하구려."

"지금이라도 원수께서 대왕께 간언을 올려 보면 어떻겠습니까?"

그러나 손무는 머리를 가로 흔든다.

"간언을 올리기에는 때가 이미 늦었소. 섣불리 간언을 올렸다가는 모든 장수들에게 무서운 오해만 사게 될 것이오."

손무는 그 문제에 대해서는 일체 입을 열지 않을 결심이었다. 그러나 오왕의 행실이 본국에 알려지자 뜻있는 사람들은 열이 하나같이 오왕의 방종을 크게 개탄하였다. 더구나 70고령을 바라보는 노충신 당중절(唐仲節), 요원봉(姚元逢), 등계천(鄧季遷), 신백도(申伯圖), 온계고(溫稽皐) 등의 다섯 태부는 노구(老軀)를 이끌고 일부러 초도에까지 찾아와 오왕을 알현하고 간언을 올린다.

"신 등이 듣자옵건대 사람이 금수(禽獸)와 다른 점은 예의와 염치를 존중하는 데 있다고 하옵니다."

오왕은 충신들의 말을 거기까지 듣고 나자 그 이상은 들을 필요가 없다는 듯 손을 내저으며 꾸짖는다.

"늙은 그대들이 무엇 때문에 나를 여기까지 찾아왔는지 대강 짐작이 가오. 그대들은 케케묵은 말로 승전의 기쁨을 망치지 말아 주기를 바라오."

충신들은 왕이 꾸지람을 하거나 말거나 자기들이 해야 할 말을 그대로 계속한다.

"대왕 전하! 자고로 부부유별(夫婦有別)은 인륜의 기본이옵니다. 오늘날 초국이 망하게 된 것은 일찍이 초 평왕이 며느리를 애비(愛妃)로 맞아들임으로써 국정을 어지럽혔기 때문이옵는데, 대왕께서도 초 평왕의 전철을 밟으신다면 장차 오나라의 운명이 어찌될 것이옵니까? 대왕께서는 지금 초왕의 후비(后妃)들을 맘대로 음독(淫瀆)하시면서, 신하들더러도 고관들의 처첩(妻妾)을 맘대로 농락하라는 분부까지 내리셨다 하오니, 그래서야 점령 지대 백성들의 민심을 어떻게 수습할 수 있으며, 나라의 기강을 무엇으로 유지할 수 있으오리까? 바라옵건 대 대왕께서는 초나라의 부고(府庫)를 모두 봉적(封籍)하시고 속히 본국으로 환궁(還宮)해 주시옵소서."

그러나 초국 미녀들에게 혹해 버린 오왕이 그런 간언을 제대로 받아들일 리 없었다.

"듣기 싫소. 늙은 사람들이 무엇을 안다고 귀찮게 구오. 자고로 점령 지대의 미녀들을 향유(享有)하는 것은 전승자의 당연한 권리요."

늙은 충신들은 일제히 땅에 엎드려 울면서 다시 간한다.

"대왕 전하! 다시 한번 깊이 생각해 주시옵소서. 만약 초국 백성들이 이 사실을 알면 적개심이 치밀어 올라 이를 갈며 원수를 갚으려고 결사적으로 덤벼들 것이옵니다. 그로 인해 초국을 다시 빼앗긴다면 우리는 10년 적공이 도로 아미타불이 될 것이 아니옵니까?"

울화를 참아 오며 충언을 듣고 있던 오왕은 '10년 적공이 도로 아미타불이 된다'는 소리에 드디어 분노가 열화같이 폭발하고 말았다.

"뭐야? 너희 놈들이 방정맞은 입방아를 찧어도 분수가 있지. 이제 알고 보니 너희 놈들이야말로 오나라가 망하기를 바라고 있는 역적 놈들이 분명하구나!"

미녀들 때문에 이성이 마비되어 버린 오왕은 하늘이 무너질 듯한 호통을 지르더니 호위 군사들에게,

"여봐라! 이 늙은 역적 놈들을 당장 끌어내어 참형에 처해 버려라."

하고 무시무시한 어명을 내리는 것이었다.

호위 군사들이 몰려들어 늙은 충신들을 끌어내 가니, 그들은 개처럼 끌려나가면서도 최후까지 간언을 계속한다.

"저희들은 백 번 죽어도 아까울 것이 없사오니, 대왕께서는 신속히 환국을 해주시옵소서. 그 길만이 오나라를 길이 보존하는 길이옵

니다."

 그러나 다섯 명의 충신들은 '반역죄'로 몰려 그날 당장 형장의 이슬로 화해 버리고 말았다.

 손무는 그 소식을 전해 듣고 하늘을 우러러 탄식한다.

 '모든 사물에는 천수(天數)라는 것이 있다고 하더니, 오나라의 운수도 이로써 종말이 있는가 보구나. 그렇지 않다면 그처럼 현명하던 오왕이 초도를 점령하고 나자 마음이 그렇게도 변해 버릴 수 있을까?'

 생각이 거기에 미치자 손무는 여러 해를 두고 오왕을 도와 왔던 자기 존재가 허망하기 그지없었다. 다섯 명의 충신들이 오왕에게 간언을 올리다가 한꺼번에 몰살을 당하고 나니, 그때부터는 누구도 간언을 올리려 하지 않았다.

 오왕은 이제 마음 놓고 육궁비빈(六宮妃嬪)들과 어울려, 낮이나 밤이나 질탕하게 놀아댔다.

 오왕이 어느 날 어떤 궁전으로 찾아가 보니, 그 궁전만은 대문이 굳게 잠겨져 있는 것이 아닌가. 오왕은 매우 불쾌하여 시녀들에게 물어본다.

 "이 궁전에는 누가 살고 있기에 내가 와도 대문을 열어 영접할 줄을 모르느냐?"

 시녀들이 대답한다.

 "이 궁전은 초왕의 모후이신 백영 태후가 거처하시는 곳이옵니다."

 오왕은 '백영 태후'라는 말에 귀가 번쩍 뜨이는 것만 같았다.

 "백영 태후라면 만고의 미인이라고 일컬어 오던 진(秦)나라의 부상 공주가 아니었더냐?"

 "예, 그러하옵니다."

 "무상 공주가 지금도 이 궁전 안에 살고 있느냐?"

"도성이 함락된 뒤에도 백영 태후만은 피난을 아니 가시고, 이 궁전을 홀로 지키고 계시옵니다."

"음, 무상 공주라면 내가 진작부터 한번 놀아 보고 싶었던 계집이니라. 그녀를 만나보고 싶으니 이 문을 빨리 열도록 하거라."

오왕은 시중더러 문을 열게 한 뒤에, 궁전 안으로 들어와 백영 태후를 사방으로 찾았다. 백영 태후는 옷을 깨끗이 차려입고, 정전 한복판에 단정하게 앉아 있었다. 오왕이 가까이 다가가도 눈을 감은 채 거들떠보지도 않았다.

오왕은 백영 태후의 용모와 몸매를 그윽하게 음미하였다. 나이는 이미 50이 가깝건만 얼굴에는 주름살 하나 없었고, 살결도 20 전후의 소녀처럼 아름다웠다.

오왕은 음욕이 불길같이 치밀어 올라 자기도 모르게 주먹 같은 침을 꿀꺽 삼켰다.

'초국 궁전에 이런 미녀가 있는 것을 내가 왜 진작 생각지 못했던가?'

오왕이 눈앞에 서 있거나 말거나 백영 태후는 깊은 명상에 잠긴 채 그린 듯이 앉아 있을 뿐이었다.

오왕이 백영 태후의 미모에 오랫동안 도취되어 있다가 문득 한 길음 다가서며 말을 건넨다.

"무상 공주는 듣거라. 나는 오나라의 대왕이로다. 내 진작부터 그대를 애모해 오고 있었느니라."

이편에서 그쯤 나오면 상대방은 겁에 질려서라도 반갑게 대해 주리라 기대하고 있었다. 그러나 백영 태후는 들은 체도 안 하고 눈을 감은 채 여전히 명상에 잠겨 있을 뿐이 아닌가.

오왕은 문득 회심의 미소를 지었다. 그린 듯이 정좌를 하고 앉아 있는 그 모습이 볼수록 아름다웠기 때문이다.

'이 계집이야말로 전리품 중에서도 가장 뛰어난 전리품이로다.'

오왕은 백영 태후의 미모를 오랫동안 감상하다가 다시 입을 열어 말한다.

"무상 공주는 듣거라. 거듭 말하거니와 나는 오나라의 대왕이로다. 네 어찌 나를 기꺼이 영접할 줄을 모르느냐?"

그러자 백영 태후는 여전히 눈을 감은 채 지극히 냉랭한 어조로 조그맣게 말한다.

"나는 무상 공주가 아니고, 초나라의 백영 태후요. 비록 나라는 망했을망정 초나라의 종묘사직(宗廟社稷)을 지키기 위해 남아 있는 몸이니, 오왕은 종사(宗社)의 존엄성을 알거든 곱게 물러가 주기를 바라오."

백영 태후의 음성은 은쟁반에 구슬을 굴리는 듯 아름다웠다.

"하하하……"

오왕은 호탕하게 웃으며 다시 말한다.

"종사를 끝까지 지키려는 걸 보니 그대는 용모와 음성이 아름다울 뿐만 아니라 마음씨조차 곱구나. 그러나 청춘은 한때이니, 남아 있는 청춘을 나와 더불어 즐겨 봄이 어떠하냐?"

그러면서 백영 태후의 섬섬옥수를 붙잡아 일으키려고 하는 바로 그 순간이었다.

백영 태후는 눈을 활연히 뜨며 오왕을 노려보는데, 그 시선이 어찌나 날카로운지 비수로 가슴을 찔린 것만 같아 전신에 소름이 끼쳤다.

"앗!"

그제야 깨닫고 보니 그녀의 손에는 어느 틈에 새파란 비수가 들려 있는 것이 아닌가.

백영 태후는 비수를 마룻바닥에 탁 꽂아 놓더니 오왕을 정면으로 노려보며 매섭게 꾸짖는다.

"오왕은 나의 말을 잘 들어 보오. 천자(天子)에게는 천자의 표(表)가 있고, 제후(諸侯)에게는 군주로서의 의(義)가 있는 법이오. 천자가 천제(天制)를 잃으면 천하가 어지러워지고, 제후가 절의(節儀)를 잃으면 나라가 망하는 법이오. 부부의 길(夫婦之道)은 인륜의 기본이거늘 오왕은 남의 나라를 뒤집어엎고 나서, 이제는 인처(人妻)들까지 유린하고 있으니 그 어찌 의표(儀表)를 잃은 짓이 아니라고 할 수 있으리오. 그와 같이 어리석은 필부(匹夫)를 어찌 대국의 군주라고 말할 수 있으리오. 그대가 만약 나의 몸에 손을 대면 나는 이 비수로 그대도 죽이고 나도 죽을 것이오."

오왕을 꾸짖는 한 마디 한 마디의 말이 어찌나 호되고 날카로운지, 오왕은 마치 전신을 난도질당하는 것만 같았다.

그런 꾸지람을 당하고 보니 열화같이 치밀어 올랐던 음욕이 대번에 가셔 버려 이제는 품에 안기는커녕 무서운 생각이 앞섰다.

'이년을 당장에 물고를 내버릴까?'

분노가 치밀어 오르는 분수로는 당장 죽여 버리고 싶었다. 그러나 그 순간, 오왕의 머릿속에는 엊그제 죽여 버린 다섯 명의 충신들이 번개같이 머리에 떠올랐다. 백영 태후의 말이 그들의 간언과 너무도 흡사했기 때문이었다.

'그렇다! 계집의 악담에는 오뉴월에도 서리가 맺힌다고 했으니, 그냥 살려두기로 하자.'

오왕은 쓰디쓴 입맛을 다시며 발길을 돌렸다.

백영 태후에게 호되게 당하고 돌아온 오왕은 울분을 앙갚음이라도 하려는 듯 그날부터는 대궐 안에 있는 초국 비빈(妃嬪)들을 혹독하게 다루며 주색에 더욱 탐닉하게 되었다.

승자와 패자 199

그러한 어느 날, 오자서가 찾아와서 품한다.

"신이 대왕을 받들어 모시게 된 동기는 가친의 원수를 갚으려는 데 있었사옵니다. 우리가 연전연승(連戰連勝)을 거듭하여 초도(楚都)를 점령한 지도 이미 달포가 넘었사온데, 대왕께서는 아직도 신의 원한을 풀어 주실 생각을 아니 하시니, 신은 매우 원망스럽사옵니다."

오왕은 그 말을 듣고 매우 의아스러워 하였다.

"오 명보의 심정은 잘 알겠소이다. 그러나 평왕은 이미 죽은 지 오래고, 비무기는 관(棺) 속에서 꺼내어 목을 잘라 버렸으니, 그만 했으면 원수는 갚은 셈이 아니오? 초왕을 생포했다면 그자까지 오 명보의 손으로 죽여 없애라고 하겠지만, 그자는 국외로 도망을 갔으니 어쩔 수 없는 일이고……."

그러나 오자서는 머리를 가로젓는다.

"평왕이 죽기는 했지만 신은 그자에 대한 원한이 아직도 골수에 사무치고 있사옵니다."

"그러니 어떻게 하면 좋겠다는 말씀이오?"

오자서는 머리를 조아리며 대답한다.

"대왕께서 윤허를 내려 주시오면 신은 초 평왕의 시체를 무덤 속에서 파내어 그자의 목을 제 손으로 잘라 버리고 싶사옵니다. 그렇게라도 해야만 무참하게 돌아가신 아버님과 형님의 원혼을 깨끗이 풀어드릴 수 있을 것이옵니다."

오왕은 그 말에 몸서리가 끼쳐졌다. 오자서의 성품이 그처럼 혹독할 줄은 미처 몰랐던 것이다. 그러나 초를 치는 데 전공이 혁혁했던 그의 소원을 못 들어 주겠노라고 거절을 할 수 없지 않은가.

"오 대부가 꼭 그렇게 해야만 직성이 풀리겠다면 그렇게라도 하시구려."

오왕이 허락을 내리자 오자서는 곧 정병 10여 명을 거느리고 서룡산(西龍山)을 찾아 나섰다.

초나라에서는 역대 군왕의 무덤을 모두 서룡산에 모시도록 되어 있었기 때문이다. 그런데 다른 왕들의 무덤은 모두 있는데, 서룡산을 샅샅이 뒤져보아도 유독 평왕의 무덤만은 없지 않은가. 오자서는 악에 받쳐 도성으로 되돌아오자 성 안의 백성들을 한자리에 모아 놓고 말한다.

"나는 지금 평왕의 무덤을 찾고 있는 중이다. 너희들 중에서 평왕의 무덤이 있는 곳을 알려 주는 사람이 있으면, 나는 그 사람에게 상금을 후하게 내려 주리라."

거기까지는 좋았다. 그러나 그 다음 말은 그야말로 무시무시한 협박 공갈이었다.

"만약 사흘 안으로 평왕의 무덤이 있는 곳을 알려 주는 사람이 단 한 사람이라도 없으면, 그때에는 성 안의 백성들을 모조리 죽여 없애겠다."

오자서의 무시무시한 엄포로 초도의 백성들은 너나 없이 치를 떨었다. 그러나 공포에 떨기는 하면서도, 내심으로는 한결같이 분노하였다.

"오자서의 눈에는 우리가 구더기로밖에 보이지 않는가보구나. 제 말을 들어 주지 않으면 백성들을 모조리 죽여 버린다고 했으니, 얼마나 죽이는지 어디 두고 보자."

그렇게 노골적으로 분노를 터뜨리는 사람이 있는가 하면, 또 어떤 사람은,

"제가 그 꼴로 나오면 우리들도 끝까지 버텨 나가자. 만약 평왕의 무덤을 오자서에게 알려 주는 놈이 있으면, 그런 놈은 우리 손으로 처

단해 버려야 한다."

하고 서슬이 푸르게 호통을 치기도 하였다.

그리하여 오자서의 말 한 마디 때문에 초도의 인심은 살벌한 분위기에 휩싸여 버리고 말았다. 드디어 사흘이 지났다. 그러나 오자서에게 평왕의 무덤이 있는 곳을 알려 오는 사람은 단 한 사람도 없었다.

오자서는 크게 분격하여 성 안의 백성들을 모조리 죽여 없앨 방도를 강구하고 있는데, 때마침 80 고개를 넘은 노인 하나가 지팡이에 의지해 가며 오자서를 찾아왔다.

오자서가 노인에게 묻는다.

"노인장은 무슨 일로 나를 찾아왔소?"

노인은 다리가 아픈지 땅에 털썩 주저앉으며 대답한다.

"나는 성 밖에 사는 늙은이요. 장군이 성 안의 백성들을 모조리 죽여 없앤다는 소문을 듣고 일부러 찾아왔소. 도대체 장군은 무슨 까닭으로 성 안의 백성들을 모조리 죽이려 하오?"

말은 온순하지만 힐난하는 태도임이 분명하였다.

오자서가 대답한다.

"나는 본시 초나라 5대 충신의 아들이오. 따라서 성 안에는 친척도 많고 아는 사람들도 많소. 내가 이제 아버님의 원수를 갚기 위해 평왕의 무덤을 알려고 하는데, 현상금까지 내걸어도 그것을 알려 주는 사람이 단 한 명도 없으니, 내가 어찌 화가 동하지 않겠소. 모두가 의리를 모르는 놈들이기에 모조리 죽여 없애려고 하는 것이오."

노인은 그 말을 듣고 고개를 끄덕이며 반문한다.

"장군은 평왕의 무덤을 찾아서 어떻게 하려오?"

"무덤을 파헤치고 관에서 시체를 꺼내어, 내 손으로 그놈의 목을 잘라 원한을 풀어 버릴 생각이오."

노인은 그 말을 듣고 악연히 놀라다가,

"쯔쯔쯧!"

하고 혀를 차면서 말한다.

"장군은 매우 그릇된 생각을 하고 계시구려."

오자서는 화가 벌컥 동했다.

"늙은이가 무얼 안다고 건방진 입방아를 놀리오?"

그러나 노인은 추호도 굴하지 않고 다시 말한다.

"무턱대고 노여워하지 말고 내 말을 잘 들어 보시오. 자고로 군자(君子)는 아무리 원수라도 그 사람이 죽어 버리면 그로써 원한을 깨끗이 풀어 없애는 법이오. 그런데 장군은 원수의 시체를 꺼내어 목을 자르겠다고 하니, 그게 어디 말이나 되는 소리요?"

노인이 무슨 소리를 하건 복수심에 사로잡혀 있는 오자서의 귀에는 들어오지 않았다.

"영감이 무슨 소리를 하거나 나는 그놈의 시체를 찾아내어 내 손으로 목을 잘라 버리고야 말겠소."

노인은 기가 막히는 듯 한동안 말이 없다가 이번에는 타이르듯 조용히 말한다.

"평왕이 비록 무도한 임금이었디 하기로, 장군의 부형들은 모두 신하로서 북면(北面)하여 그를 군주로 받들어 모셨던 사람들이오. 이제 장군은 부형의 원수를 갚기 위해 초국 종묘(宗廟)를 멸하고 나라를 뒤엎어 버렸으면 그것으로 족할 일이지, 어찌 시체까지 거두려고 그러오. 더구나 무덤을 찾지 못하면 성 안의 백성들을 모두 도살해 버리겠다고 하니, 그것은 너무도 가혹한 생각이구려."

오자서는 그런 말을 들을수록 화가 치밀어 똑같은 말을 되풀이한다.

"영감이 무슨 소리를 하거나 나는 그놈의 시체를 찾아내어 내 손으로 목을 잘라 버리고야 말겠소."

"만약 평왕의 무덤을 찾아내지 못한다면 어쩔 셈이오?"

"그때에는 이미 선포한 대로 성 안의 백성들을 모조리 죽여 버릴 수밖에 없을 것이오."

오자서의 태도가 확고부동하므로, 80 노인은 고개를 무겁게 끄덕이며 말한다.

"실상인즉 나는 장군을 설득시켜 보려고 왔소. 한데 장군의 결심이 그토록 확고하다면 어쩔 수 없는 일이구려. 평왕의 무덤이 있는 곳을 내가 알려 주리라."

오자서는 그 말을 듣고 크게 기뻐하였다.

"옛? 노인장께서 평왕의 무덤이 있는 곳을 알려 주시겠다구요?"

오자서는 그렇게 반문하고 나서 부랴부랴 노인 앞에 큰절을 올리며,

"평왕의 무덤이 있는 곳을 알고 계시다면 속히 알려 주십시오. 그 은혜는 죽을 때까지 잊지 않겠습니다."

하고 말한다.

노인이 대답한다.

"오 명보가 오국에서 원수를 갚으려고 벼르는 것을 알고 계셨기 때문에, 평왕은 돌아가실 때에 특별한 유언을 내리셨던 것이오. '내가 죽은 뒤에도 오자서가 원수를 갚지 못하도록 나의 시체만은 서룡산에 묻지 말고, 성동(城東)에 있는 요대호(蓼臺湖)의 물 속에 숨겨 주오' 라고 말이오. 그 유언에 따라 평왕의 관은 지금도 요대호 물 속에 숨겨 두고 있다오."

"그게 사실입니까?"

"성 안 백성들을 죽음에서 구해 주려고 일부러 장군을 찾아온 내가 무엇 때문에 거짓말을 하겠소. 장군은 평왕의 시체를 기어코 찾아내

려거든 요대호로 가 보시오."

오자서가 날뛸 듯이 기뻐하며,

"내가 그 지점을 모르니, 노인장께서 수고스러운 대로 같이 가 주시면 고맙겠소이다."

"그럽시다그려……."

이리하여 오자서는 수백 명의 수병(水兵)들을 거느리고 80 노인과 함께 요대호로 떠났다.

요대호는 도성에서 동쪽으로 1백 리 가량 떨어져 있는 곳에 위치한 거대한 호수였다. 오자서 일행이 호수에 당도해 보니, 호수의 둘레가 80리나 되어 수면이 바다처럼 망망무제(茫茫無際)하였다.

"노인장! 평왕의 무덤이 어느 지점에 있소?"

"여러 말 말고 나를 따라오시오."

노인은 물결이 출렁거리는 호숫가를 이리 돌고 저리 돌며 20여 리나 걸어가더니, 커다란 바위들이 물 위에 길게 내뻗은 곳에서 발을 멈춘다.

"평왕의 관은 저기 보이는 저 바위 끝 물 속에 안장되어 있소. 바위들을 파헤치고 찾아보면 관곽이 나올 것이오."

수병들을 동원하여 바위를 하나씩 들어 옮겨 보니, 과연 바위 밑에서 커다란 석관(石棺)이 나온다.

오자서는 관곽을 바위 위에 끌어올려 부랴부랴 관 뚜껑을 열어 보았다. 그러나 이 웬일일까. 관 속에는 구리와 무쇠로 만든 인형(人形)에 비단옷을 입힌 가짜 시신만이 있을 뿐, 정작 사람의 시체는 없지 않은가.

오자서는 크게 분노하여 저쪽에 앉아 있는 노인을 급히 불러 따져 묻는다.

"영감님! 여기는 가짜 시신만이 있고, 진짜 시체는 없지 않소? 도대체 이게 어찌된 일이오?"

"……"

노인은 대답을 아니 하고 하늘을 우러러보며 한숨을 짓고 있었다.

오자서는 그럴수록 화가 치밀어 올라 마침내 칼을 뽑아 들고 노인을 노려보며 꾸짖는다.

"영감이 나를 속인다면 절대로 용서하지 않겠소. 모든 것을 바른대로 말하오."

노인은 그제야 오자서의 얼굴을 정면으로 바라본다.

"마지막으로 오 명보에게 한 번만 더 물어 보겠소. 오 명보는 평왕의 시신에 기어코 칼질을 해야만 하겠소?"

"물론이지요. 군소리 말고 대답이나 하시오."

"무슨 일이나 끝까지 밀고 나가면 결국에는 신상에 이롭지 못한 법이오. 오 명보는 왜 그만한 사리도 모르오."

그러나 오자서로서는 이제 와서 후퇴할 수는 없었다.

"나는 한번 한다고 하면 어떤 일이 있어도 반드시 해내고야 마는 성품이오. 그런 줄 알고 목숨이 아깝거든 모든 것을 사실대로 말하오."

노인은 또다시 한숨을 쉬면서,

"내 목숨 하나 없어지는 것은 아까울 것이 없지만, 만약 평왕의 시신에 칼질을 못 하면 성 안의 백성들까지 모조리 죽여 없애겠다는 말씀이오?"

하고 다시 묻는다.

오자서는 즉석에서 단호하게 대답한다.

"물론 그렇소. 그때에는 성 안의 백성들은 씨알머리도 남지 않게 될 것이오."

노인은 그 말을 듣자 모든 것을 체념한 듯 탄식하며 말한다.

"평왕은 사후에라도 오 명보의 보복을 피해 보려고 그토록 애를 써왔건만 이제 와서는 어쩔 수 없게 되었구려. 그렇다면 모든 것을 바른 대로 말해 주리라."

80 노인은 모든 것을 사실대로 말하겠노라고 약속을 하고 나서도, 좀처럼 입을 열려고 하지 않는다. 눈을 감고 눈살을 찌푸리는 모양이 무척 괴로워 보였다.

오자서가 또다시 다그친다.

"여보시오. 대답은 안 하고 무얼 하고 있소. 빨리 모든 것을 사실대로 말하시오."

노인은 그래도 눈을 감은 채,

"내가 왜 진작 죽지 않고 이런 꼴을 당하게 되었는고. 그러나 성 안의 수많은 생령(生靈)들을 죽음에서 구해주기 위해서는 어쩔 수 없는 일이겠지."

하고 아직도 자탄만 하고 있는 것이었다. 그러자 오자서는 문득, 눈 앞의 노인이 평왕의 시체 있는 곳을 정말로 알고 있는지 어쩐지 의심스러운 생각이 들어 얼른 이렇게 물었다.

"영감이 평왕의 시체가 있는 곳을 알고 있다는 것이 사실이오? 만약 그것이 사실이라면, 어떻게 해서 그런 비밀을 알게 되었는지 그 얘기부터 들어 보기로 합시다."

노인은 그제야 눈을 뜨고 대답한다.

"이 세상에 평왕의 시체가 있는 곳을 알고 있는 사람은 오직 나 한 사람뿐이오. 하늘에 맹세하거니와 그것만은 사실이오."

"어떻게 해서 영감만이 알고 있다는 말이오?"

노인은 머나먼 기억을 더듬는 듯 먼 하늘을 바라보며 대답한다.

"나는 본시가 석수장이오. 평왕이 생전에 유언하기를, 자기가 죽거든 석수장이 50명을 동원하여 자기 시체를 요대호 바위 밑에 묻은 뒤에, 그 석수장이들을 한 사람도 남기지 말고 죽여 없애라고 하였소. 왜냐하면, 비밀이 탄로될까 두려웠기 때문이지요. 그래서 나의 동료들과 제자들까지 깨끗이 죽어 없어지고, 오직 나 한사람만이 살아남았소."

"영감은 어떻게 해서 죽지 않고 살아남았단 말이오?"

"그 무렵 나는 우연하게도 밤마다 꿈자리가 몹시 사납기에 액땜을 하려고 멀리로 길을 떠나 있어 살아남은 셈이지요. 그러나 오늘날 이 꼴을 당하게 되고 보니, 내가 왜 그때에 동료와 제자들과 함께 죽지 못했던지 후회가 막급이오."

오자서는 그 말을 듣고 속으로 천만다행이라 여기며,

"영감님이 살아남게 된 것은 하늘이 내게 원수를 갚게 하려는 뜻이었다는 사실을 알아야 하오. 영감님은 그처럼 하늘의 사명을 받고 살아남은 만큼 평왕의 시체가 있는 곳을 숨김없이 말해 줄 의무가 있는 것이오."

하고 대답을 재촉하였다.

영감은 모든 것을 체념한 듯 조용히 말했다.

"평왕은 사후에라도 오 명보에게 보복당할 것을 예지(豫知)하고 계셨소. 그래서 사후의 참변을 모면하려고 석관(石棺) 두 개를 만들어 달라고 하셨소. 가짜 관 속에는 철제 인형을 만들어 넣었는데, 그것이 바로 지금 당신네들이 파낸 관이오."

"또 하나의 진짜 관은 어디에 묻었소?"

오자서는 초조하게 물었다.

"또 하나의 진짜 석관은……"

하고 노인은 입을 열려고 하다가 괴로움을 참을 길이 없는지,

"아아, 천벌이 두려워서 이를 어쩌나!"

하고 또다시 탄식을 한다.

오자서가 별안간 호통을 지른다.

"여보시오. 천벌이 무서운 줄만 알고 인벌이 무서운 줄은 모르오. 만약 사실대로 말해 주지 않으면 성 안의 백성들은 한 사람도 남아 살지 못할 것이오."

"알겠소이다. 이미 사태가 이 지경에 이르렀으니 이제 와서 무엇을 주저하겠소. 가짜 석관은 지금 당신네들이 파헤친 그곳에 묻었거니와 평왕의 시신이 들어 있는 진짜 석관은 거기서 남쪽으로 50보 떨어져 있는 또 다른 바위 밑에 묻었소. 그러니까 진짜 관을 찾아내려거든 저리로 가 보시오. 그러나 시신에 칼질을 하는 불의의 짓만은 지금이라도 깨끗이 단념해 주기를 바라오."

노인은 최후까지 충고하기를 잊지 않는다. 그러나 그와 같은 충고를 받아들일 오자서가 아니었다.

노인이 알려 준 곳으로 달려와 바위를 파헤쳐 보니 과연 석관이 또 하나 나온다. 뚜껑을 열고 보니 과연 평왕의 시신이 거기에 들어 있는 것이 아닌가.

평왕의 얼굴을 보는 순간 오자서는 원한의 분노가 새삼스러이 치밀어 올랐다. 그리하여 시체를 바위 위에 꺼내 놓기가 무섭게, 왼발로 시체를 짓누르며 오른쪽 손가락으로 평왕의 두 눈알을 후벼 내었다. 그러고도 성이 가시지 않아 손에 들고 있던 아홉 마디의 구리 채찍으로 시체를 3백 대나 때려 갈겼다. 그러잖아도 썩어 문드러진 시체가 조각조각으로 분산되자 오자서는 시체 조각을 모래밭에 산산조각으로 던져 버렸다.

오자서의 보복 행위가 어떻게나 잔인했던지 동행한 군사들도 눈을 뜨고 볼 수가 없어 모두들 외면을 할 지경이었다. 그러나 오자서 자신은 그제야 마음이 통쾌한지,

"17년간이나 오매불망으로 별러 오던 원수를 이제야 갚아 내 마음이 날아갈 듯이 후련하구나."

하고 지극히 만족스러워 하는 것이 아닌가. 보통 사람으로서는 도저히 있을 수 없는 잔인무도한 행위였건만, 오자서의 성격은 그처럼 심독했던 것이다.

오자서는 원한을 풀고 나자 상금을 주려고 노인을 찾았다. 그러나 조금 전까지도 외딴 곳에 홀로 서 있던 노인을 아무리 찾아도 보이지 않았다.

오자서가 수병들에게 명한다.

"노인에게 상금을 줘야 할 테니 어디로 갔는지 찾아내라."

그러나 잠시 후 깨닫고 보니, 호수 위에 난데없는 시체 한 구가 떠 있는데 노인의 시체가 아닌가. 노인은 평왕의 시체에 매질을 가하는 참혹한 광경을 목격하자 괴로움을 참을 길이 없어 물 속으로 뛰어들어 스스로 목숨을 끊어 버렸던 것이다.

오자서가 시체를 무덤 속에서 파내어 손가락으로 눈알을 뽑아내고 시체에 매질을 했다는 소문이 퍼지자 초나라 사람들은 한결같이 오자서에게 이를 갈았다.

"오왕이라는 놈은 초국 궁전을 타고 앉아 비빈들과 계집질이나 하고 있고, 오자서라는 자는 국왕의 시체를 파내어 매질이나 하고 있으니, 세상에 그처럼 잔인무도한 것들이 어디 있단 말인가? 우리들은 어떤 일이 있어도 그런 오랑캐의 무리들을 이 땅에서 씨알머리도 없이 소탕해 버려야 한다."

초국 백성들의 적개심은 요원의 불길처럼 퍼져 나갔다.

손무는 오자서의 잔인한 보복 행위를 뒤늦게 알고 까무러칠 듯이 놀랐다.

'그만한 사리를 분별하지 못할 오자서가 아닌데, 설사 그 사람이 정말로 그랬을까?'

손무는 시중에 떠돌아다니는 소문을 처음에는 믿으려고 하지 않았다. 그러나 그 소문은 날이 갈수록 널리 퍼져 나가고 있었다.

손무는 어느 날 오자서를 찾아가 넌지시 이렇게 물어 보았다.

"지금 시중에는 오 대부가 평왕의 시체를 무덤 속에서 파내어 눈알을 뽑고 시체에 매질을 했다는 소문이 유포되고 있는데, 설마 사실이 아니겠지요?"

"……"

오자서는 대답을 못 하고 얼굴만 수그린다. 무언 중에 시인하는 태도임이 분명하였다.

손무는 기가 막혔다. 오국에 대한 초국 백성들의 적개심이 별안간 불길처럼 타오르게 된 이유를 그제야 분명하게 알 수 있었던 것이다.

그렇다고 이미 지나간 일을 이제 와서 나무라 본들 무슨 소용이랴. 아니, 그만한 사리를 알고도 남을 만한 사람이 그런 과오를 저질렀으니 나무라는 일조차 부질없어 보였다.

손무는 오랫동안 비통한 침묵에 잠겨 있다가 문득 혼잣말처럼 중얼거렸다.

"승자라고 해서 무슨 일이나 맘대로 할 수 있다고 생각한다면 그것은 크게 잘못된 생각일 것이오. 패자는 패했으니까 어떤 망동을 저질러도 너그럽게 보아 넘길 수 있지만, 승자의 망동은 반드시 적개심을 불러일으키는 법이오."

오자서는 그제야 참회라도 하듯 고개를 수그린 채 조그맣게 대답한다.

"이제 와서 돌이켜 보면, 제가 너무 분별 없는 짓을 했는가 봅니다. 원수님을 뵈올 면목이 없습니다."

그러나 손무의 태도는 어디까지나 냉철하였다.

"이런 문제는 누가 누구에게 대한 면목 운운으로 끝날 일이 아니오. 오왕과 오국 간성(干城)들이 모두 불륜의 망동(妄動)을 범하고 있는데다가, 오 대부마저 초국 백성들의 원한을 사고 있으니 우리들은 어떤 형태로든지 반드시 무서운 대가를 치러야 될 것이오. 태산을 쌓아 올리다가 흙 한 삼태기가 모자라서 실패한다는 옛 글이 있더니 우리가 바로 그 꼴이구려."

그렇게 말하는 손무의 눈에서는 구슬 같은 눈물조차 흘러내리고 있었다.

흥망의 철리(哲理)

오자서의 잔인무도한 보복 행위는 초국 백성들의 적개심을 크게 불러 일으켜 그때부터 오군은 어디를 가도 증오의 대상이 되었다. 자고로 '인심(人心)은 천심(天心)'이라는 말이 있거니와 만약 그 말이 진리라고 한다면 천심은 이미 오국을 떠나 초국으로 기울어져 가고 있는 셈이었다.

그러한 어느 날, 오자서에게는 전연 뜻하지 않았던 편지 한 장이 날아들었다. 그때까지도 국내에 숨어서 반격 운동을 획책하고 있던 초국 충신 신포서가 사람을 시켜 편지를 보내 온 것이다.

신포서는 일찍이 오자서와는 둘도 없는 친구였음은 독자들도 잘 알고 있는 일이다.

그 옛날 오자서가 망명을 떠나는 노상에서 우연히 신포서를 만나, '나는 어떤 일이 있어도 초국을 멸망시켜 부형의 원수를 갚고야 말겠다'고 했을 때, 신포서는 즉석에서, '자네는 초국을 멸망시키겠다고 하지만 나는 어떤 일이 있어도 끝까지 수호하겠네' 하고 대답한 일이 있었다. 그러한 과거가 있는 신포서가 편지를 보내 온 것이었다.
신포서의 편지 사연은 매우 신랄하였다.

오 명보에게 고한다. 듣건대 그대는 오 평왕의 시체를 무덤 속에서 파내어 눈알을 뽑고 시신에 매질까지 했다고 하니, 세상에 그런 잔혹한 일이 있을 수 있는가? 평왕이 비록 무도했다고는 하지만, 그대의 부형들은 그 어른을 임금으로 받들어 모셨던 신하의 신분이 아닌가? 임금에게 대한 신하의 도리가 어찌 그렇게도 잔학무도할 수가 있는가? 사람이 승할 때에는 하늘을 때려부수는 비도(非道)도 감행할 수 있다지만 천도(天道)가 정해지고 나면 비도를 감행한 인간은 반드시 천벌을 받게 되는 법이다. 나는 그대의 장래를 생각하면 슬픔을 금할 길이 없을 뿐이다. 지금이라도 대오각성(大悟覺醒)하여 군사를 거두고 오국으로 돌아가는 것이 어떠하겠나? 옛 친구로서 마지막 충고를 하는 바이다.

오자서는 그 편지를 읽어보고 나서 신포서의 사자에게 말한다.

"돌아가거든 자네의 주인한테 이렇게 전해 주게. '우정의 충고가 고맙기는 하지만 나는 이미 나이를 많이 먹어 해는 저물고 앞길은 멀기에(*일모도원(日暮途遠)이라는 숙어는 이때에 처음으로 생겨난 말이다) 순리(順理)와 역리(逆理)를 가리지 아니하고 모든 일을 거꾸로 실천에 옮겨 나가기로 결심했다' 고 하더라고 말일세."

사자가 돌아와 그대로 전하니 신포서는 한숨을 쉬며 묻는다.

"오자서는 군사를 거두어 오국으로 돌아갈 기미가 전연 없더란 말인가?"

"철군(撤軍)을 하기는커녕 우리나라를 끝까지 멸망시키고야 말겠다는 결심이었습니다."

신포서는 그 말을 듣고 분연히 외친다.

"나는 오자서를 현명한 인간으로 알았는데, 그는 오자부장(敖者不長 : 교만한 자는 결코 오래 가지 못한다)의 철리도 모르는 위인이었더란 말인가? 그렇다면 나는 조국을 수호할 새로운 방도를 강구해야겠다!"

신포서는 홧김에 큰소리를 쳐보기는 했으나 이미 기울어져 버린 초국을 다시 일으켜 놓는다는 것은 거의 불가능에 가까운 일이었다. 국토(國土)와 도성을 모두 적에게 빼앗겨 버린 데다가 조국 광복의 구심점인 국왕마저 멀리 국외로 망명 중이니, 무슨 재주로 막강한 오군을 무찔러 버릴 수 있단 말인가.

신포서는 생각할수록 눈앞이 막막하였다. 그러나 결코 절망은 하지 않았다. 왜? 그는 오자부장(敖者不長)이라는 흥망의 철리(哲理)를 철석같이 믿고 있었기 때문이다.

'오왕과 오장들은 초국 궁전과 고관들의 저택을 타고 앉아 낮이나 밤이나 미녀들과 더불어 질탕하게 놀아나고 있고, 오자서는 사자(死者)의 시신에 매질까지 하는 만행을 감행하고 있으니, 그렇게도 교만해진 무리를 하늘이 그냥 내버려 둘 리 만무하지 않은가.'

오나라가 머지않아 망하리라는 것은 의심할 여지가 없었다. 그러나 그들을 패망의 길로 몰아쳐 가려면 이쪽에도 힘이 있어야 하겠는데, 지금으로서는 아무 힘도 없지 않은가.

심 사마가 남겨 놓은 3만여 명의 군사가 지금도 국외에서 국왕을 수호하고 있기는 하지만, 사기가 지리멸렬해진 데다가 무기조차 없어 거의 폐군(廢軍)이나 다름없다는 소식이 아니던가.

신포서는 며칠을 두고 구국책을 골똘히 강구해 보다가 불현듯 진(秦)나라가 머리에 떠올라 자기도 모르게 무릎을 치며 기뻐했다.

'그렇다! 내가 왜 진나라를 생각해내지 못했던가? 우리가 요청하면 진나라는 반드시 구원병을 보내 줄 것이 아니던가?'

신포서가 그와 같은 확신을 가지는 데는 그럴 만한 근거가 있었다.

첫째, 초왕의 왕모(王母)인 백영 태후는 본시 진나라의 무상 공주로서 진 애공(哀公)과는 남매지간이 아니던가. 출가외인(出家外人)이라는 말이 있기는 하지만, 동생인 진 애공이 누님의 나라가 망하는 꼴을 그냥 바라보고 있을 수는 없는 일이 아닌가.

둘째, 진나라와 초나라는 국경을 같이하고 있는 선린지국(善隣之國)이었다. 만약 초국이 망해 버리면, 그때에는 진나라도 오나라의 위협을 직접적으로 받게 될 것이 아닌가. 그와 같은 위협을 미연에 방지하기 위해서도 진나라에 구원병을 요청하면 반드시 보내 줄 것 같았다.

신포서는 이상과 같은 이유에서 확신이 생기자 진나라로 구원병 요청의 길에 올랐다.

이미 말한 바와 같이 그 당시의 진 애공은 초나라 백영 태후의 손아래 동생에 해당하는 사람이었다.

진 애공은 과연 초국 흥망에 대해서 관심이 지대하여 신포서를 만나기가 무섭게 이렇게 물어 본다.

"귀국은 지금 오국의 침략을 받아 심한 곤경에 빠져 있다고 들었는데, 그게 사실이오?"

신포서는 침통한 어조로 진 애공에게 아뢴다.

"대왕전에 무엇을 숨기겠나이까? 오국이 아무 까닭도 없이 30만 대군을 휘몰아쳐 불시에 습격해 오는 바람에, 우리는 그들을 막아낼 길이 없어 국토와 도성을 모두 빼앗기고 말았습니다."

진 애공이 다시 묻는다.

"그러면 초왕은 지금 어디서 무엇을 하고 있소?"

초왕은 진 애공의 생질에 해당하는 만큼 초왕의 거취가 무척이나 궁금한 모양이었다.

신포서는 머리를 조아리며 말한다.

"주공께서는 수(隋)나라로 몽진 중이옵는데, 지금 같아서는 국가를 보존하기가 매우 어려운 형편이옵니다. 그래서 신은 왕명에 의하여, 귀국에 구원병을 요청하고자 찾아온 길이옵니다. 귀국과 초국은 평소에 선린지정(善隣之情)이 두터울 뿐만 아니라, 사사롭게는 남매지국이기도 하오니, 군후께서는 차제에 구원병을 파견하는 은총을 베푸시어 초국을 멸망의 비운에서 구출해 주시옵기를 간절히 부탁드리옵니다."

신포서는 머리를 거듭 조아려 보이며 간곡히 호소하였다. 그러나 진 애공의 반응은 매우 냉담하였다.

"초국 태후가 나하고 남매지간인 것은 사실이오. 그러나 출가외인이라는 말이 있지 않소. 국가와 국가 간의 중대사를 사사로운 정리(情理)로 좌우할 수는 없는 일이오."

그 말에 신포서는 눈앞이 아득해 왔다. 국가의 대사를 사정(私情)으로 좌우할 수 없음은 너무도 당연한 일이다. 그러나 '물에 빠진 사람은 지푸라기라도 붙잡고 늘어진다' 던가. 사정이 위급해진 신포서로서는 남매지간이라는 조건을 끝까지 물고늘어질 수밖에 없었다.

"국사에 사정을 용납할 수 없다는 군후의 말씀은 지당하신 분부시옵니다. 그러나 '먹는 데는 남이요, 궂은 일에는 일가친척' 이라는 속담 또한 있지 아니하옵니까? 누님의 나라가 망해가는 것을 동생의 나라가 어찌 보고만 있사옵니까? 바라옵건대 군후께서는 초나라 구원의 은총을 반드시 베풀어주시옵소서."

그러나 진 애공은 머리를 가로 흔들며 단호하게 이렇게 말한다.

"국가지사는 반드시 국리 위주로 결정해야 하는 법이오. 국리에 배반되는 일은 설혹 부자지국(父子之國)이라 하더라도 응할 수 없는 일이 아니겠소. 국가와 국가 간의 거래는 부자지간에도 그러하거늘, 하물며 출가외인인 누님의 나라라고 해서 아무 명분도 없이 군대를 파견할 수는 없는 일이오."

진 애공의 태도가 너무도 강경하여, 신포서는 그 이상 할 말이 없었다.

"그러면 군후께서는 초국이 망하거나 말거나 아무 관여도 아니 하시겠다는 말씀이시옵니까?"

신포서는 최후로 따지듯 질문하였다.

진 애공은 여전히 냉담한 표정으로 신포서에게 다시 말한다.

"오늘날 초국이 멸망의 위기에 처하게 된 것은 선왕(先王)이었던 평왕이 무도하여 인륜을 유린했기 때문이오. 일국의 군왕이 그처럼 무도해지면, 설사 오국이 가만히 있었다 하더라도 어느 나라에게든 반드시 정벌을 당하고 말게 되었을 것이오. 초국은 어차피 망해 버릴 나라였거늘 우리가 무엇 때문에 구원병을 보내야 하오?"

신포서는 눈앞이 캄캄해 오는 듯한 절망감을 느꼈다. 진나라의 도움을 받지 못하면 초국은 꼼짝 못하고 망해 버릴 것이 아닌가. 그리하여 신포서는 다음과 같은 강론(强論)을 펴 보았다.

"군후께서는 어찌하여 지난날의 일만 거론하시고, 앞으로 닥쳐올 현실에 대해서는 외면을 하시옵니까? 오국은 워낙 야심이 만만한 국가인 까닭에, 만약 귀국과 국경을 같이하는 날이면 반드시 침범을 해 오게 될 것입니다. 그렇게 되면 귀국의 안보인들 무엇으로 보장할 수 있겠습니까? 그런 점에서 본다면, 지금 구원병을 보내시어 우리를 도와주시는 것은, 궁극적으로는 귀국의 안보를 튼튼하게 만드는 것과 다름이 없는 일이옵니다. 그처럼 명백한 이치를 군후께서는 어찌하여 모르시옵니까?"

그 말에는 진 애공도 수긍되는 점이 있는지, 한동안 궁리에 잠겨 있다가,

"내가 중신들과 상의해 볼 테니, 대부(大夫)는 그동안 고관역(姑館驛)에서 기다리고 계시오."

신포서가 대답한다.

"구원병을 보내 주시는 것은 시각을 다투는 일이옵니다. 이 자리에서 기다리기로 하겠습니다."

진 애공은 곧 자리를 달리하여 중신회의를 열었다. 그러나 초나라에 구원병을 파견하는 문제에 대해서 어느 누구도 찬성을 하지 않는다.

"초국은 이미 멸망해 버린 것이나 다름이 없사온데, 우리가 무엇 때문에 군사를 보내 남의 나라 싸움에 말려들어야 합니까?"

"초국이 멸망하면 우리는 오나라와 국경을 같이해야 할 판인데, 그렇게 되면 우리도 침략을 받게 될 게 아니겠소?"

"그 점에 대해서는 조금도 염려하시지 마시옵소서."

"어째서 염려를 하지 말라는 말이오?"

"오국은 초국을 정벌하고 나면 국력이 몹시 피폐해져 우리를 침범할 힘이 없게 될 것이옵니다. 게다가 오국 군사들은 본국을 비우고 멀리 떠나 있기 때문에, 그때에는 남쪽으로부터 월나라가 오국을 침범해 올 터인데, 무슨 정신으로 우리를 침범할 수 있겠습니까?"

진 애공은 중신들의 의견을 옳게 여겨 신포서를 다시 만나 이렇게 말했다.

"중신들은 귀국에 구원병을 보내지 않기로 결의했으니, 너무 섭섭하게 생각지 말고 돌아가 주시오."

신포서는 또 한번 눈앞이 캄캄해졌다.

'진나라에서 구원병을 얻지 못하면 나의 조국이 이대로 망해 버릴 수밖에 없지 않은가.'

신포서는 생각이 거기에 미치자 눈물이 걷잡을 수 없이 솟구쳐 올랐다. 그리하여 하염없이 울고 있으려니 진 애공이 어깨를 두드려 주며 위로한다.

"너무 낙심하지 말고 본국으로 빨리 돌아가 보오. 하늘이 무너져도 솟아날 구멍이 있다고 했으니, 일단 본국에 돌아가서 새로운 방도를 강구해 보면 무슨 수가 생길는지도 모르오."

그러나 신포서는 눈물을 흘리며 탄식하듯 말한다.

"귀국에서 구원병을 얻지 못하면 초국은 망해 버릴 것이 뻔한 일이온데, 무엇을 기대하고 돌아가겠습니까? 저는 죽으면 죽었지 이 자리를 떠나지 못하겠습니다."

"허어, 생떼를 써도 분수가 있지. 여기서 죽겠다는 게 말이나 되는 소리요?"

진 애공은 신포서를 그렇게 나무라고 나서 호위 군사들에게 명한다.

"여봐라! 이 어른을 일단 고관역으로 모셔 가거라. 그래서 객사(客舍)에서 며칠 동안 쉬신 뒤 초국으로 돌아가시게 하여라."

신포서는 어쩔 수 없이 객사로 끌려나왔다. 그러나 그날부터 마치 미친 사람처럼 옷을 홀렁 벗어 던진 채 날마다 알몸뚱이로 대궐 담장을 감돌며 흐느껴 울기만 하였다.

물 한 모금도 마시지 아니하고 날마다 흐느껴 울며 대궐 남상을 감돌기를 밤과 낮으로 이레 동안이나 계속하니 사람의 꼴이 말이 아니었다.

진 애공은 부하들로부터 그러한 보고를 받고 깜짝 놀랐다. 그리하여 달이 밝은 어느 날 밤, 사실 여부를 직접 알아보려고 담 밖으로 미행을 나와 보았다.

과연 신포서는 날씨가 몹시 차가운데도 알몸뚱이로 대궐 담장 밖을 헤매고 돌아가며 울음 섞인 목소리로,

"신하의 몸으로 주공을 올바르게 받들어 모시지 못한 죄 너무나 크구나. 주공께서는 나라를 잃으시고 만리타향에서 돌아가시게 되셨으니 나의 죄를 어찌했으면 좋단 말이냐?"

하고 탄식을 연거푸 뇌까리고 있는 것이 아닌가.

진 애공은 그 광경을 목도하고, 형용하기 어려운 감동을 받았다.

'초나라에 저렇게도 훌륭한 충신이 있었던가? 우리나라에도 과연 저만한 충신이 단 한사람이라도 있을까? 그야말로 부럽기 짝이 없는 일이다. 초나라에 저와 같은 충신이 있는 이상 결코 망하지는 않을 것이다.'

진 애공은 초국에 대한 인식을 근본적으로 달리하게 되었다. 신포서는 진 애공이 뒤에서 엿보고 있는 줄도 모르고, 때로는 울기도 하고, 때로는 소리 내어 탄식도 하면서 어둠 속을 한없이 헤매고 있었다.

진 애공은 가슴에 사무치는 감격을 더 이상 억제할 길이 없어, 마침내 신포서를 소리 내어 불렀다.

"여보시오, 신포서 경!"

누가 큰소리로 부르는 바람에 깜짝 놀라 뒤를 돌아다보니 거기에는 진 애공이 있지 않은가.

"군주께서 이 밤중에 어인 일이시옵니까?"

신포서는 땅바닥에 엎드려 큰절을 올리며 물었다.

진 애공은 신포서의 얼음장같이 싸늘한 손을 정답게 잡아 일으키며 말한다.

"내 오늘밤 경의 행동을 모두 다 보았소. 야기(夜氣)가 몸에 차가우니 나와 함께 대궐로 들어가 옷을 입도록 합시다."

그러나 신포서는 고개를 좌우로 흔들며 대답한다.

"군주를 바로 모시지 못해 나라를 망하게 만든 죄인이 어찌 감히 옷을 입을 수 있으오리까? 이놈은 짐승만도 못한 죄인이옵기에 개나 돼지처럼 알몸뚱이로 죽어 버릴 결심이옵나이다."

진 애공은 그 대답에 더욱 감동하여,

"내 경을 위해 시를 한 수 읊을 테니 들어 보오."

하고, 다음과 같이 즉흥시 세 수를 읊었다.

어찌 옷이 없다 하랴.
그대와 포(袍)를 같이 입으리라.
군왕이 군사를 일으키면
나도 창과 방패를 닦아
그대와 함께 싸우리라.
豈曰無衣
與子同袍
王于興師
修我戈矛
與子同仇

어찌 옷이 없다 하랴.
그대와 속옷을 같이 입으리라.
군왕이 군사를 일으키면
나도 철퇴를 손질하여

그대와 함께 일어나리라.

豈曰無衣

與子同裳

王于興師

修我矛戟

與子偕作

어찌 옷이 없다 하랴.

그대와 바지를 같이 입으리라.

군왕이 군사를 일으키면

나도 갑옷과 병기를 손질하여

그대와 함께 달려가리라.

豈曰無衣

與子同裳

王于興師

修我甲兵

與子偕行

(*이 노래는 공자(孔子)도 감동하여 후일 『시경(詩經)』에 수록하였다)

   그 시의 내용인즉 '그대 같은 훌륭한 충신을 위해서라면 나는 어떤 고락이라도 함께 하겠다'는 굳은 결의를 표명한 시였음은 말할 것도 없다.

   신포서는 그 즉흥시를 듣자 진 애공의 발 앞에 쓰러지듯 엎드리며 엉엉 소리 내어 울었다.

   진 애공이 신포서의 손을 잡아 일으키며 말한다.

"경의 충성에는 천신(天神)도 감동을 아니 할 수 없겠거늘 내 어찌 경의 소원을 물리칠 수 있으리오. 전세가 매우 위급한 모양이니, 우리 손을 마주 잡고 초국 수호에 다같이 힘을 기울여 보기로 합시다."

신포서는 그 말을 듣고 나서 더욱 크게 울었다.

진 애공은 결단력이 강한 사람이었다. 그는 초국을 도와주기로 결심하고 나자 곧 중신들을 불러 다음과 같은 긴급 명령을 내렸다.

"나는 신포서 경의 충성심에 감동되어 초국에 구원병을 파견하기로 결심하였다. 왜냐하면 신포서 같이 훌륭한 충신이 있는 한 그 나라는 결코 망할 리가 없기 때문이다."

마침 그 자리에는 신포서도 동석해 있었다.

진나라의 모든 중신들은 신포서에게 숙연히 머리를 수그려 보였다.

진 애공은 군령을 내린다.

"내가 이제 정병 7만을 내줄 터인즉, 제1공자(第一公子) 자포(子蒲)는 선봉장이 되고, 제2공자(第二公子) 자호(子虎)는 중군(中軍) 대장이 되고, 희련(姬輦) 장군은 총대장이 되어, 무관(武關)으로 진격하여 초국을 도와 오국 군사를 치도록 하라. 우리는 정의를 도와 불의를 치려고 나서는 길이다. 승리의 영광은 반드시 우리에게 돌아올 것이로다."

대장군 희련은 명을 받들자 즉시 군사를 이끌고 무관으로 진주하여, 사방에 흩어져 있는 초국 병사를 모조리 규합하였다.

그 당시 초왕은 수나라에 몽진 중이었지만 영윤 자서와 심 사마의 아들 심제량(沈諸梁) 등은 깊은 산중에 숨어 패잔병들을 2만 명 가까이 모아 가지고 있었다. 그러므로 진나라의 응원군이 오자 그들을 번수(樊水)라는 곳에서 곧 합류하였다.

영윤 자서가 진장(秦將) 희련에게 말한다.

"주공께서는 외국에 몽진 중이시고 도성에는 오군이 있을 뿐이니 바라옵건대 장군은 도성을 공략해 주시오. 우리 군사들도 합세하여 공략하면 도성을 탈환하기는 그다지 어려운 일이 아닐 것이오."

희련 장군이 대답한다.

"우리 군사는 이 나라의 지리에 매우 어둡습니다. 그러니 초군이 앞장서서 공격하고, 우리 군사는 뒤에서 공격하면 어떻겠습니까?"

영윤 자서는 그 말을 옳게 여겨, 심제량과 함께 군사를 이끌고 양수(襄水)로 쇄도(殺到)하였다.

한편, 그보다 앞서 오왕 합려는 초왕이 수나라의 산중에 숨어 있다는 정보를 접하자 손무와 오자서를 불러,

"초왕이 수나라에 숨어 있다니 손 원수와 오 대부는 군사를 이끌고 달려가 그를 깨끗이 섬멸해 버리도록 하오. 우리는 그래야만 마음을 놓을 수가 있겠소."

하고 특별 명령을 내렸다.

그리하여 손무와 오자서는 도성에 없었는데 때마침 초마가 급히 달려오더니 오왕에게,

"진나라에서 달려온 응원군이 초군과 합세하여 지금 양수로 노도와 같이 쳐들어오고 있는 중이옵니다."

하고 알려 주는 것이 아닌가.

"뭐야? 진나라에서 응원군이 왔다고?"

오왕은 청천벽력 같은 급보에 기겁을 하고 놀랐다. 진나라에서 초국을 돕기 위해 응원군을 보내왔다면, 오국으로서는 그야말로 큰일이 아닐 수 없었다.

그러기에 오왕은 서제(庶弟)인 부개를 비롯하여 전의, 백비 등등 모든 장수들을 급히 불렀다.

"진나라에서 보내온 응원군이 초군과 합세하여 지금 도성으로 진

격해 오고 있다고 하는데, 장군들은 그 사실을 알고 있소?"

그러나 그처럼 중대한 사실을 알고 있는 사람은 아무도 없었다. 그도 그럴 것이 그들은 날마다 미녀들과 더불어 주색에만 탐닉해 있었기 때문이다.

오왕은 크게 노하였다.

"그처럼 중대한 일을 아무도 모르고 있으니, 당신네들은 도대체 무엇을 하고 있는 사람들이오?"

그것은 부질없는 노여움이었다. 오왕 자신이 경계심을 게을리 했기 때문에 장수들도 그 꼴이 되지 않았던가. 그러나 그런 일로 한가롭게 시비를 가리고 있기에는 사태가 너무도 급박하였다.

오왕은 즉시 군령을 내린다.

"모든 군사들에게 전투태세를 갖추게 하는 동시에, 부개 장군에게는 정병 1만 명을 줄 터인즉, 지금 곧 양수로 달려가 진·초 연합군(秦楚聯合軍)을 가차 없이 섬멸시켜 버리도록 하오!"

왕제(王弟)인 부개는 지금까지도 전공을 많이 세워 '천하의 용장'으로 자처하는 사람이었다.

부개는 1만 군사를 이끌고 양수로 달려오자 초군과 정면으로 대진하였다. 초군 대장은 영윤 자서였다.

날이 밝기를 기다려 다음날 아침 부개가 말을 달려 초진으로 덤벼오니, 자서도 말을 마주 달려나온다. 두 장수는 한동안 백병전을 전개하였다. 그러나 10합을 채 못 가 자서는 부개를 당해낼 길이 없어 급히 쫓긴다. 부개는 기세가 당당하여 자서를 맹렬하게 추격하였다.

자서가 쫓겨가며 붉은 깃발을 높이 흔드니, 초진 속에서 별안간 두 억시니처럼 험상궂게 생긴 장수 하나가 벼락같은 고함을 지르며 번개같이 달려나오는 것이 아닌가. 얼굴은 성난 사자 같고, 눈알은 하마처럼 툭 튀어 나왔고, 음성은 천둥같이 요란스러운데, 두 손으로 열 자가 넘는 장창(長槍)을 춤추듯이 휘두르며 달려나오고 있었다. 그는 진국 대장 희련이었다.

부개는 그를 맞아 싸워 보았으나 천하의 맹장으로 자처해 오던 그도 희련만은 당해낼 재간이 없었다. 그리하여 10여 합쯤 싸워 보다가 급히 쫓겨 돌아오니, 이번에는 초군 병사들이 좌우 숲 속에서 벌떼처럼 몰려나오며,

"부개야! 독 안에 든 쥐가 어디로 도망을 가느냐?"

하며 저마다 이구동성으로 외치는 것이 아닌가.

부개는 군사들을 이끌고 도성으로 급히 돌아와 오왕에게 고한다.

"진나라에서 10만 대군이 왔기 때문에 도저히 당해낼 길이 없사옵니다."

부개가 '진군이 10만 대군' 운운한 것은 자신의 참패를 미봉(彌縫)하려고 얼떨결에 지껄인 말이었다. 그러나 오왕은 '10만 대군'이라는 소리에 기겁을 하고 놀란다.

"뭐야? 진나라에서 응원군이 10만이나 왔다고? 그게 사실인가?"

부개는 그제야 자신의 표현이 과장되었음을 깨닫고,

"그들의 입으로 그렇게 떠들어 대고 있으니 믿을 바는 못 되옵니다. 설마 10만 명까지야 왔겠습니까? 아무러나 연합군의 기세가 맹렬한 것만은 사실이었습니다. 오죽하면 제가 쫓겨왔겠습니까? 사태가 매우 심각합니다."

"음, 그러면 전군에 긴급 동원령을 내려 전투태세를 시급히 갖추도록 하오. 그리고 수나라로 사람을 보내, 손 원수와 오자서 장군을 시급히 불러오도록 하오."

왕사(王使)가 수나라로 말을 달렸다.

손무와 오자서가 왕명을 받고, 밤과 낮을 이어 도성으로 돌아오니 오왕은 그간의 사정을 자세히 알려 주고 나서,

"이 일을 어찌했으면 좋겠소?"

하고 묻는다.

손무가 오랫동안 심사숙고하다가 대답한다.

"전쟁은 국가의 위세와 직결되는 문제입니다. 그러므로 국가의 위세가 널리 떨쳐 있을 때에는 되도록 피하는 것이 상책입니다. 우리는 지금 초국을 석권함으로써 국위가 절정에 올라있사온데, 더 이상 전쟁을 계속하다가는 무슨 재앙을 당하게 될지 모르옵니다. 초나라의 도성까지 점령한 우리가 이제 무엇을 더 바라겠습니까? 그러하니 설사 진나라에서 응원군이 왔기로 그들을 상대로 싸우려고 할 것이 아니라, 우리 스스로 초국에 화친을 제의하여 1년에 얼마씩 공세(貢稅)를 받기로 협정하는 것이 이로울 것입니다. 아울러 우리 군사는 철군을 시키는 것이 좋을 것 같사옵니다."

"철군이라뇨? 모처럼 점령한 초토(楚土)를 깨끗이 포기하고 돌아가지는 말씀이오?"

"매우 애석한 일이지만 지금 정세로는 그럴 수밖에 없을 것 같사옵니다. 우리가 만약 목전의 이득에 미련을 가지고 연합군과 싸우려 들었다가는 자칫 낭패를 당하기 십상입니다. 우리는 군사들이 이미 피폐해 있는데다 보급로도 멀어져 승산이 매우 어려울 것이옵니다. 섣불리 싸우다가 패배하느니보다는, 우리가 주도권을 가지고 화친을 제의하여, 실리를 도모하는 편이 훨씬 현명한 처사인 줄로 아뢰옵니다."

"음, 원수의 말씀을 들어 보니, 과연 그럴 것 같구려. 그러면 화친을 전제로 일단 철군하기로 합시다."

이리하여 오왕은 육군(六軍)에 철군령을 내렸다. 그러나 철군령이

내리자 대장 백비가 정면으로 반대하고 나선다.

"우리는 초국을 완전히 점령했는데, 진나라의 응원군이 두려워 이제 와서 철군을 한다는 것은 있을 수 없는 일이옵니다."

손무는 백비를 조용히 타이르듯이 말한다.

"백비 장군이 철군을 반대하는 심정도 이해는 갑니다. 이미 점령한 땅을 누가 돌려주고 싶겠소이까? 그러나 철군을 아니 하려면 진나라 군사들과 다시 전쟁을 해야 하는데, 그 싸움은 우리에게 불리하니 어찌하오? 눈물을 머금고 철군하기로 합시다."

옆에 있던 오자서도 손무의 의견을 옳게 여겨,

"무리하게 싸우다가 패배하느니보다는 명예롭게 철군하여 실리를 취하는 것이 현명할 것이오."

하고, 한 마디 거들었다. 그러나 백비의 태도는 여전히 완강하였다.

"지금까지는 용감무쌍하던 사람들이 어찌하여 갑자기 겁쟁이들이 되셨소? 나에게 군사를 2만 명만 주시오. 그러면 내가 당장 달려나가 진군을 섬멸시키고 돌아오리라."

손무는, 군령(軍令)을 무시하고 자기 고집만 부리는 백비의 태도를 매우 못마땅하게 여겼다. 그러나 오왕은 영토에 대한 미련이 아직도 남아서,

"백비 장군에게 그만한 자신이 있다면, 2만 명을 내줄 테니 지금 곧 진군을 섬멸시켜 보도록 하오."

하고 왕명을 번복시켜 버리는 것이 아닌가.

손무가 오왕에게 황급히 간한다.

"전하! 이미 내리신 군령을 번복하여서는 아니 되옵니다. 군령여산(軍令如山)이라는 말이 있지 아니하옵니까? 한번 내리신 군령을 아무 까닭도 없이 번복하시면 군율(軍律)을 유지해 나가기가 어렵게 되는

법이옵니다."

그러나 백비는 손무의 말을 무시해 버린 채 군사를 이끌고 정도(征途)의 길에 올랐다.

초진 연합군은 도성에서 90리쯤 떨어진 곳에 진을 치고 있었다. 백비가 말을 달려 적진으로 접근해 가니 적장 자서가 싸우려고 말을 달려나온다.

백비가 자서에게 큰소리로 외친다.

"초국은 이미 멸망해 버렸는데 망국필부(亡國匹夫)가 무슨 낯짝으로 덤벼 오느냐? 너 같은 놈은 상대도 하고 싶지 않으니 진군 대장을 내보내라. 내 그자를 한칼에 베어 버리리라."

자서가 크게 노하여 백비에게 덤벼들었다. 두 장수가 창검을 번개치듯 휘둘러 가며 싸우기를 무려 10여 합, 자서가 말을 달려 거짓 쫓기기 시작하자 백비가 맹렬히 추격하였다. 그러나 백비가 산모퉁이에 이르렀을 때, 숲 속에서 험상궂게 생긴 장수 하나가 비호같이 달려나오더니 쌍창을 춤추듯 휘두르며,

"그대는 용기가 있거든 나하고 싸우자!"

하고 우레 같은 고함을 지르는 것이 아닌가. 그 장수는 진군 대장 희련이었다. 백비는 희련의 위세에 눌려 그 자리에서 머뭇거렸다.

진장 희련은 열 자가 넘는 쌍창을 바람개비처럼 휘둘러 가며 태산처럼 덮쳐 오는데, 백비는 도저히 당해낼 재주가 없었다. 그리하여 4, 5합쯤 버텨 보다가 부리나케 말머리를 돌려 36계 줄행랑을 치기 시작하였다.

백비가 부지런히 쫓겨오고 있노라니 이번에는 자서와 심제량이 앞길을 가로막듯 덤벼들며,

"이놈 백비야! 네가 어디로 가느냐?"

하고 호통을 치는 것이 아닌가.

적장들에게 삼면으로 포위를 당한 백비는 이제 죽든 살든 싸우는 수밖에 없었다. 그리하여 이리 피하고 저리 쫓기며 전신이 피투성이가 되어 싸우고 있는데, 별안간 어디선가 장수 하나가 적의 포위망을 뚫고 질풍같이 접근해 오더니, 마상의 백비를 낚아채듯 옆구리에 끼고 도망을 치는 것이 아닌가.

"앗! 저게 누구냐?"

그 행동이 어떻게나 민첩했던지 적장들도 놀라고 백비 자신도 놀랐다.

백비는 영문도 모르고 납치되어 오며 정신을 차려 보니, 지금 자신을 빼앗아 가지고 돌아오는 장수는 우군대장(右軍大將) 전의 장군이 아닌가.

"앗! 장군은 어떻게 알고 여기에 나타나셨소?"

전의가 말을 달리며 대답한다.

"손 원수께서 장군이 곤경에 빠질 것을 미리 아시고, 나더러 급히 달려나가 구해오라는 특명을 내리셨소. 아닌 게 아니라 그 어른의 특명이 없었던들 백비 장군의 제삿날은 오늘이 되고 말았을 것이오."

백비가 정신없이 쫓겨와 버리자 연합군은 오군 잔류 부대를 향해 무자비한 총공격을 퍼부었다. 손무는 그 점도 미리 알고, 부개로 하여금 연합군을 맞아 싸우게 하였다. 그리하여 양군은 처참 가열한 전투를 전개했는데, 오군의 손실이 얼마나 많았던지 2만 명의 군사 중에서 살아 돌아온 군사는 50여 명밖에 되지 않았다.

백비는 본영에 돌아오자 오왕 앞에 멍석을 깔고 엎드려 단죄(斷罪)를 기다린다.

손무가 오자서를 조용히 불러 의논한다.

"백비는 전공을 믿고 교만하기 짝이 없는 사람이 되어 버렸소. 저런 사람을 살려 두었다가는 후일에 큰 앙화를 입게 될 것 같으니 차라리 이번 기회에 참형에 처해 버리는 것이 어떠하겠소?"

오자서가 대답한다.

"백비의 죄는 참형에 처하고도 남음이 있다고 생각됩니다. 그러나 적을 앞에 놓고 대장을 참형에 처하면 사기에 영향이 클 듯하오니 재고해 주시옵소서."

"음, 그러면 오 대부의 뜻을 받들어 대왕전에 특사를 내리도록 품하리다."

이리하여 백비는 죽음을 면하게 되었는데, 바로 그때 초마가 급히 달려와 보고한다.

"연합군이 도성 50리 밖에까지 육박했사옵니다."

"뭐야? 연합군이 50리 밖까지 육박해 왔다고?"

오왕은 기절초풍을 할 듯이 놀라며 손무에게 말한다.

"철군하자던 원수의 권고를 듣지 않고, 백비 장군에게 출격 명령을 내려 내가 커다란 과오를 범한 셈이오. 이제는 철군도 못 하게 되었으니 이를 어찌했으면 좋겠소?"

손무는 한숨을 쉬며 비통하게 대답한다.

"이제는 전군(全軍)에 총동원령을 내려 최후까지 싸울 수밖에 없습니다. 이번 싸움에서 저들을 막아내지 못하면, 오늘까지의 모든 승리가 물거품처럼 사라져 버리고 말게 될 것이옵니다."

"그래서야 되겠소? 다같이 전력을 기울여 적을 막아내도록 합시다."

오왕은 손무와 상의하여 다음과 같은 군령을 내린다.

"지금 우리는 진초연합군을 맞아 최후의 운명을 걸고 싸우지 않으면 안 되게 되었다. 그러하니 나 자신이 손 원수와 오자서 장군을 대동하고 일선으로 직접 나가 싸우기로 할 테니 부개 장군은 태자(太子) 자산(子山)과 함께 도성을 굳게 지키고 있도록 하라."

오왕이 대군을 인솔하고 40리쯤 출진해 보니 과연 진초연합군이 산 아래 진을 치고 있는데, 그 병력이 얼마나 되는지는 몰라도 그들의 깃발이 산을 뒤덮고 있었다.

오왕은 10리 가량 떨어진 곳에 진을 치고, 오자서와 손무를 각각 좌우 대장으로 삼아 적이 공격해 오면 좌우에서 협공하는 기각진형(犄角陳形)을 이루어 놓았다.

오군도 5만이 넘는 대군이 험악한 산세를 이용하여 진영을 견고하게 쳐놓고 보니, 그 기세가 당당하기 이를 데 없었다. 그러나 양군은 정면으로 대치한 채 피아간에 탐색전만 벌일 뿐, 본격적으로 쳐들어가려고는 하지 않았다. 그도 그럴 것이 섣불리 선공을 감행했다가 적의 함정에 빠지는 날이면 다시는 만회할 방도가 없을 것이기 때문이었다.

탐색전은 날마다 계속되면서도 최후의 승부를 결할 대회전(大會戰)은 열흘이 넘도록 전개될 기미가 보이지 않았다. 이를테면 양군이 정면으로 대치한 채 날마다 신경전만 계속하여 벌이고 있었던 것이다.

도성의 수비를 맡고 있던 오왕의 서제인 부개 장군은 그와 같은 일선 정보를 알게 되자 엉뚱한 생각을 품게 되었다.

'나도 왕가(王家) 출신임에 틀림이 없으니 형만 왕이 되고 나는 되지 못하리라는 법이 없지 않은가. 형이 연합군과 대치해 있는 이 기회에 텅 비어 있는 본국으로 돌아가 왕의 자리를 빼앗아 버리면 나도 왕이 될 수 있을 게 아닌가.'

실로 무시무시한 반역적 생각이었다.

부개는 반역할 생각이 한번 머리에 떠오르자 그러한 생각을 좀처럼 지워 버릴 수가 없었다.

'이번 기회야말로 내가 왕위를 빼앗을 수 있는 절호의 기회다. 이번 호기(好機)를 놓쳐 버리면 나는 영영 왕위를 누려 볼 수 없을 게 아닌가.'

부개는 생각이 거기에 미치자 부랴부랴 군사를 이끌고 본국으로 회군하기 시작하였다. 본국으로 돌아가 도성을 점령하고 즉위를 선포해 버리면 모든 일은 그것으로 끝난다고 생각했던 것이다.

부개와 함께 초도(楚都)의 수비를 담당하고 있던 태자 자산이 그 사실을 알고, 일선으로 급히 달려가 부왕(父王)에게 고한다.

"서숙(庶叔) 부개 장군이 대위를 찬탈하려고 본국으로 회군(回軍) 중에 있사옵니다. 부왕께서는 시급히 환국하시어 대응책을 강구해 주시옵소서."

오왕은 경악해 마지않으며 옆에 있는 오자서에게 말한다.

"내 아우 부개가 대위를 찬탈하려고 본국으로 회군 중이라 하니 이런 놀라운 일이 어디 있소?"

오자서도 깜짝 놀라며,

"대왕 전하! 그게 사실이옵니까?"

"태자가 나에게 거짓말을 할 리가 있소? 사태가 이렇게 되고 보니, 손 원수의 간언을 듣지 않았던 일이 갈수록 후회스럽구려. 밖으로는 강적과 맞서 있는데다 안에서는 간적까지 준동하고 있으니 이 일을 어찌했으면 좋겠소?"

오자서가 즉석에서 대답한다.

"외적(外敵)은 신이 손 원수와 함께 막아내도록 할 터이니, 대왕께서는 급히 환국하시어 반역 도배를 근본적으로 분쇄해 버리도록 하시옵소서."

이에 오왕은 연합군과의 대치 관계는 손무와 오자서와 당공(唐公), 채공(蔡公) 등에게 맡겨 놓고, 자기 자신은 전의와 백비 두 장수를 대동하고 한수(漢水)를 거쳐 급히 환국하기 시작하였다. 그러나 오왕이 도성 밖에 당도해 보니 먼저 돌아온 부개는 어느새 자기가 왕임을 선포해 놓고 성문을 굳게 걸어 잠근 채 입성조차 못 하게 하는 것이 아닌가.

　부개가 성문 위에 높이 올라 오왕을 굽어보며 호령하듯 말한다.

　"나는 이미 보위에 올라 오국 대왕이 되었으니, 그대는 일선으로 돌아가 연합군을 속히 섬멸해 버리도록 하라."

　오왕 합려는 기가 막혀 부개를 올려다보며 큰소리로 꾸짖는다.

　"나는 너를 나의 수족처럼 아끼며 지금까지 중권(重權)을 위임해 왔거늘, 네 어찌 가형(家兄)인 나를 배반하고 왕위를 찬탈하려느냐?"

　부개가 큰소리로 반박한다.

　"그대는 요왕(僚王)을 살해하고 대의를 빼앗은 자가 아니냐? 그대의 왕위를 내가 빼앗았기로 뭐가 나쁘단 말이냐?"

　그야말로 적반하장(賊反荷杖)이라고나 할까. 부개는 추호도 변의할 기색이 없어 보였다.

　오왕은 성문 위에 서 있는 부개를 올려다보며 타이르듯 말한다.

　"내가 요왕에게 대위를 찬탈했다는 것은 말도 안 되는 소리다. 나는 왕위를 당연히 계승받아야 할 사람이면서도 요왕에게 빼앗기고 있어 단지 그것을 돌려 받았을 뿐이다. 그런데 너는 왕위의 계승권도 없는 서출(庶出)이면서 대위를 빼앗으려고 하니, 이 어찌 용납될 말이냐? 그런 반역은 하늘도 용서하지 않으려니와 현명한 오국 백성들도 너를 결코 용납하지 않을 것이다. 지금이라도 늦지 않았으니 회개하고 성문을 열어라."

"잠꼬대 같은 소리 그만하고 빨리 초국으로 꺼져라. 만약 나의 명령에 복종하지 않으면 결코 살려 두지 않으리로다!"

오왕은 하도 어이가 없어 먼 하늘만 쳐다보다가 백비에게 묻는다.

"저자가 저토록 방자스러우니 이 일을 어찌했으면 좋겠소?"

백비가 대답한다.

"부개의 수하 장병들은 모두가 대왕의 녹(祿)을 먹고 살아온 사람들이옵니다. 그러므로 지금은 도성을 포위만 하고 있다가 밤이 되거든 부개를 생포할 계책을 꾸며 보기로 하십시다. 신이 생각하는 바가 있사옵니다."

오왕은 백비를 믿고 성을 포위한 채 밤이 오기만 기다렸다. 이윽고 밤이 되자 백비는 모든 군사들로 하여금 성을 쳐들어가는 것처럼 사방에서 함성을 올리라고 하였다.

부개는 크게 당황하여 성문을 굳게 지키려 하였다. 그러나 수하의 병력이 워낙 미약하였기 때문에 병력을 증강하기 위해서는 민간인들을 동원하여 혼성부대(混成部隊)를 편성하는 수밖에 없었다.

백비가 노리고 있는 점은 바로 그것이었다.

이윽고 민간인들이 최대한으로 동원되었을 때를 기하여 백비는 성안의 사람들에게 이렇게 호소하였다.

"성 안의 군민(軍民)들은 잘 듣거라. 너희들은 모두가 대왕의 녹을 먹고 살아온 양민(良民)들이다. 너희들은 지금 역적 부개에게 마지못해 끌려나와 있기는 하지만 그것이 너희들의 본심이 아님은 누구보다도 대왕께서 잘 알고 계시나. 그러하니 내일 아침 축시(丑時)를 기하여 너희들의 손으로 성문을 활짝 열어 대왕을 반갑게 맞아들이도록 하라. 만약 역적에게 단 한 명이라도 동조한 자가 있으면, 손 원수와 오 대부가 돌아오시는 대로 배반자를 색출해 삼족(三族)을 멸할 것이다. 그때에 가서 뉘우쳐 본들 무슨 소용이 있겠느냐? 각자가 깊이 생각하여 단 한 사람이라도 후회하는 자가 없도록 하라!"

백비를 비롯하여 많은 사람들이 밤을 새워 성벽을 감돌며 똑같은 내용의 말을 수도 없이 반복하여 성 안 군민(軍民)들의 인심이 크게 동요되었다.

백성들은 부개의 명령으로 마지못해 성문을 지키고 있었지만 손무와 오자서가 돌아오기만 하면 부개 따위는 대번에 손을 들게 될 것이 뻔한 일이었기 때문이다.

부개는 민심이 동요됨을 알고 크게 당황하여,

"누구를 막론하고 적에게 성문을 열어 주는 놈은 삼족을 멸하리라."

하고 긴급 포고령을 내렸다. 그러나 아무리 무시무시한 포고령도 관군에게 기울어져 버린 민심을 돌려놓을 수는 없었다. 그리하여 다음날 새벽 축시가 되자 수비병들은 약속이라도 한 듯이 오왕을 맞아들이려고 사대문을 일제히 열어 주는 것이 아닌가.

성 밖에서 대기 중이던 관군은 성문이 열리기 무섭게 성 안으로 노도와 같이 몰려 들어왔음은 말할 것도 없다. 오왕이 성 안으로 들어서자 백성들은 저마다 어전에 엎드려 울며 왕을 영접하였다.

관군은 사방으로 흩어져 역적 부개를 찾았다. 그러나 부개는 역모가 실패로 돌아가자 어둠을 뚫고 단신으로 말을 달려 멀리 초국 국경지대로 도피하였다.

오왕은 왕좌에 올라앉아 군신들과 기쁨을 나누며, 그 사실을 일선에 있는 손무와 오자서에게 즉시 알렸다.

오자서가 그 소식을 받고 손무에게 묻는다.

"주상께서 천병(天兵)을 거느리고 환국하시어, 반역의 무리를 깨끗이 소탕해 버리셨다고 하니 참으로 기쁘옵니다. 원수와 저만은 아직도 외지에 남아 적군과 대진 중에 있사옵니다. 우리에게 확고한 승산이 없으니 우리도 차제에 명예로운 회군(回軍)의 길을 모색해 보는 것이 어떠하겠습니까?"

손무가 대답한다.

"대진한 지 10여 일이 넘도록 일체 공격을 가해 오지 않는 것을 보면 적도 싸울 의사가 없는 것만은 확실할 것 같소. 그렇다면 화친사(和親使)를 보내, '초국은 해마다 우리에게 공세(貢稅)를 바친다' 는 조건부로 강화조약을 맺고, 회군하는 것도 무방할 것 같소이다."

오자서가 다시 묻는다.

"초는 지금 진나라에서 응원군까지 얻어다 놓고 있는 판인데, 그런 조건을 내세우면 강화를 수락하겠습니까?"

"지금 형편으로는 물론 어려울 것이오. 그러나 진군(秦軍)이 응원을 오기는 했으나 누가 남의 나라를 위해 결사적으로 싸우려고 하겠소. 적에게도 그런 약점이 있다는 사실을 알아야 하오."

"물론 적이 그런 조건을 수락해 준다면 그 이상 바랄 것이 없지만 지금으로서는 도저히 어려울 것 같습니다. 차라리 지금이라도 우리가 선제공격을 가해 적이 강화를 수락하지 않을 수 없도록 압력을 가해 보는 것이 어떠하겠습니까?"

"참으로 옳은 말씀이오. 나도 진작부터 그 점을 생각하고 있었소."

이리하여 오군은 강화 조건을 수락시키기 위한 방편으로 새로운 공격을 도모하였다.

손무는 연합군에게 입력을 가하려고 모든 장수들을 한자리에 불러 놓고 새로운 군령을 내렸다. 그 군령에 의하여 오자서와 당후(唐候), 채후(蔡候)는 각각 군사를 이끌고 한수(漢水)로 달려가 좌우편 강안(江岸)에 깊이 잠복하였다.

손무는 군사 배치가 완료되자 이번에는 유능한 첩자들을 적진 속에 깊숙이 침투시켜 다음과 같은 소문을 널리 퍼뜨려 놓았다.

'부개가 본국에서 반란을 일으켰기 때문에 오왕은 반란군을 진압하기 위해 손무와 오자서를 대동하고 본국으로 황급히 돌아가 버렸다. 따라서 남아 있는 군사들도 불일간 철수하려고 비밀리에 철수 준비를 서두르고 있는 중이다.'

마침내 그 소문이 영윤 자서의 귀에 들어가자 그는 크게 기뻐하였다.

'우리가 두려워하는 자는 손무와 오자서뿐인데, 그 두 사람이 귀국했다면 남아 있는 군사들을 때려부수기는 식은 죽 먹기보다도 쉬운 일이 아니겠는가?'

자서는 그렇게 생각하고 진장 희련에게 그 뜻을 알렸다. 희련도 즉석에서 찬성하고 나섰다.

"손무와 오자서가 없다면 잔류 부대는 이미 전의를 상실하였을 것이 분명하오. 그렇다면 이 기회에 삼군을 휘몰아쳐 들어가 잔류 부대를 모조리 분쇄해 버리기로 합시다."

이리하여 초진연합군은 대거하여 오진(吳陣)을 엄습해 왔다. 과연 오군은 보따리를 둘러메고 삼삼오오로 철수 중이 아닌가.

희련은 이때다 싶어 철수하는 오군을 맹렬히 추격하였다. 그리하여 20리쯤 추격해 왔을 바로 그때, 손무가 산 위에서 붉은 깃발을 높이 들어 올리니 사방에 매복해 있던 오군이 일제히 봉기하여 희련에게 폭풍우와 같이 몰아쳐 오는 것이 아닌가. 그러나 희련은 워낙 천하무적의 효장(驍將)인지라 앞에서 덤벼들고 뒤에서 몰아쳐 오고, 좌우에서 덮쳐 오는 오군들을 요리조리 피해 가며 추호도 겁을 내지 않고 용감하게 싸웠다.

오자서는 마침 자서와 맞붙어 싸우고 있었는데, 싸우면서 멀리 바라보니 누구도 희련을 당해내지 못하는 것이 아닌가.

오자서는 그 광경을 보자 자서를 내버려둔 채 장창을 휘둘러 희련에게로 달려오며 큰소리로 외친다.

"네 이놈, 무명 필부야! 용기가 있거든 나하고 싸우자!"

희련은 맹렬히 달려오는 오자서의 기세에 놀라면서도,

"너는 도대체 어떤 놈이기에 감히 나에게 싸우려고 덤비느냐?"

하고 묻는다.

오자서가 말을 달려 다가오며 다시 외친다.

"나는 투보회 석상에서 9천 근의 무쇠 화로를 휘둘렀던 오 명보다. '오 명보'라면 아동 주졸도 모르는 사람이 없거늘, 네 어찌 나를 몰라보느냐?"

"뭐? 오 명보?"

희련은 이름만 듣고도 기가 꺾인다.

오자서와 희련은 정면으로 싸움이 붙었다. 두 장수는 쫓기는 듯하다가는 반격으로 나오고, 반격으로 나오다가는 다시 쫓기고, 일진일퇴를 한없이 거듭하는 맹렬한 싸움이었다.

10합, 20합, 30합……. 아무리 싸워도 승부가 나지 않는 건곤일척(乾坤一擲)의 피어린 싸움이었다.

그들의 싸움이 얼마나 치열하고도 처참했던지, 다른 군사들은 싸우다 말고 넋을 잃은 채 바라보고만 있을 지경이었다. 힘에 있어서는 오자서가 희련에게 뒤지는 것 같았고, 무예(武藝)에 있어서는 희련이 오자서를 당해낼 수가 없어서, 싸움은 40합이 넘도록 일진일퇴(退)를 기듭하였다.

그러나 50합을 넘어서면서부터 희련의 칼은 차츰 둔해 오기 시작하였고, 오자서의 칼은 시간이 흐를수록 날카로워지고 있었다.

그러다가 어느 순간, 오자서가 벼락같은 고함을 지르며 장창을 후려치니, 희련의 손에 들려 있던 장창이 요란스러운 쇳소리를 내며 땅에 떨어져 버렸다. 그 바람에 희련은 말머리를 급히 돌려 번개 치듯 도망을 치기 시작하였다. 그러나 오자서는 그를 추격하여 목을 쳐버릴 생각은 아니 하고, 땅에 떨어져 있는 희련의 창을 굽어보며,

"무부(武夫)가 무기를 버리고 도망가면 어떡하느냐? 도망을 가려거든 무기도 가지고 가거라!"

하고 큰소리로 외치기만 할 뿐이었다.

오장들이 오자서의 태도를 매우 의아스럽게 여겨,

"오 명보는 어찌하여 그놈을 죽이지 아니하고 살려 보내오니까?"

하고 물었다.

오자서가 웃으며 대답한다.

"일승일패(一勝一敗)는 병가의 상사(兵家常事), 희련은 비록 적장이지만 50년에 한 명쯤 나올까 말까 한 효장이로다. 그런 장수를 내 어찌 함부로 죽이겠느냐? 싸움의 목적은 승부를 결하는 데 있는 것이지, 인명을 살해하는 데 있는 것이 아니다."

죽여 없애기에는 너무나 아까운 장수여서 의식적으로 살려 보낸 것이었다. 그로써 연합군은 크게 패하여 자서를 비롯한 투신, 왕손유, 심제량 등의 초장들이 모두 쫓겨 한수 이북에 총집합하였다.

영윤 자서가 장수들에게 말한다.

"손무와 오자서가 본국으로 돌아간 줄로 속단하고 출동했던 것이 우리들의 큰 잘못이었다. 병법이 귀신같은 손무가 일선에 남아있는 한 우리가 승리하기는 어려울 것 같으니 차라리 이 기회에 우리 편에게 화친을 제의해 보는 것이 어떠하겠소?"

심제량이 즉석에서 반문한다.

"그러면 초국의 존망은 어떻게 되는 것이옵니까?"

자서가 대답한다.

"나라를 보존하기 위해 화친이 필요한 것이지, 나라가 망한다면 무슨 화친이 필요하겠소?"

"그렇다면……."

다른 장수들도 승리의 가망이 없는 것으로 알고 모두들 화친에 동조하였다.

초국 장수들은 오국에 화친을 제의하자는 의견일치를 보자, 심제량을 화친사로 오군 진영에 보냈다.

심제량이 오자서를 만나 말한다.

"동주(東周) 이후 중원은 16개의 제국으로 분립되었고, 전쟁은 끊임없이 반복되었지만 어느 나라도 남의 나라를 끝까지 멸망시켜 버린 일은 한번도 없었습니다. 왜냐하면 비록 영토를 넓혀보겠다는 야심 때문에 전쟁을 하더라도 남의 나라를 아예 멸망시켜 버리는 것은 불의(不義)에 속하는 일이라 생각했기 때문이었습니다. 우리 초국으로 말하면 창업 이후 오랜 세월을 두고 국체를 연면하게 보존해 왔사온데 일찍이 초국의 충신이셨던 오 명보께서 어찌하여 고국을 끝까지 멸망시켜 버리려 하시옵니까? 물론 오 명보께서 초 평왕에게 철천지한을 품고 계셨던 것은 알고 있사옵니다. 그러나 그에 대한 원한은 이미 깨끗하게 풀어 버리지 않으셨습니까? 이제 저희들은 초국의 국체를 보존하고자 화친을 제의하는 바이오니, 오 명보께서는 구의(舊誼)를 생각하시어 우리의 제안을 흔쾌히 받아늘여 수시옵소서."

오자서는 그 말을 듣고 눈물이 솟구쳐 올랐다.

"초국이 나의 고국이었음을 난들 어찌 잊어버릴 수 있겠소? 초국을 깡그리 멸망시켜 버리기는 나로서도 괴롭기 짝이 없는 일이오. 그러나 나는 오국에 몸을 담고 있으니 오왕께서 허락을 내리시기 전에는 어찌할 수가 없는 일이오. 심 대인의 뜻을 오왕 전에 상세히 전달해 드리도록 하리다."

심제량이 다시 말한다.

"초국의 존망은 오로지 오 명보의 결심에 달려 있다고 저희들은 생각합니다. 초국은 해마다 오국에 공세(貢稅)를 바치기로 약속할 터이오니, 오 명보께서는 지금 곧 군사를 본국으로 철수시켜 주시옵소서. 그렇다고 오왕께서는 오 명보를 결코 책망하지 아니하실 것이옵니다."

"그 문제를 나 혼자서는 결정할 수 없으니 손 원수와 상의해 보도록 하겠소이다."

오자서가 심제량의 뜻을 손무에게 전하니, 손무가 웃으며 대답한다.

"화친은 본시 우리가 바랐던 것이오. 초국이 자진하여 공세를 헌납하겠노라고 제의해 왔다면 그들의 요청을 쾌히 수락해 주기로 합시다."

"만의 하나라도 대왕께서 불만스럽게 여기신다면 어찌합니까?"

손무가 고개를 좌우로 흔들며 대답한다.

"부개의 반란 사건도 있어 본국 사정이 평온치 못한데다, 우리 군사가 외지에 더 이상 오래 주둔해 있다가는 어떤 곤경에 빠지게 될지도 모르오. 병사(兵事)란 끝까지 강경하게 나오는 것만이 능사가 아니오. 때로는 명예롭게 후퇴하는 것도 훌륭한 병법의 하나요. 심제량은 예비회담을 온 것이니 일단 수락하는 뜻으로 대답해 놓고 본국에 연락합시다."

오자서가 손무의 뜻을 심제량에게 전했다.

심제량은 크게 기뻐하며 부랴부랴 돌아갔다.

심제량이 자기 진영으로 돌아와 자서에게 교섭 결과를 보고했다. 자서도 크게 기뻐하며 초왕의 윤허를 받으려고 대장 투신을 수(隋) 땅으로 보냈다.

외지에서 우울한 세월을 보내고 있던 초왕은 투신의 보고를 받자 크게 기뻐하며,

"나라를 보존할 수만 있다면 공세쯤이야 무슨 문제이겠느냐? 우선 나라를 찾아 놓고 나서, 다시 후일을 기하도록 하자."

하고 화친 정책을 즉석에서 수락하였다. 그리하여 이번에는 자서 자신이 몸소 오자서를 찾아갔다.

오자서도 그동안 오왕의 허락을 얻어 놓았는지라 양국간의 강화 조약은 일사천리로 체결되었다.

그로써 2년여에 걸쳐 끌어오던 오초대전은 종결을 보게 되었다. 강화 조약이 성립되자 오자서는 곧 군사를 철수하기 시작하였다.

초국은 궁전을 새로 수리하면서 영윤 자신이 수 땅으로 달려가 초왕의 환궁을 서둘렀다. 초왕은 오랫동안의 망명 생활을 청산하고 문무백관들의 옹호를 받으며 형지(荊地)로 돌아오는데, 성구(成臼)라는 곳에 왔을 때 해가 저물었다. 그리하여 강가에 배를 매고 배 위에서 하룻밤을 지내게 되었는데, 한밤중에 나와 보니 물 속에서 붉은 광채가 찬란하게 비쳐 오르는 것이 아닌가.

"저게 무엇이냐? 광채가 참으로 이상하구나. 저것이 무엇인지 물 속에서 꺼내 보아라."

왕명에 의하여 물 속에서 문제의 광채 나는 물건을 꺼내 보니, 그것은 붉은 산호(珊瑚)로 되어 있는 말(斗)과 같은 물건이었다.

초왕이 군신들에게 묻는다.

"이것이 무엇인지 아는 사람이 있거든 말해 보시오."

그러나 군신들 중에 아무도 그것을 아는 사람이 없었다.

"그것이 어떤 물건인지는 알 길이 없사오나 대왕께서 환궁하시는 도중에 이런 귀물을 발견하셨으니 상서로운 징조임에는 틀림이 없사옵니다."

"그러하옵니다. 대왕께서 몸소 지니고 환궁하셔서 국보(國寶)로 길이 보존하심이 좋을 줄로 아뢰옵니다."

군신들이 제각기 경축사를 올리는 바람에 초왕은 크게 기뻐 정체불명의 보물을 몸에 지니고 돌아왔다.

초왕은 도성에 돌아오자 곧 백영 태후를 찾아뵙고 얼싸안으며 통곡을 하였다.

초왕이 흐느껴 울며 말한다.

"소자가 부덕하여 대변(大變)을 당함으로써 능묘(陵廟)를 훼손시키고 선왕(先王)을 욕되게 하였습니다. 이 원수를 어느 날에나 갚으오리까?"

그러나 백영 태후는 조금도 흥분하지 않고 차분한 어조로 타이르듯 말한다.

"대왕께서 무사히 환궁하셨으니, 이 얼마나 기쁜 일이오. 무엇보다도 먼저 국가 보존에 공이 큰 사람에게는 상을 내리시옵고, 죄를 범한 자에게는 벌을 내리시옵고, 백성들이 안심하고 생업에 종사할 수 있도록 치안을 바로잡아 주시옵소서. 원수에 대한 보복은 그 후의 일이옵니다."

초왕은 백영 태후의 지시대로 우선 평왕의 무덤을 개장(改葬)하고, 황폐해진 종묘(宗廟)부터 개수(改修)하였다. 그런 뒤 자서, 심제량, 왕손유, 왕손어, 종건, 투소, 신포서 등의 공신들을 한자리에 불러 상을 후하게 내리고, 전쟁 중에 적에게 부역했던 자들에게는 가차 없는 중형을 내렸다.

　논공행상(論功行賞)을 거행하고 나자 대부(大夫) 송목(宋木)이 출반주하여 아뢴다.

　"지난날 대왕께서 망명의 길에 오르시어 운몽택(雲夢澤)을 건너가시는 도중에 적도들에게 피습을 당한 일이 계셨사옵니다. 그때에 왕손유가 대왕을 대신하여 도둑의 칼을 막아내지 못했던들 오늘날 환궁의 기쁨을 누리시기는 어려웠을 것이옵니다. 그런 점에서 대부 왕손유에게 각별한 상을 내리심이 옳을 줄로 아뢰옵니다."

　초왕은 그 말을 듣고 즉석에서 말한다.

　"그거 참, 옳은 말씀이오. 그러면 내 생명의 은인인 왕손유 대부에게는 가일등(加一等)의 상을 내리기로 하겠소. 그밖의 사람들에 대해서는 어떻게 생각하시오?"

　송목이 허리를 굽히며 다시 말한다.

　"영윤 자서와 대부 심제량 등은 최후까지 국내에 남아 의병(義兵)을 모집하여 항전(抗戰)을 계속했으니 그들의 공로도 각별한 바 있사옵고, 대부 신포서는 진나라로 달려가 진 애공에게 울면서 호소하여 응원군을 얻어 온 공로가 또한 지대하오니 그들에게도 가일등의 공로상을 내리심이 지당하신 줄로 아뢰옵니다."

　"경의 말씀을 들어보니 과연 옳은 말씀이오. 그러면 공로가 각별히 많았던 네 분은 각각 '공(公)'으로 봉하여, 영윤 자서는 '운공(鄖公)'이라 칭하고, 대부 심제량은 '엽공(葉公)'이라 칭하고, 대부 왕손유는 '등공(鄧公)'이라 칭하고, 대부 신포서는 '당공(唐公)'이라 칭하기로 하겠소."

　이리하여 논공행상은 일단락을 지었다. 그리고 진장(秦將) 희련에게는 많은 상을 주어 본국으로 돌려보냈다. 그런데 신포서만은 논공행상을 받고 집에 돌아오자 마누라를 불러 놓고 이렇게 말했다.

"내가 진나라에 달려가 응원군을 요청해 온 것은 나라를 구하기 위해서였지, 나 자신의 영달을 도모하기 위한 일은 아니었소. 그런데 주상께서 나에게 중작(重爵)을 내려 주시니 마음이 괴로워 견딜 수 없구려. 그래서 나는 깊은 산 속에 숨어 버린 채 조정에는 다시 나가지 않기로 해야겠소. 이제부터 가사(家事)는 부인이 일체 맡아 주기 바라오."

신포서는 그 말 한 마디를 남기고 그날로 산 속에 깊이 숨어 버렸다.

초왕은 그 사실을 알고 백방으로 사람을 놓아 신포서의 행방을 찾아보았다. 그러나 신포서는 어디 가 숨었는지 끝끝내 그의 행방을 알아낼 길이 없었다.

전후의 수습을 마무리지어 가던 어느 날, 백영 태후가 왕을 내전으로 불러 말한다.

"오늘은 주상에게 긴히 당부하고 싶은 말씀이 있소이다."

"무슨 말씀이신지 어서 말씀을 하시옵소서."

백영 태후가 조용히 말한다.

"주상께서도 아시다시피 계화 공주는 나이가 이미 열여덟 살이나 되어서 세월이 태평했으면 이미 출가하고도 남았을 나이입니다. 그런데 전란(戰亂)으로 혼기가 늦어져 어미로서는 걱정스럽기 짝이 없구려. 주상은 그 점에 각별히 유의하시어 좋은 혼처를 신속히 구해 주시기 바라오."

계화 공주는 초왕의 하나밖에 없는 누이동생이요, 백영 태후로 보자면 눈에 넣어도 아프지 않을 정도로 사랑하는 고명딸이었다. 그 계화 공주가 전쟁으로 혼기를 놓쳤으니 어머니로서는 걱정이 아니 될 수가 없었다.

초왕이 머리를 조아리며 백영 태후에게 말한다.

"소자가 국란을 수습하느라고 공주의 혼사를 미처 생각지 못했음이 불효 막급하옵니다. 오늘부터는 혼처를 서둘러 구해 보도록 하겠습니다."

초왕은 매제(妹弟)가 될 만한 신랑감을 구하려고 우방 열국(友邦列國)에 중신들을 파견하여 왕족의 자제(子弟)들을 알아보려 하였다. 그러자 계화 공주가 그 사실을 알고 초왕과 백영 태후 앞에서 이렇게 말하는 것이었다.

"제가 알기로는 여자에게도 부도(婦道)라는 것이 있다고 들었습니다. 저는 일찍이 주상을 따라 피난을 가다가 회수(淮水)에서 적도(賊徒)들에게 피습을 당했을 때 대부 종건의 등에 업혀서 변을 면한 일이 있었사옵니다. 여자가 몸을 남자에게 한번 맡겼던 이상 이제 그분을 두고 어찌 다른 남자에게 시집을 갈 수 있으오리까? 죽으면 죽었지 다른 사람에게는 시집을 못 가겠습니다."

백영 태후는 그 말을 듣고 머리를 크게 끄덕였다.

"나는 전연 모르고 있었던 일인데 피난 중에 그런 일이 있었느냐? 대부 종건이 너를 업어서 피난시켜 주었다면, 그것은 생명의 은인이기도 하구나. 그렇다면 그 사람을 두고 어찌 다른 사람에게 출가할 수 있겠느냐? 주상께서는 공주의 갸륵한 심정을 헤아리시어 대부 종건과 백년가약을 맺도록 윤허를 내려 주소서."

대부 종건도 국가에 공로가 많은 사람인지라 초왕도 그를 매제로 삼는 데 반대할 까닭이 없었다.

그리하여 그들의 혼사를 즉석에서 윤허하는 동시에 종건에게는 '태사락(太司樂)'이라는 새로운 작호(爵號)까지 내렸다. 그리하여 상처투성이이던 초국 국정은 날이 갈수록 아물어 가서, 1년이 경과했을 무렵에는 오패국(五霸國)의 하나로서 옛날의 위용을 얼추 갖출 수 있게 되었다.

본시 흥망성쇠(興亡盛衰)란 마치 새끼를 꼬는 것과 같아서 항상 엇갈려 돌아가는 것이 철리인지도 모른다.

전쟁무상(戰爭無常)

　오국 군사는 본국을 멀리 떠나온 원정군(遠征軍)이었음에도 초나라의 국토를 맘대로 석권(席卷)할 수 있었던 것은 말할 것도 없이 오국 장수들이 한결같이 용맹스러웠기 때문이었다.
　'용감한 장수 아래 약병(弱兵) 없다'는 말은 결코 헛된 말이 아닌 것이다. 지휘관이 용맹스러우면 그 밑에 있는 병사들도 절로 용맹스러워지는 법이다. 그러나 승리의 원인을 좀더 깊이 파고 들어가 보면 손무의 탁월한 작전계획과 오자서의 초인적인 전투력이 절대적인 역할을 했음은 두말할 것도 없다.
　초나라는 패망 직전에 몰리도록 참패에 참패를 거듭했다. 그러나 강화조약을 맺은 오군이 철수를 해버리자 복구 작업에 전력을 기울여 1년이라는 세월이 흘렀을 때에는 전쟁이 언제 있었던가 의심스러울 정도로 전흔(戰痕)이 깨끗이 가셔질 수 있었다.
　그러면 승자(勝者)인 오나라는 과연 어떠했던가. 이제부터 그 후 소식을 한번 알아보기로 하자.

이야기는 1년 전으로 거슬러 올라간다. 손무는 강화조약을 성립시키고 나서 오자서와 함께 모든 군사를 거느리고 본국으로 돌아오기 시작하였다. 2년 가까이 자나 깨나 싸움터로만 전전하다가 귀로에 오르고 보니 손무로서는 여러 가지로 감회가 많았다.

'방안에 들어앉아 병법을 이론으로만 연구해 오던 내가 실전에 직접 가담해 보기는 이번이 처음이었는데, 오늘의 결과를 나는 성공으로 봐야 옳을 것인가, 실패로 봐야 옳을 것인가?'

손무는 우선 그 점부터 생각해 보았다. 이태 동안이나 불철주야로 전선을 질주하면서 적과 더불어 대회전을 거듭하기를 무려 10여 차례였다. 그 많은 전투에서 패배의 고배를 마신 경우도 노상 없지는 않았지만 대체로는 연전연승(連戰連勝)을 거듭해 왔었다. 말할 것도 없이 그것은 평소에 병법을 독실하게 연구해 온 덕택이었다고 볼 수밖에 없었다.

'그토록 연전연승을 거듭해 왔건만 우리가 승자로서 얻은 것은 과연 무엇인가?'

손무는 거기에 생각이 미치자 허탈함을 금할 길이 없었다. 물론 엄밀하게 따지고 보면 소득이 결코 작은 것은 아니었다. 평소에 오국을 오랑캐의 나라라고 멸시해 오던 초국의 거만한 콧대를 여지없이 꺾어 준 것도 커다란 소득의 하나요, 그로 인해 오국의 위세(威勢)를 만천하에 떨칠 수 있게 된 것도 커다란 소득의 하나요, 강대국으로 자처해 오던 초국으로부터 해마다 공세(貢稅)를 받아들이게 된 것도 커다란 소득의 하나임에는 틀림이 없었다. 그러나 전쟁으로 인해 오국 백성들은 얼마나 많은 피를 흘렸으며 국가의 재정은 또 얼마나 많이 탕진되었던가. 엄청난 희생의 대가로 얻어진 소득이 고작 그뿐이었나 생각하면 너무도 미미한 것이어서 절로 무상함이 느껴졌다.

'전쟁은 결코 함부로 일으켜서는 아니 되는구나!'

손무는 문득 그런 감회가 절실하였다. 초국에서 동오(東吳)로 돌아오려면 한탄진(寒灘津)이라는 강을 건너야 한다. 오군은 본국으로 돌아오다가 날이 저물어, 한탄진 강가에서 야영을 하며 하룻밤을 보내게 되었다.

손무는 초저녁부터 막사에 누워 잠을 청했으나 웬일인지 잠이 오지 않았다. 그리하여 영내를 순시할 겸 자리에서 일어나 밖으로 나갔다. 계절이 초가을인지라 중천에 덩실하니 솟아 있는 보름달 빛이 전신에 싸늘하게 차가웠다. 강가에는 갈대가 무성하고, 갈잎을 스쳐 오는 강바람이 애수(哀愁)를 자아내는데, 때마침 중천으로 날아가는 기러기 떼의 울음소리조차 처량하여 손무는 불현듯 까닭 모를 눈물이 솟았다.

지난 이태 동안 전선(戰線)에서 전선으로 동분서주(東奔西走)하고 돌아다닐 때에도 그와 같은 야경은 얼마든지 보아 왔었다. 그러나 그때에는 싸움에만 열중하여 눈으로 달을 바라보면서도 달을 깨닫지 못했고, 귀로는 기러기의 울음소리를 들으면서도 가을을 느끼지 못했었다. 그때에는 달을 보면 그 달빛을 작전 계획에 어떻게 이용할 것인가만 생각하였고, 바람소리를 들으면 그 바람이 적을 공격하는데 어떤 영향을 미칠 것인가만 생각했었다. 그런데 전쟁이 끝나고 회군하는 도중에 바라보는 달빛과 바람소리는 장부의 애를 끊을 듯 눈물겹게 해주고 있지 않은가.

달빛을 바라보면 일말(一抹)의 애상(哀傷)을 느끼고, 기러기 소리를 들으면 고향을 생각하게 되는 것은 인간이라면 누구나 겪게 되는 자연스러운 감정의 발로이리라. 그럼에도 전쟁을 치르는 동안만은 감정의 발로조차 마비되어 있었음을 깨닫고 손무는 적이 놀랐다.

'전쟁이란 사람을 그렇게도 몰풍정(沒風情)하게 만들어 버리는 것

이었던가.'

 손무는 지금까지 모르고 있었던 전쟁의 본질을 새삼스러이 깨달은 느낌이었다. 하기는 전쟁이란 죽느냐 사느냐 둘 중의 하나가 있을 뿐이지, 중간적인 타협이 성립될 수 없는 마지막 판 노름인 것이다. 따라서 거기에는 감정도 풍정(風情)도 용납되지 않는다. 네가 죽느냐 내가 죽느냐의 결사적인 전투에 어찌 감정과 풍정이 용납될 수 있으랴. 그런 점에서 따지고 보면 전쟁이란 원시인과 원시인 간의 생존을 위한 결투와 다를 게 없는지도 모른다.

 손무 자신은 전쟁에 매혹되어 반평생을 오로지 병법만 연구해 왔었다. 그러나 이태 동안이나 전쟁의 와중에 휩쓸려 돌아가다가 이제 무기를 둘러메고 돌아오며 생각해 보니, 전쟁이란 자기가 평소에 머릿속으로 생각했던 것처럼 장쾌한 것만은 아니었다.

 손무는 푸른 달빛이 흘러넘치는 강가를 홀로 거닐다가 문득 고향을 연상하였다.

 '집을 떠나온 지도 어느덧 7, 8년! 그동안 처자식들은 어떻게 살아가고 있을까?'

 싸움터에 나와 있는 무부(武夫)가 고향과 가족들을 생각하게 되면 그 사람은 이미 무부로서의 용맹성을 상실한 군인이라고 보이야 옳을 일이다.

 손무는 그러한 사실을 누구보다도 잘 알고 있었기 때문에, 일시나마 향수에 젖어 있었던 자신을 깨닫고 불현듯 깜짝 놀랐다.

 '아니다! 나는 오국에서 원수의 중책을 맡고 있는 최고 지휘자가 아니던가? 오왕의 요청에 의하여 오국을 돕겠다고 철석같이 맹세하고 원수의 직책을 맡지 않았던가? 어떤 경우에도 오국을 배신할 수는 없는 일이다.'

손무는 일시적인 감상을 매정하게 떨쳐 버리고 평소의 냉철한 자신으로 돌아왔다. 그러나 전쟁을 실제로 치르고 나서 곰곰 생각해 보니, 전쟁 자체에 대한 인식만은 크게 달라지지 않을 수 없었다.

　책상 위에서 병법을 이론으로만 연구하고 있을 때에는 국가와 국가 간의 모든 분쟁은 오로지 전쟁의 성패만으로 결정할 수 있다고 확신해 왔었다. 그런 까닭에 전쟁에 이겨 초국을 점령해 버리면 모든 초토(楚土)는 오국의 영토가 되어 버린다고 생각했었다. 그러나 정작 초국을 점령해 놓고 보니 그것이 아니었다. 초국은 단순하게 초국만의 초국이 아니었다. 초국은 주변 열강(列强)들과 세력 균형을 이루는데 일익을 담당하고 있는 나라였다. 그런 까닭에 초국을 아무리 무력으로 점령했더라도 열강들이 용납하지 않으면 영토로 만들 수가 없었다. 기어이 영토로 만들려면 수많은 열강들과 다시 싸워야 할 터인데, 그것은 어느 나라도 불가능한 일일 것이다. 왜냐하면 일국의 무력에는 한계가 있기 때문이다.

　'모든 것을 전쟁만으로 해결할 수 있다고 믿어 왔던 것은 나의 크게 잘못된 생각이었구나.'

　손무 자신은 병법을 열성적으로 연구한 덕택에 연전연승을 거듭하여 초국 전체를 점령해 버릴 수 있었다. 그러나 초국의 충신 신포서는 단 한 사람의 힘으로 진나라에 정치적인 활동을 전개하여, 오국이 모처럼 점령한 초국을 고스란히 돌려받고 말았으니 무력의 승리란 그렇게도 허망한 것이었던가 하는 좌절감이 무엇보다도 절실했다.

　'음, 세상이란 오로지 무력만으로 운영되어 나가는 것은 결코 아니었구나. 수많은 종류의 나무들이 모여 하나의 숲을 이루고, 수많은 동물들이 강약(强弱)을 다투며 피차간에 균형을 이루고 살아가듯 국가와 국가도 끊임없는 각축(角逐)을 반복하지만 어느 한 나라의 존립

만을 허용하지 않는 것이 신의 섭리(攝理)인가보구나!'

손무는 그렇게 깨닫고 보니 지금까지 병법 연구에만 몰두해 왔던 자신의 존재가 너무도 왜소하게 느껴져 견딜 수 없었다.

손무는 강변을 오랫동안 배회하다가 발길을 돌려 병사(兵舍)들을 순찰하기 시작하였다. 군졸들은 모두들 잠이 깊이 들었는지, 병사마다 코고는 소리만 요란스럽게 울려 나온다.

'지금 막사 안에서 곤히 자고 있는 군사들은 몇 차례의 죽을 고비를 무사히 넘기고 살아서 돌아오는 사람들이구나. 오직 살아남았다는 사실 하나만으로도 모두가 행복한 사람들이 아닌가?'

그런 생각을 하며 순찰을 계속 하고 있노라니 문득 막사 뒤에서 검은 그림자 하나가 달을 바라보며 서성거리고 있었다.

"거기 서 있는 게 누구냐? 이리 와 보아라."

손무는 검은 그림자를 조용히 불렀다. 그러자 가까이 다가오던 검은 그림자는 상대가 손무임을 깨닫고 4, 5보 앞에 우뚝 멈춰 서더니,

"앗! 이 밤중에 원수님께서 주무시지 않고 웬일이시옵니까?"

하고 말하며 머리를 숙여 보였다.

달빛에 자세히 보니 40이 가까워 보이는 늙은 병사였다. 손무가 가까이 다가가 어깨에 손을 얹으며 묻는다.

"나도 나지만, 너는 자지 않고 왜 밖에 나와 있느냐? 그동안 싸우느라고 몹시 피곤했을 텐데 고단하지도 않으냐?"

병사는 겸연쩍은 듯 손으로 머리를 긁적거리며 대답한다.

"살아서 돌아오는 게 기뻐 잠이 오지 아니하옵니다."

손무는 그 소리에 가슴이 뭉클해 왔다.

"음, 죽지 않고 살아서 돌아오는 게 그렇게도 기쁘냐?"

"네, 기쁘옵니다. 우리 마을에서 다섯 명이 군인으로 뽑혀 나갔다

전쟁무상(戰爭無常)

가 세 명은 죽고 두 명만 살아 돌아오게 되었습니다. 죽은 친구들에게는 죄송스러운 말씀이지만 무척 기쁘옵니다."

손무는 또 한번 가슴이 뭉클해 왔다.

'한 사람의 장수가 명성을 떨치는 데 만여 명의 병사가 죽어 나간다(一將名成萬骨枯)'라는 말이 예부터 전해 내려오고 있거니와 나라를 위하고 장수를 위해 이름도 없이 죽어간 수많은 병사들의 전사가 새삼스러이 뼈아프게 느껴졌던 것이다.

'음, 전쟁이란 결코 함부로 일으킬 일이 아니었구나!'

손무는 내심 다시 그렇게 생각하고 나서 병사의 어깨를 다정하게 두드려 주며 묻는다.

"집에 부모님은 생존해 계시느냐?"

"어머니만 계시옵니다."

"처자식은 있느냐?"

"처가 임신한 지 여덟 달 만에 군인이 되었으니 아들인지 딸인지는 모르오나 그 애가 이제는 세 살이 되었을 것이옵니다."

"그러고 보면 전선에 나온 지 꽤 오래 되었구나. 살아서 만나게 되었으니 어머니와 처자식들이 얼마나 기뻐하겠느냐? 네가 잠을 못 이루고 바깥에서 배회하는 심정을 이제야 알겠다. 그러나 밤이 깊었으니 그만 들어가 자거라."

병사와 작별하고 걸음을 다시 옮겨 놓으려니 손무 자신도 가족들 생각이 새삼스러이 간절해 왔다. 그리하여 달빛 속을 하염없이 배회하고 있노라니 문득 어디서 누군가,

"거기 계시는 분은 손 원수님이 아니시옵니까?"

하고 묻는 소리가 들려 온다.

손무가 깜짝 놀라며 뒤를 돌아다보니, 저만치 달빛 속을 오자서가

혼자 걸어오고 있었다.

"아니, 이 밤중에 오 대부께서 웬일이시오?"

오자서는 손무 앞에서 걸음을 멈추며,

"저도 저지만 원수님께서는 주무시지도 않고 이 밤중에 웬일로 밖에 나와 계시옵니까?"

하고 묻는다.

"나는 잠이 오지 않아 병사순찰(兵舍巡察)을 나왔던 길이오. 오 대부께서는 무슨 일로……?"

"저도 잠이 오지 않기에 산책을 나왔는데, 막사 뒤에서 난데없는 말소리가 들려오기에 여기까지 오게 된 것입니다."

손무는 그 말을 듣고 소리 내어 웃었다.

"피차간에 잠을 이루지 못하기는 마찬가지였구려. 전쟁 중에는 항상 잠이 부족해 애를 먹었는데, 정작 전쟁이 끝나자 이제는 잠을 이루기가 어려우니 세상만사란 얄궂기만 하구려."

"원수님이나 저나 잠을 이루지 못하는 것은 일종의 허탈감에서 오는 현상일 것이옵니다."

"허탈감?"

"네, 그렇습니다. 전쟁 중에는 물불을 가리지 않고 바쁘게 뛰어다니느라 모두 잊고 사는데, 정작 전쟁이 끝나면 갑자기 긴장이 풀려 허탈감이 느껴지곤 했습니다."

"속담에 '굿해 먹은 집 같다'라는 말이 있듯이 전쟁으로 법석을 떨다가 갑자기 김이 빠져 허탈감을 느끼게 되는 것인지도 모르지요. 자, 그러면 우리들의 허탈함을 달래기 위해 나의 숙소에 가서 술이나 한 잔씩 나누기로 합시다."

두 사람은 손무의 막사로 돌아와 술을 마시기 시작하였다. 오자서는 술이 몇 순배 돌아가자 손무에게 술잔을 권하며 말한다.

"저는 원수님 덕택으로 20년 가까이 별러오던 부형의 원수를 깨끗이 갚을 수 있게 되었습니다. 원수님께 고마운 말씀을 다할 길이 없사옵니다."

"무슨 말씀을! 부형의 원수를 갚으려는 오 대부의 끈질긴 집념에는 정말 놀랐소이다."

손무는 그렇게 말하면서도 내심 오자서의 너무도 잔인했던 보복행위를 새삼스러이 나무라 주고 싶은 심정이었다. 무장으로서의 오자서는 지혜로운 점에 있어서나 용맹스러운 점에 있어서나 누구도 따를 수 없는 천하의 명장임에 분명하였다. 그러나 원수에 대해 지나치게 잔인한 점만은 치명적인 결점이라고 볼 수밖에 없었다.

사실 손무는 오자서가 그로 인해 언젠가는 일신상에 커다란 앙화(殃禍)를 받게 되지 않을까 하는 불길한 예감조차 없지 않았다.

오자서는 술이 취해 오자 점점 울적해지더니, 문득,

"내일은 우리가 정(鄭)나라와의 국경 지대를 통과하게 되겠지요?"

하고 묻는다.

손무는 술잔을 기울이며 무심코 대답한다.

"그렇지요. 우리가 본국으로 돌아가려면 아무래도 정나라의 접경 지대를 통과해야 하겠지요."

오자서는 그 말을 듣더니 아무 대꾸도 아니 하고 울적한 표정만 짓는다. 비록 말은 아니 하지만 무슨 사연이 있는 것만은 분명해 보였다.

손무가 앞질러 물었다.

"오 대부는 혹시 내게 무슨 하고 싶은 말씀이 있으신 게 아니오?"

그러자 오자서는 정색을 하며 대답한다.

"원수께서 물어 보시니 모든 것을 사실대로 말씀드리겠습니다. 지난날 제가 처음 망명길에 올랐을 때, 초나라 미건 태자와 정나라에 잠시 머물렀던 일이 있었습니다. 당시 정왕(鄭王)이었던 정공(定公)이 미건 태자를 죽여 버리는 바람에 저 또한 허둥지둥 도망치지 않을 수 없는 설움을 당한 일이 있었습니다."

"허허, 그때에 그런 일이 있었던가요?"

오자서는 그 당시의 설움을 잊을 수가 없는지 입을 굳게 다물었다가,

"이미 20년 전의 일이옵니다만 저는 그때의 원한이 아직도 뼈에 사무칠 지경이옵니다."

그 어조로 보아 오자서는 복수심에 불타고 있음이 분명하였다.

손무는 그와 같은 감정을 풀어 주기 위해 일부러 웃어 보이며 이렇게 말했다.

"20년 전의 옛날 일을 가지고 무얼 그토록 심각하게 생각하십니까? 문제의 인물인 정공은 이미 세상을 떠나고, 지금은 그의 아들 헌공(獻公)의 시대가 되었으니, 모든 감정을 깨끗이 청산해 버리도록 하시오."

그러나 오자서는 그때의 원한을 끝까지 잊어버릴 수가 없는지,

"아무리 애써도 잊어버릴 수가 없는 것을 어찌합니까? 제 성품이 편협한 탓인지는 모르오나 저는 원수를 용서할 생각은 추호도 없사옵니다."

"그러나 정공은 이미 세상을 떠났으니 어찌할 수 없는 일이 아니오? 아버지의 원수를 아들에게 갚는 것은 너무도 가혹한 일이고……."

그러나 아무리 타일러도 오자서의 복수심은 추호도 진정되지 않았다. 오자서는 오랫동안 무거운 침묵에 잠겨 있더니, 문득 굳은 결심이라도 한 듯이 얼굴을 힘 있게 들며 말했다.

"원수님께 부탁 말씀이 하나 있습니다."

손무는 자기도 모르게 얼굴에 긴장을 띠었다.

"무슨 말씀이시오?"

오자서가 대답한다.

"우리는 지금 군사를 이끌고 본국으로 돌아가는 길이온데, 가는 길에 정나라를 쳐서 저의 구원(舊怨)을 풀어 주실 수 없겠습니까?"

전연 예기하지 못했던 너무도 중대한 요청이었다. 오자서의 요청인즉 본국으로 돌아가는 길에 정나라를 쳐서 20년 전의 원한을 풀게 해달라는 내용이었다.

손무는 매우 난처하였다. 수중에 5, 6만의 병력이 있으므로 정나라처럼 조그만 나라를 치는 것은 결코 어려운 일이 아니었다. 오자서도 그 점을 알고 있기 때문에 그러한 요청을 해온 것이다. 그러나 남의 나라를 정벌하려면 뚜렷한 명분이 있어야 할 터인데, 개인적인 원한을 풀어 주기 위해 남의 나라의 국권(國權)을 침범할 수는 없는 일 아닌가.

손무는 오랫동안 심사숙고하다가 조용히 입을 열어 말한다.

"정나라에 대한 구원(舊怨)을 풀고 싶어 하는 오 대부의 심정은 충분히 이해하겠소이다. 그러나 20년 전의 원한을 풀기 위해 군대를 동원하는 것은 너무 지나친 일이 아닐까요?"

그러자 오자서는 머리를 가로젓는다.

"물론 군사를 일부러 동원해야 한다면 저도 이런 말씀을 드리지 않았을 것이옵니다. 지나가는 걸음에 가볍게 처리할 수 있는 일이오니, 원수께서는 저의 원한을 꼭 풀어 주시옵소서."

손무는 점점 난처해졌다. 물론 거절을 해버리면 그만일지 모른다. 그러나 오자서는 원수를 갚는 일에 유난스럽게 집념이 강한 성품이었다. 게다가 그런 무리한 요청을 해온 것은 쌍방 간의 우정을 철석같이 믿고 있기 때문이 아닌가.

손무는 생각다 못해 이렇게 대답하였다.

"오 대부께서 기어이 원수를 갚으셔야만 하겠다면……."

오자서는 손무의 말을 끝까지 듣지도 아니하고 크게 기뻐하며,

"아, 승낙을 해주시니 감사합니다. 그러면 곧 정나라로 월경(越境)할 준비를 하겠습니다."

하고 나왔다.

그리하여 손무는 본의 아니게 오자서와 함께 군사를 정나라로 진군시키게 되었다. 국경을 넘어 첫날 밤 회수(淮水)라는 곳에 진을 치게 되었는데, 오자서는 강가를 거닐며 웬일인지 까닭 모를 우수에 잠겨 있었다.

그 태도가 매우 의아스러워 손무가 오자서에게 묻는다.

"정나라를 치기는 식은 죽 먹기보다도 쉬운 일인데 오 대부는 무슨 까닭으로 수심에 잠겨 계시오?"

오자서가 대답한다.

"전쟁의 결과가 두려워서 그러는 것은 아니옵니다."

"그러면 무엇 때문에……."

"이곳에 당도하니 옛날 일이 회상되어 그러는 것이옵니다."

"옛날 일이라뇨? 옛날 이곳에서 무슨 일이 있었던가요?"

"옛날 제가 도망을 가는 길에 이곳에서 빨래하는 젊은 여인을 만난 일이 있었습니다. 그래서 저는 그 여인에게 누가 묻더라도 나의 행방을 말하지 말아 달라고 재삼 부탁했지요. 그 여인은 나에게 의심을 받는 것이 매우 못마땅했던지 가슴에 돌을 품어 안고 물에 몸을 던져 목숨을 끊었습지요. 지금 저는 그 여인의 일이 회상되어 슬퍼하고 있는

것이옵니다."

손무는 오자서의 말에 크게 감동되었다.

"생면부지의 젊은 여인이 오 대부에게 의심을 받는 것이 괴로워 스스로 물에 빠져 목숨을 끊었다니, 세상에 그처럼 기이한 여인도 있었던가요? 그렇다면 그 여인은 오 대부에게 첫눈에 반해 버렸던 여인임이 분명하구려. 하하하."

손무는 울적한 기분을 떨쳐 주려고 의식적으로 농담을 꺼냈다. 그러나 오자서는 고개를 절레절레 내저으며 말한다.

"그런 심정으로 목숨을 내던진 것은 아닐 것입니다. 마음씨가 워낙 아름다운 여인이었기 때문에, 목숨을 걸고 약자를 도와주려는 심정에서 죽었을 것이옵니다. 그 당시 저는 그 여인이 죽는 광경을 목격하고 너무도 슬퍼서 바위 위에 조사(弔詞)를 써놓았었는데, 이 부근 어딘가에 지금도 남아 있을지 모르옵니다."

그 말을 듣고 사방으로 찾아보니 과연 어떤 바위에 오자서의 필적으로 다음과 같은 조사가 쓰여 있었다.

오호 슬프도다. 이 세상에서 마음씨가 가장 아름다운 여인이 이곳에 고이 잠들다.

손무는 그 바위 앞에서 여인의 명복을 비는 묵념을 올리고 나서 오자서를 돌아보며 말했다.

"그거 참 이상한 일이오. 20년이라는 세월이 흘렀건만 오 대부의 필적은 아직도 묵흔(墨痕)이 선연하니 이것도 기적의 하나임이 분명하구려."

오자서는 바위 앞에 머리를 거듭 수그려 보이며 대답한다.

"그러게 말씀입니다. 이것도 그 여인의 넋이 무한히 아름다웠던 증거가 아니겠습니까?"

"그러고 보면 오 대부가 오늘의 영광을 누리고 있는 것은 그 여인의 덕택이구려."

"그렇습니다. 저는 그 여인의 덕택으로 아버님과 형님의 원수도 갚을 수 있었던 것이옵니다. 그러나 저는 그 여인의 은덕에 대해 아직 아무것도 갚지 못하고 있습니다."

"그래서야 안 될 말이지요. 옛날부터 '원수는 못 갚더라도 은혜만은 반드시 갚아야 한다'고 하였소. 그런데 원수만 갚고 은혜를 갚지 못했다면 그것은 크게 잘못된 일이오. 지금이라도 그 여인에 대한 은혜를 갚도록 하시오."

"저도 그러고 싶은 생각은 굴뚝 같습니다. 그러나 무엇으로 보은을 해야 하는지 알 수가 없어 답답할 따름입니다. 어떡해야 하겠습니까?"

손무는 잠시 생각해 보다가 얼굴을 들어 말한다.

"은혜를 갚는다고 해서 죽은 사람을 살려낼 수는 없는 일이니 이곳에 사당을 지어 해마다 제사를 지성껏 지내주는 방법밖에 없지 않겠소."

"그것 참 좋은 방안이십니다. 그러면 이곳에 그 여인의 사당을 지어 아름다운 넋을 영원히 기리도록 하겠습니다."

그리하여 오자서는 그 여인이 물에 빠져 죽은 강변에 사당을 짓고 제사를 정성스럽게 지내주었다.

오자서는 자기 때문에 죽은 성(姓)도 이름도 모르는 여인을 위해 진혼제(鎭魂祭)를 지내주고 나서, 손무와 함께 진군(進軍)을 하면서 말한다.

"저는 정나라를 탈출하면서 죽을 고비를 여러 차례 겪었습니다. 한번은 어떤 관문(關門)에서 파수병에게 붙잡혀 꼼짝 못하고 죽을 뻔했던 일도 있었습니다."

손무가 웃으며 말한다.

"꼼짝 못하고 죽을 뻔했는데 오늘날까지 살아 계시니 천만다행이셨구려. 어떤 수단으로 구사(九死)에서 일생(一生)을 얻었는지 그 얘기나 좀 들어 봅시다."

"원수께서 물으시니 그때의 얘기를 말씀드리기로 하겠습니다."

그러고 나서 오자서는 다음과 같은 얘기를 들려주었다.

그 옛날 오자서가 정나라를 탈출하여 오나라로 가려고 하자 정나라 정공(定公)은 전국 각지에 '오자서를 체포하라'는 긴급포고령을 내렸다. 오자서는 그런 사정을 모르고 어떤 관문을 통과하다가 젊은 파수병에게 붙잡히는 몸이 되고 말았다. 성품이 우악스러운 그 파수병은 1만 냥의 상금을 내린다는 것에 혹해 이중삼중으로 결박을 지어 오자서를 기어이 사또한테 끌어가려고 하였다. 사또한테 끌려가는 날이면 꼼짝 못하고 죽게 될 것이므로, 오자서는 기가 막혔다. 그리하여 관가로 끌려가면서 문득 머리를 써서 파수병에게 이렇게 물어 보았다.

"여보시오. 당신네 나라에서 무엇 때문에 나를 체포하려고 그러는지 이유나 알고 나를 잡아가는 것이오?"

파수병은 코웃음을 칠 뿐이었다.

"내가 그런 걸 알아서 뭘 하오? 당신을 잡아가면 상금을 만 냥이나 준다니까 나는 상금이나 타 먹으면 그만이오."

오자서는 그 말을 듣고 크게 소리를 내어 웃었다.

"하하하, 당신은 참으로 어리석구려. 나를 잡아가면 당신은 상금을 타기는커녕 꼼짝 못하고 나와 함께 죽게 될 것이오."

파수병은 그 말을 듣고는 크게 놀라며,

"내가 죽음을 당하다니 그게 무슨 소리요?"

그러자 오자서는 얼른 이런 말을 꾸며대었다.

"실상인즉 당신네 나라에서 나를 체포하라는 것은 내가 당신네 나라의 대궐에서 옥(玉)을 훔쳐냈기 때문이라오. 그런데 나는 그 옥을 가지고 강을 건너오다가 물 속에 빠뜨려 잃어버리고 말았소. 그러나 만약 당신이 나를 사또 앞에 끌고 간다면 나는 그 옥을 당신한테 빼앗겼노라고 대답할 것이오. 그러면 당신은 그 옥을 가로챈 죄로 나와 함께 꼼짝 못하고 죽게 될 것이 아니오."

파수병은 그 말을 듣더니 몸서리를 치면서 오자서를 즉석에서 석방해 주더라는 것이다.

손무는 이상과 같은 이야기를 듣고 감탄하여 크게 웃었다.

"과연 오 대부가 아니고서는 누구도 발휘할 수 없는 기지(機智)였구려. 오 대부야말로 하늘이 내린 지장(智將)이시오."

손무는 대군을 이끌고 정나라로 진주하여 호로(虎牢)라는 곳에 당도하자 오자서에게 이렇게 말했다.

"우리는 아무 예고도 없이 정나라의 도성으로 곧바로 쳐들어갈 것이 아니라 이곳에 일단 진을 쳐놓고 정왕(鄭王)에게 정정당당하게 선전포고문을 보내어 그들의 태도부터 알아보기로 합시다. 만약 그들이 우리에게 겁을 내어 싸우지도 아니하고 항복을 해준다면 그보다 좋은 일이 없을 게 아니오."

사실 손무는 뚜렷한 명분도 없이 남의 나라를 침범한다는 것이 마음에 꺼려져 될 수 있으면 전쟁을 피하고 싶었던 것이다.

오자서도 고개를 끄덕이며 대답한다.

"싸우지 아니하고 항복을 받을 수만 있다면 그 이상 좋은 일이 어디 있겠습니까? 그러면 원수님의 말씀대로 정왕에게 선전포고문을 보내기로 하십시다."

이리하여 손무와 오자서는 공동 명의로 정왕에게 다음과 같은 선전포고문을 보냈다.

정나라의 선군(先君) 정공은 일찍이 초국의 미건 태자를 시해(弑害)한 죄가 크도다. 이에 오자서는 구원(舊怨)을 풀고자 대군을 이끌고 정나라를 토벌하러 왔노라. 귀공은 만약 멸망을 각오하거든 응전(應戰)으로 나올 것이로되, 국가를 보존하고 싶거든 무조건 항복을 하라.

그야말로 '패망이냐 무조건 항복이냐'의 양자간 하나를 택하라는 고압적인 통첩이었다.

정나라 정공은 최후의 통첩문을 받아 보고 크게 걱정하며, 중신회의를 급히 열었다.

"선군께서 초나라의 미건 태자를 시해한 것에 앙심을 품고 오자서가 손무와 함께 대군을 이끌고 우리를 치러 왔으니, 이 일을 어찌했으면 좋겠소?"

"……."

중신들은 한숨만 쉴 뿐 아무도 대답이 없었다. 그도 그럴 것이, 그냥 싸워도 이길 가망이 없는데다가 상대방은 병법의 대가인 손무와 천하의 명장인 오자서이기 때문이었다.

정 헌공은 울분을 금할 길이 없었다.

"아니, 우리나라에는 오자서와 싸울 만한 용기를 가진 사람이 한 사람도 없단 말이오? 그렇다면 우리는 한번 싸워 보지도 못하고 무조건 항복을 해야 옳단 말이오?"

"……"

중신들은 그래도 대답이 없었다. 마침 그때 회의장 밖에서 젊은 어부(漁夫) 하나가 회의장으로 달려 들어오며,

"주군 전하! 오자서가 대군을 이끌고 우리를 치러 왔사옵니다."

하고 큰소리로 외치는 것이 아닌가.

정 헌공은 깜짝 놀라며 묻는다.

"너는 대체 누구이기에 이런 자리에 함부로 뛰어 들어왔느냐?"

"소인은 강변에서 고기를 낚아 먹고 살아가는 어부에 지나지 않사옵니다. 그러나 주군께서 허락해 주신다면 소인이 오자서의 대군을 막아내도록 하겠습니다."

무명 어부의 너무도 엄청난 장담에 좌중은 모두들 크게 놀라며 시선을 모았다.

정 헌공은 어전회의에 무단으로 뛰어든 어부를 미친 사람이라고 생각하였다. 그러지 않고서는 무장도 아닌 어부가 무슨 재주로 오자서를 막아내겠노라고 장담할 수 있을 것인가.

그리하여 정 헌공은 좌우에 시립해 있는 호위병들에게 명한다.

"저자는 미친놈인 모양이니 밖으로 끌어내라."

그러나 무단 침입자는 두 손을 흔들며 큰소리로 외친다.

"주군 전하! 소인은 미친놈이 아니옵니다. 소인이 아니고서는 오자서를 막아낼 방도가 없겠기에 나라를 구하려는 일념으로 주군 전에 상소를 올리는 것이옵니다. 주군께서는 국가의 멸망을 모면하시옵소서."

말하는 투를 보니 미친 사람이 아닌 것만은 분명하였다. 그렇다면 그의 말을 들어볼 필요는 있을 것 같아서 정 헌공은,

"너는 무장도 아닌 어부이거늘 무슨 재주로 오자서를 막아내겠다는 말이냐?"

하고 물어보았다.

어부가 머리를 조아리며 대답한다.

"제게는 한 명의 군사도 무기도 필요치 아니하옵니다. 오직 맨손으로 오자서의 군사를 막아낼 생각이옵니다."

"오자서의 군사를 맨손으로 막아내겠다니, 그게 어디 될 법이나 한 소리냐?"

어부가 다시 대답한다.

"저의 선친과 오자서와는 깊은 연유가 있습니다. 오자서는 저를 만나면 감히 우리나라를 쳐들어오지 못할 것이옵니다."

그리고 그 어부는 오자서와 자기 아버지의 관계를 정 헌공에게 말해 주었다.

정 헌공은 그제야 수긍이 가서,

"그래? 네 아비가 오자서와 그런 연유가 있다면 되든 안 되든 네가 한번 나서 보아라. 만약 네 힘으로 오군의 침략을 막아내기만 한다면 커다란 관작(官爵)을 내리기로 하겠다."

문제의 어부는 대왕의 윤허를 받아내자 곧 회수에 어선을 띄워 놓고 낚시질을 하면서, 다음과 같은 노래를 큰소리로 부르고 있었다.

갈밭 속에 숨어 있던 사람이여
갈밭 속에 숨어 있던 사람이여
그대는 옛날의 늙은 어부를 생각해 보라
굶주린 그대에게 밥을 빌어다가 구해 주었거늘
어쩌다 그대는 오늘날 정나라를 괴롭히려 하느뇨.
蘆中人兮蘆中人
憶昔當年漁丈人

魚羹專濟窮途士
今日須圖困鄭兵

어부는 이상과 같은 노래를 소리 높이 되풀이하여 부르며 오자서의 진지로 자꾸만 접근해 가고 있었다.

한편 오자서는 정나라에 최후의 통첩을 보내 놓고 나서 회신이 오기를 기다리며 회수 강변을 혼자 거닐고 있었다. 회수의 강물은 지금도 옛날과 다름없이 용용(溶溶)하게 흐르고 있었다. 오자서는 용용하게 흐르는 강물을 바라보고 있노라니 문득 20년 전 일이 회상되었다.

정확하게 말하면 지금부터 19년 전이었다. 정나라 정공이 미건 태자를 죽이고 그마저 죽이려는 바람에 탈출을 감행하여 오나라로 도주하는 길이었다. 정공은 전국에 비상 명령을 내려 오자서를 체포하려고 하였다.

오자서는 갖은 고생을 다해 가며 회수까지는 무사히 도착했다. 그러나 배가 없어 강을 건널 수 없었다. 그리하여 추격해 오는 군사들을 피하느라고 굶주린 배를 움켜 안고 갈밭 속에 숨어 있었는데, 때마침 늙은 어부 한 사람이 나타나 밥도 갖다 주었고, 강도 무사히 건너게 해주었다.

'그때 그 어부가 도와주지 않았던들 오늘의 나는 없었을 것이 아닌가.'

오자서는 강물을 바라보며 옛날 일이 회상되어 자기도 모르게 한숨을 내쉬었다. 그때에 자기한테 그처럼 은혜를 베풀어준 어부가 누구였는지 이름을 몰라 은혜를 값을 길이 없기 때문이었다.

당시 오자서는 어부와 헤어지면서 이름을 여러 차례 물어 보았건만,

"강가에서 고기나 낚아 먹는 늙은이의 이름은 알아서 무엇하오. 오

명보는 빨리 오나라로 망명하여 큰일이나 도모하도록 하오."
하고는 끝끝내 이름을 알려 주지 않았던 것이다.
'은인 이름도 모르고 헤어졌다는 것은 내 일생일대의 실수였구나.'
그러한 뉘우침에 잠기며 강가를 허심하게 걷고 있노라니 문득 어디선가 바람결에

갈밭 속에 숨어 있던 사람이여
갈밭 속에 숨어 있던 사람이여!

하는 노랫소리가 들려오는 것이 아닌가.
오자서는 노랫소리를 듣고 깜짝 놀랐다.
"응? 갈밭 속에 숨어 있던 사람? 갈밭 속에 숨어 있던 사람이란 나를 두고 하는 소리가 아닌가?"
오자서는 혹시나 옛날에 자기를 도와준 어부가 다시 나타난 것이 아닌가 싶어 고개를 들어 강을 살펴보았다. 과연 저 멀리서 고깃배 한 척이 이리로 노를 저어 오고 있는데, 노랫소리는 바로 그 배에서 들려오고 있었다.
귀를 유심히 기울여 들어 보니 노랫소리가 점점 괴상하였다.

그대는 옛날의 늙은 어부를 생각해 보라.
굶주린 그대에게 밥을 빌어다가 구해 주었거늘
어쩌다 그대는 오늘날 정나라를 괴롭히려 하느뇨.

오자서는 거기까지 듣고 나자 노래의 주인공이 그 옛날 자기를 구해 준 어부임에 틀림없다고 생각되어, 별안간 가슴이 두근거렸다. 20

년 전의 은인을 다시 만나게 되었다는 생각에서 가슴이 울렁거렸던 것이다.

오자서는 옛날의 은인을 다시 만나게 되었다는 기쁨에 커다란 기대를 가지고 고깃배를 지켜보고 있었다. 노래를 부르며 고깃배는 점점 이리로 다가오고 있는데, 노래의 주인공은 늙은 어부가 아니라 40을 넘었을까 말까 한 젊은 사람이 아닌가.

오자서는 크게 실망하였다.

'나에게 은혜를 베풀어준 어부는 그때 이미 60을 넘은 늙은이였으니 아직도 살아 있을 리 만무하지 않은가.'

오자서는 실망하여 한숨을 쉬면서도 노래의 내용이 하도 수상해 예사롭게 넘겨 버릴 수가 없었다. 그리하여 노래의 주인공인 어부를 배에서 불러 올려 이렇게 물었다.

"그대는 지금 배 위에서 노래를 부르고 있었는데, 그것은 누가 지은 노래인가?"

"남이 지은 노래가 아니라 내가 지은 노래요."

"음, 그대는 지금 누군가를 무척 원망하는 노래를 부르고 있었다. 그것은 누구를 원망하는 노래인가?"

어부는 스스럼없이 대답했다.

"우리 아버지는 옛날에 굶주린 배를 부둥켜안고 갈밭 속에 숨어있던 사람을 구해 준 일이 있었소. 그런데 오늘날 그 사람이 우리나라를 치려고 하오. 그래서 나는 그 사람을 원망하는 노래를 부르고 있는 것이오."

"갈밭 속에 숨어 있었던 사람이 누구였는지, 그대는 알고 있는가?"

"그 사람이 누구인지는 나보다 당신이 더 잘 알고 있을 게 아니오?"

오자서는 젊은 어부에게 한 대 얻어맞은 느낌이었다.

"갈밭 속에 숨어 있던 사람을 구해 준 노인은 정녕 그대의 부친이 었단 말인가?"

"그분은 정녕 나의 아버지셨소."

"그분은 아직도 생존해 계시는가?"

"나의 아버지는 그날로 집에 돌아와 곧 세상을 떠나 버리셨다오."

오자서는 그 소리에 눈시울이 후끈 달아올랐다. 그러면서도 하나의 의문이 번개같이 머리에 떠올랐다.

"그대의 부친이 그날로 세상을 떠나셨다고 했는가? 그런데 그날 부친한테 구원을 받은 사람이 누구였다는 것을 그대는 어떻게 알고 있는가?"

그러자 그 어부는 고개를 가로저으며 이렇게 대답하는 것이었다.

"당신은 그때의 사정을 모르고서 하시는 말씀이오. 그날 나는 아버지와 함께 낚시질을 하고 있었소. 아버지는 오 명보가 갈밭 속에서 굶어 죽게 된 것을 알고는 나더러 마을로 달려가 밥을 빌어오라고 했던 것이오. 그러하니 아버지가 그날로 돌아가셨기로 내가 어찌 오 명보를 모를 리 있겠소."

오자서는 그날 밤에 있었던 새로운 사실을 알고 크게 감동하며 어부의 손을 왈칵 움켜잡았다.

"오오, 그렇다면 춘부장과 함께 당신도 내 생명의 은인이시구려. 부친은 돌아가셨지만 당신만이라도 만날 수 있게 되었으니 이처럼 기쁜 일이 어디 있으리오."

오자서는 어부의 손을 움켜잡고 감격의 눈물을 흘리며 다시 말한다.

"그날 따뜻한 밥을 구해다가 나를 아사(餓死)에서 구해 준 사람이 당신이었을 줄은 꿈에도 몰랐소이다. 나는 오늘날까지도 그날 밤의 은혜를 잊지 못하고 있소."

"고마우신 말씀이오."

"그러나 우리는 성명조차 모르는 채 헤어졌으니 지금이라도 당신네 부자의 이름자를 꼭 알고 싶소이다."

어부가 대답한다.

"돌아가신 나의 아버지는 성은 여구(閭丘)요, 이름은 양(亮)이라고 하오."

"당신의 이름은?"

"나의 이름은 여구성(閭丘成)이오. 아버지의 뒤를 이어 고기잡이로 살아오고 있지요."

오자서는 거듭 감격해 마지않으며 말했다.

"옛날의 은인을 이처럼 만나다니 감격스럽기 그지없구려. 나는 당신네 부자에게 은혜를 갚는 뜻에서, 당신이 원하는 일이라면 뭐든지 들어 주고 싶구려. 당신이 나에게 원하는 것이 있거든 기탄 없이 말해 보오."

어부는 서슴지 않고 대답한다.

"오 명보께서 옛날의 일을 잊지 않으시고 그처럼 말씀해 주시니 고맙기 그지없소이다. 오 명보는 오국의 국권을 장악하고 있을 뿐만 아니라 백만대군을 일으켜 초국을 석권하고 나서, 이제는 우리나라로 쳐들어온다고 들었소. 이제 정나라 군후는 크게 떨면서 오군을 막아내는 사람에게 높은 관작을 제수하겠노라는 방문(榜文)까지 널리 써붙였소. 오 명보는 워낙 도량이 넓으시고 덕이 관후(寬厚)한 분이니, 우리 부자를 보아서라도 우리나라를 징벌하지 말아 주기를 바라오. 내가 오 명보에게 바라는 것은 오직 그 일뿐이오."

오자서가 웃으며 대답했다.

"나는 정나라에 깊은 원한이 있어 이번 기회에 풀어 버리려 했던 것이오. 그러나 당신네 부자의 깊은 은혜를 아직도 갚지 못하고 있으니, 당신의 소원이 그렇다면 정벌을 중지하도록 하겠소. 그러나 거기에는 조건이 하나 있소."

"조건이라는 것은 무엇을 말하는 것이오?"

"정 헌공은 오군을 막아내는 사람에게는 높은 관작을 주겠노라는 방문을 써 붙였다고 하지 않았소. 하지만 나중에 관작을 주지 않으면 당신도 우습게 되고, 우리도 어릿광대가 되어 버릴 게 아니오. 그러니 당신이 먼저 관작을 받고 나거든 우리도 철군을 하겠소. 정 헌공에게 내 말을 그대로 전해 주시오."

그러자 어부는 소리 내어 웃으며 대답한다.

"나는 오직 나라를 구하려는 일념에서 오 명보를 찾아왔을 뿐이지 관작 따위는 주어도 받지 않을 생각이오. 고기를 낚아 먹고 살아가는 데 만족을 느끼고 있는 내가 부질없는 영화 따위를 무엇 때문에 바라겠소."

오자서는 그 말에 크게 감동하였다.

"당신네 부자는 안으로는 임금을 섬길 줄 알고, 밖으로는 친구를 도울 줄 알고, 영화를 탐내지 않고 몸을 고결하게 처하니 참으로 희대(稀代)의 고사(高士)이시오. 내 어찌 그런 분의 뜻을 어기리오. 그러면 우리는 오늘 당장 군사를 철군시키도록 하겠소."

오자서는 여구성과 작별하고 막사로 돌아오자 손무에게 자세한 이야기를 들려주면서,

"그분의 고결한 뜻을 받들어 우리 군사를 오늘로 철군을 시켰으면 싶은데 원수께서는 어떻게 생각하시옵니까?"

하고 손무의 의견을 물었다.

손무는 크게 감동하며 말한다.

"이 어려운 세상에 그와 같은 고사(高士)가 있다니 말만 들어도 상쾌한 일이오. 그러면 우리도 오 대부의 생각대로 철군을 하기로 합시다."

이리하여 오군이 철수함으로써 약소 국가 정나라는 멸망을 모면하게 되었다.

정나라 헌공은 그 사실을 알고 크게 탄복하여, 여구성에게 관작을 주려고 사람을 놓아 그를 찾았다. 그러나 여구성은 처자식을 데리고 어디로 숨어 버렸는지 아무리 찾아도 찾을 길이 없었다.

정 헌공은 나라를 구한 그의 공적을 저버릴 길이 없어 여구성이 살았던 바닷가 마을에 정문(旌門)을 세우고 이름을 '고세의 문(古世之門)'이라고 부르게 하여 뜻을 기렸다.

한편 손무와 오자서가 군사를 이끌고 오도(吳都)로 돌아오니, 오왕 합려는 친히 마중을 나와 반갑게 맞아 주었다.

그리하여 그날로 개선잔치를 크게 베풀고 논공행상을 했는데 손무를 '대사구(大司寇)'로 봉하고, 오자서를 '상국(相國)'으로 봉하고, 백비를 '태재(太宰)'로 봉하였다.

그로써 전쟁은 완전히 종결되어 손무는 오랜만에 한가로운 시간을 가질 수 있게 되었다.

돌이켜 생각해보니 손무는 '전쟁이란 허황하기 짝이 없는 것'이라는 생각이 절실하였다. 병법 연구에만 열중했을 당시에는 '오직 전쟁만이 천하를 좌우한다'고 생각했었다. 그러나 정작 전쟁을 몸으로 겪고 보니, 천하대세는 전쟁보다는 눈에 보이지 않는 커다란 '운명(運命)'이라는 힘에 의하여 변화되어 가는 것이 아닌가 하는 느낌이 절실하였다. 그 증거로 오군은 초국을 완전히 점령했음에도 결국 끝까지 멸망시킬 수는 없었고, 정나라를 정벌하기는 손바닥을 뒤집기보다도 쉬운 일이었건만 난데없이 여구성이라는 일개의 어부가 나타나 오군을 곱게 철수시켜 버리지 않았던가. 따지고 보면 여구성이라는 어부는 무기 하나 들지 않고 순전히 의로운 뜻으로 수만 대군을 곱게 물리쳐 버린 셈이었다.

무력(武力)이 적을 정복할 수 있는 힘이라는 것만은 누구도 부인하지 못하리라. 그러나 무력 자체가 만능(萬能)일 수는 없다는 새로운 사실을 손무는 새삼스럽게 깨달았던 것이다.

그러자 손무는 문득 인의(仁義)와 평화(平和)를 설교하고 떠돌아다니던 공자(孔子)라는 철인(哲人)의 모습이 머리에 떠올랐다.

'전쟁을 반대하고 평화를 주장하며 상갓집 개처럼 열국을 떠돌아다니던 공자는 그 후 어찌 되었을까?'

손무는 공자의 소식이 불현듯 궁금하였다.

성자(聖者)의 길

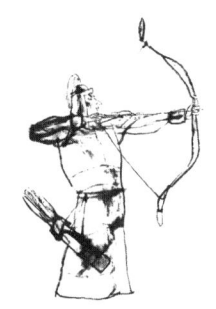

 이 소설의 시대적 배경이 되어 있는 춘추시대(春秋時代)란 기원전 770년에서부터 기원 전 470년까지의 약 3백 년간을 말한다. 손무가 활약한 것은 춘추시대의 중기(中期)였으므로, 지금부터 대략 2천3, 4백 년 전의 일이다. 그 시대를 '춘추시대' 라고 부르게 된 것은 당시의 대학자요 대철인(大哲人)이었던 공자가 그 시대 역사를 기술(記述)한 책의 이름을 『춘추(春秋)』라고 명명한 데서 비롯되었다.
 춘추시대의 중국에는 소위 '오패국(五覇國)'이라고 일컫는 진(晋), 제(齊), 송(宋), 진(秦), 초(楚)의 5대 강국을 비롯하여 오(吳), 월(越), 노(魯), 당(唐), 채(蔡), 정(鄭), 조(曹), 조(趙), 위(衛), 진(陣), 위(魏), 한(韓) 등 무려 17개의 대소 국가가 난립해 있었다. 본시는 주(周)나라의 제후국에 불과했었지만 종주국(宗主國)인 주나라가 쇠퇴해지자 제후국들은 저마다 자립을 표방하고 일어섰던 것이다.
 17개의 독립 국가가 난립하다 보니, 그들 사이에 세력 확장을 위한 분쟁이 빈번하게 발생한 것은 너무도 당연한 일이었다. 따라서 군소

국가들은 자존자립(自存自立)을 위해 강대국을 중심으로 집단동맹체(集團同盟體)를 형성할 수밖에 없었는데, 강대국이 맹주가 되었음은 새삼스러이 말할 것도 없으리라.

강대국을 중심으로 한 동맹체가 다섯 개로 나뉘어 있었는데, 오패국이란 다섯 개 동맹체의 맹주국(盟主國)들을 의미하는 말이다. 그러나 오늘날에도 그러하듯이 국가와 국가 간의 동맹 관계란 반드시 절대 불변의 것은 아니다. 비록 동맹국끼리라도 자국의 이익에 위배될 경우에는 '어제의 동맹국'이 '오늘의 적국(敵國)'으로 표변할 수도 있는 것이다. 그도 그럴 것이 국가 간의 동맹 관계란 오로지 자국의 이익을 도모하기 위해서만 필요한 것이기 때문이다. 그 점은 2천여 년 후인 지금도 추호도 다를 바가 없다.

춘추시대에는 중국이라는 하나의 땅덩어리 안에서 17개의 나라가 복작거리고 있었으므로, 동맹 관계의 이합집산(離合集散)은 끊임없이 반복되었고, 거기에 따라 국가와 국가 간의 분쟁이 없는 날이 없었던 것은 너무도 당연한 일이었다.

손무가 병법으로 일약 만천하에 이름을 떨치게 된 것도 그 당시에는 전쟁이 그처럼 빈번했던 까닭이었다.

춘추시대 다음의 2백 년간은 '전국시대(戰國時代)'라고 부른다. 춘추시대에도 전쟁이 빈번했지만 전국시대로 접어들면서부터는 국가와 국가 간의 이합집산이 더욱 복잡해지면서 세 갈래 네 갈래의 전쟁이 무려 2백여 년간이나 계속되었다. 그런 까닭에 그 시대를 숫제 '전국시대'라고 부르게 되었던 것이다. 그러므로 역사상에는 전후 5백여 년에 걸친 그 시대를 통합하여 '춘추전국시대(春秋戰國時代)'라는 통칭으로 불러오기도 하는 것이다.

손무의 『손자병법(孫子兵法)』을 비롯하여 『육도(六韜)』『삼략(三略)』

『오자병법(吳子兵法)』『위료자(尉繚子)』『사마법(司馬法)』『이위공문대(李衛公問對)』 등등의 이른바 무경칠서(武經七書) 가운데 『이위공문대』를 제외한 여섯 종의 병서(兵書)들이 모두 이 시대에 쏟아져 나왔는데, 그것은 말할 것도 없이 전시(戰時)라는 시대적 요청에 의한 필연적인 저서들이었다.

전쟁의 성격을 크게 분류하면 두 가지로 나누어 볼 수 있다. 하나는 자국의 존립을 위해 본의가 아니면서도 부득이 싸워야 하는 방위 전쟁이요, 다른 하나는 자국을 부강하게 만들려고 남의 나라를 무력으로 침공하는 침략 전쟁이다. 약소국들의 전쟁은 거의 전부가 전자에 속하고, 강대국들의 전쟁은 대개 후자에 속한다.

전쟁이란 어떤 목적을 달성시키기 위한 수단일 뿐이지 그 자체가 목적이 될 수는 없다. 여러 나라가 서로 간에 얽히고 설키어 돌아가다 보면 본의 아니게 남의 전쟁에 휩쓸려 들게 되는 경우도 없지 않지만 그런 예는 특별한 경우에 한정될 것이다.

아무튼 전쟁이 일단 시작되면 이유여하를 막론하고 이겨놓고 보아야 할 일이다. 왜냐하면 '이기면 군왕(君王)이요 패하면 역적(逆賊)'이라는 모순된 논리가 전쟁에서만은 만고의 진리처럼 통용되어 오고 있기 때문이다.

전쟁이 일어나면 많은 인명과 재물을 손실하게 되는 것은 어쩔 수 없는 일이다. 따라서 민생(民生)은 도탄에 빠져 버리게 된다. 백성들을 잘 살게 하기 위해 치르는 전쟁이 결과적으로는 평화를 파괴할 뿐만 아니라 백성들을 빈곤과 전란(戰亂)의 구렁텅이이로 몰아넣게 되는 것이다. 그것은 전쟁 자체가 안고 있는 커다란 모순이라고 볼 수밖에 없다. 그러나 사람은 눈앞의 현실에만 집착하기 쉬운 법이어서, 전시에는 누구나 싸워서 이길 연구만 할 뿐이지 미연에 방지해 보려는 근본적인 문제에는 생각이 미치지 못한다. 그러기에 춘추전국시대에는 이미 말한 바와 같은 병법연구서들이 우후죽순처럼 쏟아져 나오게 되었다.

그 시대에도 예외적인 인물이 있었다. 일찍부터 전쟁의 모순에 착안하여 전쟁 반대론을 정면으로 주장하고 나선 사람이 있었으니, 당시의 대지성(大知性)인 공자(孔子)였다. 그러면 공자는 어떤 인물이었던가. 이제 그의 사람됨을 잠시 알아보기로 하자.

공자의 조상은 본디 송(宋)나라 사람이었다. 그의 6대조인 공부가(孔父嘉)는 송나라에서 벼슬을 지냈는데, 사람됨이 어찌나 어질고 충성스러웠던지 처음에는 명을 받아 '사(士)'가 되었고, 두 번째는 명을 받아 '대부(大夫)'가 되었고, 세 번째는 명을 받아 '경(卿)'이 될 정도였다.

공부가는 인품이 워낙 공손하여 한 번 명을 받고 나서부터는 누구에게나 머리를 숙였고, 두 번 명을 받고 나서는 누구에게나 허리를 굽혔고, 세 번 명을 받고 나서는 누구 앞에서나 숫제 땅에 엎드릴 지경이었다. 그러면서도 높은 사람 앞에서는 결코 비굴하지 않았다.

그는 집안이 청빈(淸貧)하기 이를 데 없어 아무리 벼슬이 높아도 끼니는 언제나 죽을 쑤어 연명할 지경이었다. 어쩌다가 여재(餘財)가 생겨도 살림에 보태 쓸 생각은 아니 하고 가난한 사람들에게 한 푼도 남기지 않고 나눠주곤 했다.

그러기에 입을 가진 사람은 그를 칭찬하지 않는 사람이 없었고, 지각 있는 늙은이들은 공부가를 존경한 나머지 '공씨 문중에서 언젠가는 반드시 위대한 인물이 나오게 되리라'는 예상을 하곤 했다.

그후 공부가가 세상을 떠나자 후손들은 노(魯)나라로 옮겨와 살았다. 공부가의 5대손인 숙량흘(叔梁紇)이 안씨(顔氏)를 아내로 맞아 아들을 낳았는데, 그 아이가 바로 후일의 공자다.

공자의 이름은 구(丘), 자(字)는 중니(仲尼)다. 공자는 어릴 때부터 글읽기를 좋아하였고, 아무리 비위에 거슬리는 일이 있어도 남하고 싸우는 일이 없었다. 장난을 하여도 반드시 제삿놀이를 하였고, 어떤 일에나 예의범절이 분명하였다.

공자는 젊은 시절 한때 노나라의 창고지기 노릇을 한 일이 있었는데 곡식을 다루는 데 언제나 공정하였다. 그후 승전(乘田 : 소와 말을 관리하는 관청)의 관원이 되자 가축들이 잘 자라기도 했거니와 놀랍도록 번식하였다.

공자는 벼슬에는 욕심이 없고 오직 학문에만 뜻이 있어 언제든지 그의 손에서 책이 떠난 적이 없었다. 『주역(周易)』이라는 책을 3천 번이나 읽었다는 사실만 보아도 그가 얼마나 무서운 면학가(勉學家)였는가를 알 수 있을 것이다.

공자는 철두철미 평화주의자였다. 그는 전쟁에 대해 다음과 같은 견해를 가지고 있었다.

"정치(政治)란 본디 세상을 바르게 다스려 나간다는 뜻이다. 그러므로 정치만 잘 해나가면 전쟁이 일어날 리 만무하다. 왜냐하면 각국 군주들이 덕치(德治)를 베풀어 나가면 싸움을 안 하고도 제각기 얼마든지 잘 살 수 있기 때문이다. 그럼에도 전쟁이 빈번하게 일어나는 것은 군주가 올바른 정치를 하려는 생각은 아니 하고 남의 나라를 우격다짐으로 빼앗으려고 하기 때문이다. 다시 말하면 전쟁은 순전히 패자(霸者)들의 사욕에서 나온 악랄한 폭행일 뿐이다."

철저한 평화론자인 공자는 전쟁에 대해 다음과 같은 반전론도 전개하였다.

"헤엄을 잘 치는 자는 물에 빠져 죽게 되고, 나무에 잘 오르는 자는 나무에서 떨어져 죽게 되듯이, 전쟁을 좋아하는 군주는 전쟁으로 나라를 패망하게 만든다. 폭력이 폭력을 불러일으키는 것은 자연의 섭리인 까닭에 모든 일을 전쟁으로 해결하려면 전쟁은 무한히 반복될 뿐이다. 전쟁은 인명을 살해하고 국고(國庫)를 탕진시키는 행위이건만 그와 같은 행위를 끝없이 반복하면 백성들이 어찌 생업을 평화롭게 누려 나갈 수 있을 것인가. 그러므로 올바른 군주는 덕치와 법치(法治)로써 백성들을 편하고 즐겁게 살아갈 수 있도록 다스려 나가야 하는 것이다."

공자의 그와 같은 이론에 대해 열국 제후들은 한결같이 코웃음을 쳤다.

"공자라는 친구는 잠꼬대 같은 소리만 하고 돌아다니는 어릿광대 같은 학자다. 힘이 없이 어찌 백성들을 다스려 나갈 수 있으며, 전쟁을 아니 하고 어찌 국가를 부강하게 만들 수 있으랴."

그러나 공자는 자신의 뜻을 추호도 굽히지 아니했을 뿐만 아니라,

"요제(堯帝)와 순제(舜帝)는 전쟁을 일으킨 적이 한번도 없었건만 백성들은 격양가(擊壤歌)를 부를 만큼 태평성대(太平聖代)를 누리지 않았더냐. 백성들을 힘으로 다스리려는 것은 어리석은 군주들의 자기 미화에 불과하다. 덕과 정도(正道)로써 해결할 수 있는 일을 어찌하여 폭력으로 해결하려 하느냐 말이다."

하며 전쟁론자들을 강경하게 비난하였다.

공자는 평화론을 입으로 주장했을 뿐만 아니라 자신의 뜻을 만천하에 널리 펴기 위해 이웃나라인 송(宋)·정(鄭)·진(陳)·채(蔡)·위(衛)·제(齊)·조(曹)·초(楚) 등으로 14년간이나 떠돌아다니며 유세(遊說)를 계속하였다. 그 바람에 그는 많은 사람들로부터 '상갓집 개'라 불리며 경멸도 받아 왔지만 그의 사상에 탄복하여 제자가 된 사람

도 3천 명이 넘었다. 오늘날 우리가 그 이름을 잘 알고 있는 안회(顔回), 자로(子路), 자공(子貢), 증자(曾子) 같은 대학자들도 모두들 공자를 따르게 된 제자들이었다.

공자가 정치의 이상론을 열심히 유세하고 돌아다녔음에도 공자의 사상을 정치 이념으로 받아들이는 군주는 좀처럼 없었다. 제자 자공이 하도 안타까워 하루는 스승에게 이렇게 말한 일이 있었다.

"선생님께서 가르치시는 도(道)는 너무 원대(遠大)하여 천하 사람들이 아무도 받아들이려 하지 않으니 이를 어찌했으면 좋겠습니까?"

거기에 대해 공자는 즉석에서 이렇게 대답하였다.

"자공아! 너무 염려하지 마라. 훌륭한 농부는 좋은 씨를 골라서 뿌리지만 반드시 수확이 많다고는 볼 수 없다. 훌륭한 목수는 솜씨가 뛰어나지만 그가 만든 물건이 반드시 사람들의 마음에 들 수는 없다. 군자는 도를 닦고 조리(條理)를 바로잡으려고 애쓸 뿐이지 남이 받아들이지 않는 것을 걱정할 필요는 없느니라."

공자의 정치 이념은 어디까지나 '백성들을 잘 살게 해야 한다' 는 점에 있었다.

"임금은 백성들을 잘 살아 가게 하기 위해 필요한 존재이지 백성들이 임금을 위해 존새하는 것은 아니다."

라는 것은 공자의 일관된 정치 이념이었다.

공자는,

"백성들을 사랑으로 다스려 나가지 못한다면 그 사람을 어찌 참된 군주라고 말할 수 있으랴."

하고 술회한 일도 있었다.

공자의 정치 이념을 분석해 보면 그것은 오늘날의 민주주의 이념과 완전히 일치됨을 알 수 있다. 그는 지금부터 2천4백여 년 전에 이미 그와 같은 정치 이념을 주장했으니 그 어찌 놀라운 일이 아니라고 말할 수 있으랴.

공자는 나라를 잘 다스려 나가기 위한 기본 조건의 하나로 법이라는 것을 존중하였다. 지금도 '법치국가(法治國家)'라는 말을 흔히 써오고 있지만 공자는 이미 옛날에,

"나라를 평화롭고 안정되게 운영해 나가려면 무엇보다도 법질서(法秩序)를 확립해야 한다."

라고 말한 일이 있었다.

공자가 말하는 '법질서'란 반드시 법률만을 말한 것은 아니었다. 삼강오륜(三綱五倫)이나 인의예지(仁義禮智)도 넓은 의미에서는 법질서에 속한다고 생각하고 있었던 것이다.

공자가 말한 법은 백성들을 처벌하기 위한 법을 말하는 것이 아니었다. 백성들을 올바른 길로 선도해 나가는 수단을 말하는 것이었다.

옛날 은(殷)나라에 '길에 재(灰)를 버리는 사람은 손목을 자른다'는 법이 있었다. 공자의 제자 자공(子貢)은 그 법이 너무도 가혹하게 여겨져 어느 날 공자에게 이렇게 물어 본 일이 있었다.

"선생님! 옛날 은나라에서는 길에 재를 버리는 사람은 손목을 자른다는 법이 있었는데 그것은 너무 가혹한 법이 아니옵니까?"

공자는 그 질문에 대해 다음과 같이 대답하였다.

"그것은 정치를 할 줄 아는 사람이 제정한 법이었다고 나는 생각한다. 얼른 생각하기에는 길에 재를 버리는 일이 무슨 대단한 죄라고 손목을 자르느냐고 책할 사람이 있을지 모른다. 그러나 실상인즉 그게 아니다. 길에 재를 버리게 되면 재가 바람에 날리게 되어 많은 사람이 눈병이 나고 옷도 더럽혀지게 될 것이다. 그러면 사람들은 신경이 날카로워져 재를 버린 사람과 시비를 벌이게 될 것이고, 싸움이 격화되

면 살인극을 연출하게 될지도 모르는 것이다. 결국 길에 재를 버리는 것은 살인극의 원인을 뿌리는 것과 다름이 없으니 어찌 그런 사람을 가볍게 처벌할 수 있겠느냐? 재를 버리지 않는 일은 누구나 실천할 수 있는 쉬운 일이요, 손목을 잘린다는 것은 누구나 싫어하는 일이다. 그러하니 쉬운 일을 실천에 옮겨 싫어하는 일을 당하지 않도록 하는 것이 법의 기본 사상이 아니겠느냐?"

이상과 같은 대답으로 미루어 보아 공자가 법을 숭상하는 기본 목적은 처벌에 있는 것이 아니고, 어디까지나 선도에 있었던 것임을 알 수 있는 것이다.

공자는 여러 나라로 돌아다니며 유세(遊說)를 하는 중에 한번은 초나라에 들렀던 일이 있었다. 오초대전(吳楚大戰)이 종결된 직후의 일이어서 그때만 해도 초나라의 산과 들에는 전사한 군인들의 시체가 늘비하게 썩어나고 있었다.

공자는 그 시체들을 바라보며 제자들에게 이렇게 개탄하였다.

"전쟁이 얼마나 비참한 일인가는 저 시체들을 보고도 알 수 있는 일이다. 나라의 보배인 젊은이들이 전쟁 때문에 이처럼 무참하게 죽어가지 않았느냐? 전쟁이 있어서는 백성들이 어찌 마음을 놓고 생업에 종사할 수 있겠느냐? 어떤 일이 있어도 전쟁만은 하지 말아야 한다."

그러나 정작 초나라 사람들은 공자의 평화론을 어느 누구도 받아들이려 하지 않았다. 그들은 오나라 군사에게 혹독하게 당한 것에만 통분하여 저마다 이를 갈며,

"하루 빨리 군사를 양성하여 어떤 일이 있어도 오나라를 우리 힘으로 쳐부숴야 한다."

하고 설욕전(雪辱戰)을 준비하기에 여념이 없었다. 공자는 그런 광경을 볼 때마다 개탄을 금할 길이 없었다.

"싸움을 하지 않고도 초나라는 잘 살아 갈 수 있고, 오나라 또한 잘 살아 갈 수 있는데, 왜들 싸우려고 하는지 나는 그 심정을 도무지 이해할 수가 없다. 전쟁은 또 다른 전쟁을 불러일으켜 끝없이 반복되기 마련인데, 열국 제후들은 그와 같이 단순한 이론을 어찌하여 이해하지 못할까?"

그러나 공자의 평화론을 이해하지 못하는 사람은 군주들만이 아니었다. 초나라 백성들도 전쟁에 진 것을 절치부심하며 이렇게 말하고 있었다.

"오국에 손무라는 자가 없었던들 우리는 그처럼 허무하게 지지는 않았을 것이다. 그러므로 우리가 오나라에 설욕을 하기 위해서는 무엇보다도 병법을 열심히 연구해야 한다."

공자는 그와 같은 말을 듣고 제자 자공에게 묻는다.

"초나라 사람들의 말을 들어 보면 손무라는 사람 때문에 전쟁에 진 것으로 여기던데 도대체 무엇을 하는 사람이냐?"

자공이 대답한다.

"손무는 본시 병법을 연구하는 제나라 사람이온데 후에 오나라에 가서 오자서와 함께 오왕을 도와 초나라를 대파(大破)한 사람이옵니다."

공자는 그 말을 듣고는 매우 마땅치 못한 기색이었다.

"남의 나라에까지 가서 전쟁을 일으키게 했다면 손무라는 사람이야말로 전쟁의 원흉(元兇)이 아니냐?"

"손무가 전쟁의 원흉인지는 모르오나 그 사람이 병법 연구의 대가인 것만은 누구도 부인을 못 하는 사실입니다."

공자는 그 말을 듣고 더욱 못마땅한 듯 고개를 가로저었다.

"병법을 연구했다면 학식이 많은 사람이 분명한데, 유식한 사람이 도의(道義)를 연구할 생각은 아니 하고 하필이면 사람을 죽이는 방법을 연구했다더냐? 내가 그 사람을 한번 만나고 싶구나."

공자는 '병법 연구의 대가'라는 손무를 직접 만나 설득을 해보고 싶었다. 그런 사람을 설득하는 것이 전쟁을 방지하는데 크게 도움이 될 것 같았기 때문이다.

그러나 자공이 대답한다.

"손무는 지금 오나라의 대사구(大司寇)로 있기 때문에 여기서는 그를 만날 수 없사옵니다."

"음, 그거 참 유감스러운 일이로구나. 병법 연구의 대가라는 말은 '인명을 대량 학살(虐殺)하는 명수'라는 뜻이 되는데, 그런 사람이 일국(一國)의 정권을 좌우하고 있다니, 그래서야 세상이 어찌 평화로울 수 있겠느냐?"

"선생님! 저는 일전에 어떤 사람으로부터 손무의 병법에 대해 들은 이야기가 있사옵니다. 손무는 사람을 죽이지 아니하고 전쟁에 이기는 방법을 연구하고 있다는 것이었습니다."

공자는 그 말이 매우 못마땅한지 이맛살을 찌푸린다.

"사람을 죽이지 아니하고 전쟁에 이기다니, 그게 어디 말이 되는 소리냐?"

"전쟁을 하는 이상 어찌 사람을 전연 죽이지 아니할 수야 있겠습니까? 그러나 손무가 연구하는 병법은 사람을 적게 죽이고 전쟁에 이기는 병법이라는 것이었습니다."

"사람을 적게 죽이거나 많이 죽이거나 전쟁이라는 것은 사람을 죽이는 행위임에는 틀림이 없지 않느냐? 어떤 형태의 전쟁이든 간에 전쟁은 인명을 살해하는 행위라는 것만은 누구도 부인 못할 것이다."

"그건 그렇습니다마는······."

자공은 공자의 말에 머리를 수그렸다.

공자는 무엇을 생각하는지 잠시 말이 없다가 문득,

"자공아!"

하고 제자를 부른다.

"네? 왜 그러십니까? 선생님……."

"내가 손무라는 사람을 꼭 한번 만나 봐야 하겠다. 그 사람을 만나 볼 무슨 방도가 없겠느냐?"

공자는 손무를 직접 만나 전쟁 반대론을 펴보고 싶은 생각이 새삼스러이 간절하였다. 실상인즉 공자는 그 옛날 제나라에 가서 가두유세(街頭遊說)를 하다가 손무와 직접 대면했던 일이 한번 있었다.

가두유세가 끝났을 때 청중 속에서 청년 한 사람이 공자 앞에 다가와,

"선생께서는 인(仁)이라는 것을 숭상하고 계시는 줄로 알고 있습니다. 그런데 선생님의 나라인 노나라에는 도둑이 많다고 들었습니다. 그것은 어찌된 일이옵니까?"

하고 신랄한 질문을 던졌던 일이 있는데, 그 청년이 바로 손무였다. 그러나 그때만 해도 손무는 공자를 '인(仁)이라는 것을 만병통치(萬病通治)의 영약(靈藥)처럼 팔아먹고 돌아다니는 보잘것없는 늙은이'로 치부해 경멸해 마지않았지만 정작 공자 자신은 그때의 그 청년이 손무였다는 것을 전혀 모르고 있었던 것이다.

자공이 말한다.

"우리가 오나라로 직접 찾아가기 전에는 손무를 만날 길이 없을 것이옵니다."

"손무가 병법을 연구한다고 했지 않느냐? 그렇다면 그 사람이 저술한 병서(兵書)라도 있을 게 아니냐?"

자공이 공자에게 말했다.

"손무가 연구한 『손자병법』이라는 유명한 죽간(竹簡 : 종이가 발명되기 이전이어서, 그때에는 대의 조각을 엮어 책으로 만들었다)이 시중에 널리 퍼져 있다는 소문은 있사옵니다. 그러나 저도 아직 그 책을 읽어본 적은 없습니다."

공자는 그 말을 듣고 호기심이 발동해서,

"『손자병법』이라? 그 책이 항간에서는 그렇게도 유명하냐?"

"아직 완성된 책은 아니오나 병법에 대한 연구가 무척 심오한 책인 까닭에 무장(武將)들은 앞을 다투어 그 책을 읽고 있다는 것이옵니다."

"자공아! 나는 무장은 아니지만 그 책이 그렇게도 심오한 책이라면 나도 꼭 한번 읽어보고 싶구나. 네가 그 책을 좀 구해 올 수 없겠느냐?"

"인의(仁義)와 평화만을 소중히 여기시는 선생께서 병서 따위를 읽어보신들 무슨 이익이 있을 것이옵니까?"

"그건 모르는 소리로다. 전쟁론자들을 설득하기 위해서는 저들이 어떤 생각을 가지고 있는가를 반드시 알아야만 한다. 나만 알고 저들을 몰라서야 어찌 저들을 설득할 수 있겠느냐? 그런 뜻에서도 『손자병법』이라는 책을 꼭 읽어봐야만 하겠다. 수고스럽지만 네가 그 책을 꼭 좀 구해 오너라."

공자는 워낙 책이라면 사족을 못 쓸 정도의 면학가인지라 자공에게 책을 구해 오기를 간청하였다.

자공은 그날부터 『손자병법』을 구하려고 무장들의 집들을 한 집 한 집 찾아다녀 보았다. 그러나 그 책을 구하기는 결코 용이한 일이 아니었다.

10여 일 만에 어느 무장의 집에 그 책이 있음을 알아내기는 했으나 그는 『손자병법』을 신주처럼 소중히 여기면서,

"내 아들을 죽인다 해도 이 책만은 양보할 수 없소. 우리 같은 무장들에게는 생명보다도 귀한 책이오."

하고 말하는 것이 아닌가.

자공은 기가 막혔다.

"아주 달라는 게 아니고 우리 선생님께서 한번 읽어보신 뒤에 곧 돌려드리도록 하겠소. 며칠 동안만 빌려 달라는 것이오."

"이 책은 너무도 소중하여 빌려 줄 수도 없소. 다른 집으로 가 보시오."

그러나 다른 집으로 가 보아도 역시 마찬가지였다. 『손자병법』은 아직 완성된 책도 아니건만 무장들은 저마다 그 책을 대쪽에 베껴 보물처럼 소중히 여기며 열독해 오고 있었던 것이다.

자공은 어쩔 수 없어 어떤 무장의 특별 호의로 『손자병법』을 손수 베껴오는 수밖에 없었다.

자공은 20여 일 만에 책을 베껴 가지고 돌아와 공자 앞에 내놓으며 말한다.

"이 책을 베껴 오는데 천신만고를 했사옵니다. 무장들이 누구나 이 책을 가보(家寶)처럼 소중히 여기고 있음을 보고 크게 놀랐사옵니다."

공자는 『손자병법』을 받아 들고 기뻐하며 말한다.

"허어, 이 책이 무장들에게는 그렇게도 소중한 책이었던가? 어쨌든 수고가 많았다. 나도 곧 읽어보도록 하겠다."

공자는 그날부터 만사를 제쳐놓고 『손자병법』을 읽기 시작하였다. 처음에는 그리 대단치 않은 책일 것이라고 지레짐작을 하고 있었다. 그러나 정작 내용을 조목조목 읽어 내려가다 보니 비록 전쟁에 관한 책이기는 하나 천하의 명저(名著)임에는 틀림이 없지 않은가.

공자는 읽고 또 읽고 몇 차례를 되풀이해 읽어보았건만 읽으면 읽을수록 뜻이 깊고 내용이 풍부함에 놀라지 않을 수 없었다.

그는 하도 감격스러워 자공에게 말한다.

"자공아, 나는 이 책을 천박한 병서(兵書)인 줄로만 알고 있었는데 정작 읽어보니 천하의 명저로구나."

자공이 웃으며 대답한다.

"선생님께서 병서를 읽어보시고 감탄하시는 데는 놀라지 않을 수 없사옵니다. 그러면 이 책도 『시경(詩經)』이나 『주역(周易)』과 같은 명저라는 말씀이시옵니까?"

"『시경』이나 『주역』과 단순 비교할 수야 없지만 이 세상에 전쟁이 있는 한 이 책이 영원히 남을 명저임에는 분명하다."

"전쟁을 반대하시는 선생님께서 병서를 그처럼 찬양하실 줄은 몰랐습니다."

그러자 공자는 머리를 가로젓는다.

"그렇다고 이 책 때문에 내 사상이 변화를 일으킨 것은 아니다. 손무라는 사람이 전쟁을 주제로 이 책을 쓴 것만은 매우 유감스럽지만 그가 전개한 기본 원리는 백방(百方)에 통할 수 있게 되어 있다. 그의 이론을 정치에 적용하면 '치세의 서(治世之書)'도 될 수 있고, 사업에 적용하면 '처세의 서(處世之書)'도 될 수 있으니 그 얼마나 훌륭한 책이냐? 무장들은 이 책을 단순히 병서라고 생각하는 모양이지만 그것은 하나만 알고 둘은 모르는 자들의 편협한 해석이다. 전쟁을 주제로 해서 논리를 펴 나갔으니 겉으로 보기에는 단순한 병서라고밖에 볼 수 없겠지만 이 책에 담겨 있는 뜻은 모든 것에 통하는 철리(哲理)라는 말이다."

자공은 공자가 『손자병법』을 침이 마르도록 칭찬하는 데 적이 놀랐다.

"선생님이 보시기에도 『손자병법』이 그렇게 대단한 책입니까?"

"그렇다. 이 책을 잘만 읽으면 누구든지 많은 것을 배울 수 있을 것이다. 자공아! 이 책을 읽고 나니 나는 손무라는 사람을 더 만나 보고 싶구나. 여기서 오나라가 멀기는 하지만, 아무리 멀어도 그 사람을 꼭 찾아가 만나 봐야겠다. 너는 오늘부터 나와 함께 오나라로 떠나기로 하자."

자공은 너무도 뜻밖의 말에 크게 놀랐다.

"여기서 오도(吳都)까지는 3천 리가 넘는데 선생님께서 몸소 가시겠다는 말씀이십니까?"

"좋은 사람을 만나 배우러 가는 길에 멀고 가까움을 가릴 수 있겠느냐? 오늘로 길을 떠나자."

공자는 학문에 관해서만은 아무리 하찮은 사람에게도 물어 보기를 부끄러워하지 않는 사람이었다. 게다가 그는 '세 사람이 모이면 나에게 배움을 줄 만한 스승이 반드시 있는 법이다(三人行必有我師)' 라고 믿어 오는 사람이기도 하였다.

그러므로 그가 『손자병법』을 읽고 저자인 손무를 직접 만나 보고 싶어 하는 것은 당연한 일이었는지 모른다. 그러나 초나라에서 오도(吳都)까지는 3천 리나 되는 머나먼 길이 아닌가.

자공이 말한다.

"선생님! 손무는 50밖에 안 된 사람입니다. 그런 사람에게 선생님께서 무엇을 배우실 수 있겠습니까?"

"무슨 소리! 학문을 배우는 데 나이가 무슨 상관이냐? 『손자병법』은 단순한 병서가 아니라 나라를 보존해 가기 위한 수단으로 국력을 튼튼하게 하는 방법을 역설한 귀중한 책이다. 나는 인의예지(仁義禮智)를 펴서 세상을 평화롭게 이루어 나가자고 주장하는데 반해 손무는 무력을 길러 평화를 유지해 가자고 주장하고 있으니 그와 나는 수단이 다를 뿐이지 목적은 추호도 다를 바 없다. 그러니 내 어찌 그 사람을 만나 보지 않을 수 있겠느냐?"

그러나 자공은 공자의 건강을 생각하자니 길을 떠날 용기가 나지 않았다. 70 고령의 노쇠한 몸으로 3천 리라는 장거리 여행을 떠나는 것은 너무도 무리였기 때문이다.

"선생님! 오도(吳都)까지 가자면 두 달 가까이 걸려야 할 터이온데, 도중에 병이라도 나시면 어떡하십니까? 더구나 오나라는 기후가 몹시 더운 나라입니다."

"죽고 사는 것은 천운(天運)에 관한 것. 죽음이 무서워서 가야 할 길을 아니 갈 수는 없는 일이다. 어서 길을 떠나자."

학문을 위해서는 죽음도 불사하는 공자였다. 그러기에 그는 '아침에 도를 깨달으면 저녁에 죽어도 좋다(朝聞道夕死可)'고까지 하지 않았던가.

자공은 어쩔 수 없어 길 떠날 준비를 서둘렀다. 그런데 다행인지 불행인지 두 사람이 길을 막 떠나려고 하는데 공자의 고국인 노나라에서 돌연 급사(急使)가 찾아왔다.

"군후께서 선생님을 급히 보셔 오라는 분부가 계셔서 왔사옵니다."

"군후께서 나를 부르신다고요? 나 같은 늙은 사람을 무슨 일로 부르신다고 합디까?"

"자세히는 모르오나 나라에 중대사가 생겨 선생님의 지혜를 빌어야 할 것 같사옵니다."

"음, 나는 오나라로 손무라는 사람을 찾아가려는 참이었는데 대왕께서 부르신다면 어쩔 수 없는 일이구려."

이리하여 공자는 손무와 만나기를 중지하고 고국으로 급히 돌아가는 수밖에 없었다. 만약 그때에 공자와 손무가 직접 만났던들 춘추전국시대의 중국 역사는 크게 달라졌을지도 모를 일이었다. 그러나 두 사람은 불행하게도 직접 만날 기회가 없었기 때문에 그로부터 3백여 년간은 전쟁이 줄곧 계속되었던 것이다.

노나라 정공(定公)은 열국으로 돌아다니며 평화론을 유세 중인 공자를 무엇 때문에 급히 부르고자 한 것일까.

그 이유는 이러하였다. 그 당시 제나라는 모사 안영(晏嬰 : 안평중)과 용장 양저(穰苴) 등의 노력으로 국력이 강대해지자 이웃 나라인 노나라를 함부로 침범하여 노나라의 영토인 문양(汶陽) 땅을 무단 점령하였다. 그러고 나서는 사신을 보내 화친을 제의해 왔다.

남의 나라 땅을 무단 점령하고 나서 화친을 제의해 왔다는 것은 말이 안 되는 소리였다. 이른바 '강대국의 횡포'였다. 그러나 노나라로서는 화친을 거부하고 빼앗긴 땅을 찾아오려면 전쟁을 할 수밖에 없는데 제나라를 상대로 싸우기에는 국력이 너무도 미약하였다.

이에 노나라에서는 중신회의를 열었는데, 대부(大夫) 중손(仲孫)은,

"제나라 경공(景公)이 무슨 꿍꿍이속으로 화친을 제의해 왔는지 모르겠습니다. 우리는 그런 제의에 응할 필요가 없사옵니다."

하고 말했다.

대부 계사(季斯)는,

"그들의 제안에 응하지 않으면 우리가 겁을 내는 줄로 알 것입니다. 주군께서는 제 경공을 만나 당당하게 우리의 영토 회수(回收)를 주장하셔야 하옵니다."

하고 반대 이론을 제의하였다.

그 모양으로 국론의 통일을 보지 못하게 되자 노 정공은 사람을 보내 공자를 급히 불러오게 한 것이었다.

공자가 급히 돌아오자 노 정공은 지금까지의 경위를 자세하게 말해 주고 나서 이렇게 물었다.

"제 경공이 나와 협곡산(夾谷山)에서 만나 화친을 맺자고 제의해 왔는데 선생은 이 문제를 어떻게 처리하는 것이 좋을 것 같소이까?"

공자가 잠시 생각해 보다가 대답했다

"화친을 맺자는 것은 매우 좋은 일이온데, 그것을 어찌 마다할 수 있으오리까? 그러나 남의 나라 땅을 무단 점령하고 나서 화친하자는 것은 이치에 어긋나는 일이니 빼앗아 간 땅을 먼저 돌려받고 나서 화친을 맺자고 주장하셔야 할 것이옵니다."

노왕이 고개를 끄덕이며 말한다.

"진실로 옳은 말씀이오. 그러나 제나라 군주가 우리의 그러한 주장을 고분고분 들어줄는지 의문이구려."

공자가 다시 말한다.

"이치에 합당한 일을 어찌 들어주지 않을 수 있으오리까? 우리가 정정당당하게 정론(正論)을 펴나가면 반드시 들어주게 될 것이옵니다."

동석했던 중신들은 공자의 주장에 모두들 회의의 고개를 기울였다. 노 정공도 고개를 기울이며,

"그럴까요?"

공자가 다시 힘주어 말한다.

"만약 제왕(齊王)에게 일말의 양심이라도 있다면 우리의 주장을 꺾으려고 하지는 못할 것이옵니다."

그리고 잠시 있다가,

"만약 주군께서 제왕을 만나러 가신다면 매우 외람된 말씀이오나 소신을 데려가 주시면 고맙겠나이다."

하고 말하였다.

노 정공은 공자의 동행하고 싶다는 말에 크게 기뻤다.

"선생께서 같이 가 주신다면 우리로서는 크게 도움이 되겠습니다. 그러나 협곡 안에서 제 경공과 만나는 일은 공식회담(公式會談)이니 아무런 공직도 안 가지고 계신 선생이 동참하시면 상대편에서 이의를 제기하지 않을까 걱정됩니다."

그러자 옆에 있던 대부 계사가 얼른 이렇게 말한다.

"전하! 그 문제는 걱정할 바가 못 되옵니다. 중니(仲尼 : 공자의 자)께서는 일찍이 대사구(大司寇)의 벼슬을 지내신 바 있습니다. 이번에도 그 벼슬을 다시 제수하시면 될 것이옵니다."

노 정공은 그 말을 듣고 크게 기뻐하며 말한다.

"그거 참 좋은 생각이오. 그러면 오늘로써 대사구의 벼슬을 다시 제수할 터인즉 선생께서는 수고스러우신 대로 나와 같이 가 주십시오."

공자가 대답한다.

"저는 본시 벼슬을 원하는 자가 아니오나 절차상 필요하다면 사양하지 않겠습니다. 남의 나라 영토를 무단으로 빼앗아 가는 불의를 보고 어찌 가만히 있을 수 있으오리까?"

"오오! 고맙소이다. 선생의 말씀을 듣고 이번 회담에 대해 커다란 용기를 얻게 되었습니다."

이리하여 노 정공은 제왕과 만나기 위해 공자와 함께 협곡산으로 떠나는데, 군후의 위세를 보여주려고 좌우에 많은 사마(司馬)들을 거느리고 출발했음은 말할 것도 없었다.

한편, 제나라 경공도 노왕과 회담하려고 수십 명의 문무백관들을 거느리고 협곡산을 향하여 길을 떠났다. 제도(齊都)에서 협곡산으로 오려면 우산(牛山)이라는 경승지(景勝地)를 통과해야 한다. 임치라는 곳에 이르러 앞을 내다보니 저 멀리 눈앞에 산이 하나 우뚝 솟아 있었다. 산세가 매우 수려(秀麗)한데다가 산골짜기에는 안개가 나부껴 마치 무릉도원처럼 아름다워 보이는 산이었다.

제 경공은 아름다운 경치에 감탄을 마지않으며,

"저 산이 무슨 산이냐?"

하고 측근에게 물었다.

그러자 아첨 잘하기로 이름난 대부 양구거(梁丘據)가 얼른 나서며 대답한다.

"저 산의 이름은 우산이라고 하옵니다. 우산은 산형이 수려한데다가 산 속에는 가지가지 금수(禽獸)들이 많이 살고 있사옵고, 또 기화요초(奇花妖草)도 가득 들어차 있사옵니다. 우산이야말로 천하의 명승이온데, 주군께서 일부러 오시기는 좀처럼 어려운 일이오니 이번 기회에 산상까지 오르셔서 천하의 절경을 한번 골고루 굽어 살펴보시고 나서 떠나심이 어떠하겠습니까?"

제 경공은 나이가 60을 넘은데다가 몹시 비대하여 산에 오르는 것은 생각조차 못했던 일이다. 그러나 양구거의 권유를 받고 보니 그냥 버리기는 너무도 아쉬운 생각이 들었다.

"그러면 산상에 올라가 한번 골고루 구경을 하기로 할까?"

제 경공은 우산의 경치를 굽어 살펴보려고 신하들의 부액(扶腋)을 받으며 산상까지 올라가고야 말았다. 그러나 힘에 겨운 등산을 하느라고 숨이 몹시 가빴다.

"내가 몹시 늙은 모양이구나. 부축을 받으며 올라왔건만 그래도 숨이 찬 것을 보니……"

제 경공이 산마루에 올라와 그렇게 탄식하자 폐신(嬖臣) 양구거가 얼른 걸상을 갖다 놓아주며,

"주상 전하! 걸상에 편히 앉으셔서 구경하시옵소서. 산에 오르면

젊은 사람도 숨이 가빠지는 법이온데 그런 일을 가지고 어찌 늙으셨다 하시옵니까? 대왕 전하는 반드시 만수무강하실 것이옵니다."

하고 비위를 맞춘다.

산상에서 굽어보는 우산은 과연 천하의 절승이었다. 산에는 수목이 울창하고 산골짜기에는 기화요초가 만발하여 바람에 섞여 오는 꽃향기가 향기롭기 그지없었다. 게다가 기암괴석(奇岩怪石)이 처처에 신기로울 뿐만 아니라 계곡을 흘러가는 시냇물조차 옥구슬처럼 맑고 푸르지 않은가.

"음, 양 대부가 말한 대로 우산은 과연 천하의 절경임이 틀림없구나."

제 경공은 눈앞의 빼어난 경치에 황홀히 도취해 있다가 문득 고개를 들었다. 그리하여 아득히 먼 지평선을 무심히 바라보다가 별안간 깜짝 놀라며 묻는다.

"아니, 저 멀리 아득히 먼 곳에 화려한 궁전(宮殿)과 장려(壯麗)한 누각이 즐비하게 들어차 있는 것이 보이는데, 도대체 저기가 어디더냐?"

폐신 양 대부가 얼른 가까이 다가와 대답한다.

"대왕 전하! 저것은 주군 전하께서 계시는 궁전이 아니옵니까? 우리가 무척 멀리 온 것 같지만 이 산 위에서 바라보면 궁성이 저렇듯 가까워 보이는 것이옵니다."

"음, 여기서는 서울 풍경이 저렇듯이 가깝고도 아름다워 보이는가?"

"예, 그러하옵니다. 푸른 나무 숲 사이로 보이는 우아한 대궐과 수려한 누각들이 마치 천상(天上)의 전각(殿閣)들처럼 아름다워 보이오니, 전하께서는 부디 만수무강하시옵소서."

그러나 서울의 아름다운 풍경을 말없이 바라보고 있는 제 경공의 눈에서는 한 줄기의 눈물이 맥없이 흘러내리고 있었다.

폐신 양구거와 애공(艾孔) 등은 제 경공의 눈물을 보고 깜짝 놀라며 묻는다.

"전하! 눈앞의 경치가 이렇듯 아름답사온데 대왕께서는 즐거워하시기보다 어찌하여 눈물을 흘리고 계시옵니까?"

제 경공은 탄식하며 대답한다.

"우리나라의 산천과 성곽(城郭)들이 이렇듯 수려하건만 인생은 꿈과 같아서 나는 이처럼 아름다운 산천을 오래도록 누릴 수 없는 나이가 되어 버렸으니 이 어찌 탄식할 일이 아니겠느냐? 그 일을 생각하니 눈물이 절로 솟아오르는구나!"

그렇게 말하고 나서 다시 눈물을 흘리니 아첨에 능한 양구거와 애공 등도 제 경공을 따라 소리 없이 울었다.

임금이 늙었음을 한탄하자 양구거와 애공 등이 울기까지 해가며 아첨하는 꼴을 보고 현신(賢臣) 안영은 구역질이 나도록 아니꼬운 생각이 들었다.

아첨배들의 아니꼬운 꼬락서니를 차마 눈을 뜨고는 바라볼 수가 없어 그는 문득 하늘을 우러러 앙천대소(仰天大笑)를 하였다.

그러자 제 경공은 안영의 태도가 매우 불손하게 여겨졌던지 정색을 하면서 나무란다.

"내가 인생의 덧없음을 한탄하니 다른 대부들은 나와 슬픔을 같이 해주는데 경은 어찌하여 앙천대소를 하고 있소? 매우 섭섭한 일이 아닐 수 없구려."

그제야 안영이 정색을 하고 대답한다.

"전하! 신이 듣자옵건대 자고로 인자(仁者)는 생(生)을 탐내지 아니하고, 용자(勇者)는 죽음을 두려워하지 않는다고 하옵니다. 생로병사(生老病死)는 인생 본연의 도정(道程)이온데, 어찌하여 늙으셨음을 한탄하시옵니까? 어진 임금은 죽지 말아야 한다면 우리나라는 시조(始

祖) 강태공(姜太公)께서 영원히 다스리게 되셨을 것이옵고, 용자(勇者)도 죽지 말아야 한다면 환공(桓公)께서 우리나라를 영원히 지켜 오게 되셨을 것이옵니다. 만약 그렇게 되었다면 주군께서는 왕위를 누리실 수가 없으셨을 것이옵니다. 세월이 흐름에 따라 나라의 주인이 늙은 사람에게서 젊은 사람으로 바뀌어 가는 것은 생사존망(生死存亡)의 원리이온즉, 그런 일로 낙루(落淚)하심은 옳으신 일이 못 되는 줄로 아뢰옵니다. 하물며 주군께서 탄식하심을 보고 두 대부가 울기까지 하는 것은 진실로 가소로운 일이 아닐 수 없사옵니다. 신이 하늘을 우러러 혼자 웃은 것은 바로 그 때문이었사옵니다."

제 경공은 그 말을 듣고 크게 부끄러웠다.

"오오, 경의 말씀을 들어 보니 내가 인생의 무상을 탄식한 것은 부끄럽기 짝이 없는 일이었구려. 다시는 그런 탄식은 아니할 터이니, 유람은 그만하고 이제는 길을 떠나기로 합시다."

일행이 산을 내려오는데 폐신 양구거와 애공은 안영의 앞에 그림자도 나타내지 못했다.

제 경공은 다시 수레를 타고 협곡산을 향하여 길을 재촉해 오는데, 초마(哨馬)가 급히 달려와 아뢴다.

"노나라 정공은 이미 협곡산에 도착했사온데, 그들의 일행 중에는 공중니도 있었사옵니다."

제 경공은 그 말을 듣고 적이 놀란다.

"뭐야? 저들의 일행 중에 공중니도 들어 있다고? 공중니는 기변(機變)이 매우 능한 사람인데, 그 사람이 왔다면 이번 회담은 우리에게 불리할 것만 같구나."

제 경공은 매우 불안스러워하면서,

"공중니의 변론에 대항할 무슨 좋은 방도가 없겠소?"

하고 대부들에게 묻는다.

그러자 대부 이미가 앞으로 나서며 말한다.

"공중니는 예의에는 밝아도 용기가 부족한 사람입니다. 그러므로 우리가 그를 무력으로 위협하면 문제가 없을 것이옵니다."

"무력으로 위협하면 된다고? 나는 노나라 군주에게 모든 문제를 담화로 해결하자고 화친을 제의했는데, 이제 와서 어떻게 약속을 어기고 무력을 사용한단 말이오?"

제 경공이 매우 난처해하자 이미가 다시 대답한다.

"신은 그 점을 고려하여 미리 정규 군사가 아닌 내이족(萊夷族 : 오랑캐) 용사들을 수십 명 데리고 왔사옵니다. 회담이 뜻대로 되지 않을 경우 그들로 하여금 제왕 앞에서 흥(興)을 돋운다는 구실로 검무(劍舞)를 추게 하면, 노나라 군주와 공자는 겁에 질려 우리의 말을 아니 들어 줄 수 없게 될 것이옵니다."

그러자 현신 안영이 정면으로 반대하고 나선다.

"전하! 이번 회담에는 어떤 일이 있어도 무력을 써서는 아니 되옵니다. 전하 자신께서 모든 문제를 담화로 해결하자고 제의하셨는데, 국가 간의 약속을 배반하고 무력을 사용하시면 만천하의 제왕(諸王)들이 대왕을 어떻게 보실 것이옵니까?"

그러나 제 경공은 머리를 가로 흔들며 결연히 이렇게 대답한다.

"이번 회담의 근본 목적은 노국을 굴복시키자는 데 있는 것이오. 그러므로 저들이 우리의 말을 들어 주지 않을 경우에는 부득이 무력을 사용할 수밖에 없을 것이오."

"……"

군주의 결의가 확고부동하므로 안영은 그 이상 아무 말도 하지 않았다.

이윽고 양국 군주들이 협곡산 기슭에 있는 축기(祝其)라는 마을에서 만나 연락(宴樂)을 베푸는데, 그 자리에는 양국 중신들도 모두 참석해 있었다. 연락이 한창 무르익어 오자 제나라 대부 이미가 제왕 앞에 나와 아뢴다.

"전하! 양국 원수들께서 화기애애하게 환담을 나누시니, 이런 경사가 없사옵니다. 이 기회에 멀리서 온 귀객(貴客)들의 흥을 돋워 드리기 위해 내이족들의 검무를 한번 추게 해 보이시면 어떠하겠습니까?"

말할 것도 없이 그것은 미리 짜놓은 각본대로 말한 것이었다. 제 경공은 그 말을 듣고 고개를 크게 끄덕이며 말한다.

"그거 참 기발한 생각이오. 그러면 지금 곧 그들을 불러다가 손님들 앞에서 검무를 추어 보이도록 하오."

그리고 이번에는 노 정공을 보고 말한다.

"우리나라에는 내이족들이 즐겨 추는 검무라는 춤이 있는데, 그 춤은 다른 나라에서는 볼 수 없는 매우 진귀한 춤이니 군후에게 한 번 보여드리도록 하겠소이다."

제 경공의 허락이 내리자 이미는 미리 대기시켜 두었던 30여 명의 맹수 같은 내이족 무부(舞夫)들을 연회장으로 몰고 들어오는데, 그들의 모양새는 첫눈에 보아도 몸서리가 쳐질 정도로 괴이하였다. 그들은 호랑이와 곰과 사자 같은 각종 맹수의 가죽을 몸에 휘감고 있는데다 얼굴에는 금은보화로 장식한 가면을 쓰고 있었고, 손에는 장창(長槍)과 철퇴(鐵槌) 같은 무기를 들고 있었다.

그들은 양국 군주들이 앉아 있는 단상으로 날려 올라가더니 춤을 춘답시고 장창과 철퇴를 휘둘러 대며, 노 정공의 주위를 뛰어 돌아가고 있는 것이 아닌가. 그 무시무시한 광경은 마치 노나라 군주를 금방이라도 죽여 버릴 듯한 기세였다.

노나라 사마(司馬)는 사태가 심상치 않음을 깨닫고, 무력을 동원하여 대항하려고 하였다. 그러자 공자가 사마에게 말한다.

"내가 예(禮)로써 저들을 물리치도록 할 테니, 무력을 동원하는 것은 삼가도록 하오."

그리고 단상으로 올라와 제 경공에게 허리를 굽혀 보이며 단호하게 말한다.

"제나라 군후 전하! 오늘 양국 군주가 화친을 도모하시려는 이 자리를 이적(夷狄)들의 난무(亂舞)로써 소란스럽게 하는 것은 매우 유감된 일이옵니다. 자고로 군주들이 회동하시는 자리에 오랑캐의 무리들을 등장시키는 것은 예의에 벗어나는 일이어서, 이런 사실이 열국에 널리 알려지게 되면 제나라는 오랑캐의 나라라는 비방을 면하기 어려울 것이옵니다. 제나라가 문명국임은 천하가 다 알고 있는 일이온데, 어찌하여 그와 같은 불명예를 자초하려고 하시옵니까? 물론 내이족을 등장시킨 것은 군후의 본심이 아니옵고, 어느 지각없는 사람의 실수임이 분명하다고 생각됩니다. 그러나 책귀어장(責歸於長)이라고 신하들의 잘못된 책임도 결국은 군후께서 지셔야 되는 법이옵니다. 명철하신 군후께서는 오랑캐의 무리를 즉시 물리치도록 하명을 내려 주시옵소서."

제나라의 중신들은 공자를 '단순한 겁쟁이 늙은이'로만 여기고 그런 장난을 친 것이었다. 그런데 막상 단상으로 올라와 제 경공에게 자신의 소신을 개진(開陣)하는 공자의 태도는 추상같이 준엄할 뿐만 아니라 정정당당한 그의 논조에는 일푼의 하자(瑕疵)도 없지 않은가.

공자의 인격을 진작부터 숭배하고 있던 제나라의 안영은 무언중에 '과연 공자는 공자로구나' 하고 감탄의 고개를 끄덕였다. 그러나 다른 중신들은 공자의 대담한 항변에 당황하기만 하였다.

제 경공도 적이 당혹해 하며 말한다.

"선생의 말씀은 참으로 옳으십니다. 우리나라가 어찌 오랑캐의 나라일 수 있으오리까? 저들을 곧 물러가게 하겠소이다."

제 경공은 곧 이미를 불러,

"무부(舞夫)들을 물러가게 하오."

하고 명했다.

그러나 이미는 아직도 미련이 남아서,

"춤을 단상(壇上)에서 추는 것을 마땅치 못하게 여기신다면 단하(壇下)에서 추도록 하겠습니다. 저들의 춤은 워낙 진기한 춤인 까닭에 귀빈들에게 반드시 보여드리는 것이 좋을 줄로 아뢰옵니다."

하고, 이번에는 공자를 비롯하여 대표단 일행이 앉아 있는 단하로 내려와서 춤을 추게 하려는 것이 아닌가.

현신 안영은 그 광경을 보다 못해 이미에게 소리를 지른다.

"대부는 어찌하여 어명을 받들지 않고 엉뚱한 짓을 하고 있소? 전하의 분부대로 저들을 당장 퇴장시켜 버리시오."

이미는 그제야 마지못해 내이족들을 퇴장시켰다. 그러나 이미는 자신의 계획이 수포로 돌아가자 울분을 금할 길이 없어 이번에는 수십 명의 미녀(美女)들을 연락장으로 불러들인다.

미녀들은 연회장에 흩어져서 음가(淫歌)와 음악(淫樂)을 마구 불러대더니, 나중에는 단상으로 올라가 노 정공을 에워싸고 해괴망측한 거동을 하기 시작하는 것이 아닌가. 말할 것도 없이 음탕한 음악과 노래로 노나라 군주의 정신을 혼미하게 만들어 버릴 계획이었던 것이다.

공자는 그 광경을 보고 자리에서 일어나 이미의 무리들을 분노의 눈으로 노려보며 말한다.

"저 계집들은 양국 군주들의 정신을 혼미하게 하려는 무리들이오.

그 죄가 백사가당(百死可當)하니, 제나라의 대부들은 저 계집들을 마땅히 참형에 처해야 할 것이오."

그야말로 청천벽력 같은 발언이었다. 그러나 제나라의 대부들은 아무도 그 말을 들어 주려고 하지 않았다. 그러자 노나라의 장군 자무선(玆無旋)이 허리에 차고 있던 칼을 뽑기가 무섭게 공자의 명령대로 미녀들의 목을 치려하였다. 그 바람에 미녀들은 혼비백산하여 달아나 버렸고, 제나라의 대부들도 간담이 서늘하였다. 공자에게 그와 같은 배짱이 있을 줄은 누구도 몰랐던 것이다.

그러나 이미의 눈에는 공자의 항변이 아니꼽게만 여겨져서,

"다 죽어 가는 늙은 것이 누구를 믿고 저런 허세(虛勢)를 부리는 거야?"

하고 혼잣말로 투덜거렸다. 그러자 옆에 있던 현사 안영이 그 말을 듣고 꾸짖듯이 나무란다.

"공자가 허세를 부린다구요? 공자는 결코 허세를 부릴 분이 아니오. 공자야말로 진실로 용기가 있는 분이오. 저분은 일찍이 '옳음을 보고 행하지 않음은 용기가 없는 사람(見儀不爲 無勇也)'이라고 말한 일이 있는데, 참된 용기를 가진 '신념의 사람(信念之士)'이 아니라면 어찌 그와 같은 말을 할 수가 있었겠소?"

이미는 그 말에 울화가 치밀어 올라서,

"그렇다면 저 늙은이를 숫제 우리 손으로 죽여 버릴까요?"

하고 나온다.

안영은 '공자를 죽여 없애자'는 말을 듣고 깜짝 놀라며, 이미를 다시 꾸짖는다.

"대부는 무슨 그런 분별없는 말씀을 하시오? 공자는 비록 아무 힘도 없는 노인이지만 노나라의 벼슬아치라기보다도 만천하가 우러러

보는 성인이시오. 만약 그 어른을 살해하면 우리나라는 천하의 공적(公敵)이 될 터인데, 그때의 사태를 어떻게 수습하려고 그런 망동(妄動)을 감행하겠다는 말씀이오?"

"그러면 죽이겠다고 협박 공갈만이라도 해볼까요?"

"그것도 안 될 말씀이오. 그분은 일찍이 '지사와 인자는 살기 위해 인을 해치는 일이 있어도 안 되고, 인을 이루기 위해서는 목숨을 아껴도 안 된다(志士仁人 無求生以害仁 有殺身以成仁)'고 말씀하신 일도 있었소. 그와 같이 확고부동한 신념을 가지고 있는 분에게 협박과 공갈이 무슨 효력이 있단 말씀이오."

안영은 이미를 그처럼 꾸짖고 나서도 그가 무슨 망동을 범할지 몰라 곧 제 경공에게 달려와 이렇게 품했다.

"지각없는 사람들이 공자를 죽여 없애려고 음모를 꾸미고 있사오니 주군께서는 그런 일이 없도록 엄령을 내려 주시옵소서. 공자는 어느 일국의 공자가 아니고, 만천하의 정의지사(正義之士)들의 스승이므로, 그를 살해한다면 우리는 만천하의 보복을 면하기가 어려울 것이옵니다."

제 경공도 공자의 명성은 일찍부터 들어 알고 있었다. 그러나 이번에 그를 직접 대해 보니 섣불리 죽였다가는 무슨 변란이 일어날지 크게 두려웠다. 그리하여 이미에게 철없는 짓을 하지 못하도록 즉시 엄령을 내렸다.

이윽고 연회가 끝나자 두 나라 대표들은 양국 군주를 중심으로 회담을 시작하였다. 그리하여 양국 원수 간에 동맹관계의 협약에 합의를 보자 제나라의 양구거와 노나라의 자무선이 나서 공동으로 협정서(協定書)를 작성하는데 또다시 문제가 발생했다.

제나라의 양구거가 협정서의 문안에 다음과 같은 구절을 써넣는 것이 아닌가.

"양국이 동맹을 맺은 뒤 제나라에서 전쟁이 발발할 경우 노나라는 즉각 응원군을 보내와야 한다. 만약 그 협약을 위배할 시에 제나라는 천명으로써 노나라를 정벌한다."

강대국의 횡포를 노골적으로 노출시킨 일방적인 조건임은 말할 것도 없었다.

자무선은 그 조문(條文)을 보고 하도 어이가 없어 공자의 얼굴만 쳐다보았다.

공자는 아무 말도 아니 하고 한동안 깊은 생각에 잠겨 있더니 문득 뭇사람들이 듣고 있는 앞에서 자무선에게 이렇게 명한다.

"그 협정서에 우리의 조건을 이렇게 써넣으시오. '만약 제나라가 노나라의 영토인 문양 땅을 돌려주지 않으면 노나라는 이 협약을 절대로 지키지 않을 것을 천지신명에게 맹세한다' 고 말이오."

그야말로 무서운 반격이었다. 제나라의 중신들은 공자의 폭탄 같은 선언에 모두들 크게 분노하였다. 그러나 공자는 그들의 분노는 아는 체도 아니 하고 제 경공 앞으로 걸어 나오더니 허리를 정중하게 굽혀 보이며 아뢴다.

"군후 전하에게 한 말씀 품하고 싶은 말씀이 있사옵니다."

제 경공은 70 노구의 공자가 위연한 자세로 나오는 바람에 자기도 모르게 옷깃을 바로잡았다.

"선생께서 무슨 말씀을 하시려는지 어서 말씀을 하십시오."

공자는 머리를 조아리며 조용히 말한다.

"신이 알기로 나라를 다스리는 데는 두 가지 길이 있사옵니다. 덕(德)으로 다스리는 것을 '왕도(王道)' 라 하옵고, 힘으로 다스리는 것을 '패도(覇道)' 라고 하옵니다. 왕도는 백성들을 덕으로 다스리는 까닭에 민심이 절로 화합될 뿐만 아니라, 다른 나라와도 화친이 잘 되어 국운(國運)이 한없이 번창해 나가는 것이옵니다. 그러나 패도는 힘으로 다스리는 까닭에 민심이 화합되기도 어려우려니와 다른 나라와도 항상 적대관계를 벗어날 수 없어 결국에는 멸망을 면하기 어렵게 되는 법이옵니다. 그것은 마치 물이 아래로 부드럽게 흘러 결국은 커다란 바다를 이루게 되지만, 불은 위로만 타올라 결국 재가 되어 버리는 것과 똑같은 이치이옵니다. 지금 귀국의 힘이 막강한 것은 사실이옵니다. 그러나 장사(壯士)의 힘에는 한계가 있듯이, 국가의 힘에도 한계가 있는 것입니다. 군후께서는 보령(寶齡)이 이미 이순(耳順)을 넘으셨으니 무엇보다도 시급한 것은 생전에 국가의 방향을 올바로 잡아 놓으시는 일이라고 생각되옵니다. 그러기 위해서는 우선 선린정책(善隣政策)을 쓰시도록 하시옵소서. 이웃나라와의 친목을 도모하지 못하면서 어찌 국가의 번영을 기할 수 있으오리까?"

공자가 열과 성을 다하여 설득하는 바람에 제 경공은 무심중에 고개를 끄덕였다.

공자가 다시 말을 계속했다.

"정치란 '모든 것을 바로잡는 일'이라고 하옵니다. 모든 일을 바로 잡아 나가려면 무엇보다도 먼저 불의(不義)의 욕심을 버리셔야 하옵니다. 귀국에서는 노나라의 문양 땅을 힘으로 빼앗으셨으니, 노나라가 아무리 약소국이기로 그런 상태에서 어찌 화친에 응할 수 있으오리까? 조그만 땅 한 자락을 얻기 위해 이웃 나라와의 불화를 초래한다면 그야말로 소탐대실(小貪大失)의 우(愚)가 아니고 무엇이겠나이까? 군후를 보필하는 대부들이 어쩌다 잘못하여 그와 같은 실수를 범하고 있는 모양이오나 명철하신 군후께서는 깊이 통촉하시어 이 일을 바로잡아 주시옵소서. 군후 전에 엎드려 바라옵니다."

공자의 변론은 봄바람처럼 온화하였다. 그러나 그의 말에 담겨 있는 깊은 뜻은 추상열일(秋霜烈日)같이 준엄하였다.

양구거와 이미를 비롯한 제나라의 중신들은 공자의 말을 듣고 크게 분개하였다.

"저 늙은 것이 주군을 모독해도 분수가 있지, 어느 안전이라고 감히 저런 망언을 함부로 씨부렁대고 있는 거야."

"누가 아니래! 저런 자를 살려 주는 것은 국위(國威)에 관한 문제이니 저자를 당장 끌어내어 해치워 버리세."

제나라의 중신들 간에는 별안간 살기(殺氣)가 등등하였다.

그러나 제 정공은 그러한 눈치를 알아채고 그들을 눈짓으로 제어(制御)하면서 공자에게 이렇게 말한다.

"나는 선생의 말씀을 듣고 많은 것을 깨달았소이다. 한 자락의 땅 조각을 얻기 위해 이웃 나라를 원수로 돌리려고 했던 것은 분명히 어리석은 생각이었소이다. 문제의 문양 땅은 오늘로서 귀국에 돌려드릴 터이니, 이제 앞으로 우리 두 나라는 영원히 화친을 도모해 나가기로 합시다."

제 경공의 대영단(大英斷)에 노나라 중신들은 모두들 기쁨과 감사를 마지않았다. 그러나 제나라 중신들은 대경실색하며 노골적으로 불만스러운 표정을 내보였다.

제 경공은 그들을 꾸짖듯이 이렇게 타이른다.

"노나라의 중신들은 임금을 군자의 도(君子之道)로 보필하고 있거늘 제경(諸卿)들은 어찌하여 이적의 도(夷狄之道)로써 나를 보필하고 있소? 이는 진실로 부끄럽기 그지없는 일이오."

이로써 노나라는 제나라에게 빼앗겼던 영토를 무사히 돌려받을 수 있게 되었다.

노 정공은 귀국 후에도 공자를 언제까지나 조정에 붙잡아 두려 하였다. 그러나 공자는 벼슬을 끝끝내 사양하며 말한다.

"신은 여생이 얼마 남지 않아 최초의 신념대로 천하를 주유(周遊)하며 좋은 친구들이나 널리 만나볼까 하옵니다."

공자가 죽기 전에 꼭 한번 만나 보고 싶은 사람은 손무였다. 그리하여 오나라를 향하여 다시 길을 떠나려 하는데 여러 가지 불상사가 꼬리를 물고 발생했다. 외아들 이(鯉)가 50밖에 안 된 나이로 갑자기 세상을 뜨더니 참상(慘喪)의 슬픔이 채 가시기도 전에 이번에는 3천 제자들 중에서도 공자가 후계자로 여겨 오던 안회(顔回)가 32세로 세상을 하직했다.

얼마나 슬펐던지 공자는 하늘을 우러러 통곡하며,

"아아, 하늘이 나를 망하게 하는구나! 하늘이 나를 망하게 하는구나!"

하고 울부짖었다. 그나 그뿐이랴. 그 다음 해에는 동생처럼 사랑하던 고제자(高弟子) 자로(子路)가 또 죽었다.

70 고령의 공자는 꼬리를 물고 겹쳐 오는 참상의 슬픔을 감당해낼 길이 없어 마침내 자신도 병상에 눕고 말았다. 성자의 길은 고달프고도 험준했던 것이다.

〈제2권 끝〉

소설 손자병법 · 2

1판 1쇄 발행 1984년 2월 20일
1판 64쇄 발행 1993년 7월 10일
2판 1쇄 발행 1993년 12월 10일
3판 1쇄 발행 1995년 7월 1일
4판 1쇄 발행 2002년 9월 20일
4판 43쇄 발행 2024년 11월 20일

지은이 · 정비석
펴낸이 · 주연선

㈜은행나무
04035 서울특별시 마포구 양화로11길 54
전화 · 02)3143-0651~3 | 팩스 · 02)3143-0654
신고번호 · 제1997-000168호(1997. 12. 12)
www.ehbook.co.kr
ehbook@ehbook.co.kr

ⓒ 정비석

ISBN 978-89-5660-010-9 04810
ISBN 978-89-5660-008-6 (세트)

• 이 책의 판권은 지은이와 은행나무에 있습니다. 이 책 내용의 일부 또는 전부를
재사용하려면 반드시 양측의 서면 동의를 받아야 합니다.

• 잘못된 책은 구입처에서 바꿔드립니다.